François Garde

DER GEFANGENE
KÖNIG

Unverkäufliches Leseexemplar

Pressesperrfrist: 27. Januar 2021
Wir bitten Sie, Rezensionen nicht vorher
zu veröffentlichen.
Vielen Dank für Ihr Verständnis.

François Garde

DER GEFANGENE KÖNIG

Roman

*Aus dem Französischen
von Thomas Schultz*

C.H.Beck

Titel der französischen Ausgabe:
Roi par effraction
© François Garde 2019
Erschienen bei Gallimard, Paris 2019

Für die deutsche Ausgabe:
© Verlag C.H.Beck oHG, München 2021
www.chbeck.de
Umschlaggestaltung: Rothfos & Gabler, Hamburg
Umschlagabbildung: E.J.H. Vernet, Die Schlacht bei Jena, 1806 (Detail);
Chateau des Versailles © Peter Willi/Bridgeman Images
Satz: Janß GmbH, Pfungstadt
Druck und Bindung: CPI – Ebner & Spiegel, Ulm
Gedruckt auf säurefreiem, alterungsbeständigem Papier
(hergestellt aus chlorfrei gebleichtem Zellstoff)
Printed in Germany
ISBN 978 3 406 76665 7

klimaneutral produziert
www.chbeck.de/nachhaltig

Was man auch tut, man rekonstruiert das Denkmal immer auf die eigene persönliche Weise. Aber es ist schon viel wert, wenn man nur authentische Steine dafür verwendet.

Marguerite Yourcenar

Es gibt gewisse unbekannte Städte, in denen bisweilen so unerwartete, so aufsehenerregende und so schreckliche Katastrophen geschehen, dass ihr Name mit einem Schlag zu einem europäischen Namen wird und sie sich mitten in ihrem Jahrhundert zu einem jener historischen, von Gottes Hand für die Ewigkeit aufgestellten Marksteine erheben: Das ist das Los von Pizzo.

Alexandre Dumas

Erster Tag

8. Oktober 1815

Diese Geschichte erzählen heißt,
zum Sturm auf die Festung der Zeit
ansetzen und einen Waffenstillstand
aushandeln.

Durch die Gitterstäbe betrachtet, sieht der Gefängnishof aus wie alle Gefängnishöfe: ein leerer Platz, der an hohe Mauern stößt. Der Sonnenschein, einzige Variable, kommt zu Besuch, enthüllt feinste Abstufungen von Farben und Texturen, unterteilt den Boden in gegensätzliche Zonen, klettert langsam wieder empor und geht. Die Dämmerung ist lang. Die Finsternis kommt spät, zögert, stürzt ein und reißt alles mit sich.

Noch am Morgen hatte er seine Gefolgsleute gezählt, als sie in dem winzigen Hafen von Pizzo gelandet waren. Sechsundvierzig! Er, der die gewaltigste Kavalleriedivision befehligt hatte, die jemals aufgestellt wurde, musste sich mit drei Offizieren und einem Dutzend Männern behelfen, die in der Großen Armee gedient hatten. Einem einäugigen und so gut wie stummen Malteser, einer Handvoll Korsen, die, egal unter welchem Vorwand, ihre Insel verlassen wollten, und einem Haufen überschwänglicher junger Burschen, abenteuerhungriger Neapolitaner und zwielichtiger Gestalten auf der Suche nach ihrem Glück. Unter ihnen wie viele Spione und von welcher Seite?

Einige Fischer, die ein Boot ausbesserten, tuschelten bei ihrer Ankunft und murrten, ohne es zu wagen sich zu rühren. Die kleine Truppe, nur mit Gewehren und Säbeln bewaffnet, stieg durch eine gewundene Gasse aufwärts Richtung Hauptplatz. Als sie vorbeizog, schrie eine Bäuerin erschrocken auf, ein Schankwirt schloss seinen Laden, ein Maultiertreiber grüßte kaum hörbar und ergriff die Flucht.

Am Brunnen, wo sich die beiden Hauptstraßen kreuzen, stillten die Männer ausgiebig ihren Durst, stellten ihre Gewehre ab und ließen sich mit einer nicht gerade militärischen Ungeniertheit im Schatten nieder. Einige Vorübergehende näherten sich neugierig. Hätte er besser seine Gardeoberstenjacke mit den funkelnden vergoldeten Epauletten tragen sollen, um mehr Eindruck auf sie zu machen? Einer seiner Offiziere wandte sich mit feierlichen Worten an sie und ermunterte sie zu rufen: «Hoch lebe der König Joachim!» Keiner wollte dieses Wagnis eingehen, und alle verschwanden.

Er spürte die Lächerlichkeit und zugleich die Gefahr seiner Lage. Nur nicht aufhören, sich zu bewegen!

«Hier bleiben wir nicht! Wir brauchen Pferde. Nehmen wir die Straße nach Neapel!»

Seine magere Schar machte sich auf, die Küste zu erklimmen, um so die Ebene zu erreichen, die sich über der Bucht erhob. Ein Carabiniere, der aus einer Seitengasse kam, machte unverzüglich kehrt.

Die Männer marschierten widerwillig und klagten über Hunger. Konnte man die Ortschaft ohne Verpflegung verlassen? Und wo zum Teufel würde man sich dann mit Lebensmitteln versorgen können in dieser armseligen Gegend? Wertvolle Minuten gingen mit Streitereien und Versprechungen verloren. Er musste einige Geldscheine aus der Tasche ziehen und vor ihren Augen hin und her schwenken, um sie zum Weitergehen zu bewegen.

Eine Gruppe von Bauern, die Mistgabeln und Rechen schwangen, kam die Straße an der Kirche herunter, man hörte sie schon von Weitem brüllen. Ohne zu zögern, weigerte er sich, den Befehl zu geben, auf sie zu schießen, wie es seine Offiziere forderten. Sein eigenes Volk niedermetzeln? Niemals. Vorrücken! Er setzte sich wieder in Bewegung und seine Gefolgschaft mit ihm. Eine weitere feindliche Gruppe erschien hinter einem Portal und stand seiner Nachhut unvermittelt Auge in Auge gegenüber. Salven von Flüchen und einige Hiebe wurden ausgetauscht. Schüsse ertönten, ein Soldat unteren Dienstgrades brach in einer Blutlache zusammen. Etwa zwanzig seiner Leute sahen sich umzingelt, legten die Waffen nieder und ergaben sich.

Dennoch zog er mit den ihm verbliebenen Männern weiter, gelangte an die letzten Häuser, setzte die Flucht an einem Olivenhain entlang fort. Seine Gegner waren ihm nicht gefolgt und schienen sich uneins zu sein über das Schicksal, das ihre Gefangenen verdienten.

Los! Mit weniger als dreißig Mann kann man ein Königreich erobern!

Ein vertrautes Geräusch erklang, Pferdehufe auf gestampftem Boden, irgendwo oberhalb von ihnen. An einer Biegung der Straße tauchte eine Reiterabteilung auf, etwa zehn Soldaten, die ihnen, Gewehr im Anschlag, den Weg versperrten. Ein Schuss wurde in die Luft abgefeuert. Die Gruppe, die ihnen zu Fuß gefolgt war, holte sie ein.

An der Spitze seiner letzten Getreuen wandte er sich um und sah aufs Meer, leer lag es da. Das Schiff, das sie abgesetzt hatte, war geflohen, entgegen den Anweisungen, die dem Kapitän Barbara ausdrücklich erteilt und zusätzlich zum verabredeten Preis mit einem Diamanten besiegelt worden waren. Es gab kein Zurück.

Ach, hätte er sich doch in diesem Moment auf Donner oder Osiris schwingen können, die beiden tapfersten Hengste seiner Stallungen, um im Kugelhagel zwischen den Baumstämmen davonzujagen! Welche Heldentaten, was für Schlachten hätten ihn dann auf seinen Thron zurückgebracht!

Erkannt, ausgepfiffen, vorwärtsgestoßen, beschimpft, geschlagen, von allen Seiten gepackt, mehr oder weniger durch die Soldaten vor der Menge geschützt, wurde er zur Festung geführt.

Er ist es nicht gewohnt, eingeschlossen zu sein. Sein an viel Bewegung und frische Luft gewöhnter Körper ist verwundert und ruht sich aus. Ja, er war immer frei, erstaunlich frei, selbst wenn er stets, ohne zu zögern, jedes Risiko auf sich genommen hat. Die Bußzelle des Priesterseminars von Toulouse, in der er mit siebzehn, achtzehn Jahren nach eigenem Dafürhalten zu oft, aber seltener, als er es verdient gehabt hätte, verweilte, wurde durch ein unerreichbares Fenster erhellt, das dazu anhielt, Gedanken und Gebete in die Höhe zu richten. Manchmal strich ein Vogel durch sein Blickfeld, und er hörte das Lärmen und Raunen der Stadt. Hier herrscht Stille, ausgenommen das Glockenläuten einer unsichtbaren Kirche, das die Stunden skandiert und zur abendlichen Versammlung der winzigen Garnison ruft. Seine Kerkermeister haben Befehl zu schweigen, was sie gar nicht erst in die Verlegenheit kommen lässt, entscheiden zu müssen, wie sie sich an ihn wenden sollen.

Selbstverständlich ist er in Einzelhaft. Man hat es nicht riskiert, ihn mit irgendjemandem zusammen einzusperren.

Es wird ohnehin nicht lange dauern. Er macht sich über sein Schicksal keinerlei Illusionen. Niemand ist daran interessiert, ihn zu retten – es sei denn, es geschieht ein Wunder, aber in Sachen Wunder hat er die Geduld des Herrn schon über die Maßen in Anspruch genommen. Auch dort oben hat er seinen Kredit verspielt. Ein Umsturz, ein Erdbeben, eine von seiner Frau ausgehobene Armee, ein aus weiter Ferne in letzter Minute erteilter Befehl? ... Sich an solche Kindereien zu klammern, würde ihn nur schwächen. Nein, ihn erwartet der Tod, vielleicht sogar in diesem Hof, den die Sonne noch überflutet. Er wird sich ihm stellen.

Diese eiligst in der kleinen Festung eingerichtete Zelle bietet nur einen spartanischen Komfort. Gewiss, er hat den Luxus der Paläste in ganz Europa kennengelernt, doch dieses Bett aus Eisen, dieser Tisch und dieser Stuhl aus Holz, diese Waschgarnitur aus Steingut erinnern ihn an die vertraute Strenge der Kasernen, sie können ihn nicht kränken. Er hat schon auf Heubündeln in Ställen geschlafen, in Hütten ohne wärmendes Feuer, sogar in Straßengräben. Sein Schlaf ist unerschütterlich. Bisweilen lässt er von der Betrachtung des Hofes ab, legt sich hin, die Hände unter dem Nacken, und denkt an nichts.

Er hat keinerlei Entscheidung mehr zu treffen.

Von Zeit zu Zeit stellt sich Caroline – nie eine andere Frau – in seinen Gedanken ein, meist in Gestalt des jungen, dunkelhaarigen, lebhaften und nicht sehr hübschen Mädchens, das er einst in Mailand kennengelernt hatte. Er verdankt ihr seine glücklichsten Momente und seine schlimmsten Nöte. Er weiß noch immer nicht, ob er sie wirklich geliebt oder ob ihre Leidenschaft für ihn genügt hat, ihrer beider Leben zu erhellen. Seit zwanzig Jahren. Ein leises Lächeln liegt auf seinen Lippen.

Er trägt denselben grauen Reisegehrock wie bei seiner Verhaftung. Nichts mehr erinnert an die leuchtenden, allein für ihn in den ausgesuchtesten Samt- und Seidenstoffen angefertigten Uniformen, gespickt mit Posamentenverschlüssen, Soutachen, Bändern und Spitzen unter einem fahlgelben, mit Kupfer- und Silberornamenten punzierten Lederharnisch, und immer von einem ausladenden weißen Federbusch überragt, in dem eine mehr als ein Meter lange Straußenfeder nicht fehlen durfte. Mit diesem Helmbusch und hochgewachsen, wie er war, überragte er auf dem prunkvollen Rotfuchs, den ihm sein Schwager geschenkt hatte, alle seine Offiziere. Im Kampf wies ein nicht weniger stolzer und auffälliger Helm ihn als deutliches Ziel dem feindlichen Feuer aus. Die offiziellen Gemälde überboten einander mit prächtigen Farben und ließen keine Einzelheit seiner spektakulären Paradeuniformen aus. Er weiß sehr wohl, dass man am Hof insgeheim über seine Extravaganzen spottete, aber es war ihm und ist ihm auch jetzt noch einerlei. Glaubte man wirklich, dass allein der Zierrat ihm Ansehen verlieh? Selbst in dieser gewöhnlichen Uniform bewahrt er seine stattliche Erscheinung und imponiert damit den Wärtern.

Sie haben nicht daran gedacht, ihm das zu nehmen, was am meisten für ihn zählt: dieses segensreiche, warme, vergoldete, unerschöpfliche Licht, das er in den Ländern des Südens entdeckt hat. Ein finsterer Kerker, ja, der wäre ihm unerträglich gewesen! Alles andere ist unwichtig, solange er im Lauf der Stunden von dieser vom Himmel gefallenen Fülle zehren kann.

Im Grunde ist sein Leben unerwartet in zwei Teile zerfallen: das Leben in den Ländern der Kälte, an die er sich nie gewöhnen konnte, trotz wolfspelzgefütterter Mäntel und gewaltiger Kamine; und das in den Ländern des Mittelmeers, in denen er sich dem Glück hinzugeben hoffte.

Wenn er schon in diesem Herbst sterben muss, dann

wenigstens unter gleißender Sonne, in dieser noch von Wärme zitternden Luft, in dieser Leichtigkeit, die alle Königreiche wert ist.

*

Der Reiter, 1774

Das Kind weiß, dass es den Stall nicht allein betreten darf. Vergebens hat es seinen großen Bruder gebeten, ihn mitzunehmen, um das Pferd zu sehen, das gerade eingetroffen ist und das der Knecht schon mit einem Strohwisch abgerieben und getränkt hat. Kein Maultier, keine sanfte Stute, sondern ein Rennpferd, schreckhaft, mit feinen Ohren, die noch beben vom ganztägigen Galopp.

«Du wirst dir Schelte einhandeln, Joachim! Der Herr, der bei uns schläft, ist ein Gesandter des Intendanten mit einem geheimen Auftrag für den König ...»

Natürlich spinnt sich Guillaume aus den Tuscheleien der Erwachsenen einiges zusammen. Dennoch werden diese wohlklingenden Worte wahr, selbst für ihn, sobald er es wagt, sie auszusprechen. Sein kleiner Bruder hört weiter gebannt zu, noch entschlossener als zuvor. Nie wieder wird er Gelegenheit haben, solch ein Vollblutpferd aus der Nähe zu sehen. Und so geht er hinten um die Scheune herum, schlüpft durch die einen Spalt breit offen stehende Tür und nähert sich dem Tier. Der Falbe erholt sich von einem langen Ritt.

«Er ist schön, nicht wahr? Er heißt Donner ...»

Das Klirren der Sporen lässt ihn ebenso auffahren wie diese Bemerkung, in der er weder den Akzent des Quercy noch den von Toulouse erkennt. Wie auf frischer Tat ertappt, weicht er zurück und senkt den Kopf. Er hatte bemerkt, dass der Vater sich mit besonderer Ehrerbietung an diesen elegant gekleideten Reiter wandte und ihm das beste Zimmer des Gasthofs gab, bevor er ihm ein großzügiges Feuer im Kamin anzündete, damit er sich trocknen und es sich bequem machen konnte, ein Glas Wein in der einen Hand und eine weiße Porzellanpfeife in der anderen. Der junge, schlanke, wortkarge Mann mit dem schmalen Schnurrbart und einem mit einer Feder geschmückten Filzhut schien die ihm übermäßig entgegengebrachte Aufmerksamkeit ganz normal zu finden.

«Ich fresse dich nicht! Und er dich auch nicht ... Du darfst ihn streicheln.»

Der Knabe kommt näher, aber traut sich nicht so nahe heran, dass er das Tier berühren kann.

Der Reiter lächelt und hebt ihn auf den Arm. Der Junge spürt die Weichheit seines Wamses aus nachtblauem, mit goldenen Blumen durchwirktem Samt, die Zartheit der Spitze an den Manschetten, das leise Rascheln des seidenen Hemdes, den leichten Duft nach Moschus. Sachte führt ihn der Mann, sodass er seine flache Hand auf den Hals des Pferdes legen kann, um sie bis zu den Ohren hinaufwandern und zur Kruppe wieder hinabgleiten zu lassen. Der eben noch schüchterne Knabe strahlt schon bald, nach und nach begnügt er sich nicht mehr mit einem einfachen Antippen, er fasst fester zu, die ausgestreckte Hand in das dichte, noch schweißnass glänzende Fell vergraben, und spürt so die Wärme und Kraft der ruhenden Muskeln.

All seinen Mut zusammennehmend, bringt er mit einem Flüstern hervor:

«Sind Sie ... sind Sie wirklich der Gesandte des Königs?»

«Holla, kleiner Mann, du bist aber neugierig! Sagen wir, ich bin ein Offizier Seiner Majestät.»

Das Pferd dreht den Kopf. Seine Augen begegnen denen des Knaben und wenden sich nicht ab. Nach welchem fernen Land, nach welchen sagenhaften Palästen sehnen sie sich noch immer zurück?

Die Stimme des Vaters ertönt aus dem Halbdunkel:

«Entschuldigen Sie, mein Herr. Dabei habe ich ihm hundertmal gesagt, er soll die Kunden nicht belästigen.»

«Er stört mich nicht. Ich habe einen Jungen im gleichen Alter ...»

«Los, ab in die Küche!»

Der Reiter behält das Kind auf dem Arm.

«Es könnte sein, Herr Wirt, dass Sie mich in diesem Moment mehr stören als er.»

«Der Junge ...»

«Lassen Sie uns allein!»

Derart schroff hinauskomplimentiert, weicht der Vater zurück, murmelt etwas und verlässt, vor sich hin schimpfend, durchs Stroh schlurfend, den Stall. Als er fort ist, setzt der Reiter den Knaben auf das Pferd und zerzaust ihm das Haar.

«Bei vollem Tempo werde ich in sechs Tagen in Versailles sein.»

«Werden Sie unsere neue Königin sehen?»

«Das ist gut möglich.»

«Sie heißt Marie-Antoinette, und ich mag sie sehr.»

«Ich werde es ihr sagen, sie wird beglückt sein, das zu vernehmen.»

Das Kind glaubt, was es hört, und freut sich darüber. Die Naivität rührt den Reiter.

«Eines Tages wirst vielleicht auch du die Königin sehen.»

Am Abend bricht ein heftiges Unwetter los, Donnerschläge grollen, hallen, rollen über die Kalksteinplateaus.

Am Morgen war der Reiter schon aufgebrochen.

*

Seine linke Schulter schmerzt noch. Im Verlauf des Scharmützels, dem allein das energische Eingreifen der Carabinieri von Pizzo ein Ende gesetzt hatte, verlor er seinen Hut und erhielt einen heftigen Schlag mit einem Stock oder einem Knüppel. Wahrscheinlich hatte sein Angreifer – ein hagerer Mann mit hängendem Schnurrbart, hassverzerrtem Gesicht und drohend ausgestrecktem Arm, der ihm auf dem Weg zur Festung im Namen seines Sohnes Beschimpfungen zubrüllte – es auf seinen Kopf abgesehen. Damals hatten seine Soldaten, mit dem Ziel, die Sicherheit auf den Straßen Kalabriens herzustellen, auf seinen Befehl hin Treibjagden auf Räuberbanden veranstaltet, als gälte es, Wolfsrudel auszurotten, wobei er es in Kauf genommen hatte, dass einige der Gejagten kurzerhand an wichtigen Wegekreuzungen aufgeknüpft wurden. Hat dieser Bauer, der es wagte, ihn zu verfluchen, nicht begriffen, dass dies der Preis ist, den man bezahlen muss, um endlich ein modernes Land zu werden? Im Namen welcher Revolten, auf der Grundlage welch würdeloser Illusionen hat einer dieser Hungerleider es gewagt, die Hand gegen seinen König zu erheben?

Denn er ist einer von ihnen, das weiß er, und hat nie aufgehört, einer von ihnen zu sein. Arm geboren und arm wie Hiob bis zu seiner Hochzeit. Danach mit Ehren und Gold überhäuft, aber ohne jemals seine Herkunft aus den Augen zu verlieren. Ganz und gar König und doch aus dem Volk.

Und es ist das Volk, das ihn an diesem verhängnisvollen Tag im Stich lässt und ihn verrät! Dabei war alles, was er seit Beginn seiner Regentschaft getan hat, darauf gerichtet, dem Volk zu helfen, es aufzuklären, seine Kinder zu erziehen, es von seinen Ketten zu befreien, ihm ein Ideal anzubieten. Und nun wenden sich diese Lastträger, Fischer, Müller, Bauern, Matrosen gegen ihn und glauben, sich auf diese Weise für die Härte ihres Lebens zu rächen. Dabei wenden sie sich gegen sich selber, rächen sich an sich selbst! Sicher, in einigen Jahren werden sie es begreifen, und die Träume, die er ihnen angeboten hat, werden sich am Ende erfüllen.

Er zweifelt nicht an der Zukunft, er bedauert nur, nicht mehr an ihr teilhaben zu können. Diese Unseligen, die ihn verhaftet haben, bemerken nichts von den großen Bewegungen, die Europa erschüttern, und er nimmt ihnen ihre Blindheit nicht übel.

Sein Leben hätte sich so abspielen sollen wie das ihre, im Schatten, in der Ungewissheit des nächsten Tages. Durch welche Zufälle, durch welche Wunder war er zu diesem Soldaten mit den strahlenden Uniformen geworden, der ganz Europa durchstreifte? Ein Faustschlag, ein nächtlicher Ritt durch Paris, der verliebte Blick eines ganz jungen Mädchens, sein durch das Glück bei den Kämpfen gestärkter Mut, insgesamt ein guter Stern, den keine Wahrsagerin sich jemals vorzustellen gewagt hätte ...

Wie töricht, diese Dörfler! Indem sie einen der Ihren in Eisen legen, zerstören sie für lange Zeit all ihre Hoffnungen.

Sein Vermögen wurde beschlagnahmt. Seine Ehre mit Füßen getreten. Seine Werke und seine Vorhaben zunichte gemacht. Was er dem Volk gegeben hat, wird ihm wieder genommen werden. Was wird er seiner Familie hinterlassen? Caroline und ihre vier Kinder werden umherirren müssen, geächtet, verbannt überall in Europa, heimatlos und schutzlos. Von ihm wird nichts bleiben, bestenfalls eine strahlende Legende. Und dieser Name, den seine Nachfahren, so hofft er, wie eine Standarte tragen werden, nicht als eine Bürde.

Einige Monate lang, unter der Schreckensherrschaft, hatte er sich von ihm losgesagt, indem er einen Buchstaben änderte und sich Marat nennen ließ – eine im Übrigen völlig illusorische Schutzmaßnahme. Im Laufe der Jahre hatte er oft eigens für ihn geschaffene Titel angehäuft, mit einem maßlosen Appetit, gleich unterzeichneten und gegengezeichneten Urkunden seines Schicksals. Doch nichts konnte diesen schlichten Namen ersetzen, den er von seinen Vorfahren empfangen hatte und der wahrhaftig erst mit ihm begann.

Er erwähnt selten seinen Vornamen, Joachim, den er seinem Patenonkel verdankt. Was hat er gemein mit dem Vater der Jungfrau Maria, der immer als ein kränklicher Greis dargestellt wird? Ein Vorname dient nur dazu, zwischen den Brüdern und den Vettern zu unterscheiden, aber der Glanz seines Ruhms und ihr Schattendasein lassen gar keine Verwechslung zu.

Sicher, er hat unter dem aufgeblähten und etwas lächerlichen Namen Gioacchino Napoleone regiert: ein zweiter Vorname, aufgedrängt als ein Zeichen der Treuepflicht, eine ein wenig zu kurz geratene Leine. In seiner privaten Korrespondenz unterschrieb er lieber mit einem einfachen M, einem flüchtigen Namenszeichen unten auf der Seite.

Keinem Italiener, Ägypter, Deutschen, Polen oder Spanier ist es jemals gelungen, das U der ersten Silbe korrekt auszusprechen und das T am Ende stumm zu lassen. Die Russen rollten zudem das R wie einen überstürzten Trommelwirbel. Er hat sich an diese verschiedenen Akzente gewöhnt, als wären es Zeichen des Angenommenseins.

Und als die Kosaken, die sich untereinander die Hoffnung und Ehre streitig machten, ihn gefangen zu nehmen, sich brüllend auf die Nachhut oder die Flanken der Großen Armee stürzten, ertönten diese beiden Silben wie ein Jagdruf in der unermesslichen Weite der verschneiten Ebenen. Verzerrt durch die skythischen Kehlen und die Geschwindigkeit ihres Rittes, schienen sie auch die Manen eines anderen großen Kriegers, des Sultans von Konstantinopel, anzurufen.

Er ist mit einem dieser unbedeutenden Namen geboren, wie sie in jedem Kirchenregister und in keinem Geschichtsbuch zu finden sind. In seiner Jugend zählten nur die mächtigen Familien, etwa ihre entfernten und illustren Beschützer, die Talleyrand-Périgord. Dieses Geschlecht existierte seit Menschengedenken und schien auf ewig fortzudauern.

Und dann wurde der Adel von der Revolution hinweggefegt und durch Männer ersetzt, die aus dem Nichts auftauchten: Wer hatte bis dahin von einem Berthier oder einem Ney, von einem Oudinot oder einem Lannes gehört?

Ja, er ist einer der glänzendsten Hoffnungsträger dieser Generation, die stolz darauf ist, in ihrer Wiege nichts vorgefunden zu haben. Diejenigen, die ihn wegen des Berufes seines Vaters verhöhnen, begreifen nicht, dass sie ihm im Gegenteil eine Ehre erweisen. Sohn eines Gastwirts und König. Beides zugleich und beides voller Stolz. Welches Schicksal in der Welt könnte sich mit seinem messen?

In der Schule lernte er, was sein Name auf Lateinisch bedeutet: ein von Mauern eingefriedeter Raum. Er hat gewaltige Festungen in Trümmer gelegt, mit jahrhundertealten Gepflogenheiten gebrochen, Grenzen neu gezogen, Völker befreit. Sein Leben lang hat er Hindernisse niedergerissen. Und jetzt halten ihn die Mauern dieser einfachen Festung gefangen.

Im Grunde lässt sich sein Leben auf diese beiden Silben reduzieren, denen keinerlei Bedeutung zukam und die seit fünfzehn Jahren ganz Europa noch immer mit Verwunderung nachspricht: Murat.

Zweiter Tag

9. Oktober 1815

> Dieses Leben erzählen heißt, gewaltsam in die Werkstatt des Historikers eindringen und ungeniert mit seinen Werkzeugen spielen.

Die Riegel machen ein dumpfes Geräusch, das die Stille des Zimmers bricht. Ein Oberleutnant tritt ein, gefolgt von zwei Soldaten. Der junge Mann, schlaksig, schlecht genährt, unrasiert, Ringe unter den Augen, scheint überlastet, ja erdrückt zu sein von dem Auftrag, der ihm obliegt. Er sieht Murat sichtlich verängstigt an, räuspert sich und stammelt:

«Ich bin der Befehlshaber der Garnison Pizzo. Ich muss mich Ihrer Identität versichern. Sie sind Joachim Murat, geboren am 25. März 1767 in Laba... Labastide-Fortunière in Frankreich?»

«Natürlich. Dachtest du, du hättest es mit einem Hochstapler zu tun? Ich frage mich, wer heutzutage wohl so verrückt wäre, sich meine Rolle anzueignen.»

«Auf Befehl des Königs verbleiben Sie in dieser Festung in Einzelhaft bis zu Ihrer Verurteilung.»

Der Oberleutnant betet diese Formel in aller Eile herunter wie ein Schüler seine Lektion oder seinen Katechismus, ohne sich um die Bedeutung der Wörter zu kümmern.

Es wäre amüsant, ihm mit einer Salve von Flüchen gegen Ferdinand von Bourbon zu antworten, mit so vulgären Beleidigungen, dass sie in keinem Protokoll aufgeführt werden könnten. Aber die Zeit des Zornes ist vorbei. Er beherrscht sich.

Sein Schweigen verstört den Offizier, der immer unsicherer wird.

Murat bemerkt sein Zögern, er ahnt, er könnte ihn in seinen Bann ziehen, indem er seine stattliche Erscheinung und seinen Elan zum Einsatz bringt. Wer, wenn nicht er, verstünde es, die richtigen Worte zu finden, um die Fantasie eines jungen mittel- und zukunftslosen Soldaten zu entflammen? Er hat ganze Regimenter mit seiner Begeisterung in Wallung gebracht, es sollte ihm nicht schwerfallen, diesen zaghaften Burschen für sich zu gewinnen. Wenn er abwechselnd mit Komplimenten, Versprechen von Beförderungen, Auszeichnungen und Ländereien und der Drohung, eine imaginäre, aus Korsika herbeigeholte Flotte landen zu lassen, auf ihn einredete, könnte er ihn wahrscheinlich herumkriegen, sich auf seine Seite zu schlagen. Mit den zwanzig Mann der Garnison und seinen aus den Kerkern befreiten Anhängern würde er seine spärlichen Truppen neu aufstellen. Aber dann?

Auf den Überraschungseffekt kann er nicht mehr zählen. Kein Schiff erwartet sie im Hafen, und überhaupt wird keine einzige Insel im ganzen Mittelmeer sie aufnehmen wollen. Zu Lande wie eine Räuberbande umherirrend, würden sie sich bestenfalls ein paar Tage in den Hügeln Kalabriens halten können, bevor die von Ferdinand zu ihrer Verfolgung ausgesandten und von den Bauern unterrichteten Truppen sie umzingelten. In weniger als einer Woche würde dieser Oberleutnant im Kampf getötet oder wegen Hochverrats gehängt werden.

Murat macht ihm kein Angebot und rettet ihm so das Leben. In gleichgültigem Ton lässt er nur die Bemerkung fallen:

«Lass mir heißes Wasser und ein Handtuch bringen. Und eine Decke, die Nächte sind frisch im Oktober.»

Der Offizier – was weiß er schon von Kälte, dieser Grünschnabel, der nie am eigenen Leib Russland im Dezember erfahren hat? – nimmt zögerlich Habachtstellung ein, als er diesen Befehl erhält, dann verlässt er eilig den Raum.

Das Seminar, 1787

«... Feigling, Heuchler!»
«Pfff ... So antwortet ein Trottel!»
Die Faust schnellt vor und trifft den Unverschämten ins Gesicht, er strauchelt rückwärts. Während er noch die Hände an seine bluttriefende Nase führt, streckt ihn ein Haken gegen die Schläfe zu Boden. Drei andere Seminaristen stellen sich zwischen die Streitenden und leisten dann ihrem am Boden liegenden Konfrater Beistand, der unter Schluchzen mal stöhnt, mal droht.

Joachim Murat wendet sich von ihnen ab, rempelt einen herbeieilenden Priester an, rennt durch eine Tür nach draußen. Der winterlich kalte Nordwind hat sich gelegt. Er streift aufs Geratewohl durch die kalten und verlassenen Straßen von Toulouse. Ein Mädchen lächelt ihm zu, senkt dann den Blick. Ein Hund bellt klagend in der Ferne. Eine ganze Weile zittert er unter dem Ansturm vieler Gefühle.

Bis dahin ist er vor allem durch seinen hohen Wuchs und seine elegante Erscheinung aufgefallen. Seine Kameraden erkennen ihn als ihren natürlichen Anführer an, vor allem wegen der üblen Streiche, der verbotenen Ausflüge in Nachtlokale, der aufrührerischen Diskussionen. Es hagelt Strafen, sie ändern ihn nicht.

Diese neue Schlägerei – gewaltsamer als die vorangegangenen Auseinandersetzungen, die seinen Ruf begründet haben – wird ihm mit Sicherheit einen Monat Bestrafungen und Bußen einbringen. Aber was soll's, er hat ja noch gar nicht sein endgültiges Gelübde abgelegt. Im Moment heißt es: leben!

Das berittene Jägerregiment der Ardennen, das gerade in Toulouse Station macht, sorgt seit einer Woche mit dem Glanz seiner Uniformen für Aufsehen. Seine jetzt fester gewordenen Schritte führen ihn zu einem Nachtlokal, ein Werbeunteroffizier scheint interessiert an dem großen Kerl, ein Krug Wein, ein Handschlag, eine Unterschrift. Am 23. Februar 1787, kurz vor seinem zwanzigsten Geburtstag, verpflichtet er sich ohne die Erlaubnis seines Vaters als einfacher Soldat.

Das Soldatenleben in Carcassonne, dann in Sélestat, bietet ihm unverhoffte Freiheiten. Endlich kann er sich die Haare wachsen lassen und trägt nun elegante dunkle Locken, die ihm bis auf die Schultern fallen. Mit seinen großen blauen Augen und der Erscheinung eines antiken Helden findet er bei den Frauen großes Gefallen. Sein Bildungsstand ermöglicht ihm die Beförderung zum Unteroffizier. Bewegung an der frischen Luft bekommt ihm besser als hohe Mauern.

Aber er ist des Garnisonslebens bald überdrüssig und verbirgt weder seine Enttäuschung noch seine fortschrittlichen Ideen. Die Strafe folgt auf dem Fuß. Am Ende des Jahres wird er wegen disziplinlosen Verhaltens entlassen. Er wird ebenso wenig Hauptfeldwebel wie Pfarrer und kehrt nach Hause zu seinen Eltern zurück, ohne Pläne, ohne Gewissheiten, ohne Status, mittellos. Während seine älteren Brüder nach und nach die Bewirtschaftung des Gasthofs und der Felder übernehmen, ist für ihn dort kein Platz.

Mit einundzwanzig Jahren hat er seine Chancen vertan, seine Familie enttäuscht, die ihn als Versager, als Nichtsnutz betrachtet. Da er von etwas leben muss, findet er eine Anstellung als Gehilfe bei einem Kolonialwarenhändler in Saint-Céré. Ohne jede Aussicht für die Zukunft beißt er die Zähne zusammen, entlädt Schubkarren, wiegt Kaffee und Zucker, fegt, beliefert Kunden, führt recht und schlecht die Bücher. Und wenn er ein etwas zu reges Interesse für die jüngste Tochter eines reichen Bauern aus der Gegend zeigt, bestellt dieser ihn zu sich und gibt ihm unmissverständlich zu verstehen, dass er seine Tochter niemals einem Tagelöhner geben wird.

Von seinem Hinterzimmer aus verfolgt er staunend die unerhörten Nachrichten aus der Hauptstadt. Der König hat endlich die Generalstände einberufen. Der niedere Klerus und ein Teil des Adels haben sich dem Dritten Stand angeschlossen und sich zur Nationalversammlung konstituiert. Das Volk hat die Bastille erstürmt.

Ihm fallen die Debatten in den Cafés von Toulouse ein, in denen Lobeshymnen auf Voltaire, Diderot, Rousseau und die amerikanische Revolution angestimmt wurden. Anfang 1790 schwingt er sich auf sein Pferd und galoppiert bis nach Cahors. Seine Bekannten aus der Schulzeit – Kameraden, Repetitoren, Lehrer – sind in heller Aufregung. Das Departement Lot ist gerade gegründet worden und muss sich eine Nationalgarde zulegen. Dank der Unterstützung aus seiner Familie und gezielt beschönigter Dienstzeugnisse lässt er sich dort hineinwählen.

Im Kreis einer Delegation dieser bunt zusammengewürfelten und enthusiastischen Truppe begibt er sich nach Paris, um am 14. Juli 1790 am Föderationsfest teilzunehmen. Auf dem

Marsfeld, als einfacher Statist in der die Nation repräsentierenden Menge, sieht er in der Ferne Lafayette auf seinem Schimmel, die königliche Familie, Talleyrand, der die Messe zelebriert, Ludwig XVI., der feierlich den Eid auf die Verfassung schwört. Während ihn bis dahin keine einzige religiöse Zeremonie mit ihrem Prunk je wirklich bewegt hatte, rührt ihn das grandiose Schauspiel, das sich vor ihm abspielt, zu Tränen. Als einfacher Delegierter inmitten Zehntausender anderer gewinnt er an diesem Tag die berauschende Gewissheit, Geschichte zu schreiben. Die gegenseitige Bekundung guter Absichten seitens des Herrschers und des Volkes trifft ihn wie eine Offenbarung. Die Macht enthüllt sich hier in ihrer den Blicken für gewöhnlich vorenthaltenen ganzen Wahrheit, und er, der kleine Provinzler, darf sich ihr nähern. Diese Faszination verfolgt ihn sein Leben lang.

Indem er die allgemeine Verwirrung nutzt und seine Sympathie für die neuen Ideen herausstellt, gelingen ihm die Wiederaufnahme in sein ehemaliges Regiment, das man in *23. berittenes Jägerregiment* umbenannt hat, sowie die Beförderung zum Oberleutnant.

Sehr schnell und mit Entsetzen bemerkt er den vernachlässigten Zustand der Truppen. Die Desertionen mehren sich, der Ungehorsam nimmt zu, der Sold wird nicht ausgezahlt, es fehlt an Ausrüstung und manchmal an Verpflegung. Tatsächliche oder eingebildete Denunzierungen und Komplotte beschäftigen alle Köpfe. Die Befehle sind widersprüchlich, und niemand weiß, wer wirklich befiehlt. Er ist nicht überrascht, dass die gegnerischen Armeen vorrücken, ohne auf großen Widerstand zu stoßen. Erreichen sie Paris, wird die Revolution, an die er trotz allem glaubt, hinweggefegt und die alte Ordnung wiederhergestellt. Vor seinen Augen gehen politische Verwirrung und militärisches Versagen Hand in Hand.

Seine Einheit bewegt sich auf die Grenzen im Norden zu, und während dieses Marsches erfährt er, dass die Nationalversammlung verkündet hat, das Vaterland sei in Gefahr. Bei seinem ersten Scharmützel bemerkt er, wie ihn ein unbekannter Schauder ergreift, ein Verlangen vorzupreschen, eine Art Freude daran, die Kugeln um die Ohren pfeifen zu hören. Sein Mut und sein Elan im Gefecht rufen Bewunderung bei seinen Kameraden hervor.

Das Wesentliche spielt sich im Osten ab, wo sich die schlechten Nachrichten häufen und wo er zu seiner Verzweiflung nicht sein kann.

Die Republik richtet sich ein und zeigt ein unbarmherziges Antlitz. Die Gefängnisse füllen sich unablässig, und man verlässt sie nur zum Tode verurteilt. Sein bester Freund, ein von allen geschätzter Hauptmann, verschwindet eines Morgens.

Er wird zum Betrachter ungeheurer Ereignisse, sieht, wie die alte Welt sich auflöst und auf einen Abgrund zusteuert. Die Monarchie, der Glaube, die Stände, die großen Besitztümer, die Ehe, der Kalender, alles, was unverrückbar schien, wankt, stürzt in sich zusammen, versinkt in einer sinn- und aussichtslosen Verwirrung. Selbst die am Vorabend noch unbekannten und einen Tag lang gefeierten Tribunen werden am folgenden Tag abgeschlachtet. Wem, welchen Ideen kann er noch Glauben schenken? Inmitten der Trümmer dieser Welt, die vor seinen Augen zusammenbricht, erkennt er nichts, das in die Zukunft weist. Die ausführlichen Debatten und das Verlangen nach Glück haben zur Tyrannei und zur Guillotine geführt.

Noch benommen von diesen Wirren hat er überlebt und weiß nicht, warum er verschont geblieben ist. Aus der von Angst und Blut gezeichneten Zeit nimmt er vage die Gewissheit mit, dass ein starker Anführer und eine stabile Regierung unentbehrlich sind.

Ja, Strenge und Disziplin müssen sein. Diese Tugenden haben ihm ihre Wirksamkeit in Kirche und Armee bewiesen. Sie müssen in die Tat umgesetzt werden, um das Land zu retten: Gehorsam oder das Chaos.

*

Die Einsamkeit in seiner Zelle: eine Unbekannte, die er jetzt entdeckt und zu bezwingen sucht.

In seiner Familie, in der Armee, am Hof war er immer von Verwandten, Kameraden, Bittstellern, Widersachern, Untergebenen oder Verschwörern umgeben. Sein Leben lang ist er geritten, hat Befehlen gehorcht, Komplotte geschmiedet, hat gekämpft, angeführt, regiert, immer inmitten anderer. Wie sehr hat er ihn in all den Jahren genossen, diesen unaufhörlichen Trubel um ihn herum, der seinen Aufstieg begleitete! Und bis gestern befehligte er noch sechsundvierzig Mann ...

Er lässt seine Gedanken einen Moment lang schweifen und muss an die denken, die er zu diesem letzten Abenteuer verleitet hat. Die meisten von ihnen hatten sich ihm erst eine Woche, bevor sie in See stachen, angeschlossen. Einige sind schon tot, die anderen warten gefesselt darauf zu erfahren, welches Schicksal ihnen beschieden ist. Als sie ihm folgten, wussten sie sehr wohl, dass ihnen ebenso gut Scheitern wie Erfolg beschert sein konnte. Für sie wie für ihn war es ein Spiel.

Die Würfel sind gefallen. Wie er haben sie verloren. Er hat niemanden gezwungen teilzunehmen. Schnell vergisst er die Gesichter seiner letzten Anhänger, nachdem er nichts mehr für sie tun kann.

Sind sie in den benachbarten Zellen inhaftiert oder irgendwo in einem Verlies? Kein einziger Laut von draußen erlaubt ihm, das zu erraten. Vermutlich ist er der einzige Insasse auf dieser Etage.

Da er ganz allein ist, kann er mit den Wänden sprechen, kann schreien, brüllen, singen. Keiner hört ihn, jedenfalls wird niemand kommen, ihn zu unterbrechen. Kein Blick überprüft, ob er steht oder liegt, wie seine Laune ist, ob jetzt der geeignete Augenblick ist, ihn um etwas zu bitten. Kein Höfling, kein Spion beobachtet ihn.

Er genießt in diesem Gefangensein eine unerwartete Form der Freiheit.

*

Die Kanonen, 1795

Im April 1793 ist er Hauptmann, im Sommer bereits Eskadronchef. Aber zu seinem großen Verdruss findet er außer bei einigen Zusammenstößen, die jeder Bedeutung, ja jeder Gefahr entbehren, keine Gelegenheit, sich in der Verteidigung der Grenzen hervorzutun. All die Belagerungen, die Märsche kreuz und quer durch Flandern, die kurzen und glanzlosen Gefechte nehmen ihn sehr mit, während er nur von ruhmreichen Taten auf dem Schlachtfeld träumt. Und der Sold, ohnehin unregelmäßig ausgezahlt, reicht nicht aus, seinen doch eher bescheidenen Lebenswandel zu bestreiten. Seine Gläubiger gewähren ihm immer unwilliger Kredit.

An einem Herbsttag führt ihn ein langer einsamer Ritt vom Biwak durch die Felder bis auf den Kamm einer hohen Düne, die das Gelände im Westen begrenzt. Von dort oben sieht er unter einem Himmel voller Schäfchenwolken, im unablässig stürmenden kalten Wind, zum ersten Mal in seinem Leben das Meer. Diese von mächtigen unsichtbaren Bewegungen durchlaufene graue Weite, die mit Schaum umsäumt über einen langen haltlosen Strand hereinbricht, ruft in ihm ein dumpfes Gefühl von Unwohlsein hervor. Nichts hält den Blick fest außer einem am Horizont kaum erkennbaren Fischerboot, nichts in dieser unterschiedslosen Unendlichkeit spricht zu ihm.

Weder die offenen, einladenden Hochebenen aus seiner Kindheit noch der Lot, der das befestigte Cahors durchfließt, noch die Hügel und Weinberge des Languedoc noch die dichten Wälder Lothringens noch die engen und verstopften Straßen von Paris haben ihn derart überrascht und aus der Fassung gebracht. Eine Hälfte der Landschaft wogt, schillert, weicht dem Blick aus, setzt sich über jedes Maß und jede Erinnerung hinweg. Seine Stute schnaubt. Dieses prachtvolle und nasse Licht, das er noch nie und nirgends gesehen hat, fasziniert und beunruhigt ihn. Dieses flüssige Element ist nicht das seine.

Eine Woche zuvor hatte er beim Verlassen eines Wäldchens mit einem Schuss aus seinem Karabiner einen feindlichen Aufklärer niedergestreckt, der nicht so rasch auf ihn zu feuern vermochte. Er konnte genau sehen, wie seinem Opfer die Waffe entglitt, wie der Mann sich an die Kehle fasste, ihn völlig überrascht ansah, dann vom Sattel stürzte und leblos liegen blieb. Dieser blonde Kavallerist ist der erste Gegner, den er eindeutig von seiner Hand sterben sieht. Der Beruf will es so. Er hat nichts Besonderes dabei empfunden, außer flüchtigem Mitleid. Warum erzeugt der Anblick des Meeres in ihm eine gewisse Angst, während ihn das Los dieses unbekannten Ulanen gleichgültig lässt?

Am 13. Vendémiaire des Jahres IV stehen in ganz Paris die Zeichen auf einen unmittelbar bevorstehenden Gewaltstreich der Royalisten gegen das neue Regime. Intuitiv begibt er sich eilends zum Kriegsministerium. Trotz seiner Gesuche, in den Norden oder Osten zurückkehren zu dürfen, um zu kämpfen, versieht er seit Monaten in einem dunklen Büro, das er mit drei Kollegen teilt, gelangweilt Berichte über Einquartierungen mit Anmerkungen. Für so undankbare Aufgaben hat er sich nicht erneut verpflichtet.

Wie jeder hat er vage von einem jungen Artilleriegeneral toskanischer, korsischer oder genuesischer Herkunft – das ist nicht ganz klar – namens Buonaparte gehört, der während der Belagerung von Toulon von sich reden machte. Man munkelt, dass sich der Konvent in Ermangelung eines Besseren an diesen Unbekannten gewandt habe, damit er ihm helfe, sich gegen den Aufstand zu verteidigen und an der Macht zu bleiben.

Am Abend zögert Bonaparte nicht lange. Unter den Offizieren, die mit allen möglichen Dingen beschäftigt sind, bemerkt er einen Husaren, der alle anderen um einen Kopf überragt. Er beauftragt den Eskadronchef Murat, westlich der Hauptstadt, in der Ebene von Sablons, Artilleriegeschütze zurückzuerobern. Mit den ihm anvertrauten Kavalleristen jagt Murat mitten in der Nacht in scharfem Galopp durch die Stadt und die Vororte und erreicht das Depot gleichzeitig mit den aufständischen Konterrevolutionären, die zu Fuß unterwegs sind. Sie protestieren, aber leisten keine Gegenwehr. Mit diesem waghalsigen Gewaltstreich holt er vierzig Kanonen zurück, die Bonaparte im Morgengrauen um den Tuilerienpalast so in Stellung bringen lässt, dass sie alle angrenzenden Straßen unter Beschuss nehmen können. Man verhandelt, vergebens. Als die Protestierer auftauchen, lässt Bonaparte aus den Kanonen Kartätschen auf die Aufständischen abfeuern, insbesondere auf die Vortreppe der Pfarrkirche Saint-Roch: dreihundert Tote.

In der darauffolgenden Stunde wird Murat in den Stab des jungen Generals aufgenommen.

*

Mit jener Vendémiairenacht beginnt eine Entwicklung, die ihn zwanzig Jahre später in eine Zelle der Festung von Pizzo befördern wird. In gewisser Weise ist der zukünftige Kaiser sein Mörder, der an jenem Tag eine langsame und perverse Tötungszeremonie in Gang gesetzt hat – so etwas wie eine sehr feine spitze Nadel, die, oben auf den Nacken gesetzt, all die Zeit der Schlachten und Ehrungen benötigen wird, um schließlich zum tödlichen Verhängnis zu werden.

Seit jenem Blutbad, das zum Auslöser seines Schicksals wird und ihm den verächtlichen Beinamen Général Vendémiaire einbringt, steht Bonaparte in Murats Schuld. Wie wäre die Sache ohne diesen Kavallerieeinsatz und ohne diese Kanonen ausgegangen, zumal seitens der Royalisten eine viel größere Truppenstärke zum Einsatz kam als auf der regimetreuen Seite? Aber Bonaparte hat sich nie jemandem gegenüber für etwas zu

Dank verpflichtet gefühlt: Er gab einen Befehl, Murat führte ihn aus. Es ist ein großer Fehler, einem Undankbaren aus der Klemme zu helfen. Jedenfalls zeugt es von großer Naivität.

So hatte alles begonnen. Wäre er nicht so groß gewesen, hätte Bonaparte ihn wahrscheinlich nicht bemerkt ...

Bis dahin unterschied sich Murat in nichts von den Tausenden jungen Männern, denen die Revolution so viele Möglichkeiten wie Gefahren zu bieten hatte. Dieser nächtliche Ritt durch die Straßen von Paris, die unbesonnene und siegreiche Bravour, die er bewiesen hat, enthält im Keim seinen künftigen Ruhm. Das Getrappel der Pferdehufe auf dem Pflaster hallt nach wie ein Refrain, der sein ganzes Leben prägen und gliedern wird.

Wirklich zur Welt kommt er mit achtundzwanzig Jahren durch seine Begegnung mit Bonaparte, und dieser Tag ist der unmerkliche Beginn seines Todeskampfes. Doch hätte er im Voraus gewusst, was ihm noch alles bevorstand, er hätte sich Bonaparte mit derselben Begeisterung angeschlossen.

Er bereut nichts. Besser gesagt, er bekennt sich zu dieser Treue.

Nicht ohne Stolz kann er sich damit abfinden, nur eines gewesen zu sein: nicht ein Stein, den der Kaiser auf dem Spielbrett nach Belieben hin und her schiebt, sondern eine weiße Seite, auf die Napoleon schreibt. Für die Ewigkeit.

*

Italien, 1796

Die Abteilung der Alpenarmee, die er befehligt, musste unter Tausenden von Schwierigkeiten mitten im Winter die Pässe zwischen Savoyen und dem Piemont überqueren. Beim Anblick dieser vor ihm aufragenden, teils von Graupelgestöbern verschleierten Gebilde unbekannter Höhe dachte er kurz an das Heer Hannibals – seine Artilleriegeschütze waren nicht minder schwer als Elefanten und auch nicht wendiger auf den schlechten, vereisten Wegen. Seine Leute litten unter der Kälte und der Feindseligkeit der Savoyer. Nachdem sie diese harte Prüfung durchgestanden haben, ist der Schnee nach und nach verschwunden, hat sich die Landschaft geöffnet.

Bonaparte, von nun an Oberbefehlshaber der Italienarmee, hat den vielversprechenden Offizier nicht vergessen und ihn als Adjutanten zu sich holen lassen.

Bevor Murat in Mailand zu ihm stößt, lässt ihn das, was er alles zu sehen bekommt, aus dem Staunen gar nicht mehr herauskommen: die frisch besäten, von Zypressen gesäumten Felder, die Dörfer, die armseliger wirken als die in seinem heimatlichen Quercy, die Landsitze, deren Notabeln verpflichtet sind, ihn gebührend zu empfangen, die kalte, aber schon mildere Luft, die den Frühling ankündigt, die kleinen Städte, deren *duomi* und *palazzi comunali* in Luxus und Zierrat miteinander wetteifern, die düsteren und überladenen Kirchen, die Gesänge der Bauern auf dem Land und die der Nonnen in den Klöstern … alles ist Versprechen, alles ist Freiheit, alles ist Lebensfreude.

Mithilfe eines Kauderwelschs aus Französisch, dem Dialekt seiner Kindheit, dem Latein aus der Schulzeit und immer wieder lautem Lachen gelingt es ihm, sich einigermaßen verständlich zu machen.

Nach den Ängsten der Schreckensherrschaft und den Zeiten des Zweifels zeigen sich die Tage endlich leicht und glücklich: Ausritte, Empfänge, Liebeleien, Plünderungen, Scharmützel, an Bonaparte entsandte Kuriere ... Wen könnte die Heiterkeit dieser ersten Tage in Italien unberührt lassen? In diesem Land, wo die Greise unbeugsam wie die Reden Ciceros sind und die Mägde lebhaft wie in der *commedia dell'arte*. In diesem Land, wo Schatten nicht Entzug der Sonne bedeutet, sondern ihrem Licht lediglich eine subtile Nuance hinzufügt.

Zum ersten Mal seit König Franz I. wagt sich eine französische Armee nach Lothringen vor. Der österreichische Feind weicht nur schrittweise zurück, und der im Mai 1796 im Alter von neunundzwanzig Jahren zum Brigadegeneral beförderte Adjutant spielt bei der Offensive eine herausragende Rolle. Tapfer schlägt er sich bei Montenotte und bei Dego gegen die Österreicher, bei Mondovì gegen die Piemontesen, die zu einem Separatfrieden gezwungen werden, bei Lodi und in Borghetto erneut gegen die Österreicher ...

Auf den Schlachtfeldern erlernt er nun richtig sein Metier. Die gegnerischen Strategen kommen aus den besten Militärakademien Wiens. Sie haben die renommiertesten Autoren studiert und kennen Theorie und Regeln in einem gut geführten Feldzug. Er, der von diesem Wissen nicht die geringste Ahnung hat, stürmt intuitiv drauflos, sorgt auf der gegnerischen Seite für völlige Verwirrung, überrascht und demütigt sie. Unter den Vertrauten des Generals en Chef taucht sein Name immer häufiger auf, begleitet von Lob.

Nach Murats Rückkehr von einer geglückten Mission in Ligurien, in deren Verlauf er Genua mit Drohungen zu einer Neutralität unter französischer Aufsicht gezwungen hat, schickt Bonaparte ihn nach Paris, damit er Joséphine zu ihm bringt, die er vor Kurzem geheiratet hat. Doch diese, raffiniert, wie sie ist, vertraut ihm, um der Aufforderung nicht Folge leisten zu müssen, eine erfundene Schwangerschaft an, die er, mitwissend oder arglos, bei seiner Rückkehr dem erfreuten, aber skeptischen Bonaparte verkünden soll.

Murat scheitert an Mantua. Während er sich in Brescia erholt, gerät er für kurze Zeit in österreichische Gefangenschaft, wird durch eine französische Gegenoffensive befreit, kämpft dann bei Castiglione, bei Lavis, bei Bassano, erneut vor den Stadtmauern Mantuas, bei Rivoli, am Tagliamento, am Isonzo. Die von ihrem italienischen Glacis zurückgedrängten Österreicher stehen mit dem Rücken zur Wand, zu den Alpen.

Auf ihre militärischen Erfolge bauend, lebt die Italienarmee auf Kosten des Landes, und ihre wichtigsten Anführer lassen es sich gut gehen. Was für eine Freude, endlich die finanziellen Probleme hinter sich zu lassen!

Er ist Franzose, General, berühmt, vermutlich wohlhabend, siegreich, ledig, energisch und schön: Die Mailänderinnen, selbst die verheirateten, reißen sich um ihn, und er zeigt sich nicht abgeneigt.

In diesem Sommer genießt er die Sorglosigkeit und die Feste, die Siege und das Geld, die Begegnungen und die ständigen Reisen, den Appetit auf morgen und die Gewissheit, ein Leben gefunden zu haben, das ihm zusagt.

Am 12. August 1796 gibt der General en Chef der Italienarmee einen Empfang. Natürlich herrscht bei diesem Ball, zu dem der apostolische Nuntius, der Botschafter der Republik Venedig, die offiziösen Gesandten der Könige von Piemont-Sardinien und beider Sizilien sowie des Großherzogs der Toskana eingeladen sind und den sich keine der bedeutendsten Mailänder Familien entgehen lässt, für den gesamten Generalstab die Pflicht, anwesend zu sein und einen guten Eindruck zu machen. Wahrscheinlich haben sich auch einige englische und österreichische Spione und Emissäre des Direktoriums unter die Gäste geschmuggelt.

Murat trägt seine Galauniform. Beim Anblick der halblangen Jacke aus feinem Tuch muss er lächeln. Ein Lieferant der Armee, ein hagerer, verschlagener Marseiller, der sich rühmte, niemand Geringeren als den Zaren und den Sultan zu seinen Kunden zu zählen, hatte sie ihm vor zwei Wochen unter vielen Komplimenten gebracht. Aber vor der Truppe verweigerte er die Annahme des Pakets:

«Was? Ich soll elegant gekleidet herumstolzieren, während meine Soldaten weiter in Lumpen herumlaufen? Strolch! Verräter! Dieb! Wenn die Uniformen, die ich bei dir bestellt habe, nicht in einer Woche hier sind, schneide ich dir beide Ohren ab und lege sie auf Bonapartes Schreibtisch!»

Der Galgenvogel zog sich unter dem Gejohle und Geschrei der Soldaten zurück und ließ am verabredeten Tag einhundertzweiundachtzig Jacken, zweihundert Hosen, einige Dutzend Hemden und Stiefelpaare, eine Truhe voller Patronengurte, einen Packen Decken sowie vage Versprechungen für die Zukunft überbringen. Die Sachen passten nicht zusammen, als wären sie aus österreichischen und piemontesischen Warenlagern entwendet worden, aber das machte nichts. Murat wachte persönlich über ihre Verteilung an die mittellosesten seiner Männer.

Ein Mailänder Schneider änderte die Jacke, um sie an die Pariser Mode anzupassen. Übermäßig tailliert und mit ausgepolsterten Schultern, bringt sie nun die wohlproportionierte Gestalt ihres Besitzers zur Geltung.

Erst heute Morgen hat er aus Paris die Epauletten erhalten, die er gleich nach seiner Beförderung zum General in Auftrag gegeben hatte. Sie tragen die Goldsterne seines Grades, gestickt auf eine großzügige Passe aus nachtblauem Samt, und das Ganze ruht auf einer Unzahl von Fransen und feinen gold- und silberfarbenen Kordeln, die filigran miteinander verflochten sind. Dieses Kunstwerk der Posamenterie hat die Augen zahlreicher Arbeiterinnen des Pariser Vororts Saint-Antoine verdorben und stellt eine unvernünftige Ausgabe dar. Er wird, Gott weiß wann, dafür bezahlen.

Murat betrachtet sich im Spiegel, wo der Glanz der Tressen und vergoldeten Knöpfe mit dem Schein der Kerzenleuchter verschmilzt und sich zugleich von seinem dunklen, ungebändigten Haar und sonnengebräunten Gesicht abhebt. Was denn! Zu einem Sturmangriff wie zu einer Abendgesellschaft hat man schließlich tadellos zu erscheinen.

In den Salons des Palazzo Serbelloni bahnt er sich einen Weg durch die Menge der Gäste. Ein kleines Orchester spielt auf einem Podium. Unzählige vor Spiegeln platzierte Kandelaber verbreiten üppiges Licht. Diener gehen durch die Menge, auf ihren Tabletts Gläser mit lombardischem Wein, denn Taktgefühl gegenüber den Gästen wie auch das schmale Budget der Armee verbieten Champagner. Frauen, mit tiefem Dekolleté, gereckter Brust, schimmerndem Schmuck, angelockt durch die Abwesenheit seiner derzeitigen Mätresse, bemühen sich, seine Aufmerksamkeit auf sich zu lenken.

Vor einem halb geöffneten Fenster des Merkur-Salons umringt eine Gruppe Offiziere lachend und trinkend den General Dumas, der alle um eine gute Kopflänge überragt. Murat freut sich, hier diesen als Sklave in Saint-Domingue geborenen Mulatten anzutreffen, der sich als Befehlshaber der Alpenarmee ihm gegenüber, angesichts seiner Schwierigkeiten bei der Überquerung der Berge, recht nachsichtig gezeigt hatte. Er geht zu ihm, um ihn vorschriftsmäßig zu begrüßen, aber Dumas umarmt ihn herzlich.

«Mein lieber Murat! Bravo für diese brandneuen Epauletten! Sie stehen dir gut!»

«Danke, General. Ich wusste nicht, dass Sie nach Mailand zurückgekehrt waren, sonst hätte ich Ihnen meine Aufwartung gemacht.»

«Ach, was soll das Protokoll zwischen uns!»

Man glaubt, zwei Riesen vor sich zu haben, der eine schwarz, der andere weiß, plaudernd inmitten der Uniformen, die einen Kreis um sie bilden.

«Sag mir lieber, hast du endlich genügend Pferde gefunden für die Remontierung deiner Husaren?»

«Bis auf Maultiere und Schindmähren habe ich alles aufgekauft, was zwischen den Alpen und der Adria beschlagene Hufe trägt. Aber der Österreicher hatte Sorge getragen, die Pferdeställe zu leeren.»

Plötzlich erhebt sich lautes Stimmengewirr, die Menge teilt sich, der General en Chef betritt den Saal. Hager, von knapp durchschnittlicher Größe, mit Augenschatten, gelblichem Teint, verärgerter Miene und seinem langen, glatten dunklen Haar, das ihm über den Nacken fällt wie die herabhängenden Ohren eines Spaniels, ist er mit ausgesuchter Schlichtheit gekleidet in einen eisengrauen Gehrock, ohne Handschuhe, die Stiefel nachlässig poliert. Die aus Mantua eingegangenen Nachrichten verkünden, dass der Angriff misslungen ist und dass eine Belagerung vor den Stadtmauern nötig sein wird, wahrscheinlich über mehrere Monate. Jedem ist seine Vorliebe für waghalsige Truppenbewegungen bekannt. Dieses unvorhergesehene Hindernis bei seinem Vormarsch nach Osten lähmt die gesamte Armee und macht sie verwundbarer.

Er wechselt hier und da ein paar Worte, ist eher den Damen zugeneigt und gewährt manchmal einen Handkuss, kehrt Störenfrieden abrupt den Rücken und unterhält sich leise mit einem Adjutanten, der sich Notizen macht. Die Gespräche brechen ab. Der Generalstab hat spontan stramme Haltung angenommen. Murat und Dumas sind beide einen Schritt zurückgetreten, damit Bonaparte nicht zu deutlich den Kopf heben muss, um ihre Ehrerbietung entgegenzunehmen. Er beglückwünscht einen Offizier, verwarnt einen anderen und lächelt, als er seine beiden Generäle Seite an Seite antrifft.

Während diese freundliche Geste noch ihre ganze Wirkung entfaltet, ist er schon in den Karyatiden-Salon hinübergegangen. Alle haben sehr wohl bemerkt, dass Murat und Dumas ein Recht auf besondere Aufmerksamkeit genießen, und sogleich wächst die kleine Gruppe um sie herum an. Um etwas freier atmen zu können, nimmt Dumas seinen jüngeren Kollegen am Ellenbogen und führt ihn ans andere Ende des Raumes.

Eine sehr junge dunkelhaarige Frau in weißem Kleid blickt unverwandt zu ihnen hinüber. Dumas bemerkt es als Erster und begreift, dass nicht er dieses Interesse weckt. Er macht seinen Kollegen darauf aufmerksam:

«Siehst du das kleine Mädchen dort drüben, das dich mit seinen Blicken verschlingt? Da, in der Tür?»

«Dieses Kind? Eine unserer zahlreichen mailändischen Bewunderinnen, nehme ich an. Kennen Sie sie?»

«Vorsicht, mein Freund, dieses junge Ding ist Caroline ... Heute erlaubt der General erstmals seiner jüngeren Schwester, an so einer Abendgesellschaft teilzunehmen.»

«Und warum soll ich vorsichtig sein?»

«Sie ist gerade erst fünfzehn Jahre alt und starrt dich auf eine Weise an, die bei ihrem Bruder für Verstimmung sorgen könnte. In Familienangelegenheiten verstehen die Korsen keinen Spaß.»

Ein Oberleutnant unterbricht sie, er überbringt Dumas ein dringendes Schreiben und zieht mit einer quer und flüchtig darübergekritzelten Antwort ab. Murat erwidert den Blick des Mädchens und deutet ein vages Lächeln an. Diese distanzierte Höflichkeit scheint ihm weniger kompromittierend als eine Unhöflichkeit oder zu deutliche Gleichgültigkeit.

Die Menge teilt sich erneut, um eine Gruppe von Frauen passieren zu lassen. In ihrer Mitte Joséphine de Beauharnais in einem prächtigen Kleid aus blassgrünem, goldbesticktem Musselin, einen weißen Seidenschal um die Taille gebunden und mit einem Diamantcollier angetan. Dieser majestätische Auftritt, der wie ein Widerhall auf den ihres Mannes folgt, bricht auffällig mit dem revolutionären Egalitarismus.

Sie schreitet langsam voran, jede Ehrerbietung auskostend, die ihr zuteilwird. Wahrscheinlich war sie es, die nach diesem Ball und diesem Prunk verlangt hat. Bonaparte, den diese Mondänitäten langweilen, hat zugestimmt, um sie zufriedenzustellen und die Aufmerksamkeit von der Belagerung Mantuas abzulenken. Sie ist erst seit zwei Wochen in Mailand und hat damit eine lange Trennung beendet, nicht aber die anhaltenden Gerüchte der Treulosigkeit oder vielmehr der Treulosigkeiten.

Als Murat im Frühjahr in ihrem Pariser Hotel auftauchte, um ihr die Anordnungen seines Generals, ihres Ehemanns, zu übermitteln, und mehrere Tage lang versuchte, sie zu einer möglichst baldigen Abreise nach Italien zu überreden, erlag er unweigerlich ihrem Charme. Sie spielte das gefährliche Spiel der Verführung, mit Posen der Ermattung, in hauchzarten Negligés, mit zärtlichen Worten und Blicken, mehr oder weniger verhüllten Avancen. Er antwortete darauf geschmeichelt mit überzogenen Komplimenten, die zu nichts verpflichteten. Die elementarste Vorsicht gebot beiden, nicht weiter zu gehen. Dennoch fanden sich barmherzige Stimmen, die Bonaparte zuflüsterten, der brillante Murat habe ihm soeben ein weiteres Paar Hörner aufgesetzt.

Als Joséphine Dumas entdeckt, wirft sie ihm einen angewiderten und hasserfüllten Blick zu und ignoriert ihn demonstrativ.

«Murat! Mit Generalsternen, die Sie weit mehr als andere verdienen! Mailand erscheint mir weniger leer, jetzt da ich Sie hier wiederfinde.»

«Ich ermesse, welch ein Glück ich habe, Madame. Eben sah ich Mars vorübergehen, und jetzt erscheint Venus.»

Trotz seiner Trivialität löst das Kompliment ein Tuscheln der Genugtuung aus. Sie streckt ihm ihre Hand zum Kuss entgegen und zögert kaum:

«Und wem von beiden werden Sie zu Diensten sein?»

Diese Schäkerei ist nicht ungefährlich. Vor so vielen Zeugen, die auf den leisesten Hinweis lauern, genießen sie jede Doppeldeutigkeit. Er antwortet nicht. Sie beschließt, ihn zu schelten:

«Es wird überall gemunkelt, Sie suchten Trost in den Armen einer verheirateten Frau, ja sogar mehrerer?»

«Böse Zungen!»

Auf die von einer koketten, allgemein als leichtlebig bekannten Person gestellte Frage, wie auf die Antwort, eine schamlose Lüge, erhebt sich ein Raunen um sie herum.

Mit Bedacht verbeugt er sich. Joséphine setzt mit ihren Damen die Promenade fort. Nicht gesehen oder keines Blickes gewürdigt hat sie ihre Schwägerin, die ihr regungslos nachsieht mit einem Ausdruck kaum unterdrückten Zorns.

Das Orchester spielt jetzt einen Militärmarsch, eine auftrumpfende Weise, in der die Flöten zu Querpfeifen werden und die Geigen Trommelwirbel imitieren. Nach eher liebenswürdigen Musikstücken erinnert der General en Chef auf diese Weise seine Gäste daran, dass er nicht umsonst ihr Herr ist. Dieser Ball ist keine Galanterie, sondern eine Offensive.

Dumas legt nun seine Hand auf die Schulter seines jungen Kameraden, zieht ihn zu sich heran und flüstert ihm ins Ohr:

«Caroline macht dir schöne Augen, und Joséphine kokettiert mit dir? Du riskierst in diesem Palast noch mehr als im feindlichen Feuer.»

Dann geht er, ohne ihm Zeit für eine Antwort zu lassen. Aber weshalb diese Mahnung? Ganz Mailand tanzt und vergnügt sich, und er soll in ewiger Alarmbereitschaft verharren?

Und wie zur Bestätigung dieser Warnung kommt das Mädchen, angetan mit einem schlichten weißen Kleid, das ihre Brust und ihre Schultern bedeckt, auf ihn zu. Sie trägt außer einem Paar dezenter Ohrringe keinen Schmuck. Ein Blumenkranz hält ihr geflochtenes schwarzes Haar. Die etwas kräftige Nase, das zu markante Kinn, der Hals ohne Grazie, die kleinen und eng stehenden Augen machen aus ihr keine Schönheit, noch ihre linkische Art und trotzige Miene. Keine Anstandsdame wacht über sie, kein ständiger Begleiter, der sie einander vorstellen könnte. Sie wagt es, sich direkt an ihn zu wenden:

«General Murat, ich freue mich, Sie kennenzulernen.»

«Mademoiselle ...»

«Ich habe Sie vergangene Woche in Montebello gesehen, aber Sie haben mich nicht bemerkt.»

Er vermag nicht zu erkennen, ob diese Bemerkung ein Vorwurf oder eine Einladung ist.

«Entschuldigen Sie, die Dienstpflichten ...»

Er merkt, dass diese Antwort ihn wie einen Dummkopf aussehen lässt. Er grüßt sie mit einer knappen Verbeugung. Dumas' Rat klingt noch in seinem Kopf nach, und er macht keinerlei Anstalten, das Gespräch wieder in Gang zu bringen. Dieser Mangel an Manieren sollte sie veranlassen zu gehen, aber sie bleibt, unentschlossen, wie sie sich weiter verhalten soll. Das stumme Tête-à-tête, das sich immer weiter hinzieht, da keiner der beiden es auf angemessene Weise zu beenden weiß, wird ungehörig. Unter dem beharrlichen Blick dieser schwarzen Augen ist er nun derjenige, der das Schweigen bricht und sich zu weiteren Plattitüden hinreißen lässt.

«Bleiben Sie eine Weile in Mailand?»

«Ich weiß noch nicht.»

Wieder zieht ein Schweigen auf. Sie starrt ihn weiterhin eindringlich an. Die Situation grenzt ans Lächerliche. Unmöglich, Fersengeld zu geben und sie hier sitzen zu lassen. Er ist gezwungen, darauf zu warten, dass ein Kurier ihm eine Nachricht bringt oder ein Amtsdiener eine Rede des Generals en Chef ankündigt. Schließlich sagt sie zu ihm mit leiser Stimme:

«Sie tanzen nicht.»

Es ist keine Frage, schon gar nicht ein Angebot. Eine einfache Feststellung, während das Orchester zu einem unbeschwerteren Repertoire zurückgekehrt ist.

«Ich bin nicht ... sehr geschickt in dieser Tätigkeit.»

Dieses Geständnis löst ein kurzes, verhaltenes und ein wenig schrilles Lachen aus, als hätte sie einen Sieg davongetragen. Er fühlt sich recht unbeholfen und ist wütend auf sich, weil er nicht weiß, wie er diesem so jungen Mädchen gegenüber auftreten soll. Und dann ist sie es, die ihn mit flüsternder Stimme entlässt:

«Ich denke, wir werden uns wiedersehen.»

Sie blickt ihn an, als wäre es das letzte Mal, noch immer mit glänzenden Augen, und kehrt zum Salon der Musen zurück, wo Joséphine nicht ist.

Diese Begegnung ist ihm vollkommen entglitten, so wie ein Aufklärungstrupp beim Kontakt mit dem Gros der feindlichen Armee sich dem Zugriff entzieht. Er hat eine Niederlage erlitten und kann sie weder verstehen noch akzeptieren.

Mit einem höhnischen Lachen kehrt er zu Masséna, Brune und Marmont zurück, trinkt maßlos, brüstet sich damit, Mantua innerhalb von drei Wochen bezwingen zu können, flucht wie ein Kutscher und weist die Avancen einer brünetten Schönheit zurück, mit der er nichts anfangen kann.

Was soll das! Er ist neunundzwanzig, sie fünfzehn. Was mochten diese beharrlichen Blicke, dieses lange vertrauliche Gespräch, diese Momente des Schweigens bedeuten? Was spielte sie für ein Spiel? Und warum verwirrte ihn ihre Unschlüssigkeit mehr als Joséphines gekünsteltes Getändel?

Sobald Bonaparte wieder weg ist, verlässt er den Empfang mit zweien seiner Offiziere, lässt sich in ein Bordell außerhalb der Stadtmauern bringen, ein seiner unwürdiges Loch, das von Viehhändlern und durchreisenden Fuhrleuten frequentiert wird. Er steckt der entgeisterten Puffmutter ein Geldstück zu, sucht sich die Jüngste unter den Prostituierten aus, stößt sie in ein Zimmer von zweifelhafter Sauberkeit und nimmt sie mit roher Gewalt.

Im Frühjahr 1797 schließlich hält der Riegel von Mantua den Angriffen nicht länger stand. Der Feldzug setzt sich in Venetien fort, drängt die Österreicher zurück, übergeht Venedig, schwenkt Richtung Norden, stößt an die Berge, wo die Bauern schon einen deutschen Dialekt sprechen, von dem Murat kein Wort versteht. In der Schlucht am Fuß der Alpenpassage entfaltet die Kühnheit der Franzosen ihre ganze Wirkung, und der Gegner weicht erneut zurück. General Dumas zeichnet sich durch eine heldenhafte Attacke aus und öffnet den Weg hinab in die Tiroler Wiesen und ins Kärntener Land. Wien scheint in Reichweite.

An einem Abend im Oktober 1797, nach einer Besprechung des Generalstabs, als Murat gerade von einer heiklen und glänzend ausgeführten Mission im schweizerischen Veltlin zurückgekehrt ist, kommt Bonaparte mit einer geheimnisvollen und zugleich betont freundlichen Miene auf ihn zu. Er teilt ihm mit, dass er Caroline zurück nach Paris in das Pensionat der Madame Campan geschickt habe, um dort ihre Erziehung zu vervollkommnen.

Murat ist sprachlos. Da überbringt ihm der General en Chef Nachrichten von seiner Schwester, als hätte er darum gebeten, und bedeutet ihm gleichzeitig – denn das Pensionat ist so geschlossen wie ein Kloster –, dass es ihm verwehrt ist, sie wiederzusehen, worum er ihn ohnehin niemals ersucht hätte und worauf er auch nicht unbedingt Lust hat.

Wie soll er mit dieser widersprüchlichen Mitteilung umgehen? Gleichgültigkeit wäre unhöflich, ein zu deutliches Interesse unvorsichtig, gespielter Kummer lächerlich.

Er hat nur eine Erklärung. Da er seine Begegnung mit Caroline auf dem Ball des Palazzo Serbelloni nie erwähnt hat, muss sie es also gewesen sein, die ihrem Bruder davon erzählt hat. Und dabei muss sie auch auf irgendeine Weise ihre Faszination für den schönen Kavalleristen verraten haben. Bonaparte hat ihre Abreise beschlossen, besser gesagt, er schickt sie fort, aber nicht ohne Widerrede und nicht ohne Tränen.

Murat hatte Caroline schon fast vergessen. Aber sie kann auch auf andere Weise unvorsichtig gewesen sein, ohne es zu wissen, kann seinen Namen genannt, Fragen gestellt, kurz, ohne ihn zu kompromittieren, ihn doch zumindest in eine unangenehme Situation gebracht haben.

Indem Bonaparte ihn von seinem Beschluss in Kenntnis setzt, schützt er beide. Und völlig unerwartet fügt er noch hinzu, dass er ihm nicht untersagt, seiner Schwester zu schreiben.

Murat hat um nichts dergleichen gebeten. Ihm fehlen erneut die Worte. Steht dieser Satz für eine Zustimmung? Wenn er nun nicht schreibt, ist er dann nicht unhöflich, und wird sich Caroline dann nicht über seine Gleichgültigkeit beklagen? Und wenn er schreibt, womit kann er sie dann unterhalten, wo doch jeder Satz von der Direktorin des Pensionats kontrolliert werden wird? Und wo wird ihn ein solcher Briefwechsel hineinziehen?

Natürlich war sie es, die vehement darauf bestanden und so als Ausgleich diese kleine Freiheit erlangt hat. Aber diese Freiheit lastet fortan auf ihm, stört ihn und engt ihn ein.

Dieses noch so junge Mädchen hat bewundernswert manövriert, mit demselben Ungestüm und derselben Kühnheit, die ihr Bruder auf dem Schlachtfeld an den Tag legt.

*

Eine Maus schlüpft unter der Tür seiner Zelle herein, läuft an der Wand entlang, schnuppert, sieht ihn an, huscht unter das Bett und verschwindet. Er begibt sich auf alle viere, um nach ihr zu sehen, und versteht nicht, wohin sie verschwunden ist: keine Maus, kein Mauseloch. Für ein so winziges Geschöpf ist die Festung von Pizzo eine Welt, jede Etage ein Land, jeder Raum eine Provinz. Auch sie berauscht sich an Abenteuern, entsprechend ihrer Größe.

Vielleicht existieren ja Bonaparte-Mäuse und Bourbonen-Mäuse. Selbst wenn sie sich in seinen Augen alle ähneln, können sie sich zweifellos anhand von tausend Einzelheiten untereinander erkennen.

Bourbonen-Mäuse tanzten und schlemmten in Paris, in Parma, in Neapel, in Madrid. Nach einem unglaublichen Sturm triumphiert eine Bonaparte-Maus in Paris und siedelt ihre Familie in Neapel, in Den Haag, in Kassel, in Florenz und in Madrid an. Und schon nehmen wieder die Bourbonen-Mäuse überall ihre ehemaligen Positionen ein. Werden so in hundert Jahren Schüler ihre Geschichte lernen?

Er hätte gern, dass das kleine Tier zurückkommt. Wovor ist es geflohen? Und warum hat es sich nicht damit begnügt, in dieser Zelle Unterschlupf zu finden, wo ihm keine Gefahr droht? Es gehört zum Los einer Maus, niemals zu verweilen.

In all diesen Jahren ist er kaum einmal drei Monate lang an ein und demselben Ort geblieben, außer in den Jahren von Sonne und Ruhm, den Jahren von Traum und Schmach, den Jahren von Glück und Angst: den Jahren von Neapel.

*

Orient, 1798

Anfang 1798 wohnt Murat der Ausrufung der Römischen Republik bei und lässt von dem gefangenen Papst einen Rosenkranz segnen, den er seiner frommen Mutter schickt. Im Mai, gleich nach seiner Rückkehr nach Frankreich, erhält er den Befehl, sich nach Toulon zu begeben und sich dort auf der *Artémise* einzuschiffen. Ein großer Teil der Italienarmee folgt ihm. Von den Plänen Bonapartes weiß er ebenso wenig wie jeder gemeine Soldat. Seinen Offizieren gegenüber, die ihn mit Fragen bedrängen, kann er nur seine Unkenntnis eingestehen. Spanien? Sizilien? Und warum nicht Amerika oder China? Unter dem Kommando eines solchen Anführers scheint kein Ziel unerreichbar, kein Plan ein Hirngespinst.

Am vereinbarten Tag sticht die französische Flotte in See. Ein kräftiger Autan füllt die Segel. Der Hafen ist noch in Sicht, als ihm übel wird: Das Blut weicht aus seinen Schläfen, ihm wird flau, der Magen dreht sich ihm um, seine Beine zittern, ihm bricht der Schweiß aus. Ohne ein Wort, unter den spöttischen Blicken der Mannschaft, begibt er sich zum Heck, stützt sich auf die Reling, hofft vergeblich auf Besserung, übergibt sich. Es ist nichts zu machen, unaufhörlich schwirrt ihm der Kopf, alles um ihn schwankt, während der Schoner unter Vollzeug unbeirrt seine sechs Knoten läuft. Sein Wille hat kapituliert. Er wünscht nur noch eines: dass es aufhört.

Den Befehl umzudrehen kann er nicht erteilen, und so harrt er dort aus, zusammengesunken, entkräftet, den Blick gebannt auf die Bewegung der Welle im Kielwasser gerichtet. Wieder übergibt er sich. Eine mitfühlende Stimme rät ihm, sich hinzulegen, er gehorcht, lässt sich in eine Hängematte fallen, und auch hier gehen seine Qualen weiter, will der Schlaf sich nicht einstellen. Die Zeit löst sich auf in eine Übelkeit erregende Fortdauer. Ein Maat kommt ihn zum Abendessen abholen, er rührt sich nicht. Das Stück Brot und die Schale Brühe, die man ihm vorsetzt, widern ihn an. Die Nacht zieht sich wie ein langes Leiden endlos hin.

Am Morgen sucht ihn der Bordarzt auf und überredet ihn, das heißt, befiehlt ihm, trotzdem aufzustehen. Er bietet ihm den Arm und führt ihn aufs Achterdeck. Die korsische Küste ist mit Mühe zu erkennen. Ein kalter, böiger, ihn ein wenig aufmunternder Wind, der sich im Vergleich zum Vortag und in Bezug auf die beständige lange Dünung gedreht hat, wirft eine See mit harten, abgehackten Wellen auf, die das Schiff ohne Unterlass erschüttert.

Der Kommandant hat den Befehl erhalten, um zehn Uhr in Anwesenheit aller Offiziere einen Umschlag zu öffnen. Murat schleppt sich bis zum Tisch und versucht, eine gute Figur zu machen. Die Nachricht wird laut verlesen: Kurs auf Ägypten, und auf dem Weg dorthin soll die französische Flotte Malta überfallen und einnehmen.

«Wie viele Tage noch bis Malta?», haucht Murat ermattet.

«Noch sieben oder acht, je nachdem», erwidert der Kommandant gleichmütig.

Sobald er in Alexandria an Land geht, stürzt er sich in die Offensive und die Eroberung, um sich von dieser beschwerlichen Überfahrt zu erholen. Er will vergessen, dass Bonaparte ihm Vorhaltungen gemacht hat, weil er als Allererster in Malta gelandet war und so verhindert hatte, dass das Gros der Flotte vor den Mauern von Valletta das Überraschungsmoment nutzen konnte. Hätte er zu seiner Verteidigung etwa die Qualen anführen sollen, die er seit der Abfahrt erlitten hat, dieses vitale Bedürfnis, um jeden Preis festen Boden unter den Füßen zu spüren? Mit gesenktem Haupt angesichts der Verwarnung, wie einst im Seminar, hat er wortlos darauf gewartet, dass das Unwetter vorüberzieht.

Nun bietet sich Ägypten seinen Blicken dar und entzieht sich ihnen zugleich: Alles an dieser Welt ist ihm fremd, und Zugang zu ihr findet er nur über Mittler, die natürlich die Unwahrheit sagen, von allen Seiten bestochen werden und dennoch unverzichtbar sind. Dattelpalmen ragen in den dunstigen, vor Hitze flirrenden Himmel. Vom Elend niedergedrückte Einheimische verfolgen feindselig das Vorrücken der Franzosen. Die Mamluken, theoretisch Vasallen Konstantinopels, leisten nur schwachen Widerstand. Die französische Armee zieht stromaufwärts den Nil entlang. Murat sieht erstmals Kamele, Flusspferde, Ibisse, Krokodile.

Die Überreste des vergangenen Ruhms dieses Landes – Tempelruinen, Pyramiden, Säulengänge, Sphinxe; auch Mumien, Hieroglyphen und Skulpturen, die die Armen ihm in einem fort anbieten – vermischen sich mit seinen Erinnerungen an die Bibel – Moses Jugend, die Flucht nach Ägypten ... –

und an Autoren der Antike – Alexander der Große, Cäsar und Kleopatra … Er verliert sich in dieser Wirrnis von Geschichten, die Namen auf den Landkarten stimmen nicht mit denen aus seiner Schulzeit überein. Er fühlt sich begraben in einer geschichtslosen Gegenwart, in einer richtungslosen Ebene, in einem Eroberungsstreben, dessen Umfang sich ihm entzieht. Er lässt sich mitnehmen. Wer würde es wagen, den General en Chef infrage zu stellen?

Nach einigen Wochen siegreicher Scharmützel, in denen der Widerstand schlecht befehligter und unkoordinierter Einheiten sowohl der Korruption als auch der ersten Offensive nachgibt, tritt die französische Armee endlich in direkte Konfrontation mit dem Feind. Die Mamluken haben ihre Truppen zwischen Kairo und den Pyramiden zusammengezogen. Ein etwas zu leichtsinniges französisches Kommando wird dort in ein ernstes Gefecht verwickelt. Bonaparte versammelt die am weitesten vorgerückten Teile des Expeditionskorps und befiehlt den Angriff. Murat bedauert, nur eine zweitrangige Rolle dabei zu spielen. Am Ende der Schlacht ist Ägypten erobert.

Das Klima zwingt die Armee zu leichteren Uniformen. Murat verschmäht es nicht, am Abend, wenn nach Sonnenuntergang noch Hoffnung auf ein wenig Frische oder zumindest ein wenig Linderung besteht, eine weite Tunika aus Baumwolle zu tragen. In dem eleganten Haus mit schattigem Innenhof und Springbrunnen, das ihm in Kairo zugewiesen ist, sammeln sich Tag für Tag mehr Raritäten an, Leopardenfelle, Elefantenstoßzähne, Stammesmasken, Schilde aus Zebrahaut. Er versteht nichts davon, aber diese Vielfalt bereitet ihm Vergnügen. Manchmal gibt er abends Empfänge, zu denen er sich als arabischer Prinz oder Beduinenkrieger verkleidet. Seine Gäste, griechische Kaufleute, jüdische Ärzte, koptische Grundbesitzer, levantinische Zwischenhändler, mischen sich zögerlich unter die französischen Offiziere. Die Frauen bleiben unsichtbar.

Er vermisst Italien.

Seitdem er die Erlaubnis – oder den Befehl? – dazu erhalten hat, schickt er Caroline drei- oder viermal im Jahr einen nichtssagenden Brief. Weder Einzelheiten der militärischen Operationen noch Details aus seinem Alltag sind darin zu finden. Einige pittoreske und korrekte Beschreibungen sorgen für das nötige Lokalkolorit. Er deutet Gefühle an, die er nicht empfindet, so ätherisch formuliert, dass weder die Direktorin des Pensionats noch Bonaparte daran etwas auszusetzen haben könnten. Im Übrigen antwortet sie ihm in demselben Ton. Wenn das Schiff, das die Post transportiert, von der englischen Flotte aufgebracht wird, stört ihn das Ausbleiben einer Antwort nicht, sofern er es überhaupt bemerkt. Er schreibt ihr, wie man sich einer Hausaufgabe entledigt, routinemäßig, pflichtgemäß. Er erinnert sich kaum an ihr Gesicht.

*

Sie haben ihm alles genommen. Seine Waffen, natürlich; seine Papiere; sein Gepäck; sein Necessaire aus Fischleder; seine Tabakdose und seinen Tabak; sein Geld; sogar seine Uhr, seine goldene Uhr, die Caroline ihm schenkte, bevor er nach Russland aufbrach, und die auf der Rückseite ihrer beider Porträt trägt.

Er entdeckt das Gefühl, nichts anderes als ein Körper zu sein, ein zwischen vier Wänden festgehaltener Körper, ohne feste gesellschaftliche Stellung, ohne Zukunft. Ein Atmen. Ein Herz, das er in seinen Schläfen pochen hört. Eine Summe von Muskeln, Knochen und Flüssigkeiten in vollkommenem Gleichgewicht. Das Nötige an Kleidung, um diesen Körper zu bedecken. Das Nötige an Nahrung, um ihn gesund zu erhalten. Das Nötige an Schlaf, um ihn ruhen zu lassen.

Die Askese, zu der er gezwungen ist, erstaunt und interessiert ihn mehr, als dass sie ihn verärgert. Wahrscheinlich wollten sie ihn mit diesem Entzug erniedrigen. Ab in den Kerker, wie ein bestrafter Seminarist oder Soldat!

Aber er kann noch leben, auch ohne Rasiermesser, ohne Uhr, ohne überflüssige Dinge. Was nützt es ihm, die Uhrzeit zu wissen, wenn er über nichts mehr herrscht und seinen Kerkermeistern gehört?

Ein Fenster mit Gitterstäben, das auf den Hof und die Mauern geht, genügt ihm, er sieht darin, was er darin sehen will, Moskau in Flammen, einen Ball in Wien, die Einnahme Capris, Palmen, die sich vor einer Wüste im Hintergrund abzeichnen, den königlichen Palast in Madrid. Fünfzehntausend Husaren beim Angriff in Preußisch Eylau. Achille in seiner Wiege. Eine Schlägerei im Seminar von Toulouse. Napoleon, der ihm zulächelt, in seinem Wagen eilig unterwegs zum Treffen mit Marie-Louise.

Was können sie einem Mann wegnehmen, der das erlebt hat?

*

Die Verwundung, 1799

Manchmal abends – zu seinem eigenen Erstaunen – ertappt er sich dabei, dass er die Zeichner, Graveure, Geschichtsschreiber, Maler, Architekten, diesen ganzen Schwarm unnützer junger Leute beneidet, der um die Armee herumschwirrt. Sie kommen und gehen nach Belieben, hören auf nichts und niemanden, ergötzen sich an unbegreiflichen Bemerkungen. Die Kühnsten unter ihnen, die – unter dem Vorwand, einen Haufen Schutt am Fuße eines Hügels oder eine halb versunkene Stele am Rande eines Feldes untersuchen zu wollen – darauf bestehen, sich zu entfernen, sind dann genau diejenigen, die schon bei den ersten Schüssen einer Plündererbande aus der Wüste wie Kaninchen Reißaus nehmen. Alle fordern ungeniert eine Eskorte, eine Feluke, einen Dolmetscher, Soldaten als Handlanger für Grabungen, Abweichungen von der vorgegebenen Route, tausend Dinge, die selbst in Frankreich undenkbar gewesen wären. Obwohl er sie jeden Abend barsch zurechtweist und ihren Forderungen nicht stattgibt, schätzt er ihre Sorglosigkeit und ihre Begeisterung.

Außerdem lenken sie ihn ab. Denn seine große Sorge gilt wie immer der Beschaffung von Reittieren. Ägypten ist reich an Kamelen, Maultieren, Eseln, mit denen er nichts anfangen kann. Die aus Europa mitgebrachten Pferde leiden unter dem Klima. Die hiesigen Falben sind klein, robust, unermüdlich, sanft, aber sie sind weder im Handel noch durch Beschlagnahme zu beschaffen.

Auf die Illusion des Entdeckens folgt recht schnell die Ernüchterung. Die Gewalt der Sonne, der ständig drohende

Durst, die Grausamkeit der Kämpfe ohne Regeln, Aufstände und Repressalien, die unermessliche Weite des Landes, die Krankheiten, die fast völlig abgebrochenen Verbindungen nach Frankreich zermürben die Moral der Truppe. Wozu will man das Niltal, Kairo, das Heilige Land, all die Wüsten Afrikas erobern? Bis wohin und bis wann dringt man so immer weiter in unbekannte Regionen vor? Wozu all die Toten? Als Murat bei einem Abendessen offen seinem Unverständnis und seiner Besorgnis Ausdruck verleiht und betont, dass er auch für die Truppe spricht, befiehlt ihm Bonaparte wutentbrannt zu schweigen, holt seine Pistole hervor und drückt ihm den Lauf an die Schläfe. Der gesamte Generalstab ist sprachlos, reglos, entgeistert.

Die Armee verlässt Kairo, zieht Richtung Norden, passiert das Rote Meer, nimmt Jaffa ein. Den Sinn dieser harten Prüfung versteht er ebenso wenig wie der einfachste Grenadier. Der General en Chef hat doch wohl nicht die Absicht, bis nach Konstantinopel vorzudringen, um die Hohe Pforte zu stürzen, dann den Balkan zu durchqueren, um von Osten kommend Wien zu belagern? Oder Syrien und Persien auf den Spuren Alexanders zu durchqueren, um Indien zu erobern?

Zwei Monate lang widerstehen die jahrhundertealten Stadtmauern von Akkon allen Angriffen und versperren den Weg. Es bleibt nur der Rückzug nach Ägypten. Die Soldaten murren. Die Pest tritt auf. Entbehrungen aller Art nehmen zu. Die Feinde, die sich ergeben, werden erbarmungslos niedergemetzelt. Es fehlt an Pferden. Mit jedem Tag schwindet die Truppenstärke des Expeditionskorps. Unverhüllt zeigt sich die äußerste Brutalität des Krieges.

Murat hat nicht das Recht, an Bonaparte zu zweifeln, selbst als er erfährt, dass die französische Flotte bei Abukir von Nelson versenkt worden ist. Er versteht erst nach und nach, dass er, ohne es zu wissen, einen Pakt geschlossen hat. Einen ungleichen Pakt mit einem Mann, dessen absolute Überlegenheit nicht zur Diskussion steht.

Nach langem Zaudern haben sich die Türken angesichts des Seesieges der Engländer und der Niederlage der Franzosen vor Akkon zum Angriff entschlossen. Sie landen im Nildelta. Bonaparte lässt sie gewähren, um sich ihnen auf dem Festland zu stellen.

An der Spitze seiner Husaren wirft sich Murat voller Rage ins Gefecht, mitten in einer weiten, baumlosen Ebene. Der Gegner kompensiert die Unzulänglichkeit seiner Ausrüstung und den Mangel an taktischer Voraussicht durch blinde Wut und maßloses Ungestüm. Das Schlachtfeld wird zu einer Unmenge blutiger Nahkämpfe, zu einem wirren Gewühl inmitten von Staub und Geschrei. Säbel und Pistole unermüdlich im Einsatz, rückt Murat vor. Sein Pferd wird unter ihm getötet. Er beschlagnahmt das eines seiner Oberleutnants und kämpft weiter in der Absicht, die feindliche Armee zu spalten. Sein Generalstab und seine Bataillone folgen ihm, gemäß dem im Voraus verabredeten Manöver, und verbreitern damit den so ins Herz des ottomanischen Heeres getriebenen Keil. Diese Art des Vordringens hat zur Folge, dass Murat mit einem Mal direkt auf den türkischen Anführer Mustafa Pascha trifft. Während der Säbel des Franzosen niederfährt, schießt der Türke intuitiv aus nächster Nähe.

Murat fühlt zunächst einen Stoß, eine heftige Erschütterung im Kopf, wie durch einen Faustschlag auf den Schädel, er ist leicht benommen. Das Getöse der Schlacht ist verschwunden. Etwas Blut fließt ihm über den Arm – seines oder das seines Gegners? Er führt die Hand an die Kehle, sie fühlt sich klebrig an. Er hat nicht wirklich Schmerzen und versteht nicht mehr ganz, was um ihn herum geschieht. Ein Offizier nimmt sein Pferd am Zügel und bringt Murat hinter die Front. Ein Arzt eilt herbei. Die Kugel hat seine Wange durchschlagen und ist unterhalb des Kinns wieder ausgetreten. Er spuckt. Man fordert ihn auf abzusteigen, sich hinzulegen. Helfer waschen die Wunden. Eine Art Schlaf übermannt ihn. Warum tuscheln sie an seinem Bett? Warum ruht er in einem Zelt, während draußen die Kämpfe toben? Ein zweiter Arzt ist herbeigeeilt, die beiden Kollegen reden leise miteinander. Man gibt ihm zu trinken, er erkennt den Geschmack von Rum. Eine Hand streichelt seine verletzte Wange, dann spürt er, wie eine Nadel sein Fleisch durchbohrt. Er wird ohnmächtig.

Als er erwacht, ist die Schlacht gewonnen. Man erklärt ihm, dass die Kugel sein Gesicht durchbohrt hat, ohne irgendein Organ zu verletzen. Ein Wunder. Er wird keine bleibenden Schäden davontragen, außer zwei Narben am Ein- und Austrittpunkt der Kugel. Er soll nicht sprechen und sich einige Tage lang erholen, um jede Komplikation zu vermeiden. Man bringt ihn im Haus eines örtlichen Gouverneurs unter, in einem großen, dunklen Zimmer voller Teppiche und Kissen. Bonaparte hat sich nach ihm erkundigt und ernennt ihn zum Generalmajor. Mustafa Pascha, der während ihres Zweikampfes zwei Finger verloren hat, befindet sich in Gefangenschaft.

Drei Tage nach der Verwundung verspürt er das Bedürfnis, sich jemandem anzuvertrauen. Er beschließt, Caroline zu schreiben, und seine Feder eilt über das Papier, endlich einmal fast aufrichtig:

Mademoiselle, diesen Montag hat eine feindliche Kugel mein Gesicht durchbohrt, und ich werde wahrscheinlich weniger schön sein als zuvor. Sie sollen wissen, dass ich dennoch wohlauf bin, kaum beeinträchtigt von den Verbänden und bereit, bald wieder auf meinen Posten zurückzukehren. Zwar kann ich eine Woche lang nicht sprechen, doch zumindest kann ich Ihnen schreiben. Ich schließe diesen kleinen Brief, damit er Sie baldmöglichst erreicht und der Nachricht meines Todes zuvorkommt, die man Ihnen sicherlich übermitteln wird. Ich verbleibe, selbst im tiefsten Ägypten, Ihr ergebener Diener.

Ohne zu wissen warum, wird er eines Morgens einberufen und am Abend auf einer der beiden Fregatten mit Kurs auf Frankreich eingeschifft. Der General en Chef bricht klammheimlich auf und lässt das gesamte Expeditionskorps zurück. Murat ist geschmeichelt, der kleinen Gruppe anzugehören, die auserwählt ist, ihn zu begleiten, wenn auch nicht auf demselben Schiff. Er ist bei ihm, aber mit Abstand. Unter seinen Vertrauten, aber nicht im engsten Kreis.

Die fünfundvierzigtägige Überfahrt, dicht an der libyschen Küste entlang, um der englischen Flotte zu entgehen, und gegen die vorherrschenden Winde kreuzend, stellen ihn auf eine ebenso harte Probe wie die Hinfahrt. Wenigstens ermöglicht ihm die Zeit des verordneten Schweigens, vollständig zu genesen. Er lässt sich lange Koteletten wachsen und trägt einen hohen Offizierskragen, um die Narben zu kaschieren.

Auf Wiedersehen, Ägypten! Er hätte alles ertragen, sogar die Blicke der so weit von ihrer Heimat sterbenden Soldaten, hätte er nur das Ziel dieses abenteuerlichen Unternehmens verstanden. Nach dessen unklarem Ende weiß er noch immer nicht, was Bonaparte dort gesucht, noch, ob er es gefunden hat. Ihm wird klar, dass seine ganze Welt zusammenstürzt, wenn er das Vertrauen in seinen Anführer verliert. Die Grenze zwischen absoluter Ergebenheit und Verrat, eine schmale Grenze, schlecht bewacht, gefährlich, undurchsichtig, bedroht ihn. Er muss sich untersagen, auf die andere Seite hinüberzusehen. Ein einziges Mal hat er es gewagt, offen seine Zweifel zu äußern, und Bonaparte hat damit gedroht, ihm eine Kugel in den Kopf zu jagen. Diese bildliche Kugel und die sehr reale von Mustafa Pascha verschmelzen miteinander. Ihm bleibt nichts anderes übrig, als seine Unterwerfung einzugestehen und seine Freiheit für lange Zeit aufzugeben.

Nachdem Bonaparte und seine Generäle in aller Eile von Toulon nach Paris zurückgekehrt sind, werden sie als Sieger empfangen. Niemand wagt es, die Waffenbrüder zu erwähnen, die sie dort unten zurückgelassen haben, ohne eine Aussicht auf Rückkehr oder eine Möglichkeit zu siegen. Es bleibt nichts anderes übrig, als zu lügen.

Murat lässt Caroline einen höflichen Brief überbringen, in dem er sie über seine Rückkehr informiert. Sie antwortet ihm sehr schnell und schildert ihm auf lustige Weise die Ankunft seiner beiden Husarenoberleutnants in voller Montur am Tor des Pensionats und die Aufregung der jungen Damen.

Eine seiner ersten Besorgungen: Er gibt bei einem Schneidermeister eine Galauniform in Auftrag, teils französisch, teils ungarisch inspiriert: blutrote, goldbestickte Hose, grüne Jacke mit silberfarbenen Posamentenverschlüssen, Wehrgehänge aus fahlgelbem Leder, ein mit einem weißen Federbusch verzierter

Hut, der sich elegant von seinen prunkvollen Epauletten abhebt. Die Rechnung ist zwanzig Mal so hoch wie der Preis für seine Ländereien in Labastide-Fortunière, die er vier Jahre zuvor an seinen Bruder Guillaume verkauft hatte, aber was soll's!

In Paris logiert er hinter der Pfarrkirche Saint-Eustache in einer Wohnung voller Raritäten, die er von seinen Reisen mitgebracht hat, einer Mischung aus Trödelladen und Beutekammer. Im Wohnzimmer erleuchtet ein bronzener Kandelaber aus einem Südtiroler Kloster eine Göttin aus grünem Jaspis mit Schakalkopf, die auf einem Tisch mit Intarsien steht, ein Geschenk des Großherzogs von Toskana. Auf einer halbmondförmigen piemontesischen Kommode die tauschierte Pistole von Mustafa Pascha, eine Gegengabe für seinen Kavalleriesäbel, daneben eine genuesische Madonna aus vergoldetem Holz, ein mamlukischer Krummsäbel, eine von den Marseiller Kaufleuten geschenkte Muschel, ein Kruzifix aus Elfenbein. Orientteppiche schmücken alle Böden, Gardinen mit eingewebten Arabesken zieren alle Fenster. Über dem Kamin eine Ansicht des Canal Grande von Tiepolo unter einem Bild, das Bonaparte zu Pferd bei der Überquerung des Po zeigt. Die Gläubiger, die einen verstohlenen Blick auf diesen Reichtum werfen, wenn sie vom Vorzimmer aus den Kopf durch die Tür stecken, können ihre anhaltende Glücklosigkeit nicht begreifen ...

Der unliebsame General en Chef erweist sich als zu beliebt, von zu offensichtlichem Ehrgeiz getrieben. Die Mitglieder seines Generalstabs führen ihre Säbel in den Straßen von Paris spazieren. Ein komplexes abgekartetes Spiel entspinnt sich, und Murat verdrießt es, untätig zu bleiben. Wie viel leeres Gerede, wie viele Mauscheleien mit dieser korrupten und unfähigen

Regierung! Der galante Briefwechsel mit Caroline füllt ihn nicht aus. Im Übrigen erfährt er, dass sich weitere Mitbewerber gemeldet haben und offiziell um die Hand der jüngsten Schwester Bonapartes anhalten. Er akzeptiert keine Niederlage ohne Kampf, und so wird er drängender in seinen Briefen. Caroline ist weiterhin sehr auf der Hut.

*

Carolines Gesicht verblasst auf den Wänden seines Gefängnisses.

Über wie viel Zeit verfügt er noch?

Vier Jahre zuvor – ja, vier Jahre zuvor war er König von Neapel – gab er eine Studie zur Herstellung eines optischen Telegrafen in Auftrag, nach dem Prinzip, das die Brüder Chappe erfunden hatten. Diese Erfindung, die er zwischen Paris und Brest, Amsterdam, Mainz oder Venedig im Einsatz erlebt hat, erlaubt es, innerhalb eines Tages Nachrichten zu übermitteln. Diese geradezu unerhörte Geschwindigkeit ließ ihn träumen. Mithilfe einer solchen Reihe von Semaphoren würde er in kürzester Zeit über jede Landung von Schiffen sizilianischer Herkunft alarmiert werden.

Zu den Anhöhen, auf denen seine Ingenieure die Errichtung von Stationen vorgesehen hatten, gehörte die Festung von Pizzo. Das war das letzte Mal, dass er von dieser kalabrischen Ortschaft reden hörte. Es war nur natürlich, den Turm und die kleine Garnison für die künftige Übertragung der Signale zu nutzen. In seiner Erinnerung ein schwarzes Quadrat auf der Karte mit der Anmerkung: Pizzo, Station Nr. 17.

So wurde, dank dieser Einrichtung, Ferdinand von Bourbon schon gestern über seine Gefangennahme informiert. Er wird Abgesandte schicken, um seine Befehle ausführen zu lassen. Von Neapel hierher benötigt man auf den miserablen Straßen des Südens zu Pferd vier Tage; auf dem Seeweg nur einen einzigen, jetzt, Mitte Oktober, wo die Westwinde stetig zu wehen scheinen.

Der feige und cholerische Ferdinand hat es nie vermocht, klare Entscheidungen zu treffen, aber bei seinem französischen Feind wird dieser Kleingeist eine Ausnahme machen. Natürlich wird er keine Entscheidung treffen ohne die Unterstützung seiner englischen Protektoren, aber diese werden auch keinen Grund haben, ihn zurückzuhalten.

Was hätte er in der umgekehrten Konstellation getan? Wenn Ferdinand im eroberten Palermo ihm in die Hände gefallen wäre? Ihn töten lassen? Nein. Die Zeit der Rache und der Morde ist vorbei, und Napoleon hätte das niemals akzeptiert. Wozu einen verachtenswerten und gestürzten Mann in den Sechzigern noch füsilieren? Es wäre klüger gewesen, ihm irgendwo in Böhmen oder in Ungarn einen bedeutungslosen Aufenthaltsort in einem abgelegenen Schloss zuzuweisen, ohne Besuch, ohne Postverkehr, und zu warten ...

Wenn Ferdinand heute seine Befehle erteilt und das Schiff sofort auslaufen lässt, sind seine Schergen morgen oder übermorgen hier. Murat wird dann noch vor Ende der Woche tot sein. Nur wenn er dieses Kap umschifft, kann er hoffen, noch weiterzuleben. Ob Hass oder Liebe, die Zeit macht alle Krallen stumpf.

Aber wozu sich an solche Spekulationen klammern? Es ist ratsamer, sich auf den Weggang aus dieser Welt vorzubereiten. Seit seinem ersten Gefecht in Flandern ist er ein Überlebender. Er muss eingestehen können, dass sich die Partie ihrem Ende zuneigt. Er hat nichts riskiert und doch so viel bekommen! Er hat ein erfülltes Leben gehabt. Das allein zählt.

*

Triumphe, 1799

Wie jeder damals konstatiert auch Murat die Korruption und die Unfähigkeit des Direktoriums. Bonaparte, der gerade zum Kommandanten von Paris ernannt worden ist, ergeht sich in mehrdeutigen, drohenden Äußerungen, und seine Generäle pflichten ihm bei. In einem Klima der Spaltung treten drei der Direktoren zurück, die beiden anderen werden unter strenge Bewachung gestellt. Am 18. Brumaire werden die beiden Kammern der Nationalversammlung nach Saint-Cloud einberufen. Murat hat den Auftrag, ihre Sicherheit zu gewährleisten – und sie zugleich zu überwachen, ja sogar, ihnen jede Bewegung und jeden Kontakt mit der Außenwelt zu untersagen.

Am Nachmittag des 19. hält Bonaparte, der Murat keine konkreten Befehle gegeben hat, eine zu lange, zu hochtrabende, unklare Rede und wird rasch durch Proteste und Verratsanschuldigungen unterbrochen. In der allgemeinen Verwirrung wird er angegriffen, umringt, bedrängt.

Als Murat nach Einbruch der Nacht seinen Anführer in einer schwierigen Lage sieht und Stimmen hört, die lautstark seine Verhaftung wegen Hochverrats fordern, zögert er nicht. Er treibt seine Grenadiere zusammen, dringt mit Gewalt in das Palais ein und befreit Bonaparte. Dann kehrt er in den Versammlungssaal zurück, erklimmt unter Protestgeschrei die Rednertribüne und brüllt: «Bürger, ihr seid aufgelöst!» Da die gewählten Repräsentanten nicht schnell genug begreifen, gibt er seinen Truppen einen unmissverständlichen Befehl: «Schafft mir all diese Leute hier raus!» Die Abgeordneten rennen hinaus in den Park.

Die militärische Gewalt siegt über die gewählte Versammlung. Nur einen Monat nach der Rückkehr aus Ägypten wird das Konsulat ausgerufen.

Ein Offizier, der eine strategische Position innehat – eine Anhöhe, eine Brücke, eine Kreuzung, einen Pass, eine Festung –, muss sie verteidigen und ihre Möglichkeiten ausschöpfen. In Anwendung dieses Prinzips hält Murat drei Wochen nach dem Staatsstreich, gerade erst zum Kommandeur der Konsulargarde ernannt, um die Hand Carolines an.

Innerhalb des Familienrats, der zusammentritt, glaubt er auf die Unterstützung Joséphines zählen zu können, die von dem kuriosen Titel einer Konsulin begeistert sein wird. Die Mutter, Letizia, wird dagegen sein, wie sie überhaupt gegen alles ist. Die Brüder sind ihm durchaus gewogen, und Caroline wird sie mühelos auf ihre Seite gezogen haben, aber sie zählen nicht.

Der Erste Konsul hat nichts von seinen Gefühlen durchblicken lassen. In Italien wie in Ägypten waren Glückwünsche aus seinem Munde eine Seltenheit; seine Vorwürfe, selbst wenn sie nur Lappalien betrafen, waren erdrückend. Jedes Mal, wenn ein Brief von ihm ankam, versetzte dies Murat einen kleinen Stich, ja versetzte ihn regelrecht in Angst, und meistens hat sich diese Vorahnung als richtig erwiesen.

Auch wenn er Bonaparte seit vier ereignisreichen Jahren kennt, in seinem Gefolge alle Dienstgrade erklommen, unablässig unter seinen Befehlen gekämpft und immer mehr Verantwortung übernommen hat, weiß er noch immer nicht, was sein Anführer von ihm denkt.

Je lieber das Kind, desto schärfer die Rute, heißt es. Würde er ihn mit Kritik überhäufen, wenn er nicht Großes mit ihm vorhätte? Verhält er sich wie ein Lehrer, der einen begriffsstutzigen Schüler schilt, oder wie ein Schmied, der auf eine Klinge einschlägt, um ihren Stahl zu härten?

Bonaparte bleibt ein Rätsel, für dessen Lösung Murat seine Seele verkaufen würde. Aber er hat nicht die Kugel vergessen, die ihm an einem Abend des Zweifelns in Ägypten den Kopf zu durchschlagen drohte.

Sein Antrag wird angenommen. Wie viel Gewicht mögen seine Verdienste und wie viel die geschickten Manöver der Braut bei der Entscheidung ihres Bruders gehabt haben? Er will es lieber nicht wissen. Also Hochzeit. Aber nur eine zivile Trauung, die am 20. Januar 1800 nicht in Paris, sondern im Schloss Mortefontaine im Departement Oise bei Joseph Bonaparte im engsten Kreis stattfindet. Ohne Gütergemeinschaft der Gatten und mit einer recht dürftigen Mitgift. Von der Familie Murat ist selbstverständlich kein Mitglied anwesend. Ebenso wenig der Erste Konsul und seine Frau. Dem respektlosen Vorwurf, er wolle nur eine weitere Monarchie errichten mit all ihren Fehlern und Mängeln, könnte er die Schlichtheit dieser Vorbereitungen entgegenhalten, sieht man einmal von der funkelnden, mit Orden behangenen Uniform des Bräutigams ab. Eine Dorfhochzeit, oder beinahe.

Murat muss sich damit begnügen. Durch diese Vereinigung

tritt er in die Familie Bonaparte ein, und was macht es schon, wenn man dafür den Kopf senken und durch eine enge Tür gehen muss.

An diesem Tag nimmt er Caroline erstmals richtig wahr, in Mailand hatte er sie nur flüchtig gesehen. Ihr Gang und ihre Taille sind etwas plump, ihre Gesten ein wenig linkisch, aber sie erstrahlt in ihrem Kleid aus weißer Seide an Josephs, des ältesten Bruders Arm.

Als er ihren Schleier hebt, ist er beeindruckt von ihrem gebieterischen und stolzen Blick, der in einem ovalen Gesicht mit Adlernase aufflammt. Was macht es schon, dass sie eine unsichere, manchmal schrille Stimme hat, ein schallendes und misstönendes Lachen, dass sie Plattitüden von sich gibt – ihre kleinen, eng stehenden Augen haben für sie gesprochen und ganze Tagesordnungen diktiert. Sie überstrahlen ihre sehr blasse Haut, ihr Lächeln, ihre oft schmollenden Lippen, ihre vollkommenen Zähne. Sie künden von einer Sicherheit, die bei einer so jungen Frau erstaunt. Stärker als die Diamanten ihres Colliers funkeln sie in einem einzigartigen Glanz.

Sie hat die Augen ihres Bruders.

Nach dem Abendessen verabschiedet das Brautpaar Kammerzofen und Diener.

In aller Ruhe zieht er sein Nachthemd aus, um sie zum ersten Mal in ihrem Leben einen nackten Mann betrachten zu lassen, den muskulösen Körper, von dem sie so oft geträumt hat. Hat sie diesen Moment gewollt? Sie soll ihn genießen! Da er es natürlich nicht gewohnt ist, sich so zur Schau zu stellen, schon gar nicht vor einer achtzehnjährigen Jungfrau, geniert er sich sogleich fast noch mehr als sie. Indessen verspürt er ein vages Vergnügen, unnötigerweise herumzugehen, um zu prüfen, ob Tür und Fenster gut verschlossen sind, bevor er unter die Laken schlüpft. Sie hat die Augen nicht abgewandt.

«Madame, ich beabsichtige heute Abend alle meine Rechte geltend zu machen, die mir der neue Titel eines Gatten verleiht.»

Diese ungeschickte Eröffnung will ihn daran erinnern, dass er sich fortan in einer Situation befindet, die an sich banal ist, aber in der der Erste Konsul endlich keinen Platz mehr hat. Sein Schatten wird sich nicht, so hofft er, bis in das eheliche Gemach erstrecken. Er bläst die Kerze aus.

Er legt seine Hand auf sie. Seine Zärtlichkeiten werden drängender, auf der Schulter, der Brust, dem Bauch. Er fordert sie auf, es ihm gleichzutun, küsst sie, drückt sie an sich. Ihre Schüchternheit, ihre Unschuld überraschen ihn, so sehr ist er an leichte Mädchen und Intrigantinnen gewöhnt. Was nützt es ihm, mit den Herbergsmägden geschäkert und die Verführungskünste der mailändischen Gräfinnen erfahren zu haben, die Sinnlichkeit der ägyptischen Odalisken, die Heiterkeit der eleganten Pariserinnen? Heute Abend muss er diese junge Frau, die ihm zugetan ist, in die Liebe einführen.

Trotz des Gemunkels im Pensionat und der Andeutungen ihrer schon verheirateten Freundinnen weiß sie offensichtlich so gut wie nichts von dem, was folgen wird. Er gebietet über sie, führt ihre Gesten, legt sich auf sie. Die junge Braut ist nicht so übermäßig und lächerlich schamhaft, wie er befürchtet hat. Sie lässt es geschehen und beginnt zu verstehen, besser: zu ahnen, fährt mit ihrer Hand durch sein Haar, über seinen Nacken, spürt die Muskeln seiner Arme, erwidert seine Küsse, spielt mit seinem Brusthaar, lacht leise, wagt deutlichere Gesten. Was? Die Schwester des Ersten Konsuls findet Gefallen an der Liebe?

Nach dem, was ihm als Vorspiel angemessen erscheint, entjungfert er sie.

Dritter Tag

10. Oktober 1815

Dieses Schicksal erzählen heißt,
Tausende Fäden in schillernden,
unüberprüfbaren, die Wahrheit
verfälschenden Farben miteinander
verweben.

Eine einzige, alles in allem unbedeutende Sache bereitet ihm Kummer. Er hätte leichter ein ehrenhaftes Ende akzeptiert: im Kampf verwundet und gefangen genommen zu werden, sein Schiff durch die feindliche Flotte aufgebracht zu sehen, von einem treulosen General unter Arrest gestellt zu werden, seinen Degen einem seiner Minister aushändigen zu müssen. Statt dieses wirren Handgemenges auf der Landstraße am Ortsausgang von Pizzo, statt dieses Gebrülls, bei dem die Zornesrufe die Befehle und Gegenbefehle übertönten, hätte er einen ernsteren und feierlicheren Moment, einen grandioseren Sturz bevorzugt.

Er weiß sehr wohl, dass niemand sich sein Ende aussuchen kann.

Nie hat er geglaubt, dass er in seinem Bett sterben werde. Die unzähligen Schlachtfelder, die er mit gezücktem Säbel durchquert hat, hätten schon hundertmal seiner Karriere ein Ende setzen müssen, aber sie haben ihn nicht gewollt. Kanonenkugeln haben ihn gestreift, Pistolenkugeln sind ihm um die Ohren gepfiffen und haben seine Kleider durchlöchert, seine Pferde wurden unter ihm getötet, seine Offiziere an seiner Seite niedergemäht. Je mehr er sich der Gefahr aussetzte, desto mehr lächelte ihm das Siegesglück. Seine Unerschrockenheit flößte den Feiglingen Mut ein, sein Ruf versetzte seine Gegner in Schrecken und faszinierte sie.

Zumindest eine Gewissheit kann ihm Genugtuung bereiten: Er wird nicht bei einem Schiffbruch sterben. Sich an die Trümmer eines vom Sturm oder einer englischen Granate auseinandergerissenen Schiffes klammern, spüren, wie das kalte Wasser um ihn herum steigt, wie es ihn seiner letzten Kräfte beraubt und gegen seinen Willen in Mund und Nase eindringt, um ihn in die Tiefe zu reißen, ohne dass er etwas dagegen unternehmen kann ... Dieser Todeskampf, den er immer gefürchtet hat, wird ihm erspart bleiben. Sein Tod wird ihm entsprechen. Auf festem Boden. Das ist ihm recht.

Doch wie viele große Dinge wären noch zu vollbringen! Sein ehrgeizigstes Projekt wird nicht vollendet werden. Die politische Katastrophe ist schmerzlicher als die militärische Niederlage. Und noch unabänderlicher.

*

Der Fuß und der Stiefel, 1800

Paris, den 29. Messidor, Jahr VIII

Mein lieber Murat,
ich habe das große Glück, Dir mitzuteilen, dass ich im dritten Monat schwanger bin. Ich hätte es Dir gern persönlich verkündet, aber Deine Rückkehr nach Paris verzögert sich immer wieder.
Erinnerst Du Dich an die Woche vor Deiner Abreise, als Du mir kaum Ruhe ließest? Deine Angriffe haben Frucht getragen.
Mein Zustand ist noch nicht sichtbar, aber ich bin durch die Zeichen aufmerksam geworden, die jede Frau selbst dann er-

kennt, wenn sie sie noch nicht erlebt hat. Abgesehen von gelegentlicher Übelkeit am Morgen, geht es mir wunderbar, und ich esse für zwei. Der gute Doktor Corvisart ist sehr zufrieden mit mir.

Ich habe meinem Bruder davon Mitteilung gemacht und ihn zur Wahl des Vornamens befragt: mit Laetitia, für ein Mädchen, ist er einverstanden; und Napoléon, für einen Jungen, hat er abgelehnt.

Na ja, ich freue mich sehr. Ich schuldete ihm diesen Vorschlag, aber ein Napoleon in der Familie genügt uns. Die Vornamen der früheren Könige – Louis, François, Philippe, oder selbst Charles, wie mein Vater – seien nicht willkommen. Was hältst Du von einem Helden der Antike, als Würdigung der tapferen Soldaten, von denen ich umgeben bin? Hercule, César, Achille, Alexandre ...

So, mein Freund, schlag Dich tapfer, erobere schnell ganz Italien und kehre lorbeerbekränzt zurück, aber kehre schnell zurück und in jedem Fall vor der Niederkunft.

Schreib mir oft. Ich warte auf Deine Briefe mit mehr Erregung als damals im Pensionat. Und ich langweile mich fern von Dir.

Caroline

Beim Lesen dieser Zeilen überkommt ihn ein neues Gefühl von ungekannter Fülle und Heftigkeit.

Er hätte darüber empört sein können, erst nach dem Ersten Konsul davon zu erfahren. Aber die Frage des Vornamens findet sich so auf kluge Weise geregelt. Carolines Schwangerschaft ereignet sich nach den Geburten in den Familien von Joseph, Lucien, Élisa und Pauline – Napoleons verheirateten Geschwistern. Unfreiwillig lenkt sie, nun auch sie, die Aufmerksamkeit darauf, dass die Verbindung von Napoleon und Joséphine bis dahin ohne Nachkommen geblieben ist. Und da Joséphine von ihrem verstorbenen ersten Ehemann, dem Vicomte de Beauharnais, zwei Kinder, Eugène und Hortense, bekommen hatte, schließt alle Welt daraus, dass nicht sie dafür verantwortlich ist.

Jeder weiß, dass Napoleon im Stillen unter diesem aus seiner Sicht persönlichen und politischen Versagen leidet. Die Bekanntgabe des erfreulichen Ereignisses bei Caroline muss ihn erneut auf sein vergebliches Warten verwiesen haben.

Aber was kümmert das Murat? Er wird Vater. Diese Ankündigung erfüllt ihn mit Freude und Ernst, eröffnet ihm Aussichten des Glücks, von deren Existenz er nichts ahnte. Der Gedanke, dass sein Leben mit diesem Kind über ihn hinaus weitergehen wird, während er sich seit fast zehn Jahren doch dem Töten verschrieben hat, verunsichert ihn. Die Bedeutung dieser neuen Verantwortung überwältigt ihn. Caroline fehlt ihm schrecklich.

Dieser Brief erreicht ihn in Parma. In dem Palast, den der Infant gezwungenermaßen dem französischen Generalstab überlassen hat, wählt Murat die Hälfte der letzten Etage als Schlafzimmer und Arbeitsraum.

Nach der Hochzeit hatte er vorgehabt, seine junge Frau zu einem Besuch seiner Familie in Labastide-Fortunière mitzunehmen und ihr die Orte seiner Kindheit zu zeigen, die Hochebenen, Cahors und den Lot. Aber dafür war keine Zeit. Ein Befehl Bonapartes rief ihn zum Dienst.

Während des Ägyptenfeldzugs gingen beinahe alle eroberten Gebiete in Italien verloren. Selbst das so teuer erkämpfte Mantua! Bald wird auch Genua fallen, wo Masséna umzingelt und ausgehungert nur mit Mühe Widerstand leistet, und so der Koalition den Weg nach Nizza, Marseille, Lyon öffnen ...

Im Frühjahr schleichen sich die französischen Armeen erneut über die Alpenpässe ein, wobei sie im Mai den Großen Sankt Bernhard im Schnee passieren und die uneinnehmbare Festung von Bard im Aostatal erobern. Sie trennen die österreichischen Linien auf, ziehen in Mailand ein, ohne auf Widerstand zu stoßen, und erobern nach der schwierigen Schlacht bei Marengo den größten Teil der Poebene.

Murat ist dem General en Chef Berthier unterstellt, während er nur seinem Schwager unterstehen möchte. Er verhält sich daher betont lässig, sogar dreist, versäumt es, Befehle entgegenzunehmen, Bericht zu erstatten, tut nur das, was ihm passt, und betrachtet das beinahe als sein gutes Recht. Er rückt ins Zentrum Italiens vor.

Carolines Brief erhellt weiterhin seinen Abend, vergessen sind die Beschwerden des Generals en Chef und die Mahnungen zur Disziplin des Ersten Konsuls, die Schwierigkeiten bei der Versorgung und der Auszahlung des Soldes, die Klagen der besetzten und besteuerten Städte und immer wieder das Problem mit den schlechten und nie ausreichend vorhandenen Pferden. Selbst der Ehrensäbel, den er von seinem Schwager – nachdem dieser ihn zuvor verwarnt hatte – für ein wagemutiges Manöver erhielt, das ihn zum Herrscher über Piacenza machte, zählt nicht mehr.

Er hat keine Lust zu arbeiten, trinkt ein Glas Wein mit seinem Adjutanten, Oberleutnant Duluc. Durch das offene Fenster dringen eine leichte Brise und die gedämpften Geräusche der Stadt in das Zimmer und zerstreuen ihn – ein Bellen, ein

Streit zwischen Betrunkenen, weiter weg das Quietschen einer Wagenachse ... Die Wachen an der Tür scherzen. Der Mond geht hinter dem Glockenturm des Doms auf. Was macht wohl Caroline in diesem Augenblick?

Plötzlich ist am Eingang des Palastes Stimmengewirr zu hören. Ein angeregtes Gespräch, in dem sich theatralisch vorgebrachte Beschwerden und Spötteleien vermischen.

Ein Soldat erscheint und beschreibt ihm die Szene: Ein Bittsteller im Priestergewand möchte unbedingt den General Murat sprechen, ihn allein, er weigert sich, seinen Namen und den Gegenstand seines Besuchs preiszugeben.

«Was hältst du davon, Duluc? Lassen wir ihn nach oben kommen?»

«Warum nicht, es könnte unterhaltsam werden.»

Drei Minuten später steht ein kleiner Mann in Soutane vor ihnen, verbeugt sich kurz und protestiert:

«Ihre Soldaten haben mich durchsucht! Als könnte ein Mann der Kirche eine Waffe verstecken!»

«Die Kutte macht noch keinen Mönch ... Wer sind Sie?»

«Die Umstände haben mich gezwungen, verschiedene Namen zu benutzen, aber der beständigste und richtigste ist Pater Graziani.»

«Und warum wünschten Sie so beharrlich, mich zu dieser späten Stunde zu sehen?»

Der Pater wirft einen Seitenblick zum Oberleutnant hinüber:

«Können wir ... vertraulich reden?»

«Duluc, schenke dem Pater doch ein Glas Wein ein, er wird uns unterhalten.»

Während dieser kurzen Pause messen sie einander mit

Blicken, und Murat ist beeindruckt vom stattlichen Aussehen und vom Auftreten des kleinen dunkelhaarigen Mannes, dessen Alter er nicht abzuschätzen vermag. Seine Soutane ist perfekt geschnitten und aus teurem Stoff. Seine eleganten Halbstiefel sind mit einer Silberschnalle versehen. Er trägt einen schweren Goldring an jeder Hand. Seine Haltung ist eher militärisch denn religiös.

«General, ich bin drei Tage lang hierhergeeilt, um Sie zu treffen.»

«Nun, das wäre ja geschafft. Wer schickt Sie?»

«Niemand anderer als mein Gewissen.»

«So weit, so gut. Und was diktiert es Ihnen in Bezug auf mich?»

Ganz offensichtlich hat der Pater seine Rede vorbereitet. Er scheint nicht beeindruckt und lässt durchblicken, dass er im Umgang mit den Mächtigen vertraut ist. Er spricht sanft, deutlich, mit wohlklingender Stimme. In einem anderen Kostüm würde er als Hofbeamter oder als wohlhabender Kaufmann durchgehen. Oder als unverschämter Lakai. Oder als Fürst einer jüngeren Adelslinie.

«Ich komme, um mit Ihnen über Neapel zu reden.»

Gewöhnlich bittet man ihn um einen Gefallen, um Protektion, um Hilfe. Die Eröffnung weckt seine Neugier; er bedauert nicht, diese Audienz gewährt zu haben. Manchmal, wenn er eine Landkarte konsultiert, schweift sein Blick nach Süden ab, zur Straße von Messina, wo Sizilien Kalabrien berühren zu wollen scheint ...

«Neapel ist eine Hure.»

«Pardon?»

«Eine geschminkte, erschöpfte Hure, eine Hure in zerlöcherten Unterröcken, die sich leicht nehmen lässt, aber immer ihrem Beschützer vom Vorabend nachtrauert. Sie war griechisch, römisch, sarazenisch, normannisch, aragonisch, deutsch, angevinisch, österreichisch, spanisch und was weiß ich noch alles. Der Bourbone, der sie jetzt besitzt und sich an ihr vergnügt, ist erst der Zweite seines Namens auf diesem Thron und, gebe Gott, der letzte – und der letzte ihrer Zuhälter. Neapel war nie neapolitanisch und weiß nicht einmal, dass es neapolitanisch sein könnte. Hat man je eine Hure gesehen, die ihre eigene Herrin ist?»

Amüsiert lässt Murat ihn weiterdozieren. Auf seinen Wink hin wird dem unruhigen Geist Wein nachgeschenkt.

«Neapel ist eine Hure, General, aber wenn Sie sie wie eine Dame behandeln, was sie noch nie erlebt hat, wird sie Ihnen dafür dankbar sein. Sie wird es Ihnen nicht sagen. Aber sie wird sich daran erinnern.»

«Sie kennen die Stadt also gut.»

«Ich bin dort geboren, habe dort studiert, abgesehen von fünf Jahren in Rom, der größten aller Huren, falls es das gibt. Jedenfalls ist sie verdorben bis ins Mark.»

«Und Sie bekunden öffentlich Ihre Meinung über Neapel in den Staaten des Ferdinand von Bourbon?»

Der Pater lächelt, deutet mit dem Oberkörper und dem rechten Arm eine Art Reverenz an, senkt die Stimme:

«Nach der amerikanischen und der französischen Revolution veröffentlichte ich unter Pseudonym, dem Schein nach in Amsterdam, tatsächlich aber in Bologna, *Italienische Klagelieder. Briefe eines neapolitanischen Philosophen an einen Siedler von Virginia*. Die meisten Exemplare wurden von der Polizei beschlagnahmt, ihre Verbreiter landeten im Gefängnis, und die

Bücherbündel mit dem Konterfei meines Doppelgängers, des sehr kurzlebigen Barons G***, wurden auf der Piazza San Domenico Maggiore verbrannt.»

«Sind Sie geflohen?»

«Ich habe darauf verzichtet, wieder aufzutauchen. Ich bin viel gereist, habe den russischen Zaren beraten, in London Geschäfte gemacht, eine Sängerin aus Ferrara als Beichtvater begleitet ... Nein, im Moment kann ich nicht in meine Stadt zurückkehren. Ich träume davon.»

Er rückt seinen Sessel dichter heran und flüstert ihm direkt ins Ohr:

«Neapel ist der Schlüssel zu Italien. Wer den Fuß hat, hat den Stiefel. Wenn Ihr General Buonaparte bei seinem ersten Feldzug bis ans Ende seines Vorhabens gelangt wäre, bis nach Kalabrien, dann hätte er gleich nach seiner Rückkehr aus Ägypten nicht alles zurückerobern müssen. Doch er beschränkte sich darauf, den tapferen General Championnet mit einigen Tausend Mann dorthin zu entsenden, um die unglückliche Parthenopäische Republik zu stärken, die nach sechs Monaten im Blut der neapolitanischen Patrioten, ihrer Verteidiger, ertränkt wurde. Viele meiner Freunde kamen dabei ums Leben.»

Mit einem Mal auf der Hut, reagiert Murat verhalten. Er mag es nicht, politische Ratschläge zu erhalten, schon gar nicht von einem Unbekannten. Von welcher Macht wurde er wohl geschickt, um ihn abzulenken und zu beeinflussen? Welcher Intrige dient er?

«Aber, verehrter Pater, ich bin weit weg von Neapel, und wenn man die Toskana beiseitelässt, trennt mich noch der Kirchenstaat davon.»

Sein Besucher glättet die Falten seiner Soutane, lacht kurz

auf und fährt mit lauter Stimme fort, als wünschte er, dass der Adjutant sich Notizen machen kann.

«Sie nehmen Florenz ein, en passant und unter lautem Beifall. Der Papst und seine Kardinäle verlangen nur danach, sich zu verkaufen, und nicht sehr teuer, sie sind kein Hindernis. Von diesem Palast aus, von diesem Lager aus, das Sie befehligen, können Sie den Vesuv und Sizilien mit Ihrem Fernrohr erkennen.»

Sich nur keine Blöße geben.

«Sie kümmerten sich also um eine Sängerin ...»

«Eine überwältigende Stimme, schwarze geflochtene Zöpfe, die Augen, der Busen ... mein Verderben. Zur Rettung meiner Seele hat sie sich in einen deutschen, obendrein lutherischen Prinzen vernarrt und sucht sich nun in der Position einer Favoritin einzurichten. Ich habe mich von dieser Fessel befreit. In unseren Zeiten sieht es nicht gut aus für die Musik. Europa befindet sich im Wandel, dank Frankreich und dem Ersten Konsul. Neapel darf sich nicht abschotten noch der englischen Flotte und Royalisten aller Couleur als Zufluchtsort dienen. Das Königreich beider Sizilien ragt weit hinaus in die See und kann den gesamten Verkehr im Mittelmeer zum Erliegen bringen.»

«Ich vermag selbst eine Landkarte zu lesen, verehrter Pater.»

«Verzeihung, General, ich lasse mich hinreißen und vergesse, mit wem zu sprechen ich die Ehre habe. Ich beabsichtige ganz gewiss nicht, Ihnen Lektionen in Strategie zu erteilen. Ich verstehe nichts von militärischen Dingen. Doch wenn ich sehe, wo die französischen Armeen in der Poebene stationiert sind, bis wohin Ihre Armee im Herzogtum Parma gelangt ist, träume ich von einem weiteren Anlauf, der Sie bis in die drittgrößte Stadt Europas hinter Paris und London führen würde. Das ist vermutlich nur ein Traum, aber ich weiß, dass viele Italiener ihn teilen. Es liegt ganz bei Ihnen, ihm Gestalt zu verleihen oder ihn als Hirngespinst abzutun. Neapel erwartet Sie, ohne es zu wissen. Es liegt in Ihrer Reichweite. Es bietet sich an.»

Muss er sich das noch weiter anhören? Was für einen Sinn hat dieses Geschwätz? Seine Gedanken schweifen einen Moment ab, kehren zu Caroline zurück.

Eine Glocke ertönt. Es wäre jetzt Zeit, das Ganze zu beenden, er hat noch Depeschen zu diktieren und Berichte zu lesen. In Correggio, einer kleinen Stadt nicht weit von hier, hat ein französischer Unteroffizier, ein tapferer Husar, der bei Lodi gekämpft hat, den Ehemann seiner Geliebten getötet, einen Notar, und er muss nun über sein Schicksal entscheiden. Er muss hart durchgreifen, wenn er will, dass die Franzosen weiterhin wohlgelitten sind, aber er möchte nichts überstürzen. Der Mörder schläft im Gefängnis.

Der Pater erwartet eine Antwort auf das, was alles in allem auf ein Angebot hinausläuft. Wenn dieser kleine energische Mann Spion spielen will, muss er – das weiß Murat – zunächst einmal eine Garantie anbieten.

«Und Ferdinands Armee?»

«Unregelmäßig besoldet, schlecht ausgerüstet und schlecht befehligt, ist sie nicht viel wert. Ihre Pferde sind abgemagert, ihre Kanonen überaltert, wie auch ihre Generäle. Sie werden sie ohne Mühe überrennen. Ich zweifle sogar, dass sie sich dem Kampf stellen wird: Sie wird kneifen, sobald sie den von Ihrer Kavallerie aufgewirbelten Staub erblickt. Eine Hure ohne Gegenwehr, wie ich Ihnen schon sagte.»

«Aber, verehrter Pater, wir verkehren doch nicht mit Huren, nicht wahr, Duluc?»

Der Adjutant, der nicht darauf gefasst war, so direkt angesprochen zu werden und schon gar nicht auf Einzelheiten seiner freien Abende, fährt auf und errötet bis an die Ohren. Glücklicherweise erwartet niemand von ihm eine Bestätigung.

«So, genug der Schliche. Sagen Sie mir offen, was Sie von mir wollen.»

«Marschieren Sie auf Neapel und Sie werden als Befreier empfangen werden. Sizilien und danach Sardinien werden von selbst fallen wie überreife Orangen.»

«Sie können sich sicher denken, dass ich Anweisungen zu befolgen habe, und Sie können sich sicher auch denken, dass ich sie Ihnen nicht mitteilen werde.»

Durch das offene Fenster dringt unvermittelt ein fröhliches Lied an ihr Ohr, getragen von einem schönen Bariton. Der kleine Mann reibt sich lange die Hände.

Murat, der ihn zuerst lächerlich fand, ändert seine Meinung. Vielleicht ist er weder Pater noch Neapolitaner, aber seine Worte verdienen, dass man sie überdenkt. Und ihnen misstraut.

«Selbstverständlich. Ich wage nicht, Sie darum zu bitten, Ihre Depeschen zu zerreißen und sich Befehlen zu widersetzen. Damit würde ich Sie beleidigen. Aber Sie haben mich verstanden. Der Papst, die Herzöge von Parma und Toskana, der Bourbone der beiden Sizilien haben kein Gewicht. Die Österreicher weichen zurück, und das Volk wartet darauf, dass sich Italien erhebt. Von Turin bis Rom und von Venedig bis Palermo. Öffnen Sie ihm den Weg – ob morgen oder in einem Jahr –, und Sie werden in die Geschichte eingehen. Sie werden sich vermutlich sagen, dass Sie Ihre Zeit damit vergeuden, einem Schwärmer zuzuhören, und Sie erahnen, dass meine Vergangenheit nicht zu meinen Gunsten spricht. Egal. In Mailand, in Rom, in Genua, in Bologna, in Florenz werden andere Ihnen das Gleiche sagen, wenn sie es schaffen, sich mit Ihnen unter vier Augen zu unterhalten. Tausende Italiener teilen diese Hoffnung, können sie aber nur im Flüsterton zum Ausdruck bringen. Sie warten, und wenn Sie ihnen das Signal geben, werden sie sich erheben, um sich Ihnen anzuschließen, werden Fürsten und Bischöfe stürzen und Ihnen Treue schwören.»

«So sehr lieben diese Leute also Frankreich?»

«Einem General des Großmoguls würde ich dasselbe sagen, wenn der Großmogul die Alpen überquert hätte.»

Murat fällt es schwer zu entscheiden, ob diese Antwort eine Beleidigung oder eine Würdigung des Ersten Konsuls darstellt. Wie der Großmogul liebt sein Schwager Geheimnisse, absolute Macht, Waffen, Prunk. Er nimmt sich vor, diesen Spitznamen parat zu haben, wenn er demnächst wieder Briefe mit Tadeln von ihm erhält.

Schließlich, nach reiflicher Überlegung, lehnt er doch den Vergleich ab, erhebt sich und erklärt das Gespräch für beendet. Der Pater versteht, dass er in Ungnade gefallen ist, zieht sich mit einer angedeuteten Verbeugung zurück und verschwindet.

«Duluc, schreibe mir einen kleinen Bericht über diese seltsame Person und schicke ihn nach Paris. Man kann nie wissen.»

Er gähnt, versucht dann, sich an das Gesicht des Besuchers zu erinnern, aber vergebens. Über was für ein Talent muss man verfügen, um so rasch verblassen zu können ... Diese Feststellung beunruhigt ihn wie eine vage Drohung.

«Was hältst du von unserem Pater? Ist er verrückt?»

«Er ist so wenig verrückt, wie er Pater ist, aber der Teufel soll mich holen, wenn ich den Sinn seines Besuches verstehe!»

«Wenn er hier erneut auftaucht, lass ihn nicht herein. Und wenn er insistiert, wirf ihn für eine Woche ins Gefängnis.»

Was den Mörder des Notars anbelangt – aber wie kann man sich nur in flagranti im Ehebett erwischen lassen! –, wird auch er bis morgen warten müssen, um sein Los zu erfahren. Er hat keine Lust, sich in die Lektüre des Berichts und der beigefügten Vorschläge zu vertiefen. In sechs Monaten, wenn alles gut geht, wird er zurück bei Caroline in Paris sein und Laetitia oder Alexandre in seinen Armen halten – oder Achille?

Neapel ist der Schlüssel zu Italien. Noch nie hat er das Problem aus diesem Blickwinkel betrachtet. Den Papst vergessen und weiter vorausblicken. Ganz Italien vereinigt unter Frankreichs Flagge. Die Zerstückelung in kleine Staaten unter österreichischem und englischem Einfluss ersetzen durch eine effiziente und zentralisierte Verwaltung.

Vermutlich ist es das, was Bonaparte im Sinn hat. Er, der ein Jahr nach dem Verkauf Korsikas an Frankreich durch Genua geboren wurde, kann sich nicht mit Genua, nicht einmal mit Mailand und Venedig begnügen. Die Österreicher in der Poebene sind nur ein Riegel, den man aufbrechen muss, die Toskana ein Spaziergang, der Kirchenstaat eine wurmstichige Pforte, das Königreich der beiden Sizilien ein in alle Richtungen offenes Fort. Allein das Meer kann das Vorrücken seiner Truppen aufhalten.

Er erahnt, ja sieht voraus, was der Erste Konsul noch niemandem anvertraut hat. Er beginnt zu träumen: ein blitzartiger Feldzug entlang der Adriaküste unter Aussparung Roms, die

Armee des Ferdinand von Bourbon hinweggefegt, ein triumphaler Einzug in Neapel ... Welch respektvollen und stolzen Brief könnte er dann an seinen Schwager richten! Und was für Belohnungen erhielte er dafür!

Die Freude, die ihn bei der Mitteilung von Carolines Schwangerschaft ergriff, bebt noch immer in ihm. An diesem glücklichen Tag kann er den Husaren von Lodi nicht vor das Erschießungskommando stellen lassen.

«In der Sache des Unteroffiziers und Mörders von Correggio verfasse mir bitte bis morgen eine feierliche Bekanntgabe, die überall in der Stadt auszuhängen ist. Ich verurteile diesen barbarischen Akt, die Franzosen führen keinen Krieg gegen die Italiener, all das in sehr lebendigen Worten, sehr ernst, sehr betrübt. Ich gebe bekannt, dass ich ihn degradiere und ihn vor ein Standgericht stelle. Das müsste die öffentliche Meinung beschwichtigen. Und bringe in seinem Regiment das Gerücht in Umlauf, das Standgericht werde weiß Gott wann oder gar nicht zusammentreten, und in einigen Wochen werde er als Soldat in der Armée du Nord dienen.»

Wer den Fuß hat, hat den Stiefel. Über Neapel herfallen und nach Paris zurückkehren, gerade rechtzeitig zur Geburt ...

*

«Heda! Hat man beschlossen, mich verhungern zu lassen?»

Seine Kerkermeister verstehen vielleicht kein Französisch, aber sein gebieterischer Ton und seine Schläge gegen die Tür bedürfen keines Übersetzers. Auf der anderen Seite ein kurzes Gepolter, dann nichts mehr. Er beschwert sich erneut, mehr zum Zeitvertreib denn aus echtem Bedürfnis. Nicht wie ein

Mann, der es gewohnt ist, bedient zu werden, sondern wie ein freches Kind, dem es Spaß macht, die Ruhe der Erwachsenen zu stören. Dann wird er es müde.

An diesem Morgen hat ihm ein schmächtiger junger Soldat eine Schale Milch, ein grobes Brot und einen Ziegenkäse gebracht. Er hat kaum daran gerührt. Auf dem Schiff war gar nicht daran zu denken, einen Bissen, wovon auch immer, herunterzubekommen. Seine letzte Mahlzeit als freier Mensch hatte er in Ajaccio zu sich genommen, vor zwölf Tagen: kein königlicher Empfang, sondern das karge Abendessen von Verschwörern. Eine letzte Mahlzeit wie das letzte Abendmahl. Und an Judassen fehlte es vermutlich auch nicht.

Endlich öffnet sich die Tür, derselbe junge Bursche in Uniform stellt ein Tablett auf dem Holztisch ab, ohne es zu wagen, ihn anzusehen, ohne ein Wort zu sagen, und macht sich schleunigst davon. Ein Hähnchen, Oliven, Brot, ein Glas Wein, ein Kuchen.

Diese Einfachheit sagt ihm zu. Der Überfluss an Gerichten, die Erlesenheit der Saucen, die endlose Folge von Flaschen, die Verlockung der Desserts, denen er so oft ausgesetzt war, haben ihn stets eher gelangweilt denn erfreut. Seine Neugier angesichts eines neuen Geschmacks – ein seltenes Gewürz, ein ganz neues Ragoutrezept, ein unbekanntes Wildbret, die Meisterleistung eines Konditors – reichte nie über den ersten Happen hinaus. Die zur Befriedigung seiner mutmaßlichen kulinarischen Vorlieben oder zur Überraschung seines Gaumens reichlich getätigten Ausgaben stoßen in ihm auf den Widerwillen eines Gastwirtssohns. Und die Bankette fand er immer zu lang. Die Begeisterung eines Talleyrand angesichts eines gelungenen Gerichtes, sofern sie aufrichtig ist, bleibt ihm ein Rätsel, wie auch dessen Idee, den Koch und seine Tafel zu Trümpfen im Spiel der Diplomatie zu machen.

Man hat ihm seine Uhr weggenommen, er sieht nur, dass die Sonne beinahe im Zenit steht. Er setzt sich an den Tisch und beginnt, das Fleisch zu schneiden. Und diese Zwiebeln! Diese in Olivenöl gedünsteten weißen oder roten Zwiebeln, mit denen die Italiener all ihren Gerichten Geschmack verleihen, die ihm zuwider sind, die er schlecht verdaut und an die er sich doch gewöhnt hat ...

Da bemerkt er, dass die Bestecke nicht zusammenpassen: eine gewöhnliche Gabel, aber das Messer schwer, lang, kunstvoll gearbeitet, gut austariert, mit einer Klinge, deren Schärfe er mit dem Daumen überprüft. Warum hat man ihm eine solche Waffe überlassen?

Die Gitterstäbe vor dem Fenster sind so tief eingelassen, dass er selbst mit diesem Messer, das einem Dolch gleicht, Monate benötigte, um ans Ziel zu gelangen. Und was würde er danach tun, in zehn Meter Höhe über dem Hof der Festung?

Er könnte seinem Kerkermeister damit die Kehle durchschneiden und versteht nun besser, warum dem Soldaten ganz offensichtlich angst und bange war. Aber ein solches Verbrechen würde ihm nur Zugang zu einem dunklen, gut verschlossenen Gang verschaffen, danach zu einer Treppe, die zur Wachstube führt, und von dort zum Innenhof. Ein Blutbad anrichten, nur um sich zwei Etagen tiefer ohne Ausgang, wie ein wildes Tier in einem Brunnenschacht gefangen, wiederzufinden, wehrlos den Schüssen der ganzen Garnison ausgesetzt, die ihre so überraschend getöteten Kameraden rächen will? Das hätte keinen Sinn, und die Kommandierenden wissen das sehr wohl.

Ihr Plan ist subtiler. Wahrscheinlich hoffen sie, dass er mit diesem Messer von eigener Hand das ausführt, was sie nicht tun wollen. Keinen Ausbruchsversuch, sondern die einzig verbleibende Flucht. Erinnerungen aus der Schulzeit kommen ihm in den Sinn: Der von einem Gericht zum Tode verurteilte Sokrates leert den Schierlingsbecher; der von Nero begnadigte Seneca erhält den Befehl, sich das Leben zu nehmen ... Er erkennt keinerlei Größe in diesen Handlungen, im Gegenteil, eine subtile Form von Feigheit, freiwilliger Unterwerfung. Ist er vielleicht nicht hinreichend Philosoph? Auf jeden Fall erinnert er sich an die Verbote der Religion und an ihre Folgen, das nächtliche Begräbnis außerhalb der Stadtmauern ...

Die Bourbonen und die Engländer würden gewiss gern ganz Europa verkünden, dass Murat sich in seiner Zelle die Pulsadern geöffnet hat. Aber für ein solches Ende brauchen sie nicht mit ihm zu rechnen. Diesen Gefallen wird er ihnen nicht tun. Das Messer dient ihm nur dazu, das Hähnchen zu zerteilen.

Ebenso gut könnten der Wein und der Kuchen vergiftet sein, damit man später erzählen kann, aus lauter Verzweiflung habe er ein schwarzes Korn geschluckt, das in der Fassung seines Rings verborgen gewesen sei. Aber wer würde schon so ein Lügenmärchen glauben? Wer könnte ernsthaft meinen, dass er sich mit so einem Mittel ausgestattet und es dann eingenommen habe? Dieses Gerücht würde niemanden überzeugen. Und im Übrigen ist dieser jämmerliche Ferdinand von Bourbon kein Medici, er wüsste weder, wo er sich eine giftige, geruchlose Substanz besorgen, noch, wie er sie in so kurzer Zeit nach Pizzo bringen lassen sollte. Spöttisch erhebt er sein Weinglas auf das Wohl seines Nachfolgers.

Ebendiese noch verbleibende kurze Zeit macht es auch unmöglich, eine Guillotine nach Pizzo zu entsenden, eine dieser widerlichen Maschinen, die er während der Schreckensherrschaft unter Hochbetrieb sah und deren Unmenschlichkeit ihn tief empört. Nicht ein einziges Exemplar davon existiert im Königreich Neapel. Eines aus Frankreich kommen zu lassen würde Wochen dauern und allgemeine Entrüstung auslösen. Die Tage sind gezählt. Das vom Richtholz herabfahrende schwere metallene Dreieck wird nicht seinen Kopf vom Körper trennen. Er wird nicht wie Ludwig XVI. enden.

Seine Gegner werden es auch nicht wagen, den Galgen, den schändlichen Strang oder, noch schlimmer, die Garrotte einzusetzen. Als König, selbst als Marschall von Frankreich, kann er keiner entehrenden Strafe unterworfen werden. Ja, die genauen Umstände seiner Hinrichtung werden alle bis in alle Ewigkeit erfahren. Und Ferdinand von Bourbon wird dafür verantwortlich gemacht werden. Sechzehn Jahre lang haben sie sich als Feinde gegenübergestanden. Jetzt, da er sein Gefangener ist, hat er ihn gewissermaßen in der Hand.

Als ehemaligem Gouverneur von Paris während der Entführung und Ermordung des Herzogs von Enghien ist ihm bewusst geworden, wie sehr dieses Verbrechen dem Ruhm Napoleons auf die Dauer geschadet hatte. Absolute Macht kann nicht bedeuten, dass alles erlaubt ist, dass ein Tyrann seine Leidenschaften ungehemmt auslebt. Selbst in Neapel nicht.

Wie vieler heimlicher Zusammenkünfte, Korrespondenzen, ungeplanter Treffen, vertraulicher Gespräche, Drohbriefe des Botschafters von England wird es bedürfen, wie viele Male wird Ferdinand noch zögern, bevor der Beschluss ausgesetzt wird ... Aber zugleich welche Ungeduld verzehrt ihn! Eine Bluttat an

Murat wird ihn besudeln. Wenn er den Anstand verletzt, wird er sich mit Schande bedecken und seine Rückkehr auf den Thron in Misskredit bringen. Ein weiterer Grund, der Rache nicht auch noch Niedertracht hinzuzufügen.

Die Geschichte wird von diesem jämmerlichen Menschen, ungeachtet des Namens, den er trägt, nichts zurückbehalten, als dass er der eilfertige Henker Murats war.

Die Einzelheiten seines Endes sind ihm noch nicht bekannt, vielleicht noch nicht entschieden, im Grunde interessieren sie ihn nicht. Das Wesentliche daran ist politischer Art: Sein Tod wird würdevoll sein. Und er wird sich seines Todes würdig erweisen.

Caroline wird ihn überleben. Im Vertrag von Bayonne von 1808, der ihre Thronerhebung ermöglichte, hatte Napoleon eine demütigende Klausel vorgesehen: «Wenn Ihre Kaiserliche Hoheit, die Prinzessin Caroline, ihren erhabenen Gatten überlebt, bleibt sie Königin beider Sizilien.» In sämtlichen europäischen Monarchien ist die überlebende Königin nur die Regentin des Erbprinzen bis zu seiner Volljährigkeit und danach nur noch Königinmutter. Er hatte mit letzter Kraft dagegen protestiert, fest entschlossen, diese Unwürdigkeit zu beseitigen. Was? Wenn Caroline ihn um fünfzig Jahre überlebt, muss sein Sohn dieses halbe Jahrhundert warten, bis er den Thron besteigen kann? Vergebens hatte er vorgeschlagen, die Regentschaft mit einer auf das fünfundzwanzigste, dann sogar auf das dreißigste Lebensjahr verschobenen Volljährigkeit enden zu lassen. Diese Zubilligungen wurden einfach vom Tisch gewischt. Um Neapel zu bekommen, hatte er sich beugen müssen. Und so stand vor aller Welt Bonapartes Geblüt über dem Murats.

Leider hatte Caroline weder seinen Groll verstanden noch

seinen Kampf unterstützt. Dank Ferdinand von Bourbon wird dieser noch nie da gewesene Zusatzartikel nicht zum Tragen kommen. Sie wird ihn überleben, aber schon jetzt ist sie nicht mehr Königin.

Wenn er nicht König von Neapel sein kann, wenn er es nicht vermocht hat, als König von Italien anerkannt zu werden, dann muss ihm der Tod nicht zuwider sein. Eine endlose Einzelhaft im Kerker einer Festung, ja, das würde ihm wirklich Angst machen! Aber seine Henker werden nicht so grausam sein.

Die Engländer herrschen über das Königreich beider Sizilien. Die Österreicher haben sich erneut Norditaliens bemächtigt. Weder London noch Wien können akzeptieren, dass ein Murat nach seiner Befreiung irrsinnigerweise für die neue Idee eines vereinigten Italiens plädiert. Gegen ihre unmittelbarsten Interessen. Gegen die des Papstes, der sich gerade wieder in seinem Staat eingerichtet hat. Gegen die des Königs von Sardinien-Piemont und all der kleinen Fürsten der Poebene. Das Unterfangen von Pizzo hat nichts erreicht. Diese Utopie muss tief in die Katakomben zurückgesperrt werden, denen sie nie hätte entsteigen dürfen. Und da sich Murat als ihr eifriger Vertreter ansieht, muss er für immer den Mund halten.

Ganz Europa hat sich auf dem Wiener Kongress geschworen: Die Zeit der Kriege des französischen Kaiserreichs ist vorbei. Mit etwas Verspätung wird er ihr letztes Opfer sein.

Und welches Schicksal erwartet den Kaiser? In den letzten Nachrichten, die ihn erreicht hatten, war die Rede von seiner Einschiffung auf der *Northumberland* Anfang August, mit Kurs auf den Ort seiner Verbannung, eine Insel mitten im Atlantik, von der noch nie jemand etwas gehört hatte. Napoleon, gefangen genommen! Noch immer vermag er sich einen solchen Niedergang nicht vorzustellen.

Er wünscht, nicht besser behandelt zu werden als der, dem er alles verdankt, all sein Glück, all sein Leid. Das gebietet der Anstand. Wenn sein Mentor der Haft die Stirn bieten kann, kann auch er dem Tod in die Augen sehen. Das eine wie das andere gehört vielleicht einer nunmehr vergangenen Epoche an. Die Zeit, die gerade anbricht, nennt sich die der Restauration. Wie naiv! Als könnte man alles ungeschehen machen! Als könnten die Ideen, die diesen Jahrhundertanfang befruchtet haben, auf Befehl eines alten, fettleibigen, im Tuilerienpalast thronenden Königs einfach ausgelöscht werden.

Er vermag sich nicht an den Namen dieser weit draußen vor Afrika liegenden Insel zu erinnern. Der Name eines oder einer Heiligen. Schon die kleine Insel Elba war eine Beleidigung. Und dieser völlig unbekannte Felsbrocken ist eine weitere Gemeinheit. Man wird ihm nicht den Vorschlag machen, Napoleon dort Gesellschaft zu leisten, denn alle ahnen, dass er ihn annehmen würde. Bereit, neben dem Elend der Gefangenschaft auch noch die Schmähungen seines Schwagers zu ertragen.

Zumindest wird ihm die Ehre zuteil, in Italien zu sterben. In diesem erträumten Italien, dem er all seine Tatkraft gewidmet hat. Hier findet er eine Art Trost. Die Ebenen Russlands und die deutschen Wälder sind endgültig in weite Ferne gerückt. Gewiss, mit dem Säbel in der Hand vor den Mauern Roms zu fallen oder von einem gedungenen Mörder in den Straßen von Florenz niedergestochen zu werden, hätte mehr Stil gehabt. In Pizzo sterben! Kein Mensch kennt Pizzo. Pizzo existiert noch gar nicht, erst als der Ort des Martyriums von Murat wird es in der Welt zutage treten.

Labastide-Fortunière im Departement Lot und Pizzo in Kalabrien: Der Anfangs- und der Endpunkt seines Lebens sind kaum auf Landkarten verzeichnet.

*

Die Straße nach Neapel, 1801

Am 1. Januar 1801 in Genf, auf seinem Rückweg nach Italien, nach einem Herbst in Paris an der Seite von Caroline, die schwanger ist, erfährt er von dem acht Tage zuvor begangenen Attentat in der Rue Saint-Nicaise. Der Erste Konsul war auf dem Weg zur französischen Premiere der *Schöpfung*, eines Oratoriums des alten Maestros Haydn, als neben seiner vorbeifahrenden Kutsche ein Pferdewagen explodierte und zweiundzwanzig Personen tötete, einige seiner Leibwachen und vor allem Passanten. Nie zuvor war in Frankreich ein so schreckliches Attentat begangen worden. Nie zuvor hatte jemand daran gedacht, Unschuldige in den Tod zu schicken, um ein politisches Ziel zu erreichen. Die Polizei, die nicht weiß, ob die Attentäter unter den Anhängern Robespierres oder unter den Royalisten zu suchen sind, nimmt reihenweise Verhaftungen vor und verbannt die bereits von ihr Überwachten.

In einer weiteren Depesche wird ihm genauer mitgeteilt, dass Caroline zusammen mit Hortense de Beauharnais in dem Wagen saß, der dem ihres Bruders folgte. Sie wurden heftig erschüttert und erlitten einen Schock. Hortense hat Prellungen davongetragen, während Carolines Schwangerschaft, einen Monat vor dem Ende, keinen Schaden genommen zu haben scheint.

Allein die Vorstellung, seine Frau hätte getötet, verletzt, entstellt werden oder ihr Kind verlieren können, erfüllt ihn mit grenzenloser Wut. Diese blinde Gewalt, der sie wie durch ein Wunder entkommen ist, hat nichts gemein mit der Fairness der Kämpfe auf dem Schlachtfeld. Es bringt ihn zur Verzweiflung, dass er nicht an ihrer Seite sein kann, es macht ihn rasend, nicht in Paris zu sein, um Vergeltung zu fordern. Die von Fouché eingeleitete Repression erscheint ihm zu milde, die Ordnung ist um jeden Preis wiederherzustellen, und die Verbrecher müssen unermüdlich verfolgt werden.

Da es ihm missfällt, dem in Mailand stationierten General en Chef Brune unterstellt zu sein, beschließt er, sich in Bologna einzuquartieren, wo er erfährt, dass sein Sohn Achille am 21. Januar 1801 geboren wurde. Allein seine Anwesenheit in dieser Stadt stellt eine unterschwellige Bedrohung für Ancona dar, den großen Adriahafen des Kirchenstaats. Die Herzogtümer Parma und Modena sind besetzt, und er liebäugelt mit der Toskana. Seine Truppenbewegungen verunsichern. Er schreibt an den Papst, um ihn zu beruhigen, und sogar an den König Ferdinand, dem er entgegen aller Offensichtlichkeit versichert, er vertrete eine strikt defensive Haltung.

Ferdinand von Bourbon glaubt in einer seltsamen Mischung aus Ehrgeiz und Dummheit, dass er fortan in ganz Italien eine wichtige Rolle spielen könne. Seine Armeen rücken Richtung Norden vor und gelangen bis nach Siena. Murat bekundet lautstark, dass ihm dieser Ausflug feindselig erscheint. Österreich zögert. Der russische Zar, der Ferdinand, seinen einzigen Verbündeten am Mittelmeer, unterstützt, entsendet einen Botschafter.

Noch nie hatte man in Bologna einen russischen Würdenträger gesehen. Alle erwarteten, einen orientalischen Satrapen oder einen Kosaken im Bärenfell zu empfangen. Graf Lewaschow, Oberjägermeister am Zarenhof, erweist sich als ein Edelmann mit guten Manieren, der ein perfektes Französisch spricht. Murat bereitet ihm einen pompösen Empfang. Ganz benommen von Bällen, Militärparaden, kriegerischen und galanten Anekdoten, Geschenken, Liebenswürdigkeiten und vor allem Jagden auf den umliegenden Hügeln, verfällt der Graf seinem Charme. Seine ursprüngliche Mission bestand darin, die in Italien präsenten Streitkräfte abzuschätzen und Ferdinand feierlich eine Auszeichnung zu verleihen, der verrückt ist nach solchen Kindereien. Murat gelingt es, ihn beiseitezunehmen und ihm seine Ansichten mitzuteilen: Russland hat nichts dabei zu gewinnen, wenn es seine Zukunft gefährdet, indem es den schwachen Bourbonen von Neapel unterstützt, diese Marionette, deren Fäden die Engländer ziehen. Graf Lewaschow lobt in seinen Depeschen, die er nach Moskau schickt, den freundlichen französischen General und empfiehlt in den unverständlichen italienischen Angelegenheiten strikte Neutralität.

Ferdinand von Bourbon, der sehr wohl weiß, dass Österreich den gerade geschlossenen Frieden von Lunéville nicht brechen wird, um ihm zu Hilfe zu eilen, sieht sich somit jeder Unterstützung beraubt. Er erkennt seine Isolation, ihm bleibt nur der klägliche Rückzug seiner Truppen. Sämtliche Spionageberichte bestätigen Murat den verheerenden Zustand der schlecht geführten, schlecht bewaffneten und schlecht genährten neapolitanischen Regimenter. Einem französischen Vormarsch steht nichts im Weg, mit Sicherheit auch nicht der Papst, der sich gezwungen sieht, seine Neutralität zu erklären.

Der Weg nach Neapel steht offen, ohne einen einzigen Schuss abgeben zu müssen. So völlig mühelos geht das Erobern ...

Murat beschließt, Florenz zu besetzen, an der Spitze eines prächtigen Gefolges hält er dort Einzug. In den Salons des Palazzo Pitti unterzeichnet er das Friedensabkommen mit dem Königreich beider Sizilien, einen demütigenden Frieden, der einen hohen Tribut beinhaltet, den Einzug der französischen Truppen in das Königreich, die Schließung seiner Häfen für die englische Marine. Ferdinand schifft sich eilends ein, um in Palermo Zuflucht zu suchen.

Während eines kurzen Aufenthalts in Neapel gibt Murat in einem Aufruf an seine Truppen die Anweisung, Milde, Wohlwollen, Achtung vor Religion, Bräuchen und Besitz walten zu lassen. Er redet nicht mehr wie damals in der Lombardei oder in Ägypten, wie ein General, der nur möglichst schnell die Provinzen, die er durchquert, erobern will, um seinen Soldaten Nahrung zu verschaffen und Mut zu machen. Von nun an wendet er sich an die öffentliche Meinung und sucht die Zustimmung der Bevölkerung.

Die Adligen, die um ihre feudalen Privilegien bangen, und die Notabeln, die ihre Stellung den Bourbonen verdanken, bleiben misstrauisch gegenüber dieser Besatzungsarmee. Die Ideen von Meinungsfreiheit und Gleichheit der Bürger, die die französischen Offiziere in den Salons propagieren, werden als skandalös, befremdlich, ja ketzerisch abgelehnt. Dennoch wagen es einige Professoren, Rechtsanwälte, Gelehrte oder Nachgeborene des Adels, mit verhaltener Stimme ihre Sympathie für diese Thesen einzugestehen, die von den Freimaurerlogen befürwortet werden. Murat ermuntert sie und unterstützt sie öffentlich.

Die Tage, die er in der Hauptstadt verbringt, lassen ihm kaum Zeit für Vergnügungen. Die große Armut und die abergläubischen Traditionen, die das Volk niederdrücken, erscheinen ihm viel unerträglicher als das, was er als Kind auf den Hochebenen erlebt oder im Piemont und in der Lombardei gesehen hat.

Am letzten Sonntag vor Fastnacht drängt sich eine große Menschenmenge vor der Kathedrale, um zu erfahren, ob das in einer kostbaren Ampulle aufbewahrte Blut des heiligen Januarius sich verflüssigt hat. Nach neapolitanischer Überlieferung bedeutet das Ausbleiben des Wunders ein schlechtes Omen für die Stadt. Die Ankündigung verzögert sich. Die Frauen bekreuzigen sich, die Männer flüstern, dass die Anwesenheit der französischen Truppen der Grund dieses Unglücks sei. Murat wird benachrichtigt. Hauptmann Duluc erscheint auf dem Vorplatz und gibt den Domherren eine Viertelstunde Zeit, um das Wunder festzustellen, andernfalls würden sie auf der Stelle standrechtlich erschossen. Zehn Minuten später, halleluja, ist das Wunder verkündet.

In den Klauseln des Friedens von Florenz wird auch die Befreiung der Gefangenen verfügt. In den letzten zwei Jahren haben französische Schiffe, denen es gelungen war, Ägypten zu verlassen, an der Küste Apuliens und Kalabriens Zuflucht gesucht oder sind dort gestrandet. Um sich bei den Engländern beliebt zu machen, und obwohl sein Königreich sich nicht im Krieg mit Frankreich befand, hatte Ferdinand alle diese Soldaten und Matrosen in seine Gefängnisse gesperrt. Beinahe täglich kommen einige dieser soeben freigelassenen Unglückseligen nach Neapel, verletzt, krank, ausgehungert, in Lumpen. Murat hat den Befehl erteilt, sie auf Kosten des Königreichs, das sie so grausam behandelt hat, zu versorgen. Regelmäßig besucht er sie und trifft auf Gesichter, die er von den Schlachten bei den Pyramiden und Abukir her kennt.

Eines Morgens verständigt ihn ein Adjutant von der Ankunft des Generals Dumas, der achtzehn Monate lang in einem Kerker dahinsiechte. Murat, der seine Spur verloren hatte, lässt ihn sofort zu sich holen.

Der schwarze Teufel steigt mit der Hilfe eines jungen Husaren mühsam aus dem Wagen, stark hinkend, auf einen Stock gestützt. Murat schließt ihn in die Arme, aber erkennt ihn kaum wieder, so sehr ist sein Freund abgemagert, vom Leid gebeugt und gealtert. Sein Haar ist ergraut, sein rechtes Auge bleibt geschlossen, sein rechtes Ohr hat er verloren. Seine Kleider hängen in Fetzen herab. Er ist nicht in der Lage, die Ehrentreppe hinaufzugehen.

«General! Wie glücklich bin ich, Sie zu sehen ... aber ...»

«Die Keller der Festung von Tarent bieten wenig Abwechslung. Ferdinands Gastfreundschaft war dort von langer Dauer und in der Tat etwas unsanft.»

«Ich werde persönlich über Ihre Wiederherstellung wachen.»

Dumas hustet angestrengt. Murat nimmt ihn am Arm, führt ihn in ein Zimmer im Erdgeschoss und setzt ihn in einen Sessel.

«Du befiehlst hier, hat man mir gesagt? Und du hast die kleine Bonaparte geheiratet?»

«Sie hat mir gerade einen Sohn geschenkt.»

Den Tränen nahe, nimmt Murat die Hände des Freundes in die seinen.

«Ich werde die ganze Welt wissen lassen, welche Schande

man Ihnen angetan hat, wider das Völkerrecht, und ich werde Sie rächen.»

«Ein Mulatten-General – du kannst dir vorstellen, wie sie mich gepflegt haben.»

«Und ich werde an den Ersten Konsul schreiben, damit er von Ihrem Unglück erfährt und Ihre Leiden erträglicher macht.»

Ein Diener bringt eine Stärkung. Dumas nippt an einem Glas Wein, kostet von den Trauben, lächelt mühsam.

«Du weißt vielleicht nichts davon, aber Bonaparte und ich hatten in Ägypten eine heftige Aussprache. Und seine kreolische Gattin mag mich nicht. Vergeude nicht deine Zeit, riskiere nicht deinen Ruf für ein zum Scheitern verurteiltes Plädoyer. Setze deinen Aufstieg fort!»

«Und die Überquerung der Alpen? Und Tirol? Der Erste Konsul kann nicht vergessen haben, was der General Bonaparte Ihnen schuldet!»

«Nenne ihn, wie du willst, dieser Mann blickt nie zurück. Im Übrigen verlange ich nichts weiter als ein bisschen Ruhe. Suche mir für einige Wochen eine Villa am Meer, und danach kehre ich nach Hause zurück, nach Villers-Cotterêts zu meiner Frau. Und ich werde ihr auch ein Kind machen.»

*

Diesen Ferdinand von Bourbon, der ihn töten lassen wird, hat er nie kennengelernt, ebenso wenig seinen Premierminister Sir John Acton oder die Königin Maria Karoline, die nach Wien geflohen war, wo sie letztes Jahr starb.

Es heißt, er sei dumm, borniert, brutal, ungebildet, cholerisch, unfähig, die Umwälzungen zu begreifen, die Europa seit der Revolution erschüttern. Jeder Veränderung abhold und erklärter Gegner Frankreichs, hat er sich ganz und gar in die Arme der Engländer geworfen, die am ehesten in der Lage sind, seine Macht zu sichern. Ihre Vorherrschaft im Mittelmeer hat ihn gerettet.

Sieben Jahre lang hat Murat davon geträumt, Sizilien zu erobern. Er hat Pläne geschmiedet, eine Flotte zusammengestellt, Spione auf die andere Seite der Straße von Messina entsandt. Ferdinand wird weder geliebt noch geachtet. Seine Truppen taugen nicht viel. Wäre er nach London geflohen oder zur Hölle gefahren, hätte er danach keinerlei Rolle mehr gespielt.

Ein Ablenkungsmanöver Richtung Syrakus einleiten, um dort Ferdinands schwache Regimenter zu binden; an der Nordküste landen, in der Nähe von Cefalù; unter Nutzung des Überraschungseffekts einen starken Brückenkopf bilden; durch das Landesinnere vorrücken; alle italienischen Patrioten dazu aufrufen, sich ihnen anzuschließen; die Hauptstraße nach Catania absperren; da Palermo nur auf der Seeseite gut befestigt ist, persönlich an der Spitze seiner Truppen den letzten Angriff einleiten ...

Wie oft hat er über diese Eroberung nachgedacht, wie oft hat er mit seinen besten Offizieren darüber diskutiert ... Von seiner Hand mit Anmerkungen versehene Zettel schätzten Anzahl und Typ der Schiffe, Kanonen, Infanteristen, die Menge an Verpflegung, die Positionierung der Reserve ... Die Rückeroberung von Ischia und Capri interessierten ihn nur als Übung.

Unter dem Gold der Mosaiken des Doms von Palermo sein Haupt gekrönt mit der Krone Siziliens zusätzlich zu der Neapels ... *Rex Utriusque Siciliae* ...

Am Ende des Frühlings 1810, im zweiten Jahr seiner Regentschaft, hatte er alle seine Truppen in Kalabrien zusammengezogen. Vermutlich war er bei dieser Gelegenheit auch durch Pizzo gekommen, aber die Marschpause von einer Stunde oder einer Nacht hatte keinerlei Erinnerung in ihm hinterlassen.

Von seinem Palast in Reggio aus sah er die sizilianische Küste. Vom Ausmaß des Manövers alarmiert, von ihren Spionen gut informiert über den Einsatz von Marinekräften, die Menge an Verpflegung und Pferden, hatten die Engländer ihre Präsenz auf der Insel verstärkt. Aus Loyalität hatte er den Kaiser um sein Einverständnis zum Angriff gebeten. Wie sehr er jetzt seine damalige Einfalt bedauert! Die Antwort hatte ihn so enttäuscht wie gedemütigt. Napoleon billigte die Drohung, die für seine Zwecke einen Teil der feindlichen Flotte in Messina festhielt, unterstützte aber nicht das Vorhaben der Invasion und hielt es nicht einmal für nötig, ihm zu erklären, weshalb.

Nach einigen Wochen des Zögerns – war er König oder Vasall? – leitete Murat dennoch das Manöver ein. Am 18. September überquerte eine Flotte aus kleinen Schiffen und Fischerbooten die Meerenge, und zweitausend Mann landeten zwischen den Dörfern Santo Stefano und San Paolo. Er entfaltete eine große Landkarte, und als Hauptmann Duluc ihm verkündete: «Santo Stefano di Camastra ist eingenommen!», platzierte er stolz ein Fähnchen darauf.

Weitere sollte es nicht geben. Die Vorhut bestand aus neapolitanischen Truppen. Man hätte ihm unverzüglich Verstärkung schicken, seine Positionen festigen und die Straße nach Palermo einnehmen müssen. Mit mehr Beherztheit hätte das Manöver gelingen können. Aber General Grenier, der die französischen Truppen befehligte, hatte sich diesem Ansinnen, mangels ausdrücklicher Befehle des Kaisers, kategorisch verweigert. Murat konnte noch so sehr toben, protestieren, drohen und flehen, es war nichts zu machen.

Die Vorhut, die einer zahlenmäßig weit überlegenen englischen Kolonne gegenüberstand, wurde somit im Stich gelassen und war gezwungen, sich fluchtartig wieder einzuschiffen, wobei sie gut hundert Mann verlor.

In militärischer Hinsicht blieb das Scheitern ohne Folgen. Murat gab vor, er habe die feindlichen Streitkräfte nur auf die Probe stellen wollen. Sein Generalstab hatte das Gefühl, verraten worden zu sein. Allen Beobachtern wurde klar, dass der König von Neapel nicht Herr seines Reiches war. Hatte er das nicht schon immer gewusst?

Ach, hätte General Grenier ihm doch zur Seite gestanden …

*

Der Rausch der Macht, 1803

In Mailand, der Stadt so vieler glücklicher Erinnerungen, schenkt ihm Caroline am 16. Mai 1803 einen zweiten Sohn – namens Lucien wie der jüngere Bruder Napoleons –, nachdem sie am 25. April 1802 in Paris eine Tochter namens Laetitia zur Welt gebracht hatte.

Anlässlich dieser Geburt schicken ihm der Papst, der König Etruriens, der Kardinal-Erzbischof und der Herzog von Parma prächtige Geschenke. Mit großem Pomp wird eine Messe im *duomo* zelebriert. In der Geborgenheit des Palastes, der seine Familie beherbergt, erfährt er wahres häusliches Glück. Seine Stellung erlaubt es ihm, sich einen fürstlichen Lebenswandel zu leisten, Garderobe und Schmuck für Caroline, die Anschaffung teurer Pferde.

Seit beinahe zwei Jahren befehligt er die Italienarmee. Die bis dahin unbekannten Dörfer, Zeugen der Etappen seines wachsenden Ruhms, unterstehen von nun an seiner Rechtsprechung, wie alle großen Städte Nord- und Mittelitaliens. Die französischen Truppen haben sich aus dem Kirchenstaat zurückgezogen, wie auch aus dem Königreich Neapel, wo Ferdinand von Bourbon erneut die Macht übernommen hat und die Anhänger der neuen Ideen verfolgen und hinrichten lässt. Murat ist erbost, aber er hat den Befehl, sich ruhig zu verhalten.

Nach dem Frieden von Amiens sind die Waffen in ganz Europa verstummt. Sein einziger militärischer Erfolg ist die Rückeroberung der Insel Elba, nach mehreren Monaten des Kampfes und der Belagerung. Bei dieser Gelegenheit meutern die französischen Matrosen in Livorno, da sie fürchten, der heimliche Zweck ihrer Einschiffung sei die Rückkehr nach Ägypten. Murat zwingt die Revolte brutal nieder, und da die Behörden sie seiner Meinung nach nicht hinreichend verurteilt haben und die livornesischen Händler kaum einen Hehl daraus machen, dass sie mit England Schmuggel treiben, belegt er den toskanischen Hafen mit einer gewaltigen Abgabe von einer Million Franc.

Als General en Chef hat er die militärischen Belange fest im Griff, nun dehnt er seine Befugnisse auf die gemeine Polizei und die Geheimpolizei aus. Vertrauliche Berichte von Doppel- oder Tripelagenten, falsche Geständnisse, gezielte Indiskretionen erreichen und faszinieren ihn. Wirtshausklatsch oder Bettgeschichten, die Skandale der Klöster, die Ambitionen der

Händler und das Gemunkel der Salons, alles wird ihm zugetragen. Er genießt hier eine andere Facette der Macht, die des Dunkels, und begreift nach und nach, dass diese versprengten und oft widersprüchlichen Informationen nicht lügen: Sie beschreiben die Komplexität und die Wahrheit eines Volkes.

General Murat zeigt sich gern auf den Straßen der lombardischen Hauptstadt an der Spitze eindrucksvoller Gefolge. Aber im Laufe der Wochen bohrt in ihm zunehmend die Frage: Was für einen Sinn hat es, militärische Macht auszuüben, wenn ihm die zivile Macht, die allein in Friedenszeiten zählt, vollkommen entgleitet?

Er hat den wichtigsten zivilen und kirchlichen Notabeln Norditaliens eine Einladung des Ersten Konsuls übermitteln lassen, die einem Befehl gleichkommt: Sie sollen sich am 26. Januar 1802 in Lyon einfinden. Dort ruft die eigens für diesen Zweck erdachte Versammlung, die Consulta, die Gründung eines neuen Staates aus und ernennt den Ersten Konsul zu ihrem Präsidenten. Dann beschließt sie, sich Italienische Republik zu nennen, ein Name, der nicht nur Unklarheiten birgt, sondern auch eine Bedrohung für die übrige Halbinsel darstellt. Murat hätte sich gern als Vizepräsident gesehen, aber Bonaparte hat für dieses Amt den Grafen Melzi bestimmt, einen mailändischen Adligen, der ihm bereits auf dem ersten Italienfeldzug ob seiner Intelligenz und Klugheit aufgefallen war.

Melzi baut eine Verwaltung ganz nach französischem Vorbild auf, führt die Gleichheit der Bürger ein, schafft die Folter ab, saniert die Finanzen, führt seine Minister, handelt ein Konkordat aus, unterstützt die Landwirtschaft und die Manufakturen. Murat, der zuerst glaubte, ihn herumkommandieren zu können, beklagt sich regelmäßig über seine Haltung und versucht, ihn bei seinem Schwager zu kompromittieren. Jedes Mal entdeckt er, dass er zu spät reagiert, dass der scharfsinnige Vizepräsident bereits nach Paris geschrieben oder Bündnisse geschlossen hat, die seine Position stärken. Ist also die Gewalt gegenüber der Intrige völlig machtlos? Murat kocht vor Wut. Was? Die militärische Überlegenheit ermöglicht nicht alles, regelt nicht alles? Ach, wie gern würde er den Umbau des Landes beschleunigen! All die neuen Ideen, die ihm bei den Cafédebatten in Toulouse und später, als er den Tribunen der revolutionären Versammlungen zuhörte, das Herz höher schlagen ließen, können fortan in Italien Gestalt annehmen und sich vor aller Welt bewähren. Es würde genügen, sich mutig, voller Elan, an ihre Verwirklichung zu machen. Aber der Vizepräsident zeigt sich so bedachtsam, so zaghaft ...

Ihr schwelender Konflikt kann nicht allzu weit gehen: Keiner der beiden hat ein Interesse daran, dass der Erste Konsul eine endgültige Entscheidung trifft. Melzi erreicht, dass die französischen Truppen sich von Mailand zurückziehen. Als Zeichen der Befriedung bietet Murat ihm die Patenschaft für seinen Sohn Lucien an.

Die Prinzipien der Revolution gelten weiterhin auch während des Konsulats und sind dazu berufen, ganz Europa aufzuklären. Es verwundert, dass sich nicht alle eroberten Völker ihnen voller Begeisterung anschließen ... Im Umkreis des Oberbefehlshabers der Italienarmee gibt es viele Stimmen, die ebenfalls für die Einheit Italiens eintreten. Die auf Norditalien begrenzte Italienische Republik ist nur ein erster Entwurf: Man muss das Vorhaben fortsetzen, umfassender und schneller.

Unter denen, die nach Mailand kommen, um an dieser im

Entstehen begriffenen Geschichte mitzuwirken, zeichnet sich der junge römische Fürst Camillo Borghese durch seinen Rang, sein Vermögen und seinen Elan aus. Murat schickt ihn zum Ersten Konsul, der ihn am 6. November 1803 mit seiner vor Kurzem verwitweten Lieblingsschwester vermählt, der entzückenden Pauline – die erste Verbindung eines Mitglieds seiner Familie mit der alteingesessenen Aristokratie.

Während Murat auf Urlaub in Paris Tanzstunden nimmt, um den Walzer zu erlernen, diesen neu aus Österreich gekommenen Tanz, wird er zum Militärgouverneur der Hauptstadt ernannt – dasselbe Amt, das Bonaparte bei seiner Rückkehr aus Ägypten am 18. Brumaire innehatte. Fortan obliegen ihm die Sicherheit des Departements Seine und der benachbarten Departements sowie die Organisation aller namhaften Veranstaltungen.

Niemand kann an seinem Mut und seinen Fähigkeiten im Kampf zweifeln, die er in Italien und in Ägypten unter Beweis gestellt hat. In Florenz, Rom und Neapel erlernt er die Grundkenntnisse des diplomatischen Spiels, indem er dem Papst schmeichelt, einen Botschafter begeistert, einen Spion besticht, wenn nötig droht, wenn möglich besänftigt. Heuchelei ist ihm zuwider, doppeldeutige Äußerungen bereiten ihm kein Vergnügen, aber er hat dazugelernt. In Mailand hat er es mit einer aufstrebenden, zugleich untergebenen, verbündeten und widerspenstigen Zivilregierung zu tun.

Sein Schwager begleitet ihn bei dieser zweifachen Initiation, schweigend gegenüber seinen Erfolgen, streng noch gegenüber seinen kleinsten Fehlern. Aber die Verantwortung, die er ihm überträgt, wird immer weitreichender: Wer wollte glauben, dass er nur den Bitten seiner Schwester Caroline nachgibt?

Wie in Mailand zeigt sich Murat gern auf den Pariser Boulevards in lebhaft applaudierten Paraden und reitet prächtige Pferde. Er informiert sich genau über die Ausrüstung und die Stimmung der unter seiner Zuständigkeit stationierten Regimenter, lässt die Royalisten, die englischen Agenten und Aufwiegler aller Couleur überwachen.

Das Französische Kaiserreich ist das große Geschäft des Jahres 1804.

Auf die Vertrauten Bonapartes regnet es Titel, Posten, Ehrungen und Geld.

General Murat wird, wie ein Dutzend weiterer seiner Kollegen, zum Marschall von Frankreich ernannt. Er wird zum Abgeordneten des Departements Lot gewählt und mit dem neu geschaffenen Orden Großer Adler der Ehrenlegion ausgezeichnet.

Napoleon bestimmt, dass seine Brüder Kaiserliche Prinzen und ihre Gemahlinnen Kaiserliche Prinzessinnen werden. Stehen sie damit etwa über seinen Schwestern? Élisa, Pauline und Caroline bedrängen ihn und setzen sich durch: Auch sie werden also Prinzessinnen sein, aber diese Amtswürde überträgt sich nicht auf ihre Ehemänner.

Der Kaiser schafft neue Ämter mit wohlklingenden Bezeichnungen und verteilt sie um sich herum. Nicht ohne Ironie ernennt er seinen Schwager, der jedes Mal seekrank wird und von Navigation keine Ahnung hat, zum Großadmiral von Frankreich. Der Kavallerist Murat begeistert sich für Marinegeschütze und Schiffsbau, lässt Forschungen zur Ernährung und Gesundheit der Matrosen durchführen, stellt in Ansätzen einen Generalstab auf, trägt sich mit der Absicht, Brest, Rochefort und

Toulon zu inspizieren. Er muss zur Ordnung gerufen werden: Bei dieser zivilen, nicht militärischen Funktion geht es nur darum, in einigen Kommissionen den Vorsitz zu führen, Amtseide abzunehmen und Dokumente zu archivieren.

Gouverneur von Paris, Abgeordneter, Marschall, Großer Adler, Großadmiral: Wie könnte er an Napoleons Gunst Zweifel hegen?

Am 2. Dezember 1804, dem Tag der Krönung, durchschreitet er, angetan mit der Paradeuniform des Marschalls von Frankreich – Reiterstiefel, weiße Hose, Galarock, dessen Schöße, Revers, Ärmelaufschläge und Ärmel so überreich mit Gold bestickt sind, dass kaum Stoff darunter zu sehen ist, breiter vergoldeter Gürtel, bestickte Weste mit der quer darüber verlaufenden roten großen Schärpe der Ehrenlegion, Spitzenjabot, Dreispitz mit weißen Federn –, inmitten einer langen Prozession in eisiger Kälte das Kirchenschiff von Notre-Dame und trägt, während Caroline widerwillig Joséphines Schleppe hält, auf einem elfenbeinfarbenen Brokatkissen die kaiserliche Krone vor sich her.

*

Ausgestreckt auf seinem eisernen Bett, versucht er, die für seine Beisetzung vorgesehene Zeremonie zu rekapitulieren.

Zwei Jahre zuvor, an einem melancholischen Vollmondabend, hatte er seinen Großkammerherrn gebeten, sie ihm zu beschreiben. Das Protokoll des Hofs von Neapel hatte ihm nicht zugesagt, es war zu schlicht, zu bourbonisch, ohne jeglichen Platz für Prunk und Glanz. Er hatte daraufhin alle Vertrauten hinausgeworfen und seinem persönlichen Sekretär seine Vorstellungen diktiert. Er hatte ein vages Vergnügen dabei empfunden, den Ablauf seines eigenen Begräbnisses zu regeln, bis in eine Vielfalt winziger Einzelheiten hinein festzulegen und immer mehr und mehr hinzuzufügen zum Leidwesen des armen Schreibers, der Mühe hatte, seinem Redefluss zu folgen. Ja, er wollte wirklich, dass der Hof, die Stadt, das Land, Italien, ganz Europa von einem großen König Abschied nehmen.

Fünfzig, nein, hundert schwarze Pferde sollen den Katafalk mit seinem Sarg ziehen, gefolgt von seinem gesattelten Schimmel, den der Prinz Achille in der Galauniform eines Gardeobersten am Zügel führt; Kirchen und Klöster läuten seit drei Tagen ununterbrochen die Totenglocke; die Botschafter im Gefolge, den Hut in der Hand; der Trauerzug aller obersten Behörden; das Domkapitel in violetten Chorhemden, die Professoren der Universität in Togen, der Staatsrat in schwarzen Anzügen, die Büßer der verschiedenen Bruderschaften in ihren Karfreitagskutten, die Konsuln der Zünfte, der gesamte Generalstab der Armee und der Marine ...

Angeführt von etwa hundert Waisenmädchen und gefolgt von der Gesamtheit der mit schwarzen Bändern angetanen Hofpagen, die Königin Caroline in prächtiger Trauerkleidung in einer offenen Karosse, gestützt von ihren Kammerdamen. In einer weiteren Karosse die Prinzessin Laetitia, der Prinz Lucien, die Prinzessin Louise mit ihren Erziehern.

Nicht ein Ton Musik während des langsamen Trauerzuges zum Dom San Gennaro – ja, er sagt spontan Gennaro und nicht mehr Januarius –, nur die Trommelwirbel aller Regimenter, die an jeder Kreuzung acht Mann postiert haben. Und die Häuser an der Strecke? Geschlossen, keine Menschenseele darf an den Fenstern und auf den Balkonen zu sehen sein, andernfalls droht die Beschlagnahme des Hauses. Die Fassaden geschmückt mit schweren schwarzen Trauerbehängen, die bis auf die Trottoirs hinabreichen. Die Menge bekundet ihren Kummer, indem sie sich bekreuzigt und in Tränen ausbricht, wenn sein Sarg vorüberzieht. Aber keine bezahlten Klageweiber.

Alle Viertelstunde feuern die Schiffe der Flotte gleichzeitig einen Kanonenschuss ab. Bettler, Prostituierte, streunende Hunde sind verboten. Der Hafen geschlossen. Die Statuen auf den öffentlichen Plätzen verhüllt. Oper, Theater, Konzerte, Marionettenspiele für einen Monat ausgesetzt.

Einen anderen Todesfall an diesem Tag zu verkünden, ist verboten.

Die schwarzen Pferde des Katafalks: schwarzer Federbusch, Paradezügel, der Schwanz auf ungarische Art geflochten; in Viererreihen; alle vier Reihen ein Veteran aus seinen Feldzügen.

Die Waisenmädchen: barfuß, in groben Wollkleidern, jedes eine erloschene Kerze in der Hand. Es ist darauf zu achten, dass sie, wenn schon nicht im Gleichschritt wie Soldaten, doch wenigstens geordnet, mit feierlicher Sanftmut marschieren. Verschleiert? Nein, mit bloßem Haar, die jüngsten voran, um einen Kontrast zu den Superiorinnen der Klöster zu bilden, die vor ihnen her trippeln.

Keine Grabrede, kein großes, übertriebenes Wehklagen. Kein Gerede, keine Phrasen. Nur, auf dem Kirchenvorplatz, die Verlesung der endlosen Liste von Schlachten, an denen er teilgenommen hat.

Und der Kardinal-Erzbischof muss warten, solange es auch dauert, nicht etwa drinnen in der angenehmen Kühle der

Kathedrale, sondern draußen unter einem Baldachin, umgeben von seinen Mesnern, Vorsängern, Kirchendienern, Diakonen, Küstern, Ministranten – und allen Priestern aller Gemeinden.

Und ganz am Ende des Zuges, bevor die Straßen für den Pöbel wieder freigegeben werden, die sechs Hauptleute des Ingenieurkorps, das er gerade gegründet hatte und auf das er stolz war.

Er kann sich überhaupt nicht erinnern. Er hat nicht danach verlangt, diese Notizen noch einmal zu lesen, sie zu korrigieren, sie offiziell dem Großkammerherrn zu übermitteln. Was mag sein persönlicher Sekretär, der sichtlich fassungslos war über die Seltsamkeit dieses Wunsches, damit gemacht haben? Vermutlich in einem gut verschlossenen Schrank deponiert. Besser, alles vergessen. Er wird es nicht gewagt haben, sein Vertrauen zu missbrauchen und leichtfertig mit Caroline darüber zu plaudern.

Und wenn schon! Ferdinand hat wieder vom königlichen Palast Besitz ergriffen. Feige und pedantisch, wie er ist, hat er ganz sicher alle Räume und alle Schubladen durchsuchen lassen, um sich an den kläglichen Geheimnissen zu weiden, die seine Diener ihm präsentiert haben mögen. Vielleicht hat er sich dieses in aller Eile verfassten Dokuments bemächtigt, vielleicht macht er sich darüber lustig, jetzt, da alles entschieden ist. Was versteht er von Ruhm, er, der sich sein ganzes Leben lang versteckt hat, hinter Spanien, Russland, England, Österreich, seiner Frau oder welchem Beschützer auch immer ...

Vor zwei Jahren, während dieser düsteren Gedanken, hatte er nicht an sein Grabmal gedacht. Er hätte davon träumen können, eines erbauen zu lassen, entweder nach Abriss etlicher Häuser im Viertel Santa Lucia oder oben auf dem Hügel im Stadtteil Posillipo, aber was für eines? Einen Turm, eine Festung, eine Basilika, eine Pyramide, einen Säulengang? Die Wände und Decken hätte er mit Marmor, Stuck, Porphyr und Mosaiken verkleidet, die Gärten mit Springbrunnen und römischen Statuen geschmückt, auf einer Esplanade die seltsamen ägyptischen Götter mit Schakal- und Ibisköpfen aufgestellt, Durchblicke auf die Stadt und die Bucht geschaffen ... von vergleichbarer Bedeutung wie die Kathedrale von Saint-Denis für Frankreich, die Abtei von Hautecombe für Savoyen oder Westminster Abbey für England. Ja, als Begründer einer Dynastie hätte er ein königliches Denkmal erbauen müssen zum Schutz der Krypta, in der er zusammen mit seinen Nachkommen für Jahrhunderte ruhen würde. Er hatte keine Zeit dafür. Es ging alles zu schnell.

Und jetzt ist alles zusammengebrochen. Niemals wird Neapel die grandiose Zeremonie erleben, mit der er Abschied nehmen wollte.

Nichts in der Zelle, in der er eingesperrt ist, hindert ihn daran, diese Zeremonie noch feierlicher zu gestalten. Die Gefangenen nach draußen treten zu lassen, die Füße angekettet, stumm, die Hände gereckt, niederkniend beim Vorüberziehen des Trauerzuges. Per Dekret den Jahrestag seines Ablebens auf alle Zeiten im gesamten Königreich Neapel zum Trauertag zu erklären, den an diesem Tag geborenen Knaben den Vornamen Joachim zu verleihen, sie auf Staatskosten zu erziehen und für den Dienst in der Kavallerie zu bestimmen. Die wichtigsten Straßen Neapels zu bedecken mit den in all seinen Kriegen dem Feind entwendeten Fahnen, mit sämtlichen Teppichen der Paläste und den Blüten aller Rosenstöcke Kampaniens.

Auf dem Gipfel des Vesuv eine Unzahl von Reisigbündeln aufzuschichten und durch die Rauchentwicklung einen Vulkanausbruch zu simulieren.

*

Feierlichkeiten, 1805

Natürlich hat er Mätressen. Wer hat denn keine? Seine langen Abwesenheiten und Carolines wiederholte Schwangerschaften lieferten ihm die ersten Vorwände, derer er sich jetzt nicht mehr bedient. Auf Bällen, Empfängen, offiziellen Festveranstaltungen schwirren die Frauen um ihn herum und versuchen immer wieder, ihn zu verführen. Selbst die alten, selbst die hässlichen. Er ist stolz auf seine Größe, seine blauen Augen, seine braunen Locken, er weiß, dass er gefällt, dass diese Avancen nicht alle nur von Interessen diktiert werden. Er erwidert sie mit einem Lächeln oder einem Kompliment. Manch ein Tanz dient als Vorwand für Geflüster oder Liebkosungen. Manch ein Billetdoux erhält eine Antwort.

Nie hat er der Mutter seiner Kinder die Kränkung angetan, sich in aller Öffentlichkeit mit einer festen Favoritin zu zeigen. Nach einem Abend oder einer Woche macht er Schluss, ohne von seinem charmanten Lächeln abzulassen, und wechselt zu einer anderen. Eine Schöne folgt auf die andere, und niemand findet etwas dabei. Das Vorbild kommt von oben, denn der Kaiser hat ständig galante Abenteuer.

In Carolines Umgebung fällt Murat eine neue Vorleserin auf, Éléonore. Diese bezaubernde Brünette mit großen schwarzen Augen, deren Ehemann sich als Betrüger erwiesen hat, will sich bei ihrer ehemaligen Mitschülerin aus dem Pensionat hocharbeiten. Von Madames Gemächern wechselt sie rasch in Monsieurs Bett, dann, auf dessen Rat hin, in das des Kaisers. Wie könnte dieser Tugend preisen?

Caroline drückt beide Augen zu, umso mehr als sie selbst mehrere Geliebte hat. Vermutlich weniger, als ihr der Klatsch zuschreibt, aber zahlreich genug, dass ihr unmoralischer Lebenswandel ihrem Bruder zu Ohren kommt, der mal seinen Spaß daran hat, mal sie deswegen schilt. Murat sieht lieber weg: Was hätte er bei einem Skandal zu gewinnen oder, schlimmer, bei einer Scheidung?

Bei zwei oder drei Gelegenheiten hintergeht ihn seine Ehefrau so offenkundig vor aller Augen, dass er nicht bereit ist, sich in die Rolle des nachsichtigen Gatten zu fügen. Und so bricht das Gewitter los. Es hagelt Vorwürfe von beiden Seiten, er wirft einen Stuhl um, haut mit der Faust auf den Tisch, droht, schreit noch lauter als sie. Aber keiner von beiden will ernsthaft Napoleons Zorn heraufbeschwören. Am Bett von Achille und Laetitia kehrt vorübergehend Ruhe ein, zwei Tage später beginnen die Auseinandersetzungen von Neuem.

Diese bald in ihm, bald in ihr plötzlich aufflammenden Launen beeinträchtigen nicht die Gefühle, die sie füreinander hegen. Murat empfindet immer mehr Bewunderung für seine Frau, die trotz ihrer jungen Jahre und Unerfahrenheit mit erstaunlicher Selbstsicherheit ihren Platz in der Welt einnimmt. In dem luxuriösen Stadtpalais Hôtel Thélusson, das er bei seiner Rückkehr aus Italien gekauft hat, sind seine Freitage, an denen Reichsadel, gerade aus dem Exil zurückgekehrte Emigranten und ausländische Würdenträger einander begegnen, die glanzvollsten Empfänge von Paris und weniger steif als die in den Tuilerien. Man redet über Literatur und Oper, kommentiert das Zeitgeschehen und die Mode, intrigiert kaum, aber lästert viel. Man tanzt zur Musik eines begabten Orchesters. Verträge werden ausgehandelt; Ambitionen entwickeln sich und geraten aneinander; Ansehen entsteht und vergeht, ebenso Liebeleien. Hochzeiten werden geplant.

Jedes Mal sind auch einige einfache Offiziere eingeladen, die sogleich begeistert sind von den Orangenbäumen in Kübeln, der von mehrarmigen Kandelabern erleuchteten Prunktreppe, den Dienern in Livree, den außergewöhnlichen Weinen und erlesenen Speisen, den Kleidern, den Diamanten, den Uniformen, der Präsenz von festlich gekleideten Botschaftern und Staatsräten, von bleichen jungen Malern, Dichtern und Musikern und sogar von Mitgliedern der kaiserlichen Familie ... Zurück in ihren Regimentern in der Provinz, berichten sie dann darüber, unermüdlich und bis in die kleinsten Einzelheiten. Murat legt Wert auf ihre Anwesenheit, denn sie fördert seine Beliebtheit in der Armee.

An einem Freitag im Februar 1805 recken beim Eintritt von Charles de Flahaut alle die Köpfe. Dieser schöne junge Mann, ein unehelicher Sohn Talleyrands, war Murats Adjutant, als Caroline, obgleich zum vierten Mal schwanger, sich zu offensichtlich in ihn verliebte und damit zum Gespött von ganz Paris wurde. Der Ehemann nahm es auf sich und ließ den schneidigen Offizier in ein Stabsquartier versetzen, brachte es dann zustande, dass der unwiderstehliche Verführer Pauline Borghese begegnete und so, die jüngste für die nächstjüngere der Schwestern verlassend, ihr Liebhaber wurde. Heute Abend wagt er es, an ihrem Arm an diesen Ort zurückzukehren und

Murat wie auch Caroline zu grüßen. In Anbetracht dessen, was er für ihn und für sie gewesen ist, wagt keiner auch nur den geringsten Kommentar, nur jeweils ein wissendes Lächeln.

Alle Welt beschäftigt die Frage der Thronfolge. Um die Zukunft zu sichern, hat Napoleon, dessen Ehe weiterhin ohne Nachkommen bleibt, gerade seine Brüder und ihre Kinder zu Thronfolgern bestimmt, ausgenommen Lucien, dessen Wiederverheiratung er nicht akzeptiert. Die Familie Murat ist folglich davon ausgeschlossen.

Welch herrliches Thema für Lästereien! Andeutungsweise lässt man verlauten, dass Joseph zu schwach ist, dass Louis, von angeschlagener Gesundheit, keinen Krieg mag, dass Jérôme noch recht jung und ungestüm ist. Élisas Ehemann ist ein korsischer Offizier ohne Format und Ehrgeiz, der von Pauline ein römischer Fürst. Einige wagen sogar anzudeuten, im Fall der Vakanz des kaiserlichen Throns könnte Murat, gewiss der Brillanteste von allen … Er lässt sich nicht in diese gefährlichen Spekulationen hineinziehen und schiebt ihnen mit leicht verächtlicher Miene einen Riegel vor, als handelte es sich um eine Kinderei, mit der es sich nicht aufzuhalten lohne. Der Gehorsam bleibt für ihn richtungsweisend. Einem so zweifelhaften Publikum gegenüber lässt er sich nicht zu vertraulichen Mitteilungen hinreißen.

Im Übrigen, hat denn Murat, als der Kaiser nach seinem Beschluss, das Königreich Italien zu gründen, sich im Mailänder Dom zum König von Italien krönen ließ und Eugène de Beauharnais als Vizekönig einsetzte, dagegen protestiert unter Verweis darauf, dass dieses Amt vielmehr ihm gebühre? Nein, obwohl er es hätte tun können. Ebenso wenig, als der Kaiser seiner Schwester Élisa den Titel der Herzogin von Piombino verlieh. Seine Laufbahn gründet auf Siegen, nicht auf Beschwerden oder Nörgeleien ... Nichts von alldem soll den Abend verderben. Nichts darf ihn kompromittieren.

In dem Salon, der auf den Wintergarten geht, wagt eine kleine Gruppe ein paar politische Ausführungen, die ihr Gastgeber kommentarlos mithört. Ein Emigrant, der von einem fünfzehnjährigen Aufenthalt in London zurückgekehrt ist, lehnt am Kamin und wagt es, an den furchterregenden Satz zu gemahnen, den Saint-Just vor dem Konvent sagte: «Das Schiff der Revolution kann nur über ein von Blutströmen rot gefärbtes Meer den sicheren Hafen erreichen.» Nachdem es ihm so gelungen ist, seine Zuhörer und vor allem seine Zuhörerinnen im Nachhinein erschauern zu lassen, wendet er sich mit einem Anflug von Anmaßung in der Stimme an seinen Gastgeber:

«Herr Großadmiral, können Sie uns zusichern, dass dieses schreckliche Schiff seine Fahrt beendet hat?»

«Ach, Herr Graf, die Schiffe, für die ich verantwortlich bin, sind alles andere als metaphorisch!»

Die ironisch vorsichtige Antwort bringt die Lacher auf seine Seite. Das Orchester stimmt einen Kontratanz an. Nach einem kurzen grüßenden Nicken in die Runde kann er weiterflanieren zu Gästen, die sich über weniger gewichtige Dinge unterhalten.

Kurz vor Mitternacht erblickt Caroline unter ihren Gästen eine eher einfach gekleidete Frau, an die sie sich nicht erinnern kann. Eine Hofdame geht sich nach ihr erkundigen: Es ist die Ehefrau eines Dragonerhauptmanns, deren Mann nicht zum Empfang erscheinen konnte und die glaubte, auch allein in den Genuss der Einladung kommen zu dürfen. Caroline duldet nicht, dass sich jemand so bei ihr Eingang verschafft, und lässt sie vor die Tür setzen. Als dies bekannt wird, protestieren alle anwesenden Offiziere lautstark und verlassen mit ihren Ehefrauen das Hôtel Thélusson. Murat versucht, sie zurückzuhalten, aber vergebens. Der Skandal ist perfekt. Kaum ist der Abend beendet, gerät das Paar in einem heftigen Ehestreit aneinander.

Und wie von allen erwartet, beginnt der Krieg von Neuem. England überzeugt Russland, dann Österreich, sich gegen Frankreich zu verbünden, das abgesehen von seinem Protektorat in Norditalien nur von dem kleinen Bayern unterstützt wird.

Im Sommer 1805, als die französische Armee sich im Lager von Boulogne sammelt und auf die Überquerung des Ärmelkanals vorbereitet, wird Murat unter falschem Namen von Napoleon entsandt, um den Zustand der Streitkräfte, der Landstraßen und der Befestigungen auf der anderen Seite des Rheins auszukundschaften. Der detaillierte Bericht, den er bei dieser Gelegenheit abfasst, ermöglicht es, die Angriffspläne auszuarbeiten.

Denn der Kaiser ändert plötzlich das Ziel und schickt alle seine Streitkräfte gegen Österreich. Von seinem Hauptquartier in Straßburg aus befehligt Murat die Kavallerie, inspiziert die Truppen und zeichnet sich schon in den ersten Kampfhandlungen Ende September aus.

Sieben Jahre schon! Sieben Jahre: Seit Marengo ist er auf keinem Schlachtfeld mehr gewesen, hat keinen Angriff mehr geführt, keinen Feind mehr verfolgt, nicht mehr mit pochendem Herzen auf Rapporte und Anweisungen gewartet … Und doch haben diese Jahre diplomatischer Machenschaften und zivilen Ruhms, des Prunks und des Familienlebens seine Fähigkeiten in keiner Weise beeinträchtigt. Sobald er Pulver riecht, sobald er unter den von ihm befehligten Husaren Gesichter aus anderen Schlachten wiedererkennt, findet er zur Begeisterung seiner Italienfeldzüge zurück. Und die Truppe vergöttert diesen glanzvollen Anführer, der extravagant in seinem Äußeren, aber einfach in seinem Umgang ist, bisweilen unberechenbar, aber immer loyal und um das Wohl seiner Männer besorgt: ein Held wie aus einer Sage, zugleich ähnelt er ihnen.

Ein Sieg folgt auf den anderen. Das Ungestüm der Franzosen bringt jedes Mal die formal tadellosen Manöver der Österreicher durcheinander, die sich immer weiter zurückziehen. Nach der Kapitulation von Ulm erreicht Murat die Donau, dann die Vororte Wiens. Um sich der letzten noch nicht zerstörten Brücke zu bemächtigen, überquert er diese gemeinsam mit dem Marschall Lannes unbewaffnet und zu Fuß, in der Absicht, mit dem Hauptmann der Genietruppe zu verhandeln, der am gegenüberliegenden Flussufer drauf und dran ist, das Bauwerk in die Luft sprengen zu lassen. Er gelangt bis zu ihm, benebelt ihn mit freundlichen Worten, beruft sich auf angebliche Verhandlungen, lenkt seine Aufmerksamkeit ab, und noch ehe der Unglückliche begreifen kann, was hier geschieht, haben die französischen Pioniere schon die Minen entschärft und die Brücke eingenommen. Am 12. November, während ihn die Nachricht von der drei Wochen zuvor erfolgten Niederlage bei Trafalgar erreicht, hält er an der Spitze der französischen Armee Einzug in Wien, das vom österreichischen Kaiser aufgegeben worden ist.

Österreicher und Russen ziehen sich erneut zurück. Die Franzosen verfolgen sie unermüdlich, und auch hier wecken Murat und seine fünftausend Reiter mit der Schnelligkeit ihrer Bewegungen wieder Bewunderung.

Die entscheidende Schlacht findet am 2. Dezember 1805 bei Austerlitz statt. Murat befehligt brillant den linken Flügel, dessen mutige Angriffe dazu beitragen, die Linien der Koalierten zu spalten. Trotz schwieriger Geländebedingungen und zahlenmäßiger Überlegenheit des Gegners funktioniert der von Napoleon ersonnene Plan hervorragend und führt zum glänzendsten all seiner Siege.

*

Seinem Ruf folgend kehren die Erinnerungen zurück, aber so wie es ihnen passt, verworren, ohne Ordnung. Von jenem langen Ritt, der ihn in weniger als vier Monaten von Straßburg nach Wien geführt hat, unterbrochen von so vielen Schlachten und ebenso vielen Siegen, gelingt es ihm, nur wirre, vereinzelte Momente wiederzufinden.

Wieder die Erregung im Kampf. Muss er sich vorwerfen, wie angeblich Ludwig XIV. auf seinem Totenbett, den Krieg zu sehr geliebt zu haben? Aber wirft man denn einem Bäcker vor, das Brot zu sehr zu lieben ...

Die Tapferkeit der Kosaken, denen er zum ersten Mal gegenüberstand und die ihn faszinierten.

Jener Brief von Caroline, den er gleich nach Ulm erhielt und der ihm mitteilte, dass die kleine Louise nach ihrer Geburt am 22. März eine Woche lang schwer krank gewesen, aber nun wieder gesund sei.

Der Einzug in Wien und seine Begeisterung, nicht wegen der Schönheit der Stadt, sondern angesichts der Pracht und der perfekten Organisation der kaiserlichen Stallungen. Der stellvertretende Stallmeister, ein alter schnurrbärtiger Kroate, der sich geweigert hatte, mit seinem Kaiser und allen Pferden zu fliehen, führte ihn überall herum und erklärte ihm bis ins Einzelne alle Anordnungen.

Die widerstandslose Einnahme der Brücke über die Donau, jene komödiantische Szene inmitten der langen Reihe von Heldentaten.

Eine hinreißende Ungarin, schamhaft und ausschweifend zugleich, für eine Nacht der Entspannung.

Die Nachrichten Napoleons.

Was wird man über ihn 1816 und in den darauffolgenden Jahren sagen?

Als er Militärgouverneur von Paris war, musste er gähnend Dutzende, so überspannte wie dumme, royalistische Pamphlete lesen. Ihr Hass richtete sich damals gegen den Ersten Konsul und nur gegen ihn, seine Vertrauten blieben davon verschont. Wird Napoleon weiterhin als Blitzableiter dienen und allen Zorn der Monarchisten auf sein Haupt lenken?

Mit der Zeit werden die französischen Historiker milder urteilen. Etwas wehmütig werden sie sich an jene Epoche erinnern, in der ihr Land ganz Europa sein Gesetz aufzwang. Auch sie werden ihre Studien auf den Kaiser konzentrieren. Murat wird darin nur zufällig auftauchen, in einer Ecke des Gemäldes, als einer der Waffengefährten, als einer der Verwandten, als einer der Satellitenfürsten. Diese Dezenz missfällt ihm nicht.

Die neapolitanischen Historiker werden unter Ferdinands Diktat schreiben. Und wenn sich in einer Zukunft, die er nicht absehen kann, die Einheit Italiens vollzieht, werden die Geschichtsschreiber des zukünftigen Staates ihn außer Acht lassen, weil er Franzose war.

Vielleicht wird man sich in Cahors vage an ihn erinnern, an ein Kind der Region, dem eine unvorstellbare, fast sagenhafte Bestimmung zuteilwurde, deren Einzelheiten jedoch verblasst sein werden.

Die einzige Nachwelt, die ihm etwas bedeutet, wird von Achille, Laetitia, Lucien und Louise ausgehen, von ihren Kindern, von ihren Enkeln. Am Ende dieses gerade beginnenden Jahrhunderts wird ein Greis seiner Nachkommenschaft erzählen: «Mein Großvater war König von Neapel ...»

Ein Gemälde, ein vergoldeter Stuhl, eine Uniformjacke, ein Zweig von einer roten Koralle, eine von Bonaparte unterschriebene Mitteilung werden dieser großspurigen Behauptung etwas Glaubwürdigkeit verleihen. Die jungen Leute, die ihrem Großvater zuhören, werden glänzende Augen bekommen. Er verlangt nichts weiter, als in diesem Aufleuchten zu überleben.

*

Die Krone, 1806

Am 24. März 1806 hält Fürst Joachim Murat feierlich in Düsseldorf Einzug, der Hauptstadt eines neuen Staates, zu dessen Herrscher er soeben ernannt worden ist: das Großherzogtum Kleve und Berg, für ihn von Napoleon zusammengestellt aus Territorien, die Preußen und Bayern abgetreten hatten.

Endlich! Endlich! Nach Élisa in Florenz und Joseph in Neapel wird er Königliche Hoheit. Die Freude Carolines, die in Paris geblieben ist, beflügelt ihn.

Sehr bald schon wird ihm klar, wie eingeschränkt seine Macht im eigenen Herrschaftsgebiet ist. Die Ziele, die ihm der

Kaiser vorgibt, sind denen des Kaiserreichs untergeordnet: die Grenzen im Osten schützen; eine kleine Armee aufstellen; an der Kontinentalsperre teilnehmen; Steuern erheben. Das Glück seiner Untertanen im Großherzogtum taucht darin nicht auf. Seit Paris bestimmt Napoleon auch über seine Mittel: die Anzahl und das Gehalt seiner Minister und Berater, das Justizmodell, das Zivilrecht, die örtliche Verwaltung, die Truppenstärke seiner Regimenter ...

Und wenn Murat versucht, die Interessen seines Staates und seiner noch im Entstehen begriffenen Industrie, insbesondere gegenüber dem französischen Protektionismus, zu vertreten, erhält er eine harsche Abfuhr. Sein Handlungsspielraum ist kaum größer als der eines Präfekten.

Im Übrigen, wie langweilig all das! Noch nie hat er seit den Vorlesungen in Theologie und Patristik am Seminar von Toulouse so viel gegähnt. Die Berichte stapeln sich auf seinem Tisch und verlangen nach einer Entscheidung: Zahlenkolonnen, die vor seinen Augen tanzen und ihm nichts sagen; unverständliche juristische Streitfälle, die manchmal bis in den Dreißigjährigen Krieg zurückreichen; unzählige Gesuche um Hilfe oder diverse Freistellungen; die Forderungen benachbarter Fürsten; die Beschwerden von Beamten der vorangegangenen Obrigkeit; die absurden Nachbarschaftskonflikte mit Jérôme, den sein Bruder gerade zum König von Westfalen gemacht hat ...

Denn dieser Staat, den der Kaiser ihm anvertraut, muss ganz und gar neu aufgebaut werden. Er kann sich auf keine Routine, auf keine funktionierende Verwaltung verlassen. Seine Staatskasse ist leer. Die früheren Gepflogenheiten wollen nicht verschwinden und komplizieren alle Geschäfte. Agar, sein wichtigster Minister – ein Landsmann aus dem Quercy –, und einige deutsche Juristen kämpfen tagtäglich mit diesem Tohuwabohu. Ein Teil der versprochenen Truppen und Pferde existiert nur auf dem Papier. Das Schloss Benrath, sein offizieller Wohnsitz, ähnelt mehr einem Jagdschlösschen als einer fürstlichen Residenz.

Zum Glück muss er sich nicht länger als notwendig in Düsseldorf aufhalten, und Caroline begibt sich erst gar nicht dorthin. Die Deutschen interessieren ihn nicht, weder ihre Sprache noch ihre Zukunft. In Paris muss man sein.

Im Herbst lodert der Krieg wieder auf, und Preußen, das ihn unklugerweise entfacht hat, wird bei Jena vernichtend geschlagen. Der Großherzog von Kleve und Berg, der weiterhin Marschall von Frankreich ist und die Kavallerie befehligt, tut sich dort hervor. Berlin wird wenig später eingenommen. Der Kaiser besucht das Grab Friedrichs des Großen, der zwanzig Jahre zuvor verstorben war, und steigt mit all seinen Marschällen in die Krypta hinab. Nur Murat rührt die Begegnung dieser beiden Giganten zu Tränen.

Während ein erstaunlich milder Winter Einzug hält, verschiebt sich die Front immer weiter gen Osten, auf der Suche nach einer entscheidenden Konfrontation mit den Resten der preußischen Regimenter und der ungreifbaren russischen Armee. Murat entdeckt Polen, das damals zwischen Russland, Preußen und Österreich aufgeteilt ist und seiner Existenz als souveräner Staat nachtrauert. Die Große Armee, die nacheinander ihre drei Feinde besiegt und die europäische Ordnung auf den Kopf gestellt hat, wird hier überall mit Begeisterung empfangen.

Er berichtet Napoleon von der anhaltenden inbrünstigen

Verehrung, die das Volk Frankreich entgegenbringt, vom Adel bis hin zu den Bauern. Die Polen fordern die Wiederherstellung ihres Staates in seinen historischen Grenzen und werden zum Erreichen dieses Ziels einen ausländischen Fürsten in Kauf nehmen. Adlige lassen ihm Heldengedichte oder erstaunlich detaillierte Regierungsprogramme zukommen. In Warschau kommen Murat schmeichelhafte Reden und immer unverhohlenere Anspielungen zu Ohren. Er hört sie sich an und weist sie nicht von sich.

König von Polen, das klingt doch viel besser als Großherzog von Kleve und Berg! Er vermag jede voreilige oder unbesonnene Erklärung zu vermeiden. Doch um sich zu einem großen Ball zu begeben, der ihm zu Ehren veranstaltet wird, lässt er es sich nicht nehmen, durch Warschau zu reiten, prächtig gekleidet nach polnischer Tradition: rote Hose mit weißen Streifen zu hohen schwarzen Stiefeln mit Sporen aus vergoldetem Silber; weiße Jacke mit schwarzen Revers, Kragen, Besätzen und Ärmelaufschlägen; lässig über die linke Schulter geworfener Zobelmantel; Posamentenverschlüsse, Epauletten, Fangschnüre und vergoldete Knöpfe; Lederzeug und weiße Handschuhe; schwarze hohe Tschapka mit goldfarbenem Kinnriemen und versehen mit zwei langen Federn in den Landesfarben, die eine weiß, die andere rot. Sein gesamter Generalstab aus schneidigen, hochgewachsenen und breitschultrigen Offizieren ist wie er gekleidet. Aber er allein benutzt ein extravagantes Tigerfell als Satteldecke, er allein trägt einen Krummsäbel nach Mamlukenart mit goldfarbener Quaste, er allein trägt Diamantenspangen an seinem Federbusch.

Bei seinem Vorbeikommen applaudiert die Menge. Als er in das Palais Belvedere einreitet, erschallen Hochrufe. Die Priester segnen ihn. Damen sinken anmutig in Ohnmacht.

Sein Triumph ist vollkommen. Die Erlesenheit seiner Uniform wiegt alle Reden auf. Die Polen haben ihn auserwählt, um ihre Sache zu vertreten. Und er fühlt sich weit mehr in Einklang mit diesem katholischen, seiner Souveränität beraubten Volk als mit der Handvoll Deutschen, für die er verantwortlich ist. Das Kaiserreich wird sich auf ein wiederhergestelltes und ergebenes Polen stützen können. Die Aushebung von Truppen wird bei diesem neuen, dicht bevölkerten Bündnispartner ohne Zwang vonstattengehen. Dieses Polen wird gegen Preußen wie gegen Russland als Bastion dienen. Und Caroline wird Königin sein.

Zwei Jahre später macht sich der Kaiser öffentlich über diesen karnevalesken Aufzug lustig. Und verächtlich wischt er dieses Projekt vom Tisch, das jedwede Vereinbarung mit dem Zaren unmöglich machen würde.

Vierter Tag

11. Oktober 1815

Dieses Abenteuer erzählen heißt,
unermüdlich die Tage sieben, damit
am Ende ebenso viele Goldkörner wie
Staubkörner übrig bleiben.

Die Zelle riecht etwas nach Holz und Schimmel. Auch nach Staub. Sie muss lange nicht in Benutzung gewesen sein. Die reine, klare, leicht salzige Luft ist nur in der Nähe des Fensters zu spüren. Wie ein Bedauern, eine Sehnsucht. Doch anstatt über diese Armut an Gerüchen betrübt zu sein, vergnügt er sich damit, die Düfte der Wälder des Quercy heraufzubeschwören, das Aroma von Carolines morgendlicher Schokolade, den Schweiß der Pferde nach einem Galopp, die süßlichen Wohlgerüche zu nahe gekommener Damen, die Ausdünstungen erschöpfter Männer, den Duft der Rosen Kampaniens, den Gestank der Schlachtfelder – Pulver, Blut, alter Schweiß, Schlamm –, den Duft nach Stein und Ginster der Macchia unter der erdrückenden Sonne Kalabriens oder Korsikas, all diese Empfindungen kommen ihm nacheinander in den Sinn. Sie beschäftigen und zerstreuen ihn. Er kann sich in sie hineinflüchten, wie es ihm beliebt.

Flüchten ... Zwecklos, sich Illusionen hinzugeben. Die Zeit des Handelns ist für ihn vorbei. Seit drei Tagen ist die Reglosigkeit sein Los.

Und wie kann er sich vorbereiten auf das, was folgen wird? Er schließt die Augen.

*

Der Angriff, 1807

Plötzlich niemand mehr vor ihm. Er hält am Rande eines sanft abfallenden Wäldchens, vor einem zugefrorenen Tümpel. Der Schlachtenlärm dringt gedämpft zu ihm, schwächer als das Pochen seines Herzens. Sein Atem beruhigt sich allmählich nach dem gehetzten Ritt. Sein Generalstab und die besten seiner Husaren schließen zu ihm auf und straffen die Zügel ihrer Tiere. Er macht eine Kehrtwendung und sieht auf die Ebene hinab, wo die anstürmenden russischen Truppen von der heftigen Attacke durchbohrt werden, die er angeordnet hat. Mehr als zehntausend Kavalleristen in einem Nu! Noch nie in der Geschichte hatte es ein solches Manöver gegeben.

Auf Feindesseite liegen Hunderte von Gefallenen und Verwundeten auf dem Boden. Trotz der Verwirrung tut die Disziplin ihre Arbeit, Meldereiter galoppieren nach vorn, um Befehle zu überbringen, die Reihen neu zu ordnen, die Attacke fortzusetzen, koste es, was es wolle, und ohne zurückzublicken.

Seine Regimenter haben die reguläre Anordnung der koalierten Armeen gespalten, aber die so geöffnete Wunde beginnt sich vor ihren Augen wieder zu schließen. In etwa zwanzig Minuten wird sie schon nicht mehr sichtbar sein, die Kolonnen werden tadellos wieder zusammengewachsen sein und ihren Vormarsch wieder aufgenommen haben.

Seine Männer entspannen sich nach dem Sturmangriff. Die Kompanien sind während der Kampfhandlungen durcheinandergeraten. Die meisten Flaggen sind verschwunden. Viele Offiziere sind noch nicht eingetroffen. Er kennt die Vorschriften und die Gebräuche: geduldig abwarten, bis alle den Angriff beendet haben und wieder vollständig um ihn geschart sind; den Befehl erteilen, dass die Truppen sich neu formieren; dem Kaiser mitteilen, dass er sich wieder organisiert hat; und darauf warten, dass ein Flügeladjutant ihm so schnell wie möglich den taktischen Entschluss übermittelt. Mindestens eine Stunde.

Eine Stunde? Aber dann wird die Schlacht womöglich verloren sein! Er kann nicht so viel Zeit vergeuden! Wie viele Generäle sind besiegt worden, weil sie zauderten, das Für und Wider abwägten ... Er nicht! Er will lieber für sein Ungestüm gescholten denn als kleinmütig verurteilt werden.

Keine Minute ist zu verlieren. Seine Husaren sind nicht dazu berufen, untätig zu bleiben, sich zu einer eleganten Quadrille zu formieren, während vor ihren Augen um den Sieg gekämpft wird. Zum Teufel mit den Bataillonen und den Zugehörigkeiten! Zum Teufel mit den Theorien und den Akademien! Wie viele um ihn herum treten schon ungeduldig auf der Stelle! Schon mehrere Dutzend, und jede Minute kommen neue hinzu.

«Exelmans! Ich kehre mit allen zurück, die sich noch in ihrem Sattel halten. Ich überlasse dir meine Fahne und eine Ehrengarde. Sobald du ein neues Kontingent von hundert Kavalleristen versammelt hast, stelle einen Offizier an ihre Spitze und schicke sie hinter uns her. Wenn wir vorrücken, werden sie die Bresche noch verbreitern. Wenn wir festsitzen, werden sie uns zu Hilfe eilen. Und immer so fort, in Einheiten zu hundert Mann. Lass sie um die Fahne kreisen, damit die Ankommenden nicht ihre Kameraden behindern, die zu uns aufschließen. Und ansonsten kümmere dich um die Verwundeten!»

Der Kanonendonner hat seine Stimme teilweise überdeckt, aber alle haben das unerhörte, wahnwitzige Manöver verstanden. Die Fahne soll als eine Art Seilrolle dienen, um die herum die Kavallerie ihr Tempo verlangsamt, umkehrt, sich wieder in Bewegung setzt und zu einer erneuten Attacke lospresscht. Und die, die es nicht verstanden haben, erahnen instinktiv, was er von ihnen verlangt.

Trunken von Pulver und Erregung richtet er sich in seinen Steigbügeln auf und ruft seinen Männern zu:

«Meine Herren, das Werk, das wir gestern begonnen haben, ist noch nicht zu Ende geführt. Der Kaiser hat mir heute Morgen gesagt: Murat, willst du zulassen, dass uns diese Leute vernichten?»

«Nein!», brüllt die Menge, die ihn umringt.

«Er hat uns einen Angriff befohlen, wir werden ihm zwei liefern! Der Russe geriet durch den ersten ins Wanken, durch den zweiten wird er zu Fall gebracht werden. Das Schicksal dieses Tages liegt in unseren Händen! Mir nach!»

Hochrufe erschallen, Säbel blinken, Murat schwingt sich in den Sattel. Um ihn herum drängen sich unruhig die Männer und bereiten sich darauf vor, ihm zu folgen. Er gibt das Signal zum Angriff und spürt einen Rausch, keinem anderen vergleichbar.

Eine Sekunde lang erinnert er sich daran, dass Caroline und sein Generalstab ihn zur Vorsicht gemahnt haben: Wozu sich so sehr der Gefahr aussetzen? Aber das stachelt ihn eher an, als dass es ihn zurückhält. Er hat nur Verachtung für diese zaghaften Generäle übrig, die hinter den Linien Befehle erteilen, ihre Soldaten losschicken, dem feindlichen Feuer zu trotzen, und dabei selbst in Sicherheit bleiben. Hat man jemals einen tapferen Hauptmann in seinem Bett sterben sehen?

«Geradeaus, vorwärts! Richtung Arschloch meines Pferdes!» Er gibt seinem Pferd die Sporen. An dem hohen weißen Federbusch, den er am Helm trägt, ist er schon von Weitem erkennbar. Er galoppiert an der Spitze der Attacke, dicht gefolgt von seinen Offizieren und Husaren, alle mit demselben Elan, gepackt von derselben Wut. Hinter ihnen schmettert, unvermittelt und wie aus dem Nichts, eine Trompete inbrünstig erneut zum Angriff.

Sie durchdringen die feindlichen Linien etwa hundert Meter unterhalb des ersten Angriffs in entgegengesetzter Richtung. Jene Russen, die sich glücklich schätzten, außer Reichweite der französischen Kavallerie gewesen zu sein, deren Effizienz sie während des ersten Angriffs miterlebt hatten, haben keine solche Tollkühnheit erwartet und den Gegner auch nicht heranstürzen sehen. Sie lassen sich ohne Weiteres niedermetzeln oder umstoßen und von den Pferden zerstampfen.

Den Säbel in der Rechten und die Pistole in der Linken, lassen Murat und seine Männer sich nicht von den fallenden Körpern bremsen. Erneut spalten sie, gleich einer Pflugschar, die gewaltsam den Boden aufreißt, die feindliche Truppenanordnung, mit einer Furche, die parallel zur vorangegangenen verläuft. Die Infanteristen, die sich nach dem ersten Angriff gerade wieder fingen und neu zu formieren begannen, spüren, dass ihnen die Kontrolle entgleitet. Die Geschütze grollen, der mit Schnee vermischte, von Reitern und Gefechten aufgewirbelte Staub steigt empor und verschleiert die Sonne. Schreie ertönen von überallher. Ein Oberleutnant, der auf einer Höhe mit Murat ritt, fällt, von einer Kugel getroffen, die seinem Anführer galt.

Hundert weitere Kavalleristen werden von Exelmans losgeschickt. Sie folgen dicht auf die erste Welle und erweitern die

Bresche, indem sie diejenigen angreifen, die davongekommen zu sein glaubten. Das russische Fußvolk, das von seinen Offizieren abgeschnitten ist, weiß nicht mehr, wie es reagieren soll. Die Meldereiter kehren mit Befehlen zurück, die nun keinen Sinn mehr haben. Einzelne Männer beginnen nach allen Richtungen in einer ansteckenden Panik auseinanderzurennen und gehorchen niemandem mehr.

Gleich einem Holzfäller, der mit methodischen Schlägen einen Keil in den Stamm treibt, vermag Exelmans eine dritte, eine vierte, eine fünfte, eine sechste Welle auszuschicken. Die so gerissene Lücke zwischen der Mitte und dem unteren Teil der feindlichen Kolonnen wird immer größer. Wollten die Russen zu einem neuen Sturm gegen die Franzosen ansetzen, würden sie sich unweigerlich der nächsten Welle aussetzen, die mit Sicherheit hereinbrechen wird. Soldaten strömen zurück, prallen aufeinander, begreifen nichts mehr. Niemand hört mehr auf die unteren Dienstgrade, die vergebens Befehle brüllen.

Infolge dieses zweiten Durchstoßes der französischen Kavallerie in Gegenrichtung ist jetzt jede Kolonne in drei Teile zerteilt: einen Kopf ohne Unterstützung, der dem Dauerfeuer der napoleonischen Artillerie ausgesetzt ist, einen hilflosen Mittelteil und einen ungeordnet zurückweichenden Kolonnenfuß.

Aus dem Augenwinkel bemerkt Murat eine Bewegung, die unten in der Ebene stattfindet: Gemäß den in den Militärschulen gelehrten Prinzipien leitet die russische Kavallerie einen Gegenangriff ein und setzt zum Sturm an, um das Vorrücken der Franzosen zum Stillstand zu bringen. Aber der Rückstrom der Infanteristen blockiert ihr Manöver, die Pferde können sich nicht aus dieser Menschenmasse befreien, die sich jetzt den Hang hinunter ergießt. Die Kosaken und die

Ulanen können nicht weiter im Galopp vorrücken, nicht einmal im Trott, ihre Reihen brechen auseinander, die Offensive löst sich auf. Fast zum Stillstand gekommen, bietet sie ein ausgezeichnetes Ziel für die französische Artillerie, die verheerende Schäden anrichtet, bevor nur noch der Rückzug bleibt.

Die andere Seite des Schlachtfeldes ist in Sichtweite. Murat weiß, dass allein die Schnelligkeit seines Handelns ihm Schutz gewährt. Er gibt seinem Pferd die Sporen und reitet ständig an der Spitze, sodass alle seine Männer gezwungen sind, seinem verrückten Vorpreschen zu folgen. Es gibt weder Generäle noch Regimenter noch aufeinander folgende Wellen noch sonst irgendetwas, das in den Fernrohren der Generalstäbe zu deuten wäre, nur eine gewaltige Bewegung, die durch nichts aufgehalten werden kann und die Frankreich den Sieg beschert.

Der Kaiser lässt daraufhin die Garde aufmarschieren, die mit Gebrüll und aufgepflanztem Bajonett die ersten Linien durchbricht und die Niederlage in ein Debakel verwandelt.

Murat ist erneut aus den Kämpfen aufgetaucht, eine halbe Meile unterhalb der Stelle, an der er sich zwei Stunden vor seinem Hin- und Rückritt aufhielt. Ein kleiner Bauernhof ermöglicht ihm, seine Stellung zu organisieren. Nach und nach ordnen sich seine Männer wieder, blut- und staubbedeckt, sichtlich erschöpft. Die Pferde sind ebenfalls am Ende ihrer Kräfte. Mit einem Blick überfliegt er seine Truppen und schätzt die Verluste des Tages auf ein Viertel, ohne die des Vortages zu zählen.

Welcher Ruhm sollte damit zu erringen sein, noch einmal das feindliche Chaos zu durchqueren! Diese versprengten Soldatengruppen, die in höchster Verwirrung nach allen Richtungen auseinanderstieben, bildeten noch am Mittag die zweitgrößte Armee Europas. In diesem Moment ist sie vernichtet. Unnötig, den Teufel ein drittes Mal herauszufordern. Seine Truppen würden dem nicht standhalten. Sein Pferd zittert unter ihm, am Ende seiner Kräfte. Er streichelt es, hätschelt es, dankt ihm.

Der eine Ärmel seines Mantels ist von Kugeln durchlöchert. Sein linker Stiefel hat von einem Säbelhieb einen Schnitt davongetragen, der bis zu den Sporen reicht. Seine Schenkel sind schwer vom Lenken seines Pferdes. Sein erschöpfter rechter Arm und seine schmerzende Schulter protestieren.

Weiter unten in der Ebene beenden die Regimenter ihre Arbeit mit wehenden Fahnen und rücken wie in einer Parade vor. Gefangene werden scharenweise der Reserve anvertraut. Der Schnee kehrt zurück und verschlingt nach und nach die Landschaft.

Ein unerbittliches Gefühl von Müdigkeit überkommt ihn. Wie lang war dieser Tag seit der letzten Versammlung im Morgengrauen beim Kaiser, vor den Landkarten, auf denen die Truppenbewegungen eingezeichnet waren! Auch das Warten, während die Schlacht in den ersten Stunden unentschieden blieb, war ihm endlos vorgekommen. Dann, wie eine Befreiung, der Befehl zum Angriff, die völlige Hingabe an diesen Instinkt, der ihn vorwärtstrieb und das gesamte Schlachtfeld durchqueren ließ, während er im entscheidenden Moment das von Napoleon geplante Manöver perfekt ausführte. Und diese unvorhergesehene Intuition, dieser zweite Durchlauf in entgegengesetzter Richtung mitten durch den Feind ... Genügend Nervenkitzel, um den stärksten Kerl umzuwerfen!

Im Übrigen ist er, wie der Volksmund sagt, keine zwanzig mehr. Diese Bemerkung, die er an sich selbst richtet, überrascht ihn, er zählt und stellt verblüfft fest, dass er schon vierzig ist. Der Jüngste seiner Husaren könnte sein Sohn sein.

«Wasser!»

Ein Soldat reicht ihm eine Feldflasche, er stillt gierig seinen Durst. Dann zieht er sich einen Moment zurück, um ein paar Zeilen an Caroline zu schreiben.

Auf dem verschneiten Hof des Bauernhauses werden die Verwundeten von ihren Kameraden auf Stroh und Mäntel gebettet. Wind ist aufgekommen und lässt sie die Kälte noch beißender empfinden. Zwei Wundärzte sind überall zugange, legen Verbände an, spenden Trost, schätzen mit einem Blick Überlebenschancen ein. Nur zwei? Er schickt einen Kurier, um medizinische Verstärkung anzufordern, dann sucht er seine im Kampf verwundeten Männer auf, um ihnen zu danken und Mut zuzusprechen. Man hat ihm versichert, dass der Besuch ihres Generals an ihrem Krankenbett immer eine vorteilhafte Wirkung ausübe, und er schuldet ihnen dieses Zeichen der Aufmerksamkeit.

Etwa fünfzig Husaren, junge wie ältere, liegen in Reihen da. Er inspiziert sie langsam einen nach dem anderen, wendet nicht einen Moment den Blick ab von den durch tiefe Schnittwunden gezeichneten Armen, von den durch Geschosse zerfetzten Schenkeln, von den durch Säbelhiebe gespaltenen Schädeln, von den aufgerissenen Leibern und bemüht sich, jedem ein paar Worte zu sagen. Mit sanfter Stimme, in vertraulichem Ton, erkundigt er sich nach Vornamen, Geburtsort, verspricht zügigen Abtransport und ein gutes Bett mit sauberen Laken noch am selben Abend, macht einen Scherz.

Dem Vorletzten aus der ersten Reihe hat man das linke Bein auf der Höhe des Knies amputiert und er hat einen offenen

Bruch am linken Arm. Sein fahles Gesicht und seine rot gefärbten Kleider deuten darauf hin, dass er viel Blut verloren hat.

«General ...»

«Überanstrenge dich nicht, mein Freund. Du hast dich gut geschlagen, und wir haben gesiegt.»

«Sie ... Ich war mit ... Unteroffizier in Lodi ... Da war dieser Streitfall ... Der Notar von Correggio ... Sie haben mich degradiert ... mich vor dem Standgericht bewahrt ...»

«Ich erinnere mich. Ruh dich aus. Ich verbiete dir zu reden. Man wird sich um dich kümmern.»

Er beugt sich zu ihm hinunter, setzt ein Knie auf den Boden und hält ihm einen Moment lang die Hand. Ja, trotz seiner Titel, seines Reichtums, seines Ruhms und seiner Ehrungen, trotz allem, was ihn umgibt, ist er doch einer von ihnen. Ein Soldat. Zwar inzwischen auch General, Abgeordneter, Marschall von Frankreich, Großer Adler der Ehrenlegion, Großadmiral, Fürst, Großherzog und alles Mögliche, was glänzt und funkelt, aber in seinem Innersten hat er nichts vergessen. Ein Elitekavallerist inmitten anderer Elitekavalleristen. Bestehend aus den gleichen Erinnerungen und den gleichen Muskeln. Mit dem gleichen Geruch nach Schweiß, Staub und Blut. Dieselben Gefahren teilend. Das allein ist wahr. Das allein macht ihn aus.

Mit einem Wink ruft er den Kommandanten der Chirurgie herbei und flüstert ihm ins Ohr:

«Retten Sie mir wenigstens diesen Mann dort.»

Er tut so, als verstünde er nicht die Hilflosigkeit in der Mimik seines Gegenübers, und kehrt zu seinen Offizieren zurück. Trotz ihrer Müdigkeit scherzen sie, reden laut, lachen laut, um einander davon zu überzeugen, welch ein Glück sie haben, unversehrt davongekommen zu sein. Er gesellt sich zu ihnen und beruhigt sie: Dieses Blut auf seiner rechten Schulter ist nicht das seine. Er genießt diesen Moment. Ein erschöpfter Unterleutnant reicht ihm stolz eine russische Fahne, derer er sich bemächtigen konnte. Murat ergreift sie, schwenkt sie, wirft sie zu Boden und löst damit Hochrufe und Hohngelächter aus.

Ein Adjutant kommt mit einer Meldung vom Generalstab angaloppiert, springt von seinem Pferd, tritt auf ihn zu und flüstert ihm ins Ohr:

«Der Kaiser lässt Ihnen sagen, dass Sie schwerste Vorwürfe verdienten für das verrückte Manöver, das Sie gewagt haben. Aber letztendlich ist es geglückt und hat den Erfolg des Tages herbeigeführt. Er beglückwünscht Sie also dazu, aber bittet Sie inständig, ihm nie mehr eine solche Überraschung zu bereiten!»

Murat weiß, dass die beiden Divisionen des Generals Bennigsen besiegt sind. Die Ortschaft Eylau ist zurückerobert, und am 8. Februar 1807 leitet die russische Armee den Rückzug nach Königsberg ein.

Zur Nacht erhält er die Meldung: Der ehemalige Unteroffizier von Lodi hat die Amputation nicht überlebt.

*

Vier Soldaten öffnen die Tür zu seiner Zelle, führen ihn hinaus und eskortieren ihn über eine Wendeltreppe bis in einen Raum im Zwischengeschoss, in den durch zwei Kellerfenster schwaches Licht fällt. Ein hagerer, schwarz gekleideter Mann mit müdem Gesicht sitzt hinter einem langen Tisch aus rohem Holz und erhebt sich auch bei seinem Eintreten nicht.

«Monsieur Murat ...»

Es ist sehr lange her, dass ihn jemand so genannt hat. Diese Unhöflichkeit verdient es nicht, viel Wesens darum zu machen. Er konzentriert seine Aufmerksamkeit auf die Wände aus Stein, die Deckenwölbung, den unebenen Fliesenboden. Keine weitere Tür. Vermutlich eine ehemalige Wache. Da man irgendetwas sagen muss, wenn man allzu lange allein gewesen ist, entschließt er sich zu einem leicht ironischen Ton.

«Mit wem habe ich die Ehre?»

«Mein Name tut nichts zur Sache. Ich bin der Gesandte des Königs beider Sizilien, Ferdinands I. von Bourbon.»

«Sehr gut, Herr Unbekannt.»

Er hat es nicht eilig. Das ist also der Mann, den Ferdinand, gleich nachdem er die Depesche des Telegrafen gelesen hatte, auf ein Schiff nach Pizzo verfrachtet hat, um seine Angelegenheit zu regeln. Ein Offizier? Ein Höfling? Ein Richter? Jedenfalls ein Getreuer, der ihm offenbar ins Exil nach Palermo gefolgt ist, ebenso engstirnig wie sein Gebieter. Mit der Straße von Messina und der englischen Flotte als Festung haben sie nichts von alledem sehen oder begreifen können, was sich in den letzten zwanzig Jahren in Europa zugetragen hat. Allein Groll und Hass bestimmen ihr Verhalten.

Um die Demütigung zu vermeiden, im Stehen mit diesem sitzenden Beamten reden zu müssen, beginnt Murat, im Raum auf und ab zu gehen, die Hände hinter dem Rücken verschränkt, wie er es früher gern tat, um nachzudenken oder um einem Sekretär ein kurzes Schreiben zu diktieren.

«Ich bin sehr angenehm berührt, dass Sie zwecks dieser Besprechung endlich zu mir gelangt sind. Da Sie das Vertrauen des Königs Ferdinand genießen, wissen Sie um die Mauscheleien, die letztes Jahr auf sein Bitten und zu seinem Vorteil auf dem

Wiener Kongress ausgehandelt wurden. Um seine Wiedereinsetzung auf den Thron von Neapel zu ermöglichen, erwog Seine Majestät der Kaiser von Österreich in Übereinstimmung mit dem Zaren von Russland, dass ich anderweitig entschädigt werde. Dänemark wurde in Betracht gezogen, aber ich will ein katholisches Land. Dann Polen, aber dort ist es entschieden zu kalt. Ich habe es mir gut überlegt. Letztendlich werde ich Portugal akzeptieren, es sei denn, England hat etwas dagegen; oder Sardinien, falls der König von Piemont infolge einer Neuordnung in der Lombardei, in Genua, in Parma oder in der Toskana nicht daran interessiert sein sollte. Inseln von geringerer Bedeutung lehne ich entschieden ab, versuchen Sie mir nicht, die Balearen oder Malta einzureden. Der Königstitel und die Anerkennung der Erbrechte meiner Familie sind nicht verhandelbar.»

Der Unbekannte sieht ihn verdutzt an. Extreme Frechheit oder extreme Unbedarftheit? Er verliert darüber den Faden der Unterredung, so wie er sie sich vorgestellt hatte.

«Ihre Dreistigkeit, Monsieur Murat, ist ohne Maß und Verstand. Als jemand, der wegen Hochverrats in diesem Gefängnis inhaftiert ist, können Sie nichts anderes als die Bestrafung Ihres Fehlverhaltens erwarten.»

«Sind Sie als Vertreter Seiner Majestät des Kaisers von Österreich hier?»

«Lassen wir das, Monsieur. Dafür ist keine Zeit mehr. Ich bin als Gesandter des Königs für Pizzo hier und ich werde Ihnen bei dieser ungehörigen Posse nicht folgen.»

Die beiden Männer messen sich mit Blicken, und nur Murat wirkt so, als würde er sich ein wenig darüber amüsieren. Er wird diesem Schattenriss keinen Glauben schenken und nimmt seinen Spaziergang wieder auf.

«Also dann, Herr Gesandter des Königs für Pizzo – welch schönen Titel verdanken Sie mir da! –, womit können Sie sich akkreditieren?»

«Seine Majestät König Ferdinand hat über Ihr Los entschieden. Sie haben sich der Rebellion gegen seine Autorität schuldig gemacht, und das seit beinahe sieben Jahren. Eine einzige Strafe kommt dafür infrage. Die königliche Kommission für Staatssicherheit kommt morgen oder übermorgen in dieser Festung zusammen und spricht das ...»

«... schon jetzt im Königspalast von Neapel beschlossene Urteil!»

«Dieses Urteil wird noch am selben Tag vollstreckt.»

«Die grundlegenden Gesetze des Königreichs ...»

«Wie können Sie sich auf diese berufen, Sie, die Sie deren Prinzipien unablässig verhöhnt und deren Bestimmungen pervertiert haben?»

Plädieren, Diskutieren, Flehen, Sichbeklagen hätten gar keinen Sinn. Dafür ist hier weder der Ort noch der Moment noch die richtige Person. Mit diesem feindseligen Emissär zu diskutieren würde ihn nur unnötig Zeit kosten. Er muss seine Kräfte für den Prozess aufsparen, auch wenn er keinerlei Hoffnung mehr hat.

Dann lieber diesen Unbekannten nutzen, um etwas über das Geschehen in der Welt zu erfahren. Er hat keinerlei Kunde erhalten, seit er vor dreizehn Tagen von Korsika ablegte:

«Gibt es Neuigkeiten vom Kaiser Napoleon?»

«Der ehemalige Kaiser ist auf dem Weg in sein Exil.»

«Und in Frankreich?»

«Die Rückkehr des Königs Ludwig wurde überall mit allgemeinem Jubel begrüßt.»

Diese Floskel will nichts heißen.

«Und Königin Caroline?»

«Madame Murat hat sich mit ihren Kindern unter den Schutz Seiner Majestät des Kaisers von Österreich begeben, der sie in einem seiner Paläste in Triest untergebracht hat.»

Dieser Satz ermutigt ihn mehr, als er wahrhaben möchte. Die Seinen sind in Sicherheit.

«Ich danke Ihnen, Herr Gesandter des Königs für Pizzo, für diese Information.»

Der Mann in Schwarz blättert in einigen Papieren, als bedauerte er, unfreiwillig Menschlichkeit gezeigt zu haben.

«Ein Beichtvater wird am Tag des Prozesses kommen, der Pfarrer von Pizzo. So wird Ihnen kirchlicher Beistand zur Verfügung stehen.»

Es ist nicht ratsam, sich zu explizit zu äußern.

Ohne jede Illusion versetzt Murat:

«Ich verlange die Anwesenheit des Botschafters.»

«Der Minister von Frankreich, den ich auf Befehl des Königs vor meiner Abreise getroffen habe, hat mir geantwortet, dass Ihre Situation nicht in seine Zuständigkeit falle und dass er vor Ablauf mindestens eines Monats keine offiziellen Informationen zu erhalten wünsche.»

Der Gesandte lässt das Gift dieser Worte langsam wirken, dann fährt er mit aufreizend sanfter Stimme fort:

«In seiner Güte gesteht der König Ferdinand Ihnen den Beistand eines Anwalts zu. Es ist Ihnen nicht erlaubt, sich vor dem Prozess mit ihm zu treffen.»

«Ein richtiger Anwalt?»

Der Gesandte des Königs hat sich seit seinem Eintritt kaum gerührt und antwortet mit dumpfer, belegter Stimme:

«Ich bin nicht befugt, Ihnen das zu sagen.»

«Sie haben recht, man kann nie vorsichtig genug sein. Ich könnte ja dieses Staatsgeheimnis einer der Mäuse dieser Festung anvertrauen.»

Murat wandert weiter auf und ab, zehn Schritte in die eine Richtung, zehn Schritte in die andere, viel mehr als in seiner Zelle. Drei Soldaten bewachen gelangweilt die eichene Tür.

«Ich fordere einen Anwalt aus Paris. Hier, Cambacérès. Er kennt sich bestens aus mit all Ihren Spitzfindigkeiten. Da Sie mich Monsieur Murat nennen, weigern Sie sich folglich, mich als Italiener anzuerkennen. Und als Franzose habe ich das Recht auf einen Anwalt meines Landes.»

Einen Anwalt aus Frankreich kommen zu lassen bedeutet, den Prozess um mindestens zwei oder drei Wochen zu verzögern und Ludwig XVIII. in höchste Verlegenheit zu bringen. Deswegen bittet er darum und ahnt die Antwort.

«Sie sind nicht in der Position, Ihren Anwalt zu wählen.»

«Aber Ludwig XVI. durfte Malesherbes für seine Verteidigung wählen! Bereiten Sie einen Prozess vor oder einen Mord?»

«Wenn man an dem des Herzogs von Enghien teilgenommen hat, hat man nicht so zimperlich zu sein.»

Die heftige, unerwartete Riposte trifft ihn. Murat, der 1804 Gouverneur von Paris war, als der Erste Konsul diesen harmlosen Fürsten in der Markgrafschaft Baden entführen ließ, versuchte damals vergebens, sich diesem sinnlosen Verbrechen zu widersetzen. Seine Rolle beschränkte sich darauf, die Eskorte zu liefern und auf einen Eilbefehl hin die Zusammensetzung des Militärtribunals zu unterschreiben, das damit betraut war, das Todesurteil zu fällen. Das hat genügt, ihn zu den Henkern zu zählen. Seinem Ansehen wurde dadurch geschadet, ungeachtet dessen, was er in der Folge sagte oder unternahm, um sich davon reinzuwaschen. Er trägt diesen Makel mit einem Gefühl der Scham – der heimlichen Scham, nicht vermocht zu haben, entschlossener Widerstand zu leisten.

Die Parallele zu seiner eigenen Situation irritiert ihn: ein ausschließlich politisches Motiv; ein vom Fürsten berufenes Sondergericht; ein im Voraus beschlossenes und in aller Eile vollstrecktes Todesurteil.

Die Willkür des Ancien Régime kümmerte sich nicht um derlei Formalien. Das Beil des Henkers oder der Dolch eines auf Befehl des Königs entsandten Schergen kamen offen zum Einsatz. Welcher seltsamen Mode unterwirft man sich heute, indem man die Staatsräson in den Deckmantel der Justiz hüllt? Wen hofft man mit diesem Täuschungsmanöver zu überzeugen? Der Herzog von Enghien war ermordet worden. Ihm wird es ebenso ergehen. Sein offizielles Schweigen angesichts des Verbrechens im Wassergraben des Schlosses Vincennes verfolgt ihn bis in diese Festung.

Murat fängt sich wieder und führt die Offensive fort:

«Herr Gesandter des Königs für Pizzo, teilen Sie Ferdinand über den Telegrafen von Neapel mit, dass er sich irrt. Alle Nationen Europas sind von zwanzig Jahren Krieg ausgezehrt und fordern den Frieden. Der Kongress, der in Wien tagt, legt seine Rahmenbedingungen fest. Das Exil des Kaisers Napoleon gewährleistet seinen Fortbestand. Will der König beider Sizilien entgegen dieser einmütigen Bewegung erneut Blut vergießen lassen? Will er sich der Gefahr aussetzen, erneut den Teufelskreis der Rache in Gang zu setzen? Ich appelliere nicht an seine Großzügigkeit, auf die ich nicht zähle, aber an sein politisches Gespür. Ich sage Ihnen nicht, dass dieser Entscheid ungerecht und barbarisch ist, solche Argumente würden nichts bewirken. Aber ich versichere Ihnen, dass er seinem tatsächlichen Urheber Schande bringen und ihm zum Vorwurf gemacht werden wird. Er möge gut über diese Worte nachdenken, falls es nicht schon zu spät ist.»

Natürlich erwartet er nicht, seinen Gesprächspartner zu überzeugen.

Nach einer Weile deutet der Gesandte des Königs ein freudloses Lächeln an:

«Sie scheinen nicht zu begreifen, worum es hier geht. Seit 1789 hat Frankreich in ganz Europa für Unordnung gesorgt. Überall auf seinem Weg brachte es Krieg, stürzte Könige, plünderte und erpresste die Provinzen, beleidigte die Heilige Kirche, zwang seine politischen Prinzipien und Gesetze auf, unterstützte unsinnige Ideen. Diese Zeit der Unruhen und der Verwirrung hat allzu lange gedauert.»

«Sie können nichts rückgängig machen.»

«Die alte Ordnung ist in der Tat verschwunden. Sie wird nicht wieder auferstehen. Nur der König von Sardinien-Piemont verfolgt dieses Hirngespinst und benimmt sich, als könnte in Turin das Jahr 1815 unmittelbar auf das Jahr 1790 folgen mit fünfzigjährigen Pagen an seinem Hof. Aber ein schlimmerer Fehler wäre es, sich nicht mehr an das Geschehene zu erinnern. Deshalb stellen wir überall in Europa nicht die vergangenen Zeiten, sondern die Ordnung wieder her. Jeder an seinem Platz und der König ganz oben. Frankreich, eines Großteils seiner Kolonien beraubt, von Reparationen niedergedrückt, unter der schwachen Fuchtel eines gichtigen, fußkranken, gebrechlichen, kinderlosen Greises, wird den Frieden nie mehr gefährden. Ihre Landung in Pizzo, so absurd und vergeblich sie auch sein mag, bedroht eben diese Ruhe eines ganzen Kontinents. Sie haben keinen Platz in diesem anbrechenden 19. Jahrhundert und dürfen auch keinen haben. Deshalb ist das Urteil unabänderlich und dringend.»

Murat denkt einen Moment über die Auswirkungen des soeben Gehörten nach.

«Na gut, Herr Gesandter des Königs für Pizzo, wenn alles im Voraus festgelegt ist, warum kommen Sie dann und stören mich?»

«Ich muss Seiner Majestät bescheinigen, dass kein Irrtum bezüglich der Person vorliegt. Ich kenne Ihre Porträts. Sie sind Joachim Murat.»

«Und das ist alles?»

«Seine Majestät wünschte auch, etwas über Ihre Einstellung zu erfahren. Was hatten Sie im Sinn, als Sie so überraschend und mit einer so kleinen Truppe hier landeten? Welche Erwartungen hegten Sie? Welche Hilfe erwarteten Sie?»

Ein Verhör? Der Bote des Königs Ferdinand denkt doch wohl nicht ernsthaft, dass er ihm die Geheimnisse seines Unterfangens preisgibt, ihm die Namen seiner Anhänger verrät ... Die Aufrufe, von denen er Tausende Exemplare drucken ließ, wurden ins Meer geworfen. Und seinen Offizieren fehlt der Überblick.

Sicher, er könnte ihm erzählen, wovon er geträumt hat: von laut jubelnden Menschenmengen; von Emissären, die über die gesamte Halbinsel reiten; von Städten, die sich eine nach der anderen ihm anschließen, während die Könige und Fürsten die Flucht ergriffen haben; von seinem triumphalen Einzug in Neapel, Rom, Bologna, Florenz, Genua, Mailand, Venedig ... Zu diesem letzten Paukenschlag wird es nicht kommen. Sein von

Korsika aus geplantes Unterfangen ist zur tragischen Farce verkommen. Es hat keine Verschwörer gegeben, die auf der Lauer lagen, keine überall verbreiteten Anweisungen, keine Spione an jeder Straßenecke. Die unterstützenden Gruppen, die angeblich voller Ungeduld in allen Städten auf ihn warteten, sind unsichtbar geblieben. Was konnte er mit nur sechsundvierzig Gefährten anderes erwarten? Das Volk ist ihm nicht gefolgt. Soll er seine enttäuschten Hoffnungen etwa diesem Unbekannten anvertrauen? Mit sehr leiser, kaum vernehmbarer Stimme sagt er abschließend:

«Ich erwartete ganz Italien. Es ist nicht gekommen.»

Natürlich sagt er es nicht zu diesem Mann in Schwarz noch zu dem König, der ihn schickt. Er spricht zu sich und vielleicht zu Caroline. Vor allem wünschte er, Napoleon, gefangen auf einem englischen Schiff irgendwo auf dem Südatlantik, möge ihn hören. Und vielleicht würde der ihm endlich beipflichten.

«Wollen Sie nichts sagen? Es erstaunt mich nicht. Dann teile ich Ihnen jetzt einige Neuigkeiten mit. Durch einen seltsamen Zufall kam es zwei Tage nach Ihrer Abreise von Korsika zu Aufständen in Bologna, Florenz, Mantua und Ancona. Sie wurden im Laufe des Tages niedergeschlagen. Einige Dutzend über Subjekte bezahlten ihre Dreistigkeit mit dem Leben. In Mailand besetzten die Aufständischen unter der Führung eines Abenteurers, der sich Graf Graziano Graziani nannte, drei Tage lang ein ganzes Stadtviertel. Gott sei Dank konnte die Truppe sie von dort vertreiben und vernichten. Fast alle wurden gehängt.»

Der Gesandte des Königs ahnt nicht, dass er Murat eine unerwartete Genugtuung bereitet. Sein in Ajaccio in aller Eile ausgeheckter Plan hat also teilweise funktioniert. Wäre es ihm gelungen, mit all seinen Schiffen und all seinen Anhängern in

Neapel zu landen und sich dort auf dem Thron zu behaupten, hätten die Aufstände eine ganz andere Wirkung entfaltet, und die öffentliche Meinung wäre womöglich zu seinen Gunsten umgeschwenkt. Allein der Sturm ist für das Scheitern verantwortlich. Allein das Meer hat ihn bezwungen, ihn, den seekranken Großadmiral ... So umformuliert, erscheint ihm das über ihn verhängte Urteil weniger ungerecht und gerechtfertigter.

Er versteht auch indirekt, dass der geheimnisvolle Graziani entkommen konnte – sonst hätte der Gesandte es genossen, ihm seinen Tod zu verkünden –, und dass er seinen Kampf für Italien fortführen wird, was immer auch geschehe. Eine flüchtige Freude ergreift ihn. Sich das bloß nicht anmerken lassen.

«Und meine Offiziere? All die Leute, die mich in dieser Sache begleitet haben? Sie müssen aus dieser Festung freigelassen werden. Mit Fragen hoher Politik haben sie nichts zu tun.»

«Ich bin nicht befugt, Ihnen zu sagen, welches Los der König ihnen beschieden hat.»

«In der Tat, Sie sind zu nichts Wichtigem befugt!»

Sobald das Gespräch beendet ist, wird der Mann in Schwarz Ferdinand per Telegraf eine Nachricht schicken. Mit was für infamen und unterwürfigen Worten wird er wohl die Identität des Gefangenen bestätigen, seine Stimmung und seine Forderungen beschreiben ...

«Zumindest könnten Sie mir etwas Lektüre ermöglichen. Einen Roman, der gerade in Mode ist. Oder pikante Memoiren. Man langweilt sich nämlich mächtig, wenn man das Privileg hat, Ihr Gast zu sein.»

«In Anbetracht Ihrer Situation könnten Sie die heiligen Evangelien lesen.»

Wird dieses Zugeständnis, so gering es auch sein mag, ein weiteres erlauben?

«Noch etwas, Herr Unbekannter. Lassen Sie mir etwas zu schreiben bringen für einen letzten Brief an die Königin Caroline.»

Der Gesandte des Königs sieht ihn herablassend an und erwidert mit verkniffenen Lippen:

«An Madame Murat? Einem solchen Gesuch kann nicht stattgegeben werden.»

«Tinte und Papier. Und Sie können sich an seiner Lektüre weiden und ihn erst in drei Monaten abschicken, wenn das Ihrer grausamen Fantasie entspricht.»

«Nein.»

Murat erblasst angesichts der Kränkung und sucht nach Worten:

«Monsieur, ich protestiere. Noch nie hat man einem zum Tode Verurteilten die Möglichkeit einer letzten Nachricht an die Seinen verweigert. Das ist eine Verhöhnung des Menschenrechts. Welcher anständige Mann würde gegen eine solche Barbarei nicht aufbegehren? Mit Ihnen rede ich nicht mehr. Sagen Sie Ihrem Herrn, Ferdinand von Bourbon, was ich fordere. Wenn er es verweigert, wird dieses niederträchtige Verbot sein Andenken für immer beschmutzen.»

Er geht, zurück zu seiner Zelle, wie ein König, der sich in seine Gemächer zurückzieht, oder wie ein Mann, der die Gefühle verbergen will, die auf seinem Gesicht abzulesen wären. Die überraschten Soldaten holen ihn ein und eskortieren ihn.

Als sich die schwere Tür wieder schließt und die Riegel knallen, lässt er sich auf sein Bett fallen. Nie zuvor ist ihm die

Liebe, die er für seine Frau empfindet, so bedingungslos erschienen.

Er liebte sie nicht, als er sie kennenlernte, nicht einmal am Tag ihrer Hochzeit. Sie hatte ihn gewollt und ihn, indem sie ihn und ihren Bruder geschickt lenkte, auch bekommen. Liebesheirat für sie, Vernunftheirat für ihn: Wie kann eine Ehe auf so einem Ungleichgewicht gründen?

Sie hat bewusst diesen Mann geheiratet, den sie nicht erregte. Er hat sich lieben lassen, nicht aus Eitelkeit, sondern um seine Position bei seinem Schwager zu stärken. Es war kein Missverständnis, jeder wusste in etwa, woran er war.

Schon am zweiten Abend hatte er ein neues Gefühl entdeckt: eine Frau zu haben, die ihn erwartet, nicht nur die eintönige Runde seiner Waffenbrüder und Zechkumpanen. Dass sein Bett häufig wechselnde Mätressen beherbergt, ist nicht so wichtig. Die Öffentlichkeit gesteht dies hohen militärischen Führern und Königen zu: Er ist das eine und dann das andere gewesen.

1801 erfüllte ihn die Geburt eines Sohnes mit einer ihm unbekannten, tiefen Freude, die er sich nie hätte träumen lassen. Drei weitere Geburten haben ihren Ehebund gefestigt. Eine letzte Schwangerschaft endete 1810 mit einer Fehlgeburt, von der er Kenntnis erhielt, als er zu Tode gelangweilt darauf wartete, die Straße von Messina zu überqueren, um Sizilien zu erobern. Er verspürte einen unsäglichen Kummer darüber, der sich noch vertiefte, als er erfuhr, dass sie keine Kinder mehr austragen könne.

Denn nun liebte er Caroline. Nicht mit einer wilden und jugendlichen Leidenschaft, die alles mit sich reißt und in der die

Vernunft untergeht – der Art, in der Bonaparte sich zu Beginn seiner Ehe mit Joséphine lächerlich machte –, sondern auf seine Weise. Zurückhaltend und langsam. Ein erwachsenes, ja herbstliches Gefühl.

Vielleicht liebte er sie seit einigen Jahren mehr als sie ihn.

Sie bezauberte ihn unter dem Gold des Élysée-Palasts, triumphierend mit einem schüchternen Lächeln auf den Empfängen, die sie zum höchsten Ruhm des neuen Regimes gaben. Wenn auch die Trunkenheit der Siege keinerlei Platz für sie übrig ließ, fehlte sie ihm doch an den Abenden des Zweifelns, inmitten der widersprüchlichen Nachrichten und der Aufgeregtheit des Generalstabs. An sie aus der Ferne zu denken, aus den tiefsten Wäldern Deutschlands, aus den Ebenen Polens und schlimmer noch aus den Steppen Russlands, war ihm notwendig und schmerzlich gewesen, immer schmerzlicher.

Als Regentin während seiner Abwesenheiten beeindruckte sie ihn mit ihrer natürlichen Autorität, ihrem Gefallen an Macht und sogar dieser launischen Seite, die ihn zu vorschnellen Entschlüssen verleitete, eine Schwäche, die sie beide teilten. Mehr als er und manchmal ohne plausiblen Grund noch realen Bezug wagte sie es, ihrem Bruder nicht zu gehorchen.

Im Moment der größten Sorgen dieses angehenden Jahres gab sie ihm in scherzhaftem Ton zu verstehen: «Wenn ich nicht mehr den Namen meines Vaters noch den meines Ehemannes tragen darf, werde ich mich Gräfin Lipona nennen.» Dieser groteske Titel, offensichtlich ein Anagramm von Napoli, brachte ihn einen Moment lang zum Lachen.

Und als er vor fünf Monaten Neapel ohne sie verließ, geschah dies in erster Linie in der Absicht, sie zu schützen. Konnte er ahnen, dass er sie nicht wiedersehen würde? Dieses absurde

Unterfangen, über die Provence, dann Korsika, dann Kalabrien, zeichnete auf der Landkarte einen Kreis, der zu ihr zurückkehrte, zu ihr allein. Woran die Gräfin Lipona wohl in diesem Moment denkt?

Mit dreiunddreißig Jahren wird sie Witwe sein. Was kann er jetzt für ihre Zukunft erhoffen? Heiterkeit in einem friedlichen Refugium. Sie wird Gelegenheit haben, sich ein wenig an ihn zu erinnern, ihre Kinder aufzuziehen – Achille mit seiner zarten Gesundheit, die immer so ernste Laetitia, den rauflustigen und fröhlichen Lucien, Louise, deren Charakter sich erst nach und nach abzeichnet –, und wird versuchen, wieder glücklich zu sein.

Die innerste Triebfeder seines Schicksals erschien in Mailand an einem Ballabend im Palazzo Serbelloni: der General Bonaparte, der seiner jüngsten Schwester nichts abschlagen kann; Caroline, die Murat liebt und will, dass er sie liebt; Murat, der beharrlich die Anerkennung des Generals en Chef sucht, von dem er immer ein wenig herablassend behandelt wird.

Das Problem dieses recht schiefen Dreiecks konnte weder durch eheliche Liebe noch durch Waffenbrüderschaft noch durch Aufstand oder Bruch gelöst werden. Es kettet die drei Protagonisten auf ewig aneinander. Dieses Dreieck macht Murat zu Murat, jenseits aller Ehrungen und Schlachten.

Was hätte er geschrieben in diesem Brief, den Ferdinands Scherge ihm verbietet? Hätte er sich in diesem Geständnis von seiner natürlichen Scham befreien können, um in sich hinabzusteigen und Caroline einzugestehen, dass sie trotz allem die Frau seines Lebens gewesen ist? Ein König, scheint es, offenbart sich nicht. Aber in diesem Moment ist er kein König mehr. Er ist nichts. Und dieses Nichts hat eine Vorderseite, deren Rückseite Caroline heißt.

*

Die Falle, 1808

Nichts von allem, was er in bisherigen Feldzügen kennengelernt hatte, hat ihn auf Spanien vorbereitet.

Als Napoleon ihn an einem Februarabend 1808 am Ende einer offiziellen Zeremonie beiseitenimmt und ihm den Befehl über die auf der Iberischen Halbinsel stationierten französischen Truppen anvertraut, vernimmt er vor allem den Titel, den er tragen wird: Stellvertreter des Kaisers. Diese stolze Schlichtheit sagt ihm zu, und er glaubt, darin ein Zeichen des Vertrauens zu sehen.

Die Hügel Kataloniens erinnern an die Toskana, die Hochebenen Kastiliens an Kalabrien. Frauen ganz in Schwarz, Zypressen, Kirchen, Ziegen. Die Sonne viel heißer als in Paris. An der Spitze eines größeren Kommandos rückt Murat langsam voran. Mangels klarer Anweisungen legt er eine ungewöhnliche Behutsamkeit an den Tag und wird wegen seiner Vorsicht gescholten.

Die Situation am Hofe von Madrid ist seit Langem undurchschaubar: zwischen dem kleinmütigen und willensschwachen König Karl IV., der ehrgeizigen Königin Maria Luise, dem ersten Staatsminister Godoy, der auch der Geliebte der Königin ist, und Ferdinand, Prinz von Asturien, dem Thronfolger im offenen Konflikt mit seinem Vater. Schon seit mehreren Jahren treffen hier englische Intrigen und französische Repressalien aufeinander. Das einst so glorreiche Land wird nicht mehr regiert.

Dem von Murat befehligten Expeditionskorps wird überall ein äußerst verhaltener Empfang bereitet, außer vonseiten einiger Einfältiger, die sich vom Märchen einer Expedition zur Eroberung Portugals täuschen lassen, und von einigen Anhängern des Thronfolgers, die von einem Bündnis der Fortschrittlichen gegen die Tradition träumen. Die Spanier bleiben instinktiv misstrauisch.

Am Rande von Wäldern und Landstraßen werden bisweilen einzelne französische Soldaten von Bauern getötet. Diese Morde erschüttern Murat zutiefst: Krieg ist Sache der Soldaten und zwar ausschließlich, Zivilisten haben sich davon fernzuhalten. Wenn entgegen aller Fairness zwanzig von ihnen, mit Mistgabeln und Sicheln bewaffnet, einen Infanteristen angreifen, müssen sie aufs Strengste bestraft werden, um durch das so statuierte Exempel jede Nachahmung zu verhindern. Als er zehn Jahre zuvor in der Lombardei ähnlich herausgefordert worden war, ließ er, ohne zu zögern, einige Dörfer niederbrennen, worauf kein einziger Überfall mehr zu beklagen war.

Jetzt wendet er exakt dieselbe Taktik an, aber zu seiner großen Überraschung vermögen Brandschatzungen und Hinrichtungen durch den Strang die Angriffe nicht zu beenden. Niemand hat etwas gesehen, niemand weiß etwas. Die Truppen erhalten Anweisung, äußerst wachsam zu sein.

Nichts leistet Widerstand, alles entzieht sich. Die Bürgermeister empfangen ihn mit verschlossener Miene. Bei der Ankunft der Franzosen leeren sich die Straßen, schließen die Läden. Die Probleme mit der Versorgung an Nahrung und

Pferden verschärfen sich. Nicht eine einzige Feier, nicht ein einziger Ball, seitdem sie die Pyrenäen überquert haben. Er spürt dunkel am eigenen Leib die lange Zeit der Verlassenheit, die alle Regionen Spaniens seit einem Jahrhundert durchleben.

Der Einzug in die Hauptstadt findet in einer angespannten Atmosphäre statt. Der König und dann die Königin wurden eindringlich aufgefordert, sich nach Frankreich zu begeben. Der Favorit der Königin wird vom Volk ausgebuht. Gerüchte sind im Umlauf: Der König sei nach Amerika geflohen; er habe zugunsten Napoleons abgedankt; Godoy sei verhaftet und verbannt worden; die Franzosen wollten das ganze Land annektieren; der König habe seine Abdankung widerrufen; der Prinz von Asturien habe sich unter dem Namen Ferdinand VII. zum König erklärt ...

Murat empfängt, konsultiert, hört zu, ohne jemanden beruhigen zu können. Es gelingt ihm nicht zu verstehen, was die Spanier im Innersten empfinden. Seine Initiativen hinken immer eine Kleinigkeit den Entscheidungen des Kaisers hinterher, der es im Gegenzug nie für nötig hält, ihn zu benachrichtigen, und ihm obendrein vorwirft, dass er nicht alles errät. Da Spaniens Bourbonen jede Würde eingebüßt haben, wankt der Thron, und wie schon in Polen glaubt Murat einige Tage lang, mehrdeutigen Kommentaren vertrauend, dass er die Lösung sei.

Am 20. April empfängt der Kaiser in Bayonne Karl IV. und seinen Sohn. Er erhält das Zugeständnis, als Schlichter in ihrem dynastischen Zwist zu fungieren, dann setzt er beide ab zugunsten seines Bruders Joseph, der seit zwei Jahren in Neapel regiert.

Als in Spanien das Ergebnis des Hinterhalts von Bayonne bekannt wird und in der Folge Murats Beschluss, den Infanten Francisco, den jüngsten der Prinzen, zu zwingen, Madrid zu verlassen, erheben sich die Anhänger der Bourbonen, sowohl die des Vaters als auch die des Sohnes. Am 2. Mai kommt es in Madrid zu Gräueltaten, die völlig außer Kontrolle geraten. Die Franzosen werden beschuldigt und spontan von der Menge in den Straßen angegriffen. Schüsse fallen bei ihrem Vorbeikommen, aus Fenstern werden sie mit Steinen beworfen. Spanische Soldaten desertieren und schließen sich dem Aufstand an. Rädelsführer tauchen aus dem Nichts auf, aufständische Offiziere übernehmen die Führung spontaner Aufmärsche. Parolen gegen Napoleon ertönen. Überall schreit der Pöbel: Tod den Franzosen! Murat verfolgt die Situation von Stunde zu Stunde und sieht, wie seine Verluste an Männern bedenklich steigen.

Noch nie hat man seiner Autorität derart getrotzt. Er erträgt den Gedanken nicht, der Situation nicht gewachsen zu sein, die Aussicht auf Erniedrigung und Scheitern. Das eigentliche Ziel dieses diffusen, durch die ganze Stadt ziehenden Aufruhrs ist die Verhöhnung des Kaisers, den er hier nur treu vertritt. Mit welchen Vorwürfen wird Bonaparte seinen Stellvertreter überhäufen, wenn er in einigen Tagen erfährt, dass hier etwas im Entstehen ist, das einem Aufstand zu ähneln beginnt! Und wenn sich die Revolte von Madrid ausweitet, was wird dann mit dem Rest des Landes, ja mit den anderen Eroberungen Frankreichs in Europa geschehen?

Bestimmtheit ist die einzig mögliche Antwort, um die Bevölkerung wieder auf den rechten Weg zu führen. Harte Unterdrückung ist notwendig, um die Ordnung wiederherzustellen.

Murat zieht alle Truppen, über die er verfügt, in der Stadt zusammen und lässt die Stadttore bewachen. Dann, am Nachmittag, verfügt er, dass jeder Aufständische, der mit einer Waffe in der Hand angetroffen wird, standrechtlich zu erschießen ist. Er lässt Kanonenschüsse von den Festungen abfeuern, die oberhalb der Stadt liegen.

Als die spanische Kompanie, die in der Artilleriekaserne unter dem Monteleón-Palast stationiert ist, sich den Aufständischen anschließt, befiehlt er unverzüglich die Erstürmung. Dreimal werden die Kürassiere und die Mamluken zurückgedrängt, bevor sie, unterstützt von stetigem Artilleriefeuer und um den Preis eines Blutbades, in der Abenddämmerung schließlich die Stellung zurückerobern.

Am Abend füsilieren, massakrieren, exekutieren die französischen Truppen in den Gassen und auf den Plätzen, ohne recht zu erkennen, wen sie da töten und weshalb. Die Opfer türmen sich zu Dutzenden auf. Es kommt zu einer Flut von Protesten, die ebenso wie inständige Bitten sogleich abgewiesen werden. Als Gesandte vermitteln wollen, werden sie verhaftet.

Worüber beklagen sie sich alle? Darüber, dass die willenlose Dekadenz der Bourbonen abgelöst wird vom Zusammenschluss Spaniens mit dem größten Reich Europas seit den Römern? Die dynastische Tyrannei von der Freiheit, Tochter der Revolution?

Als es Nacht wird, ist Murat zufrieden. Seine Autorität ist wiederhergestellt. Er musste Blut vergießen lassen, um den Pöbel zur Vernunft zu bringen. Wahrscheinlich haben einige Unglückliche, verleitet von Abenteurern mit Taschen voll englischen Goldes, ihre Einfalt mit dem Leben bezahlt, aber wenigstens sind die Aufrührer bestraft, und es herrscht wieder Ruhe.

Am 3. Mai erhebt sich die ganze Stadt. Einfache Patrouillen genügen nicht mehr, er muss alle ihm verfügbaren Truppen ausschicken in einen bis dahin nie gekannten Kampf gegen einen unsichtbaren und vielgestaltigen Feind, um alle Stadtviertel eins nach dem anderen zurückzuerobern und sie dann mit eiserner Hand zu halten.

Er kennt kein Wort, um diesen Krieg ohne Regeln zu benennen, den seine Armee gegen die Stadtbewohner führt.

Und aus den Provinzen treffen sehr schlechte Nachrichten ein. Von den Ereignissen in Madrid in Kenntnis gesetzt, schließen sich aus Dörfern und Städten ganze Regimenter dem Aufstand an. Kein Ort ist mehr sicher, kein Passant harmlos. Jeder Platz kann sich in eine Bastion verwandeln, jeder höher gelegene Weiler in eine Festung. Wie kann er mit nur dreißigtausend Mann ein so riesiges Land besetzt halten?

Niemand erteilt den Franzosen Auskunft. Es scheint keinen Anführer, keine Organisation zu geben, weder Koordination noch einen Gesamtplan, und doch bringt ganz Spanien, als würde es kochen und gären, immer mehr Rebellen hervor. Für jeden getöteten Aufständischen erheben sich zehn neue, bereit zu kämpfen. Die Gebiete, die sich jeder Kontrolle entziehen, zeichnen auf der Landkarte ein sich ständig veränderndes Mosaik aus Punkten und Flecken, die die großen Städte einkreisen. Jeder Tag ist schlimmer als der vorangegangene. Die Partie ist nicht verloren, aber unter den brillanten Strategen, die Murat beratend beistehen, sieht keiner, wie sie zu gewinnen wäre, wie man es vermeiden könnte, immer tiefer in dieses Chaos hineinzugeraten, das alles mit sich zu reißen droht.

Aus Bayonne treffen drohende Botschaften des Kaisers ein, der ihn auffordert, die Situation wieder unter Kontrolle zu bringen, ohne ihm die Verstärkung zu schicken, um die er ersucht hat. Carolines Briefe, die ihm von den Abenden im Élysée-Palast und den Fortschritten der Kinder erzählen, bringen ihn eher zur Verzweiflung, als dass sie ihm helfen. Er misstraut allen Spaniern in seiner Umgebung und auch vielen französischen Offizieren, die vermutlich nur darauf warten, Joseph Bonaparte, den designierten König, zu hofieren.

Die Hoffnung auf eine spanische Regierung ist geplatzt, keine Minister mehr, keine Verwaltung, alle Entscheidungen in zivilen wie militärischen Fragen obliegen ihm persönlich. Wie viel einfacher und vernünftiger war sechs Jahre zuvor die Situation in Mailand, als der Graf Melzi sich mit Geschick und Bedacht seinen Vollmachten als Oberbefehlshaber widersetzte!

Als er am 22. Mai von einem scheinbar belanglosen Brief Josephs erfährt, in dem dieser seine baldige Ankunft mitteilt, geht ihm plötzlich ein Licht auf. Man versucht, ihn zu schwächen, zu erniedrigen, zu brechen, ihn als dumm und inkompetent hinzustellen. Im Übrigen liest man seine Post, lauscht an den Türen, lacht hinter seinem Rücken, Gespräche verstummen bei seinem Erscheinen. Seit Wochen tut man so, als würde man ihm gehorchen, um ihn so einfacher an Dingen zu hindern; man duckt sich weg, um das Hohngelächter besser zu verbergen. Man verstellt sich, um ihm zu schaden. Alle! In Madrid, in Paris, in Bayonne, alle haben sie sich gegen ihn verschworen! Niemand, auf den er zählen kann, überall Verleumdung, üble Nachrede, infame Machenschaften! Überall Verrat!

Er bekommt keine Luft. Ohne ein Wort stößt er unter den verblüfften Blicken seiner Adjutanten den Arbeitstisch um, die Papiere verteilen sich über den Teppich, er legt keinen Wert mehr darauf, schwitzt heftig, verlangt nach seinen Pistolen, macht ein paar Schritte, legt sich auf den Diwan. Mit müder Stimme verlangt er, dass man ihn allein lasse. Hinter der verschlossenen Tür wird man deswegen nicht weniger Komplotte schmieden, aber zumindest wird er dieses schamlose Schauspiel der Intrige nicht inmitten seines Generalstabs erdulden müssen. Wahrscheinlich erfreut man sich schon daran, ihn so leiden zu sehen.

Ein Krampf erfasst ihn, er übergibt sich mehrmals hintereinander, und während sich ihm der Magen umdreht, ist sein Mund trocken, Schweiß perlt ihm von der Stirn. Man hat ihn vergiftet, hat es gewagt, etwas in sein Essen zu mischen, um ihn ganz sicher zu töten! Man wünscht nicht nur seine Absetzung, seine Entlassung, sondern seinen Tod. Man genießt es sicher, ihn so gequält zu wissen. Soll er um Hilfe rufen? Aber man hat bestimmt seine Ärzte entfernt oder bestochen, und die Arzneien, die man ihm anbieten wird, werden sein Übel nur noch verschlimmern. Unter angemessenen, den Schein wahrenden Traurigkeitsbekundungen wird man sich zu seinem Todeskampf beglückwünschen, wird sich mit mehr Freude auf die Trauer vorbereiten als auf einen Ball am Hofe.

Dennoch läutet er, um die Fratze des Komplotts auf den Gesichtern seiner Gegner vor sich zu sehen. Man stürzt herbei, man ist in Aufregung, man bringt ihn in sein Bett, man eilt geschäftig hin und her. Man bereitet im Geheimen Siegesbotschaften vor. Man bedauert ihn, um sarkastische Bemerkungen vor ihm zu verbergen. Man ist dem Triumph zum Greifen nah. Wer ist denn dieser Hauptmann, der zu lächeln wagt? Ihm schwinden die Kräfte. Er wird ohnmächtig.

Drei Wochen lang, während der Aufstand sich auf alle

großen Städte ausweitet, hütet er das Zimmer, weigert sich, jemanden zu empfangen, Entscheidungen zu treffen, und kümmert sich um nichts mehr. Er schweigt weiter, liest nicht, isst kaum etwas. Er schläft wie ein Stein. Soll Spanien doch ohne ihn zurechtkommen! Und Napoleon genauso! König Joseph naht? Soll er sich doch mit den Aufständischen und den Verrätern zum Teufel scheren! Und dazu alle Bewohner von Düsseldorf! Allein dem treuen Duluc gelingt es, mit ihm zu reden, ihn dazu zu bewegen, ein wenig zu essen, ihn zu besänftigen, ihm für ein paar Schritte im Garten den Arm zu reichen.

Von welchem Leiden ist er befallen? Sein gelblicher Teint, seine Augenringe, seine Kraft- und Appetitlosigkeit lassen ein Übermaß an schwarzer Galle vermuten. Die Aderlässe heilen ihn nicht.

Der Kaiser wird ungeduldig. Ein kampfunfähiger Stellvertreter ist nutzlos für ihn, und im Übrigen hat Joseph jetzt die Pyrenäen überquert. Er stimmt der Rückkehr des Kranken nach Frankreich zu und bestellt ihn nach Bayonne. Während alle spanischen Provinzen in einem grausamen Krieg versinken, in dem die Zivilbevölkerung an vorderster Front kämpft, wird Murat in einer Sänfte liegend langsam aus einem Land evakuiert, das sich ihm in jedem Moment verweigert hat.

*

Plötzlich erhebt er sich, lehnt sich an die Wand. Er hat das Bedürfnis, unter seinen Fingern das Korn dieses hellgelben Gesteins zu spüren, dieses robusten Kalksteins Kalabriens, aus dem die grob behauenen, kaum ausgefugten Quader der Festung gemacht sind. Eine rohe Masse, dazu bestimmt, den

Kanonenkugeln einer feindlichen Flotte standzuhalten, weder elegant noch behaglich.

Diese Zelle im Turm von Pizzo, der an Festungen des Anjou erinnert: seine vorletzte Wohnstätte.

Um sich einen Moment die Zeit zu vertreiben, lässt er noch einmal alle Wohnsitze Revue passieren, die ihn eine Nacht oder einen Monat lang überall in Europa beherbergt haben, doch recht schnell wird er dieser nostalgischen Bestandsaufnahme müde. Nur einer will ihm nicht aus dem Sinn.

Wie sehr hat er ihn geliebt, seinen Élysée-Palast!

Seit seinem ersten Besuch in der ehemaligen Residenz der Pompadour, die damals zum öffentlichen Ballsaal im Erdgeschoss und zu Miettäumen im Obergeschoss degradiert war, faszinierte ihn die Schlichtheit des Ehrenhofes, die Eleganz der Fassade, die Schönheit der Salons, die Weitläufigkeit des Parks. Alles in diesem für die Favoritin des Königs entworfenen Hause atmete die Möglichkeit des Glücks.

Mithilfe der Summe von einer Million Franc, die ihm der Kaiser zugestand, und nach einem Jahr Renovierungsarbeiten hatten die Architekten Vignon und Thibault das Palais nach seinen Anweisungen umgebaut. Die zu ebener Erde gelegenen, von großen Lüstern aus böhmischem Glas erleuchteten Gesellschaftszimmer sind mit Gemälden ausgeschmückt: eine Stadtansicht von Rom, leicht erkennbar am Petersdom und den dicht aneinandergedrängten Häusern, die sich bis an den Tiber hinunter erstrecken, den die französischen Husaren unter der Führung des an seinem weißen Federbusch erkennbaren Murat im Galopp durchqueren; oben auf einer kleinen begrasten Anhöhe sein freundlicher und bescheidener offizieller Wohnsitz Schloss Benrath, in der Nähe von Düsseldorf, zu dem unter einem ungewissen Himmel Massen dicht belaubter Baumkronen emporwachsen. Gegenüber eine ländliche Ansicht seines Schlosses in der Gegend von Neuilly-sur-Seine und ein fiktives Landschaftsbild, auf dem der gewaltige, von zahlreichen Feluken übersäte Nil zu Füßen der Pyramiden fließt. Zwischen den beiden Fenstern eine Ansicht der Trajanssäule.

Ganz am Ende der Prunkzimmer bildet der sonderbare und kühle Silbersalon, der als Boudoir für Caroline gedacht ist, den Zugang zu den Gemächern von Madame, die auf den in englischem Stil neu gestalteten Park gehen, eine der schönsten Gartenanlagen von Paris.

Die große Treppe mit ihren Geländern, deren Handläufe auf Palmwedeln ruhen, die sich ihrerseits auf Kränze aus Olivenblättern stützen, führt hinauf zu den Gemächern von Monsieur, die mit militärischen und ägyptischen Motiven dekoriert sind. Die vier Kinder sind in der zweiten Etage untergebracht. Die Stallungen wurden erweitert und nach dem Vorbild derer von Wien umgebaut.

Knapp zwei Jahre hat er diesen Palast bewohnt, von seiner Rückkehr aus Russland nach dem Frieden von Tilsit Anfang 1807 bis zu seiner Abreise nach Neapel im August 1808, mit Ausnahme des langen und abscheulichen Frühjahrs, das er in Spanien verbrachte. Und dann erneut drei Monate lang während seines Aufenthalts in Paris im Winter 1809. So kurz diese Zeiträume auch waren, sie haben ihn tief geprägt. Nie zuvor war sein Leben so heiter und harmonisch gewesen. Ist es ihm an diesem Ort doch gelungen, staatliche Zeremonien und Spiele mit den Kindern, offizielle Ehrungen und private Abende miteinander zu vereinbaren. Einfache Vergnügungen in einer prunkvollen Szenerie.

Und als Napoleon verlangte, dass er ihm seine gesamten Besitztümer in Frankreich für die Krone von Neapel überließ, gab ihm der Verlust des Élysée-Palasts – und nur dieser – das Gefühl, eines intimen und unersetzlichen Teils seiner selbst beraubt zu werden. Keiner seiner italienischen Paläste konnte ihn so bezaubern.

Er sieht wieder die hohen, auf den Park gehenden Fenster seines Arbeitszimmers vor sich und die Wutausbrüche Achilles, der sich über alle Anweisungen hinwegsetzte; das Zimmer der Adjutanten, in dem sich eine kleine Gruppe von Offizieren drängte, die auf dem großen runden Tisch mit den Sphinxfüßen Depeschen ablegten; der prunkvolle Baldachin aus grünem Taft mit aufwendigem Plissee, der sein Bett überdachte, und die riesigen weißen Federn, die die Spitze schmückten ...

Im August 1807 klingt ein Abendessen der Familie im Garten aus. Caroline stellt sich aus Spaß vor, Modehändlerin im Palais Royal zu sein, und fragt jeden, welchen Beruf er in einem anderen Leben gerne ausgeübt hätte. Napoleon sieht sich als korsischen Hirten, Pauline als Blumenbinderin auf dem Markt Les Halles, Jérôme als Bleicher in Senlis, Murat als Gondoliere. Der Großadmiral wählt ein Bilderbuch-Venedig und eine Komödienrolle für sich und damit wieder einmal Italien. Die anderen Mitglieder der Familie lächeln, die Diener servieren Eis. Das Gespräch erlahmt.

Der Kaiser, der nicht gerne lange aufbleibt, gähnt, gibt das Signal zum Aufbruch, und die Gäste zerstreuen sich. Caroline geht über den Rasen bis zu ihrem Boudoir, wo ihre Kammerfrauen sie erwarten. Murat geht schweren Schrittes nach oben in die erste Etage. Einen Moment lang träumt er beim Anblick der vom Mond beschienenen Pariser Kirchtürme. Sein Großherzogtum langweilt ihn, und auch Deutschland und diese ungehobelten Deutschen. Er vermisst die Fröhlichkeit der Abende von Mailand, er vermisst Florenz und Mantua und Genua und Pisa und all die kleinen Städte der Lombardei und der Romagna, Latiums oder Venetiens, all die Orte, an denen er verweilt hat.

In sechs Monaten wird Antoinette Murat, die nachgeborene Tochter seines Bruders Pierre, Karl Fürst von Hohenzollern-Sigmaringen heiraten. Dieser Fürst, der der angesehenen Dynastie entstammt, die in Berlin regiert, allerdings einer jüngeren katholischen Linie, hat dieses junge, fünfzehn Jahre alte Mädchen – von denen es drei im Pensionat von Madame Capman verbracht hat – erst am Tag seiner Verlobung kennengelernt. Mangels eines Fräuleins Bonaparte oder Beauharnais in heiratsfähigem Alter hat er um die Hand der Nichte des Schwagers des Kaisers angehalten. Letzterer hat dem Antrag stattgegeben, denn dieser Bund, den noch zehn Jahre zuvor ganz Europa als eine unwahrscheinliche Mesalliance angesehen hätte, trägt nach dem zwischen Eugène de Beauharnais und Auguste von Bayern dazu bei, die Verbindungen zu den großen deutschen Familien zu stärken. Er verschafft der gesamten Familie Murat Zugang zum komplizierten Geflecht der Herrscherehen.

Inmitten dieser Nacht denkt der Großherzog von Kleve und Berg an seine Mutter, die, bevor sie letztes Jahr im Familiensitz von Labastide-Fortunière verschied, den vom Papst für sie geweihten Rosenkranz mit den Händen umklammernd, sicher einen ihrer Söhne bereits als kaiserliche Hoheit und regierenden Herrscher sah sowie eine ihrer Enkelinnen als Verlobte eines Fürsten. Nichts von alledem hätte sich erfüllt, wäre er nicht zwanzigjährig in Toulouse vom Glanz der Uniformen eines vorbeiziehenden Regiments angelockt worden.

Sie ist nie nach Paris gekommen.

Ja, was für ein schöner Abend in den Gärten des Élysée-Palasts! Er erinnert sich wieder an das kindliche Lachen Paulines, an die elegante Redeweise Jérômes, an die heisere Stimme Carolines, an die Wutausbrüche Luciens. Es gelingt ihm, die Erinnerung an das raue und vom korsischen Akzent gezeichnete Französisch der Frau Mutter wachzurufen, an den schulmeisterlichen Ton Josephs, an das Gemurmel des Kardinals Fesch. Aber die Stimme des Kaisers? Sie scheint verschwunden zu sein.

Wie ist ein solches Vergessen möglich? Er schließt die Augen, versucht an andere, erfreuliche oder unangenehme Situationen zu denken: vergebens. Das Gesicht – sowohl das des jungen Generals als auch das des Kaisers auf dem Gipfel seines Ruhms – hat sich ihm für immer eingeprägt, doch diese Statue bleibt stumm. Weshalb? Welche Botschaft schickt er so an ihn von seinem Schiff aus, irgendwo vom südlichen Atlantik?

Vom ersten Befehl, den er von ihm empfing – vierzig in der Ebene von Sablons zurückgelassene Geschütze holen –, bis zum letzten – das Kommando über die Große Armee übernehmen und sie nach Frankreich zurückführen –, von den schärfsten Vorwürfen bis zu den harmlosesten Bemerkungen hat sein Gedächtnis alles ausgelöscht.

Verwehrt der Kaiser ihm etwa in einer letzten Geste der

Verachtung, auch nur eines seiner Worte im Reliquiar der Erinnerungen mitzunehmen? Bei diesem Gedanken packt ihn ein heftiger Magenschmerz, er bricht auf seinem Bett zusammen, er vergräbt sich unter der Decke. Egal, was er getan hat, egal, wo er war, selbst aus der Ferne hat Napoleon ihn nie wirklich ernst genommen. Sein Adlerauge erspähte durch alle Titel, allen Prunk hindurch immer den zwanzigjährigen leichtsinnigen Kavalleristen, das elfte Kind eines Gastwirts aus dem Quercy. Mutig, aber mehr auch nicht.

Das Schweigen seines erhabenen Schwagers quält ihn, während er vor sich hin dämmert.

Er hört Napoleons Stimme nicht mehr? Was spielt das für eine Rolle, hier in seiner Zelle, an diesem Tag ... All diese Augenblicke, an die er sich erinnert, werden bald mit ihm verschwinden. Von all den Bruchstücken der Vergangenheit, die mit ihm verloren gehen werden, will er nur eines für den letzten Moment behalten: An einem Morgen im Élysée-Palast meldet ihm sein Erster Stallmeister, ein ruhiger Picarde, der bei der Belagerung von Mantua einen Fuß verloren hat, dass sechs Pferde aus Konstantinopel eingetroffen seien. Der treue Sébastiani, der ihm in Italien als Hauptmann, später bei Austerlitz als General begegnete und jetzt Botschafter an der Hohen Pforte ist, hat sie ihm schicken lassen, als er sich drei Wochen lang bei Zeremonien in seinem Großherzogtum langweilte. Hastig kleidet er sich an und eilt in den Hof hinunter, wo ihm die Stallburschen die Pferde präsentieren.

«Es sind reinrassige Tscherkessen. Sie leben in den Bergen des Kaukasus und sind eigentlich dem Sultan für seine Feldzüge vorbehalten.»

Noch nie hat er so stolze Tiere gesehen: bescheidene Größe;

glänzend schwarzes Fell; kurze Mähne; leicht konkaver Nasenrücken; spitze Ohren; wache und intelligente, mandelförmige Augen; lange und zugleich kräftige Beine; ruhiges Temperament und doch immer auf der Hut.

Ohne dass Murat ihn hat kommen hören, steht Achille plötzlich neben ihm, schaut auf die Tiere und schiebt seine Hand in die seines Vaters.

*

Die Regentschaft, 1808

Der Beruf eines Königs ist nicht sehr kompliziert.

Nachdem Napoleon Joseph den Thron Spaniens anvertraut hat, bietet er Murat an, zwischen dem Thron von Lissabon und dem von Neapel zu wählen. Murat zögert nicht eine Sekunde: König von Neapel!

Er weiß nicht, welcher Teil dieses doppelten Glücks ihn mehr erfreut: der Empfang eines Königreichs oder das Wiedersehen mit Italien.

Der feierliche Einzug in seine Hauptstadt nimmt die Züge eines Märchens an: ein pompöser Reiterumzug, ein vom Kardinal-Erzbischof gehaltenes Hochamt, eine Truppenparade, Ehrungen der Würdenträger und Botschafter, Beifallsstürme des Volkes, ein prächtiges Feuerwerk, eine ganze Woche lang Bälle, auf denen das Königspaar vollendet tanzt. Am letzten Tag der Feierlichkeiten stößt der Vesuv ein Dutzend weißer Wölkchen aus, die am blauen Himmel gut sichtbar sind. Manche sehen darin die Ankündigung einer Katastrophe, andere, darunter Murat, ein glückliches Vorzeichen.

Und Caroline frohlockt. Zur Genugtuung, endlich Königin zu sein, gesellt sich ein unerwartetes und vertrautes Gefühl. Unter der Sonne Kampaniens findet sie die Gerüche, die Schatten, die Farben des Korsika ihrer Kindheit wieder. Alles, was die beiden seit Mailand im Jahr 1796 aufgebaut haben, erfährt hier Vollendung, erreicht hier ein Ziel. Einen Hafen.

Von dem brachliegenden, noch feudal geprägten, von Ferdinand von Bourbon verlassenen Staat bleibt nicht mehr viel übrig. Während seiner zweijährigen Regentschaft konnte Joseph mithilfe fähiger französischer und neapolitanischer Minister die Gleichheit all seiner Untertanen verkünden, die Verwaltung modernisieren, etwas Ordnung in die Finanzen bringen, im Kern eine Armee aufbauen. Ein Teil der Staatskasse hat sich mit seinem Gepäck nach Madrid verabschiedet, aber Murat weiß, dass es den Kaiser erzürnen würde, zwischen ihnen beiden vermitteln zu müssen. Er beißt die Zähne zusammen und beklagt sich nicht.

Schon im Oktober 1808, nur einen Monat nach seiner Ankunft, erobert er in einem waghalsigen Handstreich und mit einer Landung unter feindlichem Feuer Capri zurück, wo die Engländer praktisch vor den Fenstern des Königspalastes seine Autorität verspotteten. Die Fischer erhalten so ihre ganze Bewegungsfreiheit in der Bucht zurück. Jeder hat begriffen, dass es mit der gutmütigen Autorität Josephs vorbei ist und dass nun ein König ganz anderen Schlags regiert.

Die in Düsseldorf gesammelte Erfahrung und selbst all die anderen langweiligen Angelegenheiten, die ihn so oft gähnen ließen, sind ihm jetzt dienlich. Er hat gelernt, das Wesentliche zu erkennen, die Umsetzung von Maßnahmen zu delegieren, sich nicht von den unzähligen Einwänden der Minister aufhalten zu lassen, radikal durchzugreifen.

Zu seiner eigenen Überraschung entdeckt er, dass er gerne regiert. Die militärische Macht betrifft nur einige Aspekte und auch immer nur für kurze Dauer, während die zivile Regierungsgewalt es ihm erlaubt, die ganze Gesellschaft nach seinen Wünschen zu gestalten.

Die englische Marine intensiviert ihre Paraden vor der Küste, aber ohne etwas Ernsthaftes zu unternehmen oder eine Landung zu wagen. Der Hof von Palermo setzt alles daran, Aufstände anzuzetteln, aber vergebens, diese Aufrufe finden in der Bevölkerung kaum Beachtung. Die entschlossene Bekämpfung von Raubüberfällen beginnt Früchte zu tragen.

In zehn Jahren wird das Königreich Neapel in neuem Glanz erstrahlen und mit seinen Fortschritten ganz Europa in Erstaunen versetzen. Es wird zu den modernen Mächten gehören, mit einer beachtlichen Marine und Armee versehen, mit einem blühenden Bürgertum, mit Industriellen voller Tatendrang und Bauern, die nicht mehr im Elend leben. In zehn Jahren werden sich die Großmächte um die Ehre streiten, dem Prinzen Achille Porträts ihrer jungen Prinzessinnen schicken zu dürfen.

Es mangelt nicht an Fallen. Der widerwärtige Talleyrand bringt im Januar 1809 das Gerücht in Umlauf, Napoleon sei in Spanien verstorben, und scheint Murats Aufstieg auf den Kaiserthron zu unterstützen. Der angebliche Interessent erfährt erst viel später als der Rest der Welt von diesem beginnenden Komplott, an dem er überhaupt keinen Anteil hat. Ihm bleibt nur noch, einen verlegenen und ein wenig lächerlichen Brief an seinen Schwager zu richten, in dem er zehnmal seine Unschuld beteuert. Die ausbleibende Antwort bedeutet vermutlich Absolution.

Aber als der Krieg mit Österreich neu entflammt, wird er

nicht einberufen. Seine Verpflichtungen als König hätten ihn indessen nicht daran gehindert, an den Kämpfen teilzunehmen. Ist er in erster Linie nicht Soldat? Als er in *Le Moniteur* den Bericht über den glänzenden Sieg bei Wagram liest, denkt er an all die Marschälle, die dort erneut Ruhm errungen haben, während er sich in diesem Frühsommer darum kümmerte, die Finanzen zu konsolidieren, ein erstes Kavallerieregiment organisierte und sich im Teatro di San Carlo sehen ließ anlässlich der neuen Oper von Paisiello.

Das schmerzliche Bedauern, den Kaiser in diesem neuen Kapitel seines Abenteuers nicht begleitet zu haben, lässt ihn nicht los. Er versucht, sich wieder zu fangen. Hat er nicht mehr als genug Ruhm erworben? Muss er noch irgendetwas auf dem Schlachtfeld unter Beweis stellen?

Die Anwesenheit seiner Truppen in Rom im entscheidenden Moment und die maßgebliche Unterstützung, die sie dem dürftigen französischen Kommando leisteten, das den Papst verhaften und seine Staaten annektieren sollte, scheinen ihm wichtiger, davon versucht er sich selbst zu überzeugen. Ohne dass ein einziger Schuss fiel, wurde die irdische Autorität des Nachfolgers des heiligen Petrus zunichtegemacht. Seine dreitausend Mann waren dem Kaiser viel nützlicher und fanden, als sie sich des Quirinalspalasts bemächtigten, weit mehr Beachtung, als wenn sie als Teil der Großen Armee in den österreichischen Ebenen gekämpft hätten. Wie berauschend ist es, so Geschichte zu schreiben!

Er nahm am Familienrat vom 15. Dezember 1809 teil, als Napoleon beschloss, Joséphine zu verstoßen, und an dem vertraulichen Rat vom 21. Januar 1810, als die Wahl der zukünftigen Gemahlin erörtert wurde. Caroline wurde beauftragt, die Erzherzogin Marie-Louise von Österreich auf ihrer Reise nach Paris und zur Eheschließung mit dem Kaiser zu begleiten. Kann er da an den aufrichtigen Gefühlen seines Schwagers ihm gegenüber zweifeln?

Wahrscheinlich wird jeder seiner königlichen Beschlüsse in Paris genau geprüft und ist oft Gegenstand eines bissigen Briefes seitens des Kaisers. Egal ob er Orden verleiht, den Code civil verkündet und dabei die Artikel über die Scheidung weglässt oder beschließt, einen Botschafter nach Wien zu entsenden, die Schelte trifft prompt mit dem nächsten Boten ein, so scharf und präzise bezüglich ziviler oder diplomatischer Angelegenheiten, wie sie es ehemals in Bezug auf militärische Fragen gewesen war. Im Laufe der Jahre hat er sich zwar nicht daran gewöhnt, aber diese Vorwürfe doch wenigstens einigermaßen zu erdulden gelernt.

Seine Minister, selbst seine Gattin, unterhalten heimliche Korrespondenzen mit Napoleon, der vermutlich besser als er über das Geschehen in seinem Königreich informiert ist. Die Höflinge machen sich über ihn lustig und reden fast unverhohlen von einer französischen Fraktion. Die Existenz dieser Clique treibt ihn dazu, sich aus Trotz einem italienischen Flügel anzuschließen; eine Bewegung, die ihm gefällt und deren Führung er übernehmen will.

Ja, er sieht sich als Bannerträger eines solchen Ideals, um vergessen zu machen, dass er den Thron seinem Schwager verdankt – so wie Letzterer seinem Adoptivsohn Eugène de Beauharnais Norditalien, seiner Schwester Élisa die Toskana schenkte und seinem neugeborenen Sohn den Titel König von Rom verlieh. Die Einheit der Halbinsel ist nur auf Kosten dieses familiären Intarsienwerks erreichbar. Aber allein schon der Gedanke daran würde ihn unweigerlich auf den Weg des Verrats führen.

Ohne dass seine Frau es beabsichtigt, erinnert ihr Mädchenname jeden an den Ursprung ihres Throns, und er nimmt es ihr übel, ohne es zu wollen. Er kann nicht uneingeschränkt herrschen, ohne dass er diese spöttischen Kommentare zu hören glaubt, wenn sie an seiner Seite erscheint ... Vergeblich sucht er ihren Einfluss einzudämmen, ihren Hofstaat und ihre Empfänge zu beschränken. Caroline wirkt traurig, sie verliert an Gewicht: Gott weiß, wie sehr sie in ihren Briefen an Napoleon ihr Herz ausschüttet ... Ohne die Ehe mit ihr wäre er nicht König. Aber er will uneingeschränkt König sein, und seine Ehe hindert ihn daran.

Louis ist seit 1806 König von Holland und sträubt sich gegen die Befehle seines Bruders. 1810 wird ihm sein Königreich entzogen und in ein Nebeneinander einfacher Departements verwandelt. Und wenn es den Kaiser gelüstete, die Königskrone auf Carolines Haupt zu setzen und so Murats Rolle auf die eines Prinzgemahls zu reduzieren – ähnlich der des faden Ehemanns von Élisa, Großherzogin von Toskana –, wer könnte ihn daran hindern?

Der kaiserlichen Gunst alles zu verdanken, bedeutet, nicht zu existieren. Seit Monaten verfolgt er diesen Gedanken, den er in Düsseldorf zu fassen begann, ohne sich jemals wem auch immer anzuvertrauen. Wie kann er sich dieser Umarmung entwinden, die ihn gleichzeitig einschnürt, ihn hervorhebt und ihn lähmt?

Die Antwort erwächst nach und nach aus den Landschaften Kampaniens, die er so gern auf langen Ritten erkundet, und aus seinen Erinnerungen an die Lombardei, an die Romagna und an Venetien. Von nun an will er Italiener sein, aus tiefster Seele, und, wenn möglich, ausschließlich Italiener.

Dieses Bestreben hat eine Konsequenz. Er muss sich von Caroline Bonaparte abwenden, um später in ihr seine Königin von Neapel wiederfinden zu können. So ein Weg wird sich als komplex, manchmal als schmerzlich erweisen. Seine Ehefrau kann sein Verhalten ihr gegenüber nicht verstehen, so sehr ist es von Widersprüchen durchzogen. Aber Italien ist nur zu diesem Preis zu haben. Und später wird sie sich freuen, wenn er sich geduldig aus seiner Fesselung an Frankreich befreit haben wird. Vom Vasallen zum Verbündeten werden. Und Caroline allein Begründerin der Dynastie Murat.

Er versucht sich in kleinen Abweichungen, in winzigen Provokationen, mit denen er sich behutsam durchsetzt. Bleibt nur noch, den richtigen Zeitpunkt zu finden, um einen Richtungswechsel seines Schicksals einzuleiten. Danach wird Caroline in ihrer ganzen Erhabenheit an seiner Seite regieren können. Und das Licht wird endlich von ihm auf sie fallen ...

Seine Träumerei wird durch eine Reihe von Audienzen am Nachmittag unterbrochen. Ein hochgewachsener, dürrer, runzeliger Mann hat sich soeben tief vor ihm verbeugt, während der Amtsdiener ankündigt:

«Monsieur Étienne-Chérubin Leconte, Architekt!»

Murat empfängt ihn mit einem verhaltenen Lächeln:

«Oh, Monsieur Leconte in Neapel!»

«Eure Majestät hat die Güte, sich zu erinnern ...?»

«Ich habe Ihre Arbeiten für mich nicht vergessen, das Schloss Villiers, das Stadtpalais Thélusson, das Schloss Neuilly ...»

Der Architekt verbeugt sich wieder.

«Darf ich es wagen, Eure Majestät zu fragen, was sie in

Bezug auf das Schloss im Departement Lot beschlossen hat, mit dessen Planung sie mich beauftragte, in jenem Dorf, das die Ehre hatte, Standort Ihrer Wiege zu sein? Die Arbeiten daran scheinen seit zwei Jahren stillzustehen ...»

«Das Schloss Labastide ist schön, aber teuer, wie alles, was Sie entwerfen. Ich habe es nicht aufgegeben. Es bleibt ein Projekt, aber keine Priorität.»

Die Staatskassen des Königreichs, die von Natur aus nicht gerade sprudeln, sind nach ihrer Plünderung durch Joseph völlig ausgetrocknet. Die Steuereinnahmen fließen spärlich. Die Bankiers haben kein Vertrauen. Napoleon verlangt, dass er eine starke und einsatzbereite Armee unterhält, sich mit einer Marine ausstattet ... Wie könnte er inmitten der Schwierigkeiten, die sich vor ihm auftun, mehrere Millionen für ein entlegenes Schloss ausgeben?

Die Pläne Lecontes, zu denen sich dieser vom Élysée-Palast anregen ließ, verbinden Eleganz und Größe. Er war davon angetan, aber der erteilte Auftrag bleibt ein vages Ziel. Im Übrigen kann er sich nicht vorstellen, unter welchen Bedingungen er im Departement Lot residieren könnte ...

«Nun, sagen Sie mir, was Sie herführt.»

«Majestät, Sie kennen ein wenig meine Geschichte, aber vielleicht wissen Sie nichts von meinem Unglück. Ich habe nun einmal eine Vorliebe für öffentliche Gebäude. Ich habe den Tuilerienpalast neu gestaltet, die Fassade und den Plenarsaal des Palais Bourbon errichtet. Meine Laufbahn endete abrupt wegen einer unglücklichen Äußerung, die ich unendlich bedauere und die ich seit zu vielen Jahren wie ein Kreuz trage.»

«Teufel! Was haben Sie denn gesagt?»

«Einem Kollegen, der sich erlaubte, die Standfestigkeit

eines meiner Werke zu bezweifeln, antwortete ich leichtsinnig: ‹Pah! Es wird mindestens genauso lange standhalten wie die Regierung ...› Diese Dummheit kam schließlich sogar dem Ersten Konsul zu Ohren, der seitdem meinen Namen jedes Mal ausgestrichen hat, wenn er ihn sah. Ich habe alle erdenklichen Entschuldigungen an ihn gerichtet, habe mich für bonapartistischer als alle Bonapartes zusammen erklärt, habe sogar behauptet, ich sei an jenem unglücklichen Abend betrunken gewesen, es half alles nichts. Meine Verfehlung verdiente vermutlich, bestraft zu werden, und zwei, drei Jahre lang baute ich nur für Privatpersonen. Aber der Kaiser setzte die Strenge des Ersten Konsuls fort, und der öffentliche französische Markt bleibt mir für immer verschlossen. Ich kam nach Düsseldorf, aber Ihr Erster Minister hörte mich an, ohne mir etwas zu versprechen. So reiste ich in aller Eile bis hierher nach Neapel, um Sie zu bitten, mir irgendeine Arbeit an einem königlichen Gebäude zu geben, das dazu bestimmt ist, von all Ihren Untertanen gesehen zu werden. Auf diese Weise werde ich nach achtjähriger Untätigkeit meine Fähigkeiten unter Beweis stellen können.»

Murat kann sich im Verlauf des Berichts dieser Strafe ein Schmunzeln nicht verkneifen.

«Monsieur di Vernola, benötigen wir einen Architekten?»

Der königliche Sekretär ist diese Fragen gewohnt und hat die Anweisung, nie darauf zu antworten.

In einem gut regierten Staat kann niemand gefahrlos seinen Spott treiben. Wenn er das Angebot für diesen Dienst annimmt, beweist er, wenn auch nur in einer Kleinigkeit, seine Eigenständigkeit gegenüber dem Kaiser. Und wer könnte ihm daraus einen Vorwurf machen, da doch die Ächtung Lecontes nirgends schriftlich festgehalten wurde? Außerdem mangelt es seinem Hof, der eher militärisch denn königlich geprägt ist, an Schöngeistern, abgesehen von ein paar Malern und Dichtern, die Caroline zu Füßen liegen.

Leconte beschließt, auf die noch immer unbeantwortete Frage zu antworten:

«Bevor ich Eure Majestät mit meinem Kummer belästigt habe, bin ich lange in Ihrer Hauptstadt herumgegangen. Es gibt zahlreiche private Stadtpalais, die sich aber mangels Pflege in einem schlechten Zustand befinden. Ich habe einige prächtige Gebäude bemerkt, die für die Bourbonen in einer sehr spanisch anmutenden Kargheit errichtet wurden. Dieses Klima und dieses Volk verlangen nach Größe, aber ohne Selbstgefälligkeit; nach Würde, aber ohne Überheblichkeit; und – das ist mir wichtig – nach Liebe, ja, nach der Liebe, die Ihre Vorgänger diesem Volk nicht zu geben wussten. Wenn Eure Majestät mir Gelegenheit gibt, Pläne für sie zu entwerfen, wird Neapel voller Erstaunen Gebäude in einem noch nie da gewesenen Stil entstehen sehen, der Stärke und Anmut, den Wagemut des Neuen und die Lehren der alten Meister, Italien und Frankreich, in sich vereint ...»

Der Architekt unterbricht seine Lobrede aus Sorge, die Geduld seines Gastgebers allzu sehr zu strapazieren. Murat überlegt, wägt das Für und Wider ab. Die Kosten für die Arbeiten, die er ihm das Mal zuvor anvertraut hatte, überstiegen bei Weitem die vorgesehenen Mittel – aber mit welch schmeichelhaftem Ergebnis! Kein Italiener hat ihn so gepriesen, und er wünscht doch, die Gestalt der Stadt möglichst bald nach seinen Vorstellungen zu prägen.

«Ich mag die Fassade des Teatro di San Carlo nicht. Unterbreiten Sie mir einen Entwurf. Und vergessen Sie dabei nicht, wie arm dieses Königreich ist. Dieses Bauprojekt kann Ihre zweite Chance werden, eine dritte werden Sie nicht bekommen ...»

Leconte verbeugt sich erneut und geht.

Murat gähnt. Der Tag war lang. Er kann es kaum erwarten, seine Familie wiederzusehen, Achille nach seinem Unterricht zu befragen und Laetitia nach ihren Erlebnissen.

Der Sekretär fährt unerschütterlich fort, die Agenda herunterzubeten:

«Ich habe auf Ihrem Schreibtisch den monatlichen Bericht des Finanzministers über den Stand der königlichen Staatskasse abgelegt sowie die Maßnahmen, zu denen er Ihnen rät. Ebenso einen Antrag der Kaufleute Ihrer Hauptstadt, die eine Lockerung der Kontinentalsperre wünschen, um bestimmte Produkte erwerben zu können, die nur im englischen Handel erhältlich sind.»

«Schon wieder! Wir werden sehen.»

«Der Polizeiminister unterbreitet Ihnen die Eindrücke eines Turiner Händlers nach seiner Rückkehr von Palermo, wo ihm Ferdinand noch verdrießlicher zu sein schien als gewöhnlich.»

«Alle Spione sagen uns das Gleiche, aber der Alte klammert sich fest.»

«Und schließlich ersucht der Signor Salvemini, ein Unternehmer aus der Region Foggia, um die Unterstützung durch Eure Majestät. Er betreibt seit mehreren Jahren eine Manufaktur für Tomatensauce in Gläsern, die rund fünfzig arme Frauen beschäftigt. Er bittet Sie untertänig, ihm das Privileg zu gewähren, auf seinen Etiketten den Vermerk ‹Königlicher Hoflieferant von Neapel› führen zu dürfen, den Ferdinand ihm verweigert hatte.»

Murat trommelt ungeduldig mit den Fingern auf dem Schreibtisch.

«Muss ich mich wirklich um Tomaten kümmern?»

«Nur der König kann dieses Prädikat verleihen. Ihre Minister sind geteilter Meinung. Einige glauben, dass die Fertigsauce die Ehefrauen zur Faulheit ermuntert. Andere, dass Ihre Schirmherrschaft es ermöglichen wird, dieses Produkt kistenweise zu exportieren, nach Marseille, Berlin, Moskau …»

Der Sekretär beginnt ein langes Plädoyer, das den Eindruck erweckt, er sei geschmiert worden. Murat hört nicht zu. Er behält zwei Aspekte: die Weigerung Ferdinands und die Möglichkeit, einen zu Dank Verpflichteten in Foggia für sich zu gewinnen, in dieser armen und dennoch den Bourbonen nachtrauernden Provinz Molise.

«Gesuch akzeptiert. Sonst noch etwas?»

«Eine letzte Sache, Eure Majestät. Die Witwe des Generals Dumas wendet sich mit einer Bitte an Sie. Sie schreibt, dass sie für sich und die Erziehung ihres Sohnes keine Rente vom Kaiser erhält und dass sie mit den Erinnerungen an ihren verstorbenen Gatten im Elend lebt.»

Joséphines Hass und die Meinungsverschiedenheit mit dem General Bonaparte in Ägypten zeitigen bis heute ihre Auswirkungen, sogar nach dem Ableben des Mulatten. Murat sieht seine gebeugte Silhouette vor sich, als er 1801 in Neapel mühsam aus dem Wagen stieg. Er erinnert sich an dieses recht spärliche Abendessen in Villers-Cotterêts, zu dem er mit dem General Brune gegangen war und wo er dem jungen Alexandre, dem Sohn seines Freundes, seinen Zweispitz aufgesetzt hatte. Ihr

Gastgeber – mit weißem Haar, lockeren Zähnen, zitternden Händen – hustete, hörte nicht mehr gut, führte Selbstgespräche.

Die Bewunderung, die er immer für seinen älteren Freund gehegt hat, verpflichtet ihn, und er hat das Elend der Unterkunft der Dumas nicht vergessen. Aber er kann sich der von Napoleon verfügten Ungnade nicht zu offensichtlich entgegenstellen.

«Zahlt ihr eine Generalswitwenrente aus. Aber aus meiner persönlichen Kasse. Und so diskret wie möglich. Über einen Notar, zum Beispiel.»

*

Zum Philosophieren hatte er nie Zeit. In seiner Zelle kann er Gefallen daran finden. Niemand ist da, mit dem es zu debattieren gilt, niemand, der seine Überlegungen festhält: Er genießt absolute Freiheit.

Für einen Eroberer gibt es zwei Arten, in eine eingenommene Stadt einzuziehen: entweder mit gezücktem Säbel gegenüber einer schweigenden, argwöhnischen, feindseligen Bevölkerung, wie im Fall von Mantua, Kairo, Wien, Madrid oder Moskau; oder an der Spitze eines fröhlichen Reiterumzugs inmitten einer laut jubelnden Menge, wie er es in Florenz, in Düsseldorf, in Warschau und zweimal in Neapel erlebt hat.

Die Worte des angeblichen Paters Graziani kommen ihm wieder in den Sinn. Die erste Art entspräche demnach Prinzessinnen, die einer Vergewaltigung zum Opfer gefallen sind, die zweite sich andienenden Huren?

Nein, die Wirklichkeit jeder Situation lässt sich nicht zu dieser Karikatur vereinfachen. Die Einfalt, die er an einem Abend

1800 in Parma bewies, hat ihn seit Langem verlassen. Was die Völker im Innersten antreibt, hat sich ihm nach und nach erschlossen.

Gewiss, er besitzt nicht mehr politisches Verständnis als Talleyrand Moral. Das wenige, das er über das menschliche Verhalten weiß, hat er vom Leben gelernt und öfter durch Scheitern als durch Erfolge. Und jetzt, da er abschließend eine Lehre daraus ziehen kann, ist niemand mehr da, um ihn zu hören.

Die Italiener wollen die Einheit. Die Polen wollen die Einheit. Und selbst bei den ruhigen Deutschen seines Großherzogtums kam eine vergleichbare Idee halblaut zum Ausdruck. Napoleon hat derartige Erwartungen geschickt zugunsten seiner Projekte eingesetzt, er hingegen, weniger zynisch, glaubt, dass sie Ausdruck eines tiefen Gefühls sind und nicht mit dem Kaiserreich verschwinden werden.

Ja, ein neuer Wind erhebt sich über dem Kontinent, zugunsten der von Frankreich verursachten Umwälzungen, und er wird sich nicht so schnell legen, ungeachtet der Ansichten und Hoffnungen der Bevollmächtigten des Wiener Kongresses.

Er hat versucht, von ihm zu profitieren und ihn zu lenken, um sein Schicksal zu erzwingen. Wie ein schlechter Seemann, der unfähig ist, die Segel zu reffen, hat er es nicht geschafft, Nutzen daraus zu ziehen. Die Bewegung, die er sich davon erhofft hatte, ist ausgeblieben, er steht wie gelähmt und schutzlos da. Na und? Ein Schiff kann nicht nur wegen einer Flaute mit schlaffen Segeln liegen bleiben. Und erleidet es Schiffbruch, wird die Brise, die sich erhoben hat, ungeachtet dessen weiter wehen. Eben darum verkörpert er, selbst an der Schwelle zum Tod, die Zukunft, der unfähige Ferdinand die Vergangenheit.

Da die Könige nicht mehr Könige von Gottes Gnaden sind, zählt jetzt die Stimme der Völker. Geschichte wird fortan nicht mehr ohne sie denkbar sein.

Aber wird das Volk sich selbst überlassen, neigt es zu Chaos und unkontrollierter Gewalt. Das hat er in Paris während der Schreckensherrschaft bestätigt gesehen, ebenso 1797 in Rom, 1798 in Kairo, 1808 in Madrid ... Es muss alles getan werden, um derartige Tragödien zu vermeiden. Nur ein bewunderter Anführer, ein großer Soldat, kann diese Energie beherrschen und auf höhere Ziele hinlenken. Das tat Napoleon für Frankreich, das wollte er für Neapel tun.

Macht erzeugt Angst – oder Bewunderung. Weder die eine noch die andere reichen vollkommen aus. Auch ein wenig Hoffnung ist nötig und eine Spur Resignation. Um diese beiden zu wecken, hat er nach Napoleons Vorbild auf die Religion gesetzt. Die Kirche soll vollenden, was der Säbel vorbereitet hat.

Als König hat er eine respektvolle Einhaltung der Rituale bewiesen, hat die Bischöfe und die Priester umschmeichelt. In öffentlichen Gebeten dankte man ihm dafür, ja beweihräucherte ihn. Derart im Zaum gehalten, fanden seine Untertanen Gefallen am Gehorsam, in Düsseldorf wie in Neapel. Mehr als das verlangte er nicht von ihnen: die Steuern zahlen, Soldaten bereitstellen, für ihn beten.

Doch mit den Jahren hörte das Volk auf, eine leere Worthülse für ihn zu sein, eine rhetorische Figur. Es ist zu einem Verbündeten geworden, den er braucht, der ihn legitimiert und ihn unterstützt. Zwar hält er nun seine Reden in feinem Italienisch, aber er bevorzugt die deftige Mundart Neapels, pikant, musikalisch, frech, mit ihren Trink- und Wiegenliedern, mit ihren klangvollen Segen und Flüchen. Der Müller aus Apulien, der Fischer aus Bari, der Gärtner aus Caserta, der Carabiniere aus Tarent, der Geigenspieler aus Neapel, der Ladenbesitzer aus Salerno, selbst der Straßenräuber aus Kalabrien und auch deren Kinder und zukünftige Kindeskinder verlangten zu Recht von ihm das Beste. Ihre Leben waren ihm wichtig. All seine Entscheidungen hatte er im Hinblick auf ihr Wohl getroffen – alle, ausgenommen diejenigen, leider Gottes, die ihm von Napoleon diktiert worden waren.

Sollte er sich von seinem ersten Tag in Piemont an getäuscht haben? Sollten die glücklichen Momente in Mailand, in Bologna, in Florenz, die Jahre der Regierung nur sinnlose Illusionen gewesen sein? Nein, er hat die Hochrufe auf den Straßen tatsächlich gehört, die Mütter gesehen, die ihm ihr Kind entgegenstreckten, Spionageberichte und Pamphlete gelesen, die aus dem übrigen Italien stammten und sein großes Projekt unterstützten.

Als Offizier hat er stets für die unter seinen Befehl gestellten Männer Sorge getragen, und er bemerkte sehr bald, dass sie ihm im Gegenzug ihr absolutes Vertrauen und ihre Dankbarkeit schenkten. Von ihm zu ihnen und umgekehrt bestand ein ständiger stiller emotionaler Austausch, eine jederzeit ansprechbare Aufmerksamkeit. Konnte zwischen ihm und seinem Volk von Neapel ein vergleichbares Gefühl entstehen und fortbestehen?

Sein unumschränktes Recht, den Thron zu besetzen, beruht weder auf seiner Herkunft aus dem Quercy noch auf seinem militärischen Erfolg, sondern auf der Liebe, die er seinem Volk entgegenbringt.

Wie soll man das wissen? Ach, wenn durch einen leider unmöglichen Zauber jeder Einwohner des Königreichs, egal welchen Standes, vor einem hohen Richter erscheinen und frei zwischen König Ferdinand und König Joachim wählen könnte ... Er würde das Urteil im Voraus akzeptieren, und er hat keinen Zweifel daran, dass es zu seinen Gunsten ausfiele. Wer sollte ihm den schwächlichen Bourbonen aus Palermo vorziehen?

Aber niemand denkt daran, das Volk nach seiner Meinung zu fragen, oder besser gesagt, alle Mächtigen hüten sich davor. Sie fürchten die Kraft seines Willens, seiner Freude, seiner Wut. Napoleon hat es verstanden, in ganz Europa brillant damit zu jonglieren. Wenn er dennoch scheiterte, wie etwa in Spanien, dann deshalb, weil er das Volk und seine Erwartungen nicht verstanden hat.

Die kommenden Jahrhunderte werden von dieser Neuerung widerhallen. Keine drei Stände mehr, keine angeborenen Privilegien mehr, sondern für immer die Gemeinschaft gleicher Bürger.

Murat hatte recht, doch zu früh. Der verblendete Ferdinand wird das nie begreifen.

Er hatte recht. Er weiß es. Diese Gewissheit tröstet und begleitet ihn für die Stunden, die ihm noch bleiben.

*

Die Ruinen, 1811

Palermo, den 13. Mai 1811

Monsieur Murat,
Seine Majestät König Ferdinand hat den Brief nicht gelesen, den Sie, anlässlich der Geburt seines Urenkels, die Unverfrorenheit hatten, an ihn zu richten. Ich untersage Ihnen ausdrücklich, sich erneut an ihn zu wenden.

Sie sollen wissen, dass Sie sich in keinem Fall an Seine Majestät mit der Anrede «mein Cousin» wenden können. Dieser Ausdruck ist den Korrespondenzen zwischen Mitgliedern der königlichen Familien vorbehalten, und soweit ich weiß, gehören Sie nicht dazu. Ihr Vater war Landmann, Gastwirt, Stallbursche, in jedem Fall etwas Niedriges.

Der Fantasietitel, den Ihr Schwager, der schamlos über die Habe anderer verfügt, Ihnen zugewiesen hat, kann zu keiner Art von Vertraulichkeit ermächtigen.

Wie können Sie es wagen, sich zu dieser Geburt zu beglückwünschen, in diesem Paris, das Zeuge des tragischen Endes der Königin Marie-Antoinette, der Schwägerin des Königs, wurde? Zu dieser illegitimen Geburt, die der Tochter seines Schwiegersohns, des Kaisers von Österreich, auferlegt wurde, nachdem man sie gezwungen hatte, zur ehebrecherischen Konkubine eines bereits verheirateten korsischen Provinzadligen zu werden und damit ihr Haus in die Ehrlosigkeit zu stürzen. Schweigen Sie also, Monsieur!

Der vorliegende Brief hätte von einem gewöhnlichen Kammerdiener Seiner Majestät und nicht von einem Offizier des

Königshauses ausgehen sollen. Aber so kann ich Sie daran erinnern, dass Sie wegen Hochverrats in Abwesenheit zum Tode verurteilt worden sind und dass dieses Urteil jederzeit und an jedem Ort des Königreichs beider Sizilien vollstreckbar ist. Ich hoffe, bald die Ehre zu haben, Ihrer habhaft zu werden und Seiner Majestät verkünden zu dürfen, dass dem Recht genüge getan wurde.
Ich grüße Sie nicht, Monsieur.

Dieser Brief, der von einem aus Catania gekommenen Karmeliter seinem Beichtvater übergeben wurde, ist von dem Hauptmann der Garde Ferdinands unterzeichnet. Jeden Satz hatte man gedrechselt, um ihn zu kränken. In seinem großen, mit Wandteppichen behangenen Arbeitszimmer fühlt er sich einsam, gefangen, erniedrigt, zurückgewiesen wie nie zuvor. Er wirft den Brief auf einen Beistelltisch, stößt einen langen Wutschrei aus, einen unartikulierten, heiseren Schrei. Ein Adjutant glaubt, die Anweisung missachten zu müssen, und kommt herein, um nachzusehen, ob alles in Ordnung ist. Er jagt ihn mit einer Geste hinaus und greift nach dem Brief, um ihn nochmals zu lesen.

Was er auch tut, was er auch unternimmt, sie werden es niemals akzeptieren. Er hatte diese diskrete Öffnung gegenüber Ferdinand von Bourbon als eine Möglichkeit gesehen, einen geheimen und indirekten Dialog in Gang zu setzen. Caroline und die Minister waren nicht eingeweiht worden. Die Formulierungen hatte er sorgsam ausgefeilt: die Allianz zwischen den alten Dynastien der Bourbonen und der Habsburger und der neuen Dynastie Bonaparte; die Hoffnung, nicht auf Friedensverhandlungen zwischen Neapel und Palermo, sondern dass solche Gespräche eines Tages endlich denkbar sein könnten ...

Kann er diesen Briefwechsel dem Kaiser mitteilen, der ebenfalls beschimpft wird? Aber sein Schwager hätte ihn wegen dieser ungeschickten Initiative getadelt. In einem dieser vernichtenden Briefe, die er wie kein Zweiter beherrscht und die er beim Gehen diktiert, hätte er ihn ermahnt: Wer sich leichtsinnig vorwagt, muss auf solche Antworten gefasst sein.

Keinerlei Unterstützung aus Paris. Keine andere Lösung als Schweigen. Und er kann von Glück sagen, wenn sein so geschickt aufgesetzter Brief sich nicht in einer Londoner Gazette mit der Antwort und einem ironischen Kommentar wiederfindet ... Aber wie, wie zum Teufel herauskommen aus dieser Falle, immer in Napoleons Hand und ohne ihn ein Nichts zu sein?

Er ruft, lässt sein bestes Pferd kommen, verlangt nach etwas zu trinken, fegt mit der Hand das gerade herbeigebrachte Tablett beiseite, jagt alle fort, öffnet das Fenster. Der von Ferdinand abgeschossene Pfeil hat ihn viel tiefer getroffen, als er es wahrhaben will.

Auf dem Kartentisch die Straße von Messina, Sizilien, die Umgebung von Palermo, die mehrmals skizzierten und niemals ausgeführten Invasionspläne ... Aber warum hat er denn so viele und so unbezwingbare Feinde? Und auf wen in seinem Gefolge kann er wirklich zählen?

Er wirft sich auf eine Chaiselongue, fühlt sich den Tränen nahe. Heißt das, König zu sein? Hat er sich dafür abgemüht, hat er dafür taktiert? Sein Leben ist eine Maskerade, von allen Erscheinungen, die ihn umgeben, sind allein seine Kinder real.

Caroline bittet seit Monaten darum, vor diesen Wut- und Melancholieanfällen, die immer häufiger auftreten und die sie beunruhigen, gewarnt zu werden. Jedes Mal ist sie zur Stelle und lenkt vom Thema ab, schlägt vor, etwas mit der Familie zu unternehmen, eine ungezwungene Ausfahrt, irgendeinen Vorwand, um ihn auf andere Gedanken zu bringen.

Die Königin rühmt sich, antike Kunst zu lieben. Sie umgibt sich mit Statuen, Fresken, Gefäßen, Goldmünzen, Inschriften aus Herculaneum oder anderen Stätten Kampaniens. Skrupellose Zwischenhändler präsentieren ihr neue Schätze, Büsten, Bronzen, Stelen, Kameen, stets angepriesen, als hätte ein redlicher Bauer sie in einem vergessenen Dorf ihres Landes gerade zutage gefördert. Sie kauft sie, ohne den Preis noch die Echtheit anzuzweifeln. Die Sammlung von Neapel gilt von nun an als eine der bedeutendsten Europas. Englische oder französische Reisende haben ihr rühmende Beschreibungen von den Ruinen Pompejis geliefert. Das wird ihren Gemahl ablenken.

Sie betritt sein Arbeitszimmer mit einem Lächeln auf den Lippen, tut so, als würde sie seine schlechte Laune nicht bemerken, und drängt ihn, seinerseits diesen erstaunlichen Ort zu erkunden, der seinem Königreich zum Ruhm gereicht. Er hat nicht die Kraft, es ihr abzuschlagen, und lässt sich überreden.

Drei Tage später, in jenem schönen Herbst, legt er von Neapel aus die zwölf Meilen zu Pferd zurück. Eine Seereise hat er abgelehnt unter dem Vorwand, er wolle den Stand der Bauarbeiten an der großen Landstraße nach Süden überprüfen. In Pompeji kommt er wutentbrannt an, weil die Straßenarbeiten so langsam voranschreiten. Der Innenminister kümmert sich nicht genug um seine Aufgaben, ein Eilbote wird sofort losgeschickt, um ihm sogleich seine Ermahnungen zu überbringen und einen Zeitplan für die Realisierung zu verlangen. Das am Meer gelegene Schloss Portici erscheint ihm zu weit entfernt von der archäologischen Stätte, und er reist weiter bis zu einem näher gelegenen Dorf.

Beim Abendessen im Hause des Notars des Ortes liest ihm ein Geistlicher mit eintöniger Stimme den von Plinius dem Jüngeren verfassten Bericht über den Ausbruch des Vesuv vor, um ihn auf die Besichtigung vorzubereiten. Er hat überhaupt keine Lust, sich zu bemühen, sein Schullatein wiederzubeleben. Er schimpft schroff: «Auf Französisch, Pater!» Der Alte, der nichts von seiner Sprache versteht, wechselt ins Neapolitanische, das ein Adjutant ins Französische übersetzt. Die Tragödie wird ihm somit zweistimmig erzählt, von einer tiefen, zittrigen und flüsternden Stimme und dem *falsetto* des jungen Offiziers. Ein Duett der Opera buffa. Und das Essen ist mittelmäßig.

Am folgenden Tag empfängt er die Königin, die auf dem Seeweg eingetroffen ist, und lässt sich zu der verschütteten Stadt führen. Über der Bucht liegen auf einer sanft abfallenden Ebene einige Bauernhöfe. Ein Jahrhundert zuvor hatten die Bauarbeiten für einen Kanal hier antike Fundstücke zutage gefördert. Seitdem haben aufs Geratewohl durchgeführte Grabungen den Boden durchlöchert wie feindlicher Beschuss die nahe Umgebung einer Festung. Auf den Feldern zeugen Halden vulkanischen Gesteins von der Gier der erfolgten Suchen.

Man lädt ihn ein, in eines der erst kürzlich freigelegten Gebäude hinabzusteigen, in den Isistempel. Er sieht eine breite Treppe, einen feinen Fußboden, einen Altar aus zweifarbigem Marmor, die Ruinen einer Säulenhalle. Fresken, auf denen Palmen, Priester mit kahl geschorenem Schädel, Götter mit Schakalhaupt zu erkennen sind. Hieroglyphen. Er denkt zurück an den fernen Nil, an dessen Ufern er gekämpft hat, an die erdrückende und düstere Sonne, die er dort erdulden musste, an die staubig-stickige Luft, an die Reste von Obelisken und riesigen Statuen, die im Sand verstreut lagen. Die Römer sinnierten über den Ruhm und Zusammenbruch Ägyptens und hielten sich für ewig. Er denkt über den Ruhm und Zusammenbruch Roms nach. Was ist dann sein jetziger Ruhm wert?

Etwas weiter weg sind Arbeiter tätig. Er wird eingeladen, zu ihnen zu gehen. Als er dort anlangt, wird gerade mit einigen Spitzhackenschlägen eine Öffnung freigelegt, und er kann durch ein langes, mit Stuck verziertes Gewölbe gehen; steinerne Bänke säumen die Wände: wahrscheinlich Thermen. Caroline ist begeistert. Er bemerkt sogleich die Verwechslung. Man flüstert ihm ins Ohr, bei der Entdeckung handele es sich um ein Freudenhaus, aber die Besichtigung sei für die Königin und ihre Hofdamen nicht zu empfehlen. In der Ferne kräht ein Hahn.

Gleich darauf, die Kaserne der Gladiatoren: ein weiträumiger quadratischer Hof, begrenzt von schmucklosen Säulen; Wandgemälde von Ringkämpfern beim Üben oder im Wettkampf; in einem angrenzenden Raum zeigt man ihm den Körper eines kräftig gebauten, in einer Hülle aus Bimsstein erstarrten Mannes.

Anlässlich des königlichen Besuches hat es irgendein Honoratior für angemessen erachtet, hier und da Zitronenbäume in Kübeln aufzustellen, die so fehl am Platz sind, dass sein Unbehagen noch zunimmt. Er betrachtet den Vesuv, der die Bucht überragt, den blauen Himmel, einige Wolken am Horizont über dem Meer.

Der Bericht von Plinius dem Jüngeren bekommt schließlich Sinn. Die Allgegenwart des Todes übertrifft die auf den Schlachtfeldern, sie ist nachdrücklicher und heimtückischer. Es ist nicht die banale Idee der Gleichheit von Reichen und Armen im Angesicht des Todes – er hat an genügend Kämpfen teilgenommen, war in genügend Komplotte verwickelt, um dessen sicher zu sein –, sondern das Gefühl, dass alle menschlichen Werke, selbst die solidesten, dazu bestimmt sind, für immer zu verschwinden. Sie verbleiben bestenfalls für einige Generationen im Gedächtnis der Menschen, bevor sie vergehen oder zu Legenden werden.

Nichts von dem, was er vollbracht hat, nichts von dem, wozu er seinen Teil beigetragen hat, wird von Dauer sein.

Unter einem zwischen zwei Pinien ausgespannten Baldachin wird eine kleine Mahlzeit serviert. Ein für die Grabungen abgestellter Pionier erklärt Murat, wie vielversprechend diese leichte Senke ist, in der eine oberflächliche Sondierung die Spitze eines Kapitells dorischen Stils zutage gefördert hat. Welche Reste mögen seit zwanzig Jahrhunderten unter ihren Schritten schlummern? Der Wein, den ein ungeschickter Gast aus seinem Becher verschüttet, dringt in den Boden ein und tränkt unsichtbar in der Tiefe Ruhende.

Die Hofdamen, deren Stiefeletten im Lavakies knirschen, kommentieren die Besichtigung etwas enttäuscht. Sie hatten erwartet, Terrassen, Aussichten, Villen und Gärten zu sehen, nicht diese staubigen Weiten und diese wenigen eintönig braunen Mauern. Ihr Geplauder an diesem Ort brüskiert ihn. In ihren hellen eleganten Kleidern, mit ihrem geflochtenen Haar und ihrem unterdrückten Lachen erscheinen sie ihm ebenso gespenstisch wie der Ringkämpfer der Kaserne, kaum wirklicher, kaum lebendiger. Glucksten die Damen von Pompeji nicht genauso, während sie sich die gleichen Bosheiten zuflüsterten?

Ein Kurier bringt ihm eine Eilmeldung. Der Seezoll hat die amerikanische Brigg *Hercules* aufgebracht, weil sie in London

Fracht geladen und unter dem Vorwand eines drohenden Sturms in Palermo Zwischenstopp gemacht hatte. Der Konsul der Vereinigten Staaten in Neapel belagert den Hof und die Minister mit seinen Beschwerden: Ist sein, wenn auch unbedeutendes, Land etwa nicht neutral und ein Freund Frankreichs, das ihm geholfen hat, seine Unabhängigkeit zu erlangen? Murat diktiert seine Anweisungen: Bestandsaufnahme ohne Übereifer und Beschlagnahme nur der zu offensichtlich englischen Waren. Subtile Gleichgewichte suchen und festlegen, darin besteht im Wesentlichen seine Aufgabe als König.

Wer weiß, ob sie nach einer neuen, sich vom Vulkan herabsenkenden Aschewolke nicht alle in einem einzigen Moment vernichtet werden?

Anstatt den Geistern der Vergangenheit zu trotzen, zieht er es vor zu fliehen, aber ohne sich etwas anmerken zu lassen. Er kehrt zu Caroline zurück, küsst ihr galant die in perlgrauer Seide behandschuhte Hand und verkündet laut:

«Madame, die Staatsgeschäfte gebieten mir heimzukehren. Ich danke Ihnen, mich an diesen sehr schönen Ort gebracht zu haben. Hier warten Reichtümer darauf, entdeckt zu werden. Sie werden mir sagen, wie ich Ihnen dabei helfen kann, sie zutage zu fördern. *Cara sposa*, mögen Ihnen die Winde für Ihre Rückkehr günstig sein!»

Dann, sich an seinen Generalstab wendend:

«Los, meine Herren, ich werde auf keinen von Ihnen warten!»

Er schwingt sich auf seinen Rotfuchs, gibt ihm die Sporen und wirbelt seinen Leuten, die ihm zu folgen versuchen, den Straßenstaub in die Augen. Wenigstens wird er während der gesamten Zeit dieses unnötigen Rittes, der ihn in drei Stunden in die Hauptstadt zurückbringt, die düsteren Gedanken vergessen, die ihn in den Ruinen überkommen haben.

Ein Geschmack von Asche befällt seinen Mund und seine Kehle. Als er die Landstraße erreicht, macht er am ersten Gasthof halt und verlangt laut rufend nach Wein, den er im Sattel trinkt, direkt aus dem Krug. Der Trank, der vermutlich mit Wasser verschnitten ist, schmeckt nicht. Soll er den Schankwirt verprügeln lassen? Soll er in den Palast zurückkehren, wo ihn nichts Wichtiges erwartet?

Daraufhin überlegt er es sich anders und ändert auch die Richtung. Den Gegner immer mit einem waghalsigen Manöver überraschen! Er entsendet zwei Adjutanten, den einen nach Neapel, den anderen zu Caroline, um seine neuen Absichten kundzutun, und schwenkt Richtung Süden um. Von seinem Gefolge bleiben ihm nur noch drei Offiziere, die Mühe haben, ihm in seinem rasenden Tempo zu folgen. Die Geschwindigkeit seines Ritts verlangt seine ganze Aufmerksamkeit und lässt keinen Raum mehr für die Bilder der Verwüstung, die die verschüttete Stadt beherrschten.

Die Landstraße wird zu einer holprigen, grasbewachsenen Piste, noch bevor er die Halbinsel von Sorrent erreicht. Wie weit weg sind sie, die schönen Straßen Frankreichs! Er verlangsamt nur unmerklich sein Tempo, er vertraut seinem Pferd. Bäuerinnen werfen sich in den Straßengraben, um nicht umgerissen zu werden, Hunde bellen, ein Karren stürzt um. Er findet ein rohes und unmittelbares Vergnügen an dieser irrsinnigen Geschwindigkeit, bei der er sich eigentlich hundert Mal das Genick brechen müsste.

Zu seiner Linken zeichnet sich ein Maultierpfad ab, der zu

einem mit Pinien bestandenen Bergkamm hinaufführt. Er folgt ihm, noch immer in einem raschen, leichtsinnigen Tempo. Der Abend naht. Er darf nicht langsamer werden, wenn er noch vor Einbruch der Dunkelheit ankommen will. In einer scharfen Kurve am Ende eines kleinen Tals stellt er fest, dass nur noch zwei Reiter ihm in weiter Ferne folgen. Einer dieser Taugenichtse, die seinen Generalstab bilden, hat nicht mithalten können.

Die Glocke einer Kapelle oben auf einem Pass an der Kreuzung dreier Wege läutet zum Angelus. Das Meer erneut vor ihm, violett. Obwohl der Weg sehr schmal ist, treibt er das Pferd, halb auf seinem Hals liegend und von Zweigen gepeitscht, mit leisen lobenden Worten an. Zwei Meilen noch, hoch über der Küste, von der ein frischer Wind aufsteigt. Kein einziges Haus mehr zwischen Olivenhainen und Heideland. Keine Menschenseele, außer einem Ziegenhirten, dessen Herde er auseinandertreibt und der laut schimpfend seinen Stock schwingt. Wie viele Jahre ist es wohl her, dass er unterwegs von einem Unbekannten beschimpft wurde? Er lächelt, als er sich die deftigen Beleidigungen vorstellt.

Sein Pferd wird müde, und ihm geht es nicht viel besser. Noch immer hat er diesen bitteren Geschmack im Mund, eine Mischung aus billigem Wein und Asche. Sein Hut ist schon lange davongeflogen. Er wird langsam hungrig und verspürt mit Freude wieder dieses Gefühl, das den Königen untersagt ist.

Die Dunkelheit bemächtigt sich des kleinen Dorfes Positano, als er die ersten Fischerhäuser erreicht, oberhalb des grauen Sandstrandes, auf dem einige Boote liegen. Dieser natürliche Hafen, noch isolierter gelegen als Amalfi und umgeben von schroffen Klippen, aus denen ein Gebirgsbach herabstürzt, hatte ihn schon vier Jahre zuvor bezaubert. Ein verlassenes, halb verfallenes Kloster schmiegte sich damals hinter die imposante Wehrkirche. Er enteignete kurzerhand die Klarissinnen und ließ sich auf demselben Grundriss einen Sommerpalast errichten, der Kreuzgang wurde zu einem Ziergarten. Wenn die Hitze über Neapel brütet, sucht er hier Zuflucht. Die Seeluft und der Schatten der Bäume machen die Hitze erträglich. Ja, auch er hat auf Ruinen gebaut ...

Er hämmert gegen die Eichentür, zuerst mit der Faust, dann mit Tritten. Der Lärm hallt in der engen, leeren Gasse wider, breitet sich aus. Niemand antwortet. Er beginnt von Neuem, ruft, vergebens. Wird er auf der Schwelle schlafen müssen wie ein obdachloser Bettler? Er könnte sich damit abfinden, ohne sich erniedrigt zu fühlen.

Da, endlich, öffnet sich die Tür einen Spalt. Ein Verwaltungsgehilfe, ungekämmt, unrasiert, offenes Hemd, Laterne in der Hand und Pistole am Gürtel, schickt sich an, den Störenfried zurechtzuweisen, aber er erkennt seinen Herrn, stammelt, stottert und vergisst dabei, die beiden Türflügel zu öffnen. Murat stößt ihn beiseite und geht hinein. Ohne auf das Gejammer und die Entschuldigungen zu hören, führt er sein Pferd am Zügel in den Stall, nimmt ihm den Sattel ab, streichelt es, striegelt es, legt frisches Stroh aus, gibt Heu in die Raufe, schüttet zwei Eimer voll Wasser aus der Zisterne in die Tränke. Er führt die Handgriffe eines Stallknechts aus, wie er sie von seinem Vater gelernt hat.

Oberleutnant Varezzi-Torre ist zu ihm gestoßen und findet ihn mit diesen niederen Arbeiten beschäftigt. Wenn sein Anführer auf den schnellsten Reiter hätte wetten sollen, hätte er nicht auf diesen eher unscheinbaren und wortkargen Jungen gesetzt, der seine Beförderung, dann seine Zuteilung zum königlichen Hof der unablässigen Fürsprache seiner Mutter bei Caroline verdankt. Er hat ihn akzeptiert, obwohl einer seiner Verwandten sich für Palermo und den Dienst unter Ferdinand entschieden hat. Der junge Offizier, beeindruckt von diesem unerwarteten Aufeinandertreffen, wagt kein Wort hervorzubringen aus Angst, eine Dummheit zu sagen. Seine Anwesenheit stört Murat nicht.

Nachdem er sich davon überzeugt hat, dass es seinem Pferd gut geht und es ausruhen kann, nimmt er in dem großen Esssaal Platz. Die Frau des Verwaltungsgehilfen – oder vielleicht die Magd – deckt den Tisch mit Wurst, Nüssen, einem Krug Wein, einem Kuchen, einem Ziegenkäse, einem recht mageren Hühnchen, Nudeln, Oliven, Tomaten. Während sie das Kaminfeuer schürt, hört sie nicht auf, sich über das Fehlen von Tafelsilber, Porzellangeschirr, Tischdecken, Gläsern und Kerzenständern zu beklagen, alles sei vergangenen Herbst in gepolsterten Kisten nach Neapel zurückgeschickt worden, weshalb ihr jetzt nur noch Tongeschirr und Besteck aus Blech blieben. Er befiehlt ihr zu schweigen.

Im Spiegel sieht er das Bild eines bis zu den Schultern mit Schlamm und Staub bedeckten Mannes. Seine Uniform, dieses improvisierte Essen in einem leeren Palais, die Müdigkeit seiner Muskeln erinnern ihn wehmütig an die Etappenabende während der Offensiven in ganz Europa. Er lädt seinen noch immer schweigenden Adjutanten ein, die behelfsmäßige Mahlzeit zu teilen. Der gute Appetit des jungen Mannes, der trotz seiner kleinen Statur allen Gängen Ehre macht, amüsiert ihn.

Ganz offensichtlich bestiehlt ihn der Verwaltungsgehilfe hemmungslos. Er wird einen seiner arroganten Staatsräte bitten müssen, sich in die Konten zu vertiefen, um in ihnen mit Sicherheit etwas zu finden, das es erlaubt, diesen Strolch auf die Galeere zu schicken.

Der Tag war lang und der Ritt anstrengend. Der Verwaltungsgehilfe führt ihn in sein Zimmer, einen großen, feuchten, recht kalten, muffig riechenden Raum. Er will nicht, dass man ein Feuer im Kamin macht, auch nicht, dass man ihm seine Stiefel auszieht. Er will allein sein. In der Gewissheit, dass er sofort in den Schlaf sinken wird, wirft er sich vollständig angekleidet auf die Satinlaken, eingewickelt in seinen Mantel wie ein Soldat auf dem Feldzug.

Der Schlaf flieht ihn. Bilder von Pompeji suchen ihn heim: die zerbrochenen Säulen der Kaserne, der im Tod erstarrte Gladiator, der Vesuv aus südlicher Richtung, der Altar des Isistempels.

In diesem Moment der Ruhe sollte seine Verantwortung als König ihn eigentlich dazu bewegen, über die wichtigen Themen der Stunde nachzudenken: erneut und weiterhin seine Beziehungen zum Kaiser; die Pläne zur Eroberung Siziliens; die Versorgung mit Weizen; die Machenschaften des Kardinal-Erzbischofs von Neapel ... Aber sein Kopf verweigert sich, all das ist zu weit weg, zu verworren, zu abstrakt.

Er träumt von sofortigen Entscheidungen. Varezzi-Torre zum Hauptmann ernennen, zum Beispiel. Er würde ihn so zu ewiger Dankbarkeit verpflichten und mit ihm die gesamte, in Apulien sehr einflussreiche Familie. Seine Mutter würde in Carolines Armen Freudentränen vergießen. Gewiss, seine Kameraden wären vor Neid außer sich. Nur weil er bei diesem Rennen als Erster ins Ziel kam, würde er ihnen vorgezogen! Und wenn schon, Beförderungen sind prinzipiell ungerecht, das weiß er nur zu gut. Diese unbedeutende, vor den Augen seines Königs gebotene Glanzleistung ist nicht die unsinnigste Art aufzufallen. Und vielleicht verbirgt sich ja hinter der mittelmäßigen Größe und der Schüchternheit des jungen Mannes ein angehender großer Soldat.

Und, ist er mit seinem Tag zufrieden? Er hat erwogen, einen unehrlichen Gastwirt verprügeln und die Buchhaltung des Verwaltungsgehilfen überprüfen zu lassen, einen Oberleutnant zu befördern, weil er ein guter Reiter ist, doch er hat nichts entschieden. Was wird von dieser Aufregung in einer Woche übrig bleiben? Was wird von seinem Reich in einem Jahrhundert übrig sein? Weniger, unendlich weniger als von einem namenlosen, bei den Grabungen der Kaserne der Gladiatoren geborgenen Sklaven, der nun für alle Zeiten berühmt ist.

Morgen, spätestens übermorgen werden Berater und Zimmermädchen, Barbier und Köche, Diener und Soldaten, Botschafter und Höflinge, Kaplan und Musiker hier eintreffen, diese ganze Flut von Leuten, die ihm ständig folgt. Er verfügt nur über wenige Stunden, in denen er allein ist. Was diesen Abend betrifft, genießt er eine ungewohnte Ruhe: kein Ball, kein Konzert mit einem derzeit angesagten Kastraten, keine Kartenspiele bis tief in die Nacht. Niemand beobachtet ihn heimlich oder versucht, seine Aufmerksamkeit zu erregen, ihn zu beeinflussen, seine Pläne zu erraten, ihn mit einem Scherz zum Lachen zu bringen. Varezzi-Torre war so klug, fast völlig zu schweigen, was seine Beförderung zum Hauptmann rechtfertigt ...

Caroline und ihr Gefolge werden wahrscheinlich nicht kommen. In einigen Tagen wird er zu ihr nach Neapel zurückkehren, zu ihr und zu den Pflichten seines Amtes. Es ist unnötig, Gerüchte über seine geistige Gesundheit entstehen und sich verbreiten zu lassen, oder Klatsch über seine Ehe. Als er unvermittelt nach Süden umschwenkte, bewies er sich selbst, dass er über die Freiheit verfügte, die er in diesem Moment brauchte. Nichts weiter. Aber er benötigte diesen Spalt wie die Luft zum Atmen.

Er steht auf, öffnet das Fenster und sieht nach dem Horizont, den er unter einem feinen, von der ruhigen See zurückgeworfenen Mondstrahl erahnt. Der Wind, der sich hereinstiehlt, lässt die Nacht noch frischer erscheinen. Und wieder drängt sich ihm die Erinnerung an Pompeji auf.

Am Morgen steht er früh auf, geht an den Strand hinunter, lässt seine Kleider auf dem Sand zurück und steigt in das kalte und ruhige, einladende, wohltuend salzige Wasser. Er schwimmt lange ins offene Meer hinaus, zuerst um sich aufzuwärmen, dann aus dem puren Vergnügen zu spüren, wie sein Körper seine Befehle exakt befolgt. Die kleine Bucht von Positano verschwindet schon bald in den Falten der ins Meer abfallenden Hügel. Die Fischer in ihren Booten bemerken ihn nicht.

Kann sich das Bild des Gladiators in seiner Lavakruste noch mit der Wirklichkeit dieses Augenblicks messen, in dem er, ganz und gar seiner Anstrengung hingegeben, über die Natur und über sich selbst triumphieren wird? Wenn er sich am Rande der Erschöpfung und des Krampfes gezwungen sieht kehrtzumachen, den massiven Turm der Wehrkirche anzupeilen, wird er einen Moment des Zögerns und des Zweifelns verspüren, den er sich für nichts auf der Welt nehmen lassen würde. Ja, hier, in dieser selbst gewählten Gefahr, nackt und allein in den Wellen, ohne dass jemand diese Situation verschuldet hätte, wird er sich ganz und gar als König fühlen.

Man wird natürlich nach ihm suchen. Eine Netzflickerin,

die ihre Netze holen will, wird im Sand diesen Haufen von Kleidern bemerken, die aus den kostbarsten Stoffen geschneidert sind, diese hohen Stiefel aus feinstem Leder. Sie wird Alarm schlagen, das ganze Dorf, der Bürgermeister und der Verwaltungsgehilfe werden geschäftig umhereilen. Und der Adjutant, lächerlich in seinem Gebaren und schuld daran, dass er die Spur seines Anführers verloren hat, wird am Strand auf und ab rennen und dabei eingehend die Fluten mustern.

Mit ihrer sinnlosen Betriebsamkeit, ihrer Besorgtheit – wenn er einfach so verschwände, welcher Verbrechen würden sie dann angeklagt? – werden all diese aufdringlichen Menschen ihn zur Rückkehr zwingen. Als hätten sie unsichtbare Leinen nach ihm ausgeworfen, werden sie ihn seiner Freiheit berauben. Nur eine Stunde Erholung wird ihm vergönnt gewesen sein, während der er der Küste und den Schatten Pompejis den Rücken zukehrt. Bezahlt mit einer zusätzlichen Stunde Knechtschaft, in der er gegen seinen Willen Richtung Strand schwimmt.

Lässt zur selben Zeit an seinem Fenster in Palermo nicht auch Ferdinand von Bourbon seinen Blick über die Fluten schweifen? Der eine wie der andere teilen in dieser Nacht eine bittere Gewissheit: Die Macht ist kein sicherer Weg zum Glück.

Fünfter Tag

12. Oktober 1815

Diesen Zusammenbruch erzählen heißt, sich in einem Park im Herbst vom Anblick der fallenden Blätter berühren lassen.

Nach dem kleinsten Scharmützel wie nach der größten Schlacht schrieb er einige Zeilen an Caroline, um sie zu beruhigen. Jeden Tag verließ eine Post Neapel und eine andere sein Biwak, wo auch immer er sich gerade befand. Die Boten hatten die Anweisung, sich in Berlin zu treffen, wo sie ihre Kuriertaschen austauschten. So gelangten die Nachrichten aus der Welt und von seiner Familie innerhalb von sieben bis acht Tagen zu ihm.

Und einen Tag später oder einen Monat später erfuhr Caroline aus den Händen eines eifrigen Meldereiters von einem neuen Gefecht, von einem neuen Sieg.

Wer wird sie über das in Kenntnis setzen, was bald geschehen wird? Und mit welchen schändlichen Worten wird man ihr davon berichten?

Bei diesem Gedanken kommen ihm die Tränen. Möge Ferdinand bis in die siebte Generation verflucht sein für das Leid, das er ihr zufügen wird!

*

Das Dekret, 1811

Jener Tag sollte der denkwürdigste und wichtigste seiner Regentschaft werden. Gleich einer neuen Thronerhebung, bei der er sich selbst die Krone aufsetzt. Es würde ein Davor und ein Danach geben. Eine Art Unabhängigkeitserklärung, aber gemäßigt …

Bereits eine Woche vorher, als sein Entschluss gefasst ist, ohne dass Caroline oder irgendein Minister etwas davon wüssten, präsentiert er bei einer Parade die neuen Uniformen seiner Armee, die sich jetzt von denen des Kaiserreichs deutlich unterscheiden. Amarant, seine Lieblingsfarbe, herrscht darin vor in Kontrast mit einem Eisengrau, das durch goldfarbene Ärmelaufschläge hervorgehoben wird. Die Schauparade hinterlässt einen tiefen Eindruck. Zwei nagelneue Fregatten, die *Joachim* und die *Caroline*, gehen in der Bucht vor Anker. Die Glückwünsche, die er erhält, entzücken ihn. In einer Woche …

Ach, was für ein Schauder durchläuft ihn, als er seinen Handstreich redigiert und unterzeichnet! Bei keiner Vorbereitung zu einer Schlacht oder der Erstürmung einer Festung hat er eine so tiefgreifende Erregung empfunden. Ganz Europa würde von seiner Kühnheit erfahren und sein Volk wäre ihm auf alle Zeiten dafür dankbar.

Per königlichem Dekret vom 14. Juni 1811 werden alle Ausländer, die eine öffentliche Stelle innehaben, aufgefordert, sich vor dem 1. August einbürgern zu lassen, andernfalls droht ihnen von Amts wegen die Entlassung.

Als er seinen Beschluss verkündet, frohlocken die Neapolitaner, sei es einfach aus Stolz, sei es in Erwartung der frei werdenden Posten. Aus den Provinzen treffen Glückwunschschreiben ein. Die Spione berichten, dass in den Tavernen spontan auf die Gesundheit des Königs angestoßen wird. Das Gedicht, das ein Schmeichler in Terzetten im Stil der *Göttlichen Komödie* seinem Ruhm widmet, wird auf Kosten der Stadt Neapel gedruckt und öffentlich ausgehängt.

Die Franzosen hingegen sind verblüfft. Dann entscheiden sie sich klar und ohne zu zögern fast alle für Frankreich. Die Minister, die wichtigsten Offiziere unterbreiten ihm ihre Zerrissenheit, ihre eigene Entscheidung und die ihrer besten Untergebenen. Ihr Weggang wird in den Verwaltungen und in den Regimentern empfindliche Lücken reißen, von denen er keine Vorstellung hatte.

Er leidet ebenso wie sie. Er hatte nicht gedacht, dass ihn so viele verlassen würden. Selbst Exelmans. Sogar der Erzieher seiner Söhne. Aber die Zukunft hat ihren Preis. Neue Eliten werden in Erscheinung treten, die besten Kinder seines Königreichs.

Für Neapel entscheiden sich nur gescheiterte Geschäftsleute, die den Armeen überallhin folgen, Abenteurer, die vorgeben, entfernte Verwandte aus dem Quercy zu sein, die Ehemänner von Frauen zweifelhaften Rufs, die untüchtigsten Hauptleute. Dieser Art von Menschen bedeutet es nichts, das Vaterland zu wechseln. Er wird darauf achten müssen, sie fernzuhalten.

Als König von Neapel will er, dass seine Untertanen ihm dienen. Wer könnte daran etwas auszusetzen haben?

Als Caroline drei Tage später aus Castellammare zurückkehrt, ihrem bevorzugten Aufenthaltsort, um sich fern des Hofes bei ihrer Thermalkur zu erholen, betritt sie ohne Vorankündigung, noch in Reitkleidung, den Arbeitsraum ihres Mannes und komplimentiert Minister und Höflinge mit einem eisigen und herrischen «Lassen Sie uns allein!» hinaus. Nie zuvor hat sie in dieser Weise die Regierungsgeschäfte gestört.

Kaum sind die Türen geschlossen, explodiert sie:

«Dein Dekret … Hat der Kaiser das genehmigt?»

Er antwortet nicht. Sein verhaltenes Lächeln ist ein Eingeständnis. Kann sie verstehen, dass sein Beschluss von der Sicherung ihrer beider Interessen diktiert wurde? Und wird sie später zugeben, wie überrascht und zornig sie damals war?

Eine halbe Stunde lang trägt sie ihre Argumente vor, schimpft, bedauert es, weint, beschwört ihn, doch wieder zur Vernunft zu kommen. Stumm wartet er das Ende des Gewitters ab, er versucht nicht, sich zu verteidigen, setzt ihr weder eigene Argumente noch Rechtfertigungen entgegen.

Als sie sich ein wenig beruhigt zu haben scheint, steht er auf und will ihre Hand fassen, die sie ihm verweigert. Wie zutiefst gekränkt von dieser Annäherung stößt sie mit einer giftigen Stimme, wie er sie noch nie bei ihr gehört hat, hervor: «Jede Frau, die einen Ehemann akzeptiert, schließt eine Wette für ihr gesamtes Leben ab. Bringen Sie mich nicht auf den Gedanken, dass ich, indem ich auf einen Bauern aus dem Departement Lot setzte, alles verloren habe …» Damit verlässt sie den Raum, eine glänzende Tragödin in der Rolle einer unverstandenen Königin.

Dieses Siezen, für gewöhnlich aus ihrer Vertrautheit verbannt, schallt wie eine Ohrfeige. Ein wenig benommen geht er auf die Terrasse hinaus, die den Golf von Neapel überragt. Sein Blick verliert sich jenseits der in Kübeln gepflanzten und zu jeder Jahreszeit reich mit Früchten behangenen Zitronen- und Orangenbäumchen. Die Hitze hat schon Einzug gehalten. Fischerboote auf dem Rückweg zum Hafen. In der Ferne Capri. Der Vesuv zu seiner Linken. Der Geruch nach Salz von einer leichten Brise herübergetragen. Das vage Raunen der Stadt. Von jetzt an sein Land.

Genau das Leben, von dem er immer geträumt hat.

Er nimmt Caroline ihren fehlenden Weitblick nicht übel: Frauen verstehen nichts von hoher Politik. Aber wie kann sie es wagen, ihn so schonungslos an seine bescheidene Herkunft zu erinnern, den bevorzugten Angriffspunkt seiner Feinde? In diesem Augenblick hasst er sie für diese Kränkung, und zugleich bewundert er sie für ihren Mut und ihre Charakterstärke.

Ihre Verbindung gründet auf einer Verschmelzung von Liebe und Ehrgeiz. Er begreift: Wenn eines dieser Metalle brüchig zu werden beginnt, kann sich das andere gegen ihn wenden. Keines der beiden wäre er bereit zu opfern.

Ein kaiserliches Dekret vom 6. Juli legt ausdrücklich fest, dass das Dekret des Königs von Neapel vom 14. Juni nicht auf die Franzosen anzuwenden ist.

Die vernichtende Antwort Napoleons, die sogleich in ganz Europa kommentiert wird, hat die Wirkung einer Bombe. Auch wenn einige Hofräte unterstreichen, dass das königliche Dekret nicht außer Kraft gesetzt, sondern nur in seinen Auswirkungen begrenzt wird, sieht selbst der ungebildetste Lastenträger wie auch der beschränkteste Soldat, dass es seines wesentlichen Inhalts beraubt ist, denn es zielte selbstverständlich weder auf die Perser noch auf die Chinesen. Ihr König hat seine Vorlage – oder schlichtweg sich selbst – berichtigen lassen. Die Erniedrigung ist öffentlich, absolut, unwiderruflich. Die engen Grenzen seiner Macht werden hier endgültig vorgeführt. Hielt er sich wirklich für einen Herrscher? Er bleibt der Stellvertreter, ja Unterstellvertreter des Kaisers. Ein einfacher Gesandter ohne jede Entscheidungsbefugnis.

Und trotzdem siegt die französische Fraktion nicht. Alle, die sich entschlossen hatten zurückzukehren, bleiben bei ihrer Entscheidung, denn das persönliche Verhältnis zu Murat ist für sie zerbrochen. Noch mehr als ihren Weggang bedauern sie die sichtbare – unnötig sichtbare – Schwächung seiner Position als König.

Die Minister, wie auch Caroline, sind wegen der Auswirkungen dieser Demütigung auf seine Gesundheit besorgt. Als er das kaiserliche Urteil liest, wird er ganz weiß, krampfartige Zuckungen überkommen ihn, worauf er sich sogleich ohne ein Wort in sein Zimmer zurückzieht. Sein erster Kammerdiener berichtet, er habe vollständig bekleidet weinend auf seinem Bett gelegen. Oberst Duluc wird am Abend zu ihm geschickt, damit er versucht, mit ihm zu reden, ihn zu überwachen und unauffällig die Pistolen aus seinem Schreibpult zu entfernen. Sein Bericht hält fest, dass der König, wie in den schlimmsten Stunden von Madrid, nicht antwortet, sich erbricht und unverständliche Sätze vor sich hin stammelt, in denen immer wieder das Wort «Ehre» fällt. Außer dass man ihn allein lässt, wünscht er sich lediglich, dass die Kerzen ausgelöscht und die Vorhänge zugezogen werden.

Eine Woche lang erhebt er sich nicht, wäscht sich nicht, rasiert sich nicht, während Duluc bei ihm wacht. Er nimmt nur ein wenig Hühnerbrühe zu sich und Scheiben kandierter Zedernfrüchte, seine Lieblingssüßigkeit. Jeder Versuch, die Geschäfte des Königreichs anzusprechen, verursacht Wutgeschrei. Seine Ärzte, dann auch sein Beichtvater, werden auf ebendiese Weise empfangen. Er verweigert Arzneien und Aderlässe. Ein Wust morbider Gedanken verfolgt ihn. Keinerlei Besserung ist in Sicht.

Nach einer Woche hält Caroline es nicht mehr aus. Sie schickt die lästigen liebedienernden Besucher fort und setzt sich an sein Bett. Sie schweigt lange, achtet auf seinen Atem, jede kleinste Geste, ohne zu wissen, ob er wach ist oder nicht. Sie streichelt lange seine fiebrige Stirn, sein vom Bart verdecktes Kinn, sein lockiges, vom Schweiß verklebtes Haar.

«Wir haben so einige Schlachten gewonnen, und wir werden noch weitere gewinnen. Wir haben so einige Prüfungen durchstanden, und wir werden noch weitere durchstehen. Niemand wird uns trennen können. Deine Kinder warten auf ihren Vater, deine Untertanen warten auf ihren Herrn. Du bist es ihnen schuldig, wieder gesund zu werden. Und ich warte auf meinen Gemahl. Wir müssen uns Seite an Seite zeigen. Niemals werde ich bereit sein, dich zu verraten oder auch nur deiner Stellung zu schaden. Du bist und bleibst König. Wir dürfen es nicht zulassen, dass unsinnige und kränkende Gerüchte in Umlauf kommen. Der Kaiser hat die Sache mit dem Dekret auf seine Weise geregelt und hat sie schon vergessen. Du musst sie genauso vergessen. Er bewahrt dir seine Freundschaft und erinnert sich an die unzähligen Siege, die du ihm geschenkt hast. Du musst weiterhin sein Freund sein. Deine Armee und deine Marine zählen jetzt. Nach der österreichischen Heirat erwartet jeder, dass der Krieg mit Russland erneut aufflammt. Wer, wenn nicht du, kann seine Kavallerie anführen? Weißt du, welche Armeen du morgen befehligen wirst, zu welchen Siegen und wie weit du sie führen wirst? Wie weit?»

Der Kranke hört ihr aufmerksam zu, sie spürt es. Sie fährt fort:

«Erinnerst du dich an jene Begegnung, die du vor langer Zeit in Parma hattest und von der du mir in einem Brief erzählt hast? Diese Bemerkung eines Besuchers – damals sprachst du das erste Mal von Neapel: Wer den Fuß hat, hat den ganzen Stiefel. Wir haben den Fuß, wir werden ihn nicht hergeben. Der Stiefel wird zum geeigneten Zeitpunkt kommen, aber unterdessen halten wir den Fuß mit fester Hand. Du musst genesen, mein Freund, damit er uns nicht entgleitet. Der Kampf ist noch nicht zu Ende.»

Sie erhebt sich, was den Liegenden zu einer Bewegung veranlasst, geht zum Fenster, zieht die Vorhänge zur Hälfte auf, öffnet das Fenster trotz der Hitze einen Spalt weit, um frische Luft hereinzulassen. Eine Fliege, die um das Bett summte, nutzt die Gelegenheit zu entfliehen.

«Sieh doch, wie schön es draußen ist! Es erwarten uns noch andere Abenteuer, und wir werden sie gemeinsam erleben. Wenn du es mir gestattest, reise ich nach Paris, um meinen Bruder zu sehen und mich seines Wohlwollens uns gegenüber zu versichern. Ich hege keinen Zweifel an ihm, aber du wirst beruhigt sein, wenn er es mir in einem persönlichen Gespräch bestätigt. Ich weiß, wie tief verletzt du bist, aber du musst mich verstehen. Auch der Kaiser braucht dich. Willigst du ein, dass ich für einige Wochen weg bin, um im Tuilerienpalast unsere Angelegenheiten zu regeln? Ich werde Neapel erst verlassen, wenn du genesen bist, und werde so schnell wie möglich zurückkehren. Du wirst für mich über Achille, Laetitia, Lucien und Louise wachen, nicht wahr?»

Sie ist nicht zu ihm hinübergegangen, sondern bleibt reglos

am Fenster stehen und glättet mit der Hand das Spitzendeckchen auf der Rückenlehne eines Sessels. Er hat die Augen wieder geschlossen und scheint mit den Tränen zu kämpfen.

«Bisweilen muss man fähig sein, Kompromisse zu machen, geschickt vorzugehen, zu lavieren oder etwas vorzutäuschen. Die Krone, die Napoleon dir auf den Kopf gesetzt hat, kann dort verbleiben, wenn wir nicht zu viele Fehler begehen. Willst du sie ebenso sehr wie ich bewahren?»

Sie glaubt ein leises Ächzen zu hören, wie eine Zustimmung.

«Du hast dich entschieden, den Gerüchten zu glauben, die mir eine Liaison mit einem deiner Minister unterstellen, du hast sogar meine Bediensteten ausfragen lassen. Hältst du mich für so dumm, dass ich solche Fahrlässigkeiten begehe? Deine Kälte mir gegenüber hat mich nicht in die Arme eines anderen getrieben, sondern in die tiefste Schwermut. Du warst zu sehr mit dir beschäftigt, um etwas zu bemerken. Ich wartete, wie ich deine Abwesenheiten ertrug: ohne zu klagen. Wir verdienen etwas Besseres als das, nicht wahr? Und wir blicken über den Tag hinaus.»

Sie durchquert das Zimmer, scheint zu zögern, setzt sich wieder auf das Bett, dicht an ihn gedrängt. Was sie ihm anvertrauen will, duldet nicht die geringste Distanz.

«Letztes Jahr verlor ich das Kind, das ich in mir trug. Wir waren damals sehr unglücklich über diesen Verlust wie auch über die Nachricht, dass ich dir keinen fünften Erben schenken kann. Doch diese Grausamkeit der Natur ließ uns nicht verzagen, wir nahmen sie, ohne zu murren, an. Du genauso wie ich.»

Was bedeuten die Siegesfanfaren und die leeren Gerüchte der Welt? Das Wesentliche ihrer beider Leben geschieht zwischen ihnen und nirgends sonst. Ihre Stimme wird noch leiser als ein Flüstern.

«Mut, mein Freund! Es liegt allein bei uns, dass unsere Niederlagen nicht von Dauer sind.»

*

Durch die mit Salpeterausblühungen und Messereinritzungen seiner unglücklichen Vorgänger überzogenen Wände sieht er mit einem Mal wieder den Ballsaal des Élysée-Palasts vor sich.

An einem Freitagabend im Juli 1808 setzt er sich aus Gastgeberpflicht auf das Palisanderkanapee zu dem damals in Ungnade gefallenen Talleyrand, der genau unter dem großen Gemälde, das die Überquerung des Tiber zeigt, Platz genommen hat. Nach einem freundlichen Wortwechsel mit den anwesenden Damen netzt der Vice-Grand-Électeur des Kaiserreichs seine schmalen Lippen an dem Glas Champagner, das ihm ein Diener reicht, und legt dann los:

«Fürst, man sagt überall, Sie hätten während der Kriege niemals Angst gehabt.»

Murat denkt kurz nach über diese Bemerkung, hervorgebracht mit jenem leeren Blick, jenem bemühten Lächeln, jener undurchdringlichen Miene, bei denen er sich immer unwohl fühlt. Zu versuchen, die Gedankengänge des Fürsten von Benevent nachzuvollziehen, ist zwecklos, sie sind viel zu komplex und subtil für ihn. Bezieht sich die Anspielung auf Spanien, von wo er soeben zurückgekehrt und genesen ist, oder auf Tilsit, Friedland, Eylau, Italien?

Diesem Hinkefuß, der nie auch nur einen einzigen Kanonendonner gehört hat, ein wenig schroff zu antworten, würde ihm nichts bringen. Alle sehen ihn neugierig an: Wie wird er sich aus dieser offensichtlichen Falle befreien? Caroline, die mit halbem Ohr hingehört hat, bricht ein belangloses Gespräch ab und lauscht aufmerksam. Er ahnt, dass sie sich das als Ehefrau eines Soldaten Tausende Male gefragt haben muss, ohne jemals zu wagen, ihm diese Frage zu stellen. Nach einer für einen spätabendlichen Dialog ein wenig zu lang geratenen Pause – aber er hat auch nie behauptet, ein brillanter Redner zu sein – sagt er in ernstem Ton:

«Wer während der Schlachten die Angst kennengelernt hat, kann nicht von ihr erzählen. Wer sie nicht kennengelernt hat, kann sie sich nicht vorstellen.»

Talleyrand erwidert nichts, aber würdigt die Erklärung mit einer leichten Verbeugung. Murat selbst hingegen ist mit seiner Antwort nicht ganz zufrieden.

Er hat nie mit jemandem darüber gesprochen. Vor allem nicht mit anderen Soldaten, die, wie er, dieses Gefühl um jeden Preis in ihrem Innersten unter Verschluss halten müssen.

Auf den Schlachtfeldern umlauerte ihn die Angst zunächst. Wenn sie ihn anfiel, gelang es ihm gerade so, sie in Schach zu halten. Wenn er sich dann auf seinen Steigbügeln erhob, um den Befehl zum Angriff zu geben, nistete sie sich mit Gewalt in seinem Magen ein. Sie bildete dort, etwas oberhalb der Leisten, sogleich einen schmerzhaften Klumpen, der nur darauf wartete, ihn ganz und gar in Beschlag zu nehmen. Die einzige Möglichkeit, der Angst Paroli zu bieten: sich ihr stellen. Wenn er im feindlichen Feuer dahingaloppierte und die Kugeln seine Kleider durchlöcherten, lachte sie hämisch, aber ließ ihn in Frieden. Und wenn der Abend über einer mit Toten übersäten

Ebene hereinbrach und er mit seinem Generalstab die Situation besprach, hatte sie sich davongemacht.

Niemand sollte erfahren, was er empfand. Seine Gesten und seine Miene haben ihn nie verraten. Wagte er es, sich einzugestehen, dass dieser Klumpen immer größer wurde? So wie er gegen die feindlichen Frontlinien zog, bestürmte er diesen unsichtbaren Teil seiner selbst. Ohne diesen inneren Taumel, gegen den er ankämpfte, hätte er weniger Mut bewiesen. Seine Kühnheit war nicht mehr als die Stieftochter seiner Angst.

Nur in Russland, völlig ermattet und willenlos, unglücklich wie noch nie in seinem ganzen Leben, stellte er ihre Desertion fest. Die Angst war geflohen.

Seit seiner Begegnung mit dem Gesandten des Königs weiß er um die Nähe seines Endes. Antike Weisheit und christliche Lehre können daran nichts ändern. Sie helfen ihm nicht. Angst lässt sich nicht durch Meditieren oder Beten lösen. Sie ergreift die Macht und lässt sie nicht mehr los. Der Bauch herrscht über den Kopf.

Aber an diesem Tag, vielleicht dem letzten, dessen Sonne er untergehen sieht, bemerkt er etwas anderes. Er dachte, die Angst sei dem Tod sehr nah, wohingegen sie sich, schmählich, unterwürfig, vielleicht besiegt, in diesem Moment von ihm entfernt. Während er sich auf sein Ende vorbereitet, sieht er, dass sie ihre Verpflichtung bricht und ihn im Stich lässt. Die Angst hat Angst vor der Wirklichkeit des Todes. Denn die Angst ist das Leben.

Eine von Sorge überschattete Neugier ist an ihre Stelle getreten und hilft ihm, eine Form von Gelassenheit zu finden.

*

Der Ball, 1812

Im Mai 1812 kehrt er endlich nach Paris zurück, wo sich seit dem Herbst Caroline beharrlich und geschickt für ihrer beider Sache eingesetzt hat. Napoleon braucht ihn für den Krieg gegen Russland und empfängt ihn ohne Kälte.

Um die Aufmerksamkeit von den militärischen Vorbereitungen abzulenken, wird ein großer Ball im Tuilerienpalast gegeben. Zu diesem Anlass hat sie, nicht ohne Mühe, von Murat das Zugeständnis erhalten, dass er die einfache Uniform eines Husarenobersts tragen werde. Eine solche Schlichtheit ruft Erstaunen hervor.

Caroline ihrerseits trägt ein Kleid aus weißer Seidenmousseline, nur mit wenig Spitze an Hals und Schultern verziert. Eine Schärpe aus Ekrüseidentaft betont ihre trotz der Schwangerschaften und dank eines Korsetts, das ihr den Atem nimmt, noch immer schlanke Taille. Als sie den Ballsaal betritt, bleibt allen Anwesenden der Mund offen stehen. Ihr Kleid ist von Korallenzweigen übersät, die direkt auf den Stoff genäht sind, in leuchtendem Rot, nur hier und da ein Schimmer schwarzer Koralle. Das Diadem, die Ohrringe, das schwere Collier, die Brosche in Gestalt einer Biene, die Armreifen und die Ringe heben ein hundertfach sich wiederholendes Duo hervor, bestehend aus einem Zweig roter Koralle, gepflückt auf dem Meeresgrund um Ischia oder vor Torre del Greco, und einem Diamanten.

Wie Früchte an ihren Stielen. Das Feuer der einen und das Leuchten der anderen wetteifern unter den Lüstern und Kandelabern. Die Verschmelzung der lebhaften Flamme und des puren Lichts ...

Unter strengster Geheimhaltung, damit ihr Juwelier diese noch nie da gewesenen Verzierungen herstellen konnte, hatte Caroline den Großteil ihres Schmucks aus den Fassungen lösen lassen, um sich mit genügend Diamanten auszustatten, und die Korallenbestände der Fischer des Golfs von Neapel geplündert. Geschmückt wie eine barbarische Götze, überflutet von dieser Farbe des Blutes, die einem jungen Mädchen nicht angestanden hätte, die Lippen aufeinandergepresst, macht sie gemessenen Schrittes am Arm ihres Gemahls die Runde der Salons, wechselt ein paar Worte mit ihren Vertrauten, antwortet mit einem Nicken, oder indem sie kurz ihren Fächer senkt, auf die Huldigungen, die sie empfängt. Bei ihrem Nahen verstummen die Gespräche, und alle anwesenden Frauen, selbst die, die nur durch die feinen vergoldeten Holzstreben der Absperrungen entlang der Säulengänge zuschauen dürfen, haben Augen allein für sie.

Im Anschluss an diesen ausgiebigen Rundgang tanzt sie zwei Walzer mit Murat, einen mit Eugène de Beauharnais, einen mit ihrem Schwager Borghese, einen letzten mit dem österreichischen Botschafter Fürst Metternich und akzeptiert dann ein Glas Zitronenwasser. Pauline kommt herbei und macht ihr Komplimente: Die Hübscheste der drei Schwestern erscheint in ihrem prächtigen Kleid aus grünem golddurchwirkten Damast, mit Smaragden an Ohren und Hals, neben Caroline wie geschmacklos herausgeputzt.

Allein das Erscheinen des Kaisers lenkt die Aufmerksamkeit einen Augenblick von ihr ab. Aber auch er bemerkt den außergewöhnlichen Glanz, der von der Erscheinung seiner jüngsten Schwester ausgeht, tritt auf sie zu und küsst ihr in einer spontanen und nicht gerade den protokollarischen Gepflogenheiten gemäßen Anwandlung lächelnd die Hand. Nichts konnte ihren Triumph deutlicher unterstreichen. Sie überstrahlt alle Frauen und zieht alle Männer in ihren Bann.

Die Kaiserin kommt ihrerseits, um ihre Schwägerin zu umarmen und zu beglückwünschen:

«Königin von Neapel und heute Abend außerdem Königin von Paris!»

Die als bezaubernd erachtete Bemerkung macht die Runde in den Salons und bald in der ganzen Hauptstadt.

Murat, der diesen Erfolg unendlich auskostet, gelingt es, im Hintergrund zu bleiben. Sobald Napoleon wieder fort ist, überredet Caroline ihn, ebenfalls aufzubrechen. Im Wagen, der sie zur Botschaft bringt, hilft er ihr dabei, ihr Korsett aufzuschnüren, und kommt in feierlichem Ton zu dem Schluss:

«Madame, Sie haben in drei Stunden unseren Thron besser gefestigt, als ich es in zehn Schlachten hätte tun können. Ich sollte Politikunterricht bei dir nehmen.»

Am folgenden Tag wollen alle Frauen von Paris und bald schon von ganz Europa Schmuck aus roter Koralle tragen. Aber wie da herankommen? Die Juweliere, die es wagen, sich an die Königin von Neapel zu wenden, werden schroff abgewiesen. Nur den drei bedeutendsten Juwelieren der Hauptstadt ist es nach langem Antichambrieren vergönnt, sich ihr zu empfehlen. Sie erreichen, dass sie ihnen für teures Geld einige Zweige überlässt, die sie direkt vom Kleid abtrennen. Der Kurs für diesen tags zuvor noch unbeachteten Rohstoff schnellt in die Höhe. Caroline macht ganz nebenbei einen stolzen Gewinn. Dringende Bestellungen überschwemmen die Küsten Kampaniens, es wird geschoben, gefälscht, gestohlen. Die notleidenden Taucher, die die Korallen bis zur völligen Erschöpfung für einen Hungerlohn pflückten, können jetzt mit einem annehmbaren Leben rechnen und wissen ihrer Königin unendlich Dank.

Als Murat am 12. Mai aufbricht, um die Kavallerie der Großen Armee zu befehligen, findet er unter seinem Kommando erfreut die meisten der Offiziere wieder, die ein Jahr zuvor Neapel verlassen hatten. Militärische Belange lassen alles andere verblassen.

Für die Dauer seiner Abwesenheit vertraut er die Regierung des Königreichs Caroline an. Am Knauf seines Säbels, von dem goldfarbene Kordeln und Quasten baumeln, hat er einen Korallenzweig befestigen lassen.

*

Gefangenschaft? Für einen Husaren ein Berufsrisiko, wie Schiffbruch für einen Seemann.

1796 nahmen ihn die Österreicher in der Lombardei für kurze Zeit gefangen, bevor er durch eine französische Gegenoffensive befreit wurde. Als Bonaparte während des Rückzugs von Akkon zweitausend entwaffnete Mamluken töten ließ, weil es an Wasser und Proviant mangelte, hatte ihn diese wenn auch logische Entscheidung zutiefst erschüttert.

Im Laufe seiner Feldzüge lud er die Mutigsten der in seine Hände gefallenen Offiziere abends zu Tisch, behandelte sie als Kameraden, nicht als Feinde. Einige erhielten sogar eine silberne Tabakdose oder eine mit der Gravur ihrer Initialen versehene Kavalleriepistole als Geschenk.

An den Abenden während der Schlachten versorgten die Wundärzte auf seine ausdrückliche Anordnung hin mit derselben Hingabe jeden Verwundeten unabhängig von Uniform und Nationalität.

In Pizzo sieht er sich nicht als Gefangenen. Er befindet sich in Erwartung seiner Hinrichtung in Einzelhaft. Wie ein von Straßenräubern entführter Reisender. Ferdinand von Bourbon wendet nicht das Kriegsrecht auf ihn an und verhält sich wie ein kleiner Tyrann, der vor keiner Schande zurückschreckt.

Während dieser Zeit in der Festung ist Murat stolz darauf, eher ein Soldat ohne Zukunft als ein König ohne Ehre zu sein.

In der gesamten Geschichte gibt es wenige Beispiele für einen so rasanten Aufstieg und einen so vollständigen Fall wie den seinen. Aber seit der Schlacht von Occhiobello am 9. April 1815, als es ihm misslang, den Po zu überqueren, dort einen Brückenkopf einzurichten, auf Padua vorzurücken und die österreichischen Truppen in der Lombardei ernsthaft zu bedrohen, machte er sich kaum noch Illusionen. Sein Leben beschreibt eine elegante und asymmetrische Kurve, eine nicht perfekte Parabel, die am Ende abstürzt.

Zu welchem Zeitpunkt hat sie sich umgekehrt? Wahrscheinlich in Moskau. Er zog dort als König von Neapel und der angesehenste Marschall des Kaiserreichs ein und begab sich von dort als schon Flüchtender, als bereits Besiegter, als, ohne es zu ahnen, jeder Hoffnung Beraubter auf den Rückmarsch. Natürlich birgt schon Napoleons Entscheidung, Russland anzugreifen, die Niederlage von Moskau vollständig in sich: Dem Siegesmarsch gen Osten vom Sommer 1812 hätten händeringende Klageweiber und Seherinnen vorangehen müssen.

Welche Ironie!

Die Macht Napoleons hat ihn zum König gemacht, aber zu einem König an der Leine. Die Schwächung Napoleons hat ihn aus dieser Vormundschaft befreit, und einige Monate lang glaubte er, mit seiner ganzen Autorität regieren zu können. Doch der Zusammenbruch Napoleons hat ihn nicht gestärkt, sondern mitgerissen.

Seine Fessel des Untergebenseins konnte sich lockern, doch niemals verschwinden. Sie hat sich in einen Strick verwandelt, der ihn in den Abgrund reißt. Sie ist auch die Ursünde, die die Mächtigen ihn sein Leben lang haben spüren lassen und für die ihn Ferdinand teuer bezahlen lassen wird.

Nichts, nicht einmal seine Bekundungen zugunsten Italiens, kann ihn davon befreien. Nie hat er sich eine eigene Legitimität aufbauen können. Nie hat er es geschafft, den Schatten seines Schwagers zum Verschwinden zu bringen.

Im Blick Napoleons, wie in dem aller Fürsten, hat er immer die Spur von Verachtung gespürt, die man Betrügern entgegenbringt.

Solche verbitterten Erinnerungen spielen jetzt keine Rolle mehr ... Wer, wenn nicht er, kann sich rühmen, ein Leben gehabt zu haben, das größer, bunter, üppiger war als seine Träume?

Russische Offiziere erzählten ihm von seiner erstaunlichen Beliebtheit in ihren Reihen, insbesondere bei den Kosaken. Sein in Eylau weiter gestärktes Ansehen als Kavallerist machte aus ihm ein bewundertes Symbol, ein Ziel, das sie allzu gern erbeuten und dem Zaren mitbringen wollten. Diese spontanen Huldigungen bezauberten ihn. Er holte dann seinen besten Cognac hervor und stieß mit seinen Gästen an. Mit der Zeit lernte er einige Wörter ihrer Sprache, insbesondere eins, das er nicht vergessen hat: Dawai! Vorwärts!

Sein Kristallglas erheben, die bernsteinfarbene Flüssigkeit bewundern, diese Soldaten eines anderen Reiches begrüßen und mit ihnen rufen: Vorwärts!

Dieses Wort steht vermutlich für seine ganze Persönlichkeit. Es dient ihm als Kompass, Geschichte, Philosophie. Als er nicht mehr fähig war voranzugehen, brach alles zusammen.

Während der fruchtlosen Tage von Sisteron, in Erwartung von Nachrichten, die weder aus Paris noch aus Neapel eintrafen, begann er eines Abends, einen langen Bericht aufzusetzen, der seinen Werdegang nachzeichnete. Ohne an einen besonderen Adressaten zu denken noch an die Nachwelt. Eine Woche lang schrieb er jede Nacht, in der er nicht schlafen konnte, bis zum Morgengrauen, ohne das Geschriebene nachzulesen. Um die hundert Blatt Papier häuften sich auf seinem Schreibtisch, wo vermutlich tagsüber Spione des Präfekten seine Texte abschrieben.

Als er vor Moskau anlangte, versiegte seine Feder mit einem Mal, unwiderruflich. Er hatte keine Lust mehr weiterzumachen, das Folgende zu erzählen war ihm unmöglich. Nach einem Moment der Unsicherheit warf er alles ins Feuer.

In seiner Zelle versteht er endlich das Hindernis, das seine Legende nicht überwinden konnte. Ein Joachim Murat kann unmöglich zurückweichen.

*

Russland, 1812

Ein Adjutant weckt ihn spät in der Nacht und meldet ihm ein Feuer. Er komplimentiert das goldhaarige Geschöpf hinaus, das er sich mit ins Bett genommen hatte, und kleidet sich fluchend an. Warum stört man ihn wegen kleinster Lappalien? Gibt es nicht genügend Offiziere in seinem Generalstab? Gestern hielt Napoleon feierlich in Moskau Einzug und ernannte den Marschall Mortier zum Militärgouverneur. Er entsinnt sich vage einiger Gespräche über in Flammen stehende Häuser, ein in Kriegszeiten nicht seltenes Unglück. Und diese Stadt, in der die meisten Gebäude aus Holz bestehen, ist solch einer Gefahr natürlich besonders ausgesetzt. Aber zum Teufel, das betrifft doch weder die Kavallerie noch den König von Neapel!

Während er sich die Jacke anzieht, dreht er sich zum Fenster. Er logiert in der zweiten Etage des Stadtpalais Batachow im Taganka-Viertel. Der Himmel wälzt blutige Wolken, weit rot leuchtender und aufgeregter als die einer noch fernen Morgendämmerung. Was unternehmen die Feuerwehrleute, falls es solche gibt in diesem Lande, oder andernfalls die Pioniere? In der Luft seines Zimmers schwebt ein Geruch nach Verbranntem. Eine Nachricht erreicht ihn mit Namen von öffentlichen Plätzen oder Gebäuden, die er nicht einzuordnen weiß, all das steht in Flammen.

Jetzt völlig wach, öffnet er etwas das Fenster. Wirbel von Flugasche tanzen zwischen den Dächern und scheinen sich die Avenue hinunterzubewegen. Man hört Schreie, Schluchzen, wiehernde Pferde, Hilferufe, Krachen, den Widerhall einstürzender Balken. Ein leichter Wind trägt ihm glutrote Schwaden zu. Er hustet. Soll er den Kaiser benachrichtigen? Aber er hat keinerlei Überblick über die Situation, die wahrscheinlich nur zwei, drei Häuserblocks betrifft.

Mit dem Eintreffen mehrerer Meldereiter beginnt er den Ernst des Geschehens zu begreifen. Nicht ein Haus brennt noch zwei oder drei Straßenzüge noch mehrere öffentliche Gebäude noch ein ganzes Viertel, sondern die gesamte Stadt, die, wie ihm berichtet wird, durch Dutzende über Dutzende sich ausbreitende und sich vereinende Brandherde in Flammen steht. Weder von Napoleon noch von Mortier, die vermutlich ebenso sprachlos demselben Schauspiel der Verwüstung beiwohnen, hat er auch nur eine einzige Nachricht erhalten. Folglich müssen sich zwischen ihnen und ihm unüberwindbare Flammenwände erheben.

«Eure Majestät, wir müssen abziehen. Die Straßen, die noch durchgängig sind, schließen sich eine nach der anderen. Ihr Pferd ist gesattelt.»

Eine Art Zögern überkommt ihn. Seine Adjutanten räumen eilends Papiere und Gepäck ein, um sie an einen sicheren Ort zu bringen. Die jetzt ganz und gar vom Geruch nach verkohltem Holz erfüllte Luft erscheint ihm schwer, bedrohlich. Sie beginnt ihm in den Augen zu brennen. Am Ende der Avenue schießt eine Feuerkugel aus sämtlichen Fenstern eines Palais, das in Flammen aufgeht und dessen Dach sich anhebt und explodiert.

Nun begreift er. Diese viel zu zahlreichen gleichzeitigen Brände sind kein Unfall. Es ist eine militärische Strategie. Eine Gegenoffensive. Bei ihrer Ankunft hatten die Franzosen eine Stadt vorgefunden, aus der alle Vorräte entfernt und der Großteil der Bevölkerung evakuiert worden war, eine Stadt, die in dieser Nacht zerstört wurde. Die Große Armee, die in Erwartung des Friedens oder der Wiederaufnahme der Kämpfe im Frühjahr in diesen Häusern und Palais Quartier beziehen sollte, wird in den Zelten Zuflucht suchen müssen, ohne Proviant, ohne Futter für die Pferde. Sie wird dort dem Schnee und den Temperaturen eines russischen Winters nicht standhalten können. Sie hat jetzt keine andere Wahl, als den Rückzug anzutreten.

Der Zar ist nicht vor den äußersten Mitteln zurückgeschreckt. Wie sehr muss er Russland lieben, um für seine Verteidigung Moskau zu zerstören!

Hätte auch er diesen Mut? Könnte er Neapel opfern, um seinen Thron zu verteidigen? Dieser Gedanke entsetzt ihn. Nie würde er solch einem Opfer zustimmen. Die Schönheit seiner Hauptstadt gehört ihm nicht.

«Eure Majestät?»

Oberst Duluc hat es gewagt, ihn vertraulich am Ellenbogen zu fassen, um ihn seiner Träumerei zu entreißen. Klarheit kehrt in ihn zurück. Es ist nichts mehr zu machen. Moskau ist verloren. Und Russland. Und der Krieg.

Ihm bleibt nur noch, sich nichts anmerken zu lassen, ein gutes Bild abzugeben. Seine Offiziere und Husaren brauchen ihn als Vorbild, er muss der Versuchung Einhalt gebieten, alles schleifen zu lassen. Sie erwarten von ihrem Führer, dass er Befehle erteilt, Initiativen ergreift. Sie werden geschützt sein, solange sie nichts vom Scheitern ihrer Eroberung erfahren.

«Gibt es Nachrichten vom Kaiser?»

«Nein. Die Boten kommen zurück, ohne hinübergelangt zu sein. Der Kreml ist von einem Feuerwall umgeben. Überall in der Stadt herrscht Chaos: Soldaten, die in alle Richtungen strömen, Einwohner, die klagen, Kranke auf Karren, Häuser, die eines nach dem anderen zusammenstürzen ...

«Gibt es Tote in unseren Reihen? Verwundete?»

«Das kann man nicht wissen.»

Bevor Murat das Signal zum Aufbruch gibt, befiehlt er, die Häuser im Umkreis des Palais Batachow zu zerstören und Letzteres um jeden Preis zu verteidigen. Ihm scheint, wenn es ihm gelingt, diesen Wohnsitz zu retten, in dem er nur eine Nacht geschlafen hat, könnte die Katastrophe noch auf geheimnisvolle Weise abgewendet werden.

Die Nordseite der Avenue ist der Katastrophe bereits anheimgefallen, sie erleuchtet den Himmel, schleudert Strahlen von Hitze in die schon frische Septembernacht. Die kleine Truppe bahnt sich einen Weg durch die wie betäubt starrende Menge, ohne recht zu wissen, wohin, in jedem Fall weit weg von den Flammen. Sie erreicht das Ufer der Moskwa, und das schwarze, von rötlichen Reflexen belebte Wasser scheint am Todeskampf der Stadt teilzunehmen.

Dabei war die Kälte für ihn nichts Unbekanntes. Schon auf dem heimatlichen Kalksteinplateau hatte im Januar der vom Nordwind gejagte Schnee sein kindliches Gesicht gepeitscht. Während der Feldzüge gegen Österreich, auf den preußischen oder polnischen Ebenen, im Dezember bei Austerlitz wie im Februar in Eylau, hatte er Schneegestöber und eisige Stürme ausgehalten.

Aber keiner seiner fünfundvierzig Winter hat ihn auf das vorbereitet, was ihm in Russland begegnet. Noch nie hat er gesehen, dass Holz und sogar Stahl wie Glas zerspringen, dass Stoffe und Leder wie Papier zerreißen, dass Flüsse so tief gefrieren, dass sie das Gewicht eines mit Haubitzen und Munition beladenen Wagens aushalten. Noch nie hat er gesehen, dass alle Tiere aus den Landschaften verschwunden sind, dass die Dorfbewohner sich den ganzen Tag lang in ihren halb im Erdreich vergrabenen Hütten verkriechen. Noch nie so hohe Schneewälle am Rande der Wege, noch nie so tiefen verharschten, rasiermesserscharfen Morast mitten auf ihnen.

Bei jedem Einatmen brennen ihm Nase und Kehle. Die Wollschals und Pelze, in die er sich einmummt, bewirken wenig, die Gewalt, die seinem Körper angetan wird, findet am Ende immer einen Weg. Jeden Morgen, wenn er wohl oder übel die Baracke, in der er die Nacht verbracht hat, verlassen muss, um mit gutem Beispiel voranzugehen, spürt er, wie unsichtbare Nadeln sich in seine Wangen, seine Augen, seine Stirn senken und dabei einen heimtückischen, bohrenden, bösartig höhlenden Kopfschmerz wecken, der ihn bis ins Mark trifft. Nicht nur seine Haut wird angegriffen, sondern seine Muskeln, seine Knochen, seine Eingeweide, die die Kälte zu erobern sucht. Nach einer Stunde sind auch seine Hände und seine Füße betroffen, sie protestieren, regen sich, suchen vergebens ein wenig Leben zu behalten. Mit verblüffender Beharrlichkeit erobert der Frost in ihm neue Räume, letzte Zufluchtsorte, und gesteht ihm nicht einen Moment der Erholung zu.

Dreimal schon seit Moskau ist ein Hengst unter ihm zusammengebrochen, vor Kälte wie vor Erschöpfung. Beim dritten Mal schenkt er sein Pferd einem verwundeten Offizier und geht zu Fuß weiter, wie seine Soldaten. Ein König, der zu Fuß geht, durch die Endlosigkeit der russischen Ebenen! Noch nie hat jemand ein derartiges Schauspiel gesehen. Seine Husaren bewundern ihn nun noch mehr, weil er auch ihre Qualen ein wenig teilt. Sie können nicht begreifen, dass es sich dabei um eine Strafe handelt, die er sich selbst auferlegt.

Um ihn herum herrscht Schweigen. Die Männer beklagen sich nicht, singen nicht. Keiner redet ein Wort zu viel, öffnet nutzlos den Mund, lässt auch nur das kleinste Teilchen von dieser eisigen tödlichen Luft in sich hinein. Die langsamen Schritte der Pferde und das Quietschen der Wagenachsen dringen gedämpft ans Ohr. Selbst der Wind weht lautlos. Die Soldaten scheinen stumme Statisten einer Bestattung ohne Anfang und Ende, die an den finsteren Silhouetten verkrümmter, weiß umsäumter Bäume vorbeiziehen. Keine lebendigen Farben mehr. Das Licht zu fahl, um Schatten zu zeichnen. Flacher, weiter Horizont.

Noch quälender die Tage im Nebel: gräuliches Weiß, abgewürgtes Licht, Reif, eine zusätzliche Schicht auf allen Oberflächen. Gedehnte Qual, gedehnt ins Grenzenlose ...

Erinnerungen an Italien aufzurufen, an die Sonne, die die Piazza del Campo aus dem Zentrum von Siena herausstanzt, an den Blick auf Capri am Morgen, an die engen Straßen von Genua oder Rom, nützt nichts. Wo, zum Teufel, ist die Wärme des hellen Steins der Palazzi geblieben, die wohltuende Frische der Kirchen und der Schatten der Platanen, das aufmunternde Plätschern der Springbrunnen? Diese Traumbilder spenden keinen unmittelbaren Trost. Man muss weiter leiden bis zum nächsten Halt und, schlimmer noch, darunter leiden, dass man nichts anderes tun kann.

Im Lauf dieses Rückzugs und je nachdem, wo sie vorbeikommen, kann sein Generalstab ihn hier und da in einem verlassenen Schloss, einem Kloster, im luxuriösen Haus eines

Kaufmanns schlafen lassen. Doch auch der Geruch von gekochtem Kohl durchzieht diese Etappen, verfolgt ihn und widert ihn an. Wenn dann obendrein nach dem Abendessen ein sich nicht lange zierendes Fräulein ihm anzüglich zulächelt, weist er es zornig ab. Diese weniger schlimmen Nächte in einem richtigen Bett und einem geheizten Zimmer bereiten ihm keinerlei Vergnügen. Der Schlaf flieht ihn, so sehr lässt ihn das Gefühl nicht los, er übe an seinen durchgefrorenen, in den froststarren Zelten zusammengedrängten Männern Verrat.

Am Morgen ist schon der Tod durchs Biwak gegangen. Er hat sich die Jungen ausgesucht. Murats Kontingent aus Neapel zahlt den höchsten Tribut, vor seinen Augen schwindet es nach und nach dahin.

Was kann er in diesem Debakel noch retten? Das Leiden der Truppe, insbesondere das seiner Untertanen, lässt ihn jeden Moment verzweifeln, und mehr noch seine eigene Unfähigkeit, es zu lindern. Er bräuchte mehr Wundärzte, mehr Pferde, Maultiere, Wagen, mehr Stiefel und gefütterte Mäntel, und dann frische Lebensmittel, guten Wein aus Frankreich und Obst. Ach, die Orangen, die herrlichen Zitronen aus Amalfi!

Er hat nichts von alldem, nichts. Er entlohnt sie für ihr Elend mit martialischen Reden. Das Vertrauen, das sie ihm trotz allem weiter entgegenbringen, nach jedem Zusammenstoß mit den Russen, nach jedem Tag der Erschöpfung, trifft ihn mehr als die Vorwürfe, die sie ihm zu Recht machen dürften. Er fühlt sich schuldig, und es gelingt ihm nicht, dem Kaiser etwas übel zu nehmen – als verkörperte dieser eine grausame, düstere, über alle menschlichen Streitigkeiten erhabene Gottheit.

Alle betrachten den bewölkten Himmel auf der Suche nach Hoffnung versprechenden Zeichen, aber ihre Qualen sind unerbittlich: Wenn der Nordwind nachlässt, gehen die Temperaturen noch weiter nach unten. Kommt es unerwartet zu einer Erwärmung, fegen Schneegestöber übers Land. Und erwärmt sich die Luft noch weiter, zeigt sich der Schlamm noch heimtückischer als Schnee und Eis. Die Tage, auf eine lange Dämmerung beschränkt, die in die Nacht kippt, verkürzen sich grausam. Wo bleiben die ersten Knospen, die wenn auch verschwindend kleinen Spuren zarten Grases? Wo verbergen sich die ersten Anzeichen eines Frühlings? Und Frankreich ist so weit weg ... Und Neapel, wo Caroline ihm neue Triumphe prophezeite ...

Welche Befehle soll er erteilen, wenn sich alle Kolonnen mit demselben schweren Schritt voranschleppen? Wie eine Armee befehligen, wenn sie sich vor seinen Augen unaufhaltsam auflöst?

Manchmal taucht inmitten dieser Trostlosigkeit ein beweglicher Punkt am Horizont auf, schwarz auf grau. Es dauert eine Weile, bis man ihn überhaupt bemerkt, bis man anhand seiner Bewegungsrichtung abschätzen kann, ob es sich um Freund oder Feind handelt, um einen Meldereiter, der eine Nachricht vom Kaiser bringt, oder um einen kühnen Handstreich der Kosaken – in beiden Fällen eine Zerstreuung, die die Eintönigkeit der Stunden unterbrechen wird. Das Rätsel nähert sich: Es handelt sich sehr wohl um ein russisches Kommando. Alarm wird gegeben, jeder greift zu seiner Waffe mit einer Langsamkeit und Schwäche, an die er sich gewöhnt hat. Mehrere Gewehrschüsse krachen, die Reiter bleiben auf Distanz, dann reißen sie die Zügel herum und verschwinden. In zwei Tagen werden sie zurück sein, oder sie greifen in der Nacht oder beim Überqueren eines

Flusses an. Sie haben Zeit. Sie kennen dieses tückische Klima, dieses riesige Land, diesen unheilvollen Himmel, diese bleierne Zeit. Sie sind hier zu Hause.

Feindliches Gebiet: Noch nie erschien ihm dieser Ausdruck so buchstäblich wahr. Er bekämpft keine Armee, sondern ein Land.

Und Russland hat schon gesiegt. Die Kosaken wissen das ebenso gut wie er.

Nie, auch damals nicht während des furchtbaren Rückzugs durch die Wüste von den vergebens belagerten Stadtmauern Akkons nach Kairo, geplagt von extremer Hitze, unlöschbarem Durst, einer Pestepidemie und der Grausamkeit der Kämpfe, hat er in einem solchen Maße die Lust verloren, sich zu verteidigen. Noch nie bis heute hat er diese Versuchung verspürt, der die schwächsten seiner Männer erliegen: sich hier niederzulegen, am Wegesrand, nicht mehr zu kämpfen, die Augen zu schließen und sich aufzugeben.

*

Während der schmächtige, ängstliche Soldat das Tablett mit dem Abendessen – ein Teller Suppe und gebratener Fisch – auf dem Holztisch abstellt, flüstert er Murat ins Ohr: «Alle großen Herren von Neapel sind eingetroffen.»

Er erlebt also seine letzten Stunden. Mit den meisten Menschen trifft der Tod nicht so eine genaue Verabredung, entweder tritt er ganz plötzlich ein, ohne sich anzukündigen, oder er hält sich unter der Maske der Krankheit bis zum Schluss bedeckt. Er genießt also eine Art Privileg, schon etwas im Voraus zu wissen, wo, wie und ungefähr wann. Und diese Gewissheit bewirkt weder Weisheit, noch löst sie Panik aus. Der Ausgang bleibt abstrakt, ungreifbar, unüberwindbar fern.

Der Tod und er kennen sich seit Langem, sind sich manchmal sehr nahe gekommen, achten einander. Dennoch gibt es kein heimliches Einverständnis zwischen ihnen. Er hat ihm nichts zu sagen und erwartet nichts von ihm.

«Wie alt bist du?»

Überrascht von der Frage und entsetzt, weil er nicht weiß, wie er sich verhalten soll, schüttelt sein Kerkermeister abweisend den Kopf. Vermutlich hat er die Anweisung, kein Wort zu sagen, und befürchtet, durch die Tür gehört zu werden, so verlässt er beinahe fluchtartig den Raum.

Die dahinfließenden Minuten erscheinen ihm nicht entscheidend. Er sollte aus jeder ein Kunstwerk machen, sollte sie alle durch die Rückkehr in die Vergangenheit vertiefen, sie durch Beten weihen, durch Meditieren transzendieren. Aber nein, nichts dergleichen. Er langweilt sich ein wenig. Die Zeit vergeht, teilnahmslos.

Das Messer der Mahlzeit bringt ihn auf eine Idee, die eines Romanhelden. Er reinigt es sorgfältig, zögert, entscheidet sich für die linke Seite, wo das Herz sitzt, und schneidet sich eine lange Strähne dunkler gelockter Haare ab. Diese winzige Trophäe, federleicht, stellt seine ganze Person dar. Dann schneidet er das Band von der Manschette seines Hemdes ab, macht einen Knoten, betrachtet eine ganze Weile sein Werk, diesen Firlefanz für Klosterschülerinnen, den er durch die Intensität seines Blickes mit den Gefühlen eines ganzen Lebens aufladen möchte. Da er nicht weiß, was er damit machen soll, und nicht will, dass er vor seinen Augen entweiht wird, steckt er ihn in seine Tasche.

Der Soldat, der ihm sein Abendessen gebracht hat, hat auch ein Neues Testament auf den Holztisch gelegt. Der Gesandte des Königs hat sein Versprechen gehalten.

Murat betrachtet den abgeschabten Ledereinband, die Eselsohren. Er hat keinerlei Lust, sich in die lateinischen Sätze zu vertiefen und durch sie an die Unterrichtsstunden im Seminar von Toulouse erinnert zu werden oder an die endlosen Rituale, denen er in Rom oder Neapel beiwohnen musste. Diese Sendung hält ihm flüsternd eine Moralpredigt. Seine Fehler eingestehen und um Vergebung bitten? Niemals!

Ein anderer Gedanke kommt ihm, als er das Buch so betrachtet. Wenn nun Anhänger seines Projekts heimlich daran arbeiteten, ihn zu retten, vielleicht war es ihnen gelungen, ihm eine Nachricht zukommen zu lassen? Er schüttelt wütend die Seiten, aber es fällt keine Karte heraus. Er durchblättert sie einzeln, sucht nach umkreisten oder unterstrichenen Buchstaben, die, hintereinandergesetzt, einen Sinn ergeben würden, aber er findet nichts. Er entfernt den Einband, trennt die Laschen und die Ecken auf, überprüft die Winkel, sucht nach dem kleinsten Hinweis, löst die Fadenheftung, die die bedruckten Blätter zusammenhält. Vergebens.

Der kleine zerfledderte Haufen, in den er die Evangelien verwandelt hat, macht ihn betreten. Er bringt die Druckbögen wieder in die richtige Reihenfolge, kann nicht umhin, sie zu entstauben, oder vielmehr, sie zu streicheln, wie um sie von seiner Ungeduld und Beleidigung zu reinigen. *Novum Testa-*

mentum ... Mangels anderer Zerstreuung schlägt er das Buch an einer beliebigen Stelle auf und beginnt zu lesen, aber es gelingt ihm nicht, diesen Geschichten von einer Sünderin oder vom Marsch durch die Wüste länger seine Aufmerksamkeit zu schenken. Die Schwächen der Päpste Pius VI. und Pius VII., die Ränkespiele der Kardinäle und der Kurie, die er bei mehreren Gelegenheiten aus unmittelbarer Nähe miterlebte, haben ihn vom Pomp der Kirche abgebracht. Der einfache und strenge Glaube, den seine Mutter praktizierte, erscheint ihm aus einer anderen Zeit. Mit Caroline und den Kindern ging er jeden Sonntag zur Messe, obwohl er nichts dabei empfand – es wäre unvorstellbar gewesen, dass der König von Neapel nicht hinginge.

Das Gefühl absoluter Freiheit, das er empfand, als er achtundzwanzig Jahre zuvor die Soutane ablegte, berauscht ihn noch immer. Soldat im berittenen Jägerregiment der Ardennen... Der erste und bescheidenste aller Titel, die er getragen hat, und seine erste Uniform. Bei keiner kirchlichen Zeremonie hat je etwas sein Herz so heftig pochen lassen.

*

Niederlagen, 1812

Im Herbst 1812 ließ sich Auguste de Chabot, Kammerherr des Kaisers, in Neapel nieder. Seine hohe Abstammung, sein schönes Gesicht, seine sanfte Stimme, die Frömmigkeit, die er bewies, sicherten ihm alsbald die allerhöchste Achtung Carolines, der Regentin des Königreichs. Als ihr ständiger Vertrauter begleitete er sie auf ihren Spaziergängen, sang ihr Lieder und

Volksweisen vor, die gerade in Paris in Mode waren, schrieb ihr leidenschaftliche Briefe oder schlechte Gedichte als Antwort auf ihre Billetts, war völlig außer sich, wenn sie nahte, tat so, als bräche er in Tränen aus, wenn sie fortging. Sie schenkte ihm ein kleines Porträt, er antwortete mit einer Zeichnung, die er vor seinem Spiegel von sich angefertigt hatte.

Sicher, es war nicht das erste Mal, dass sie, die Abwesenheit ihres Gatten als Entschuldigung nutzend, sich der Koketterie mit eleganten Galanen hingab. Murat hatte sich mit diesen Tändeleien abgefunden, die aufflammten und schnell wieder erloschen. Sie nährten die Gerüchte am Hof, wo man sich folglich nicht um ernsthafte Dinge kümmerte.

Eines Abends erhielt Auguste de Chabot von einer Kammerfrau den kleinen Schlüssel zu einer Geheimtür, die zur Königin führte. Es war eine Einladung. Er leistete ihr Folge.

Am nächsten Tag nahm ihm ein Page den Schlüssel wieder ab und setzte ihn davon in Kenntnis, dass er entlassen sei und noch am selben Tage Neapel und das Königreich zu verlassen habe. Er verschwand. Die Königin erwähnte seinen Namen nie wieder.

Der ganze Hof zerriss sich das Maul über diese Affäre, die nicht länger geheim zu halten war. Einige deuteten an, der junge Mann sei bestraft worden, weil er zu galant gewesen sei. Andere meinten, er sei nicht galant genug gewesen. Die Mehrheit war der Ansicht, er habe galant sein wollen, doch im entscheidenden Moment hätten ihm die Fähigkeiten dazu gefehlt. Welche dieser Vermutungen auch zutreffen mochte, sie konnte für Caroline nur verletzend sein und unterstrich ihren Leichtsinn.

Untreue geht noch durch. Aber Lächerlichkeit?

Lächerlichkeit ... Es ist ihm egal, lächerlich zu sein. All das ist dermaßen unbedeutend. Die Lektüre dieser neapolitanischen Klatschgeschichten zerstreute ihn eine Weile, entriss ihn diesem Land aus Schlamm und Schnee und brachte ihm die Erinnerungen an Ischia und Positano zurück. Ja, es gibt auf dieser Erde noch Orte, an denen man miteinander tändelt und von der Sonne gewärmt wird ...

Caroline fehlt ihm. Neapel fehlt ihm. Italien fehlt ihm. Was macht er hier, warum ist er in dieser unermesslichen, ausweglosen Weite verloren, irgendwo zwischen Russland und Polen, mitten in einem Winter von einer Strenge, die er sich nie hätte vorstellen können? Selbst in dem besten Zimmer des kleinen Schlosses, in dem sie haltmachen, mit einem großzügigen Feuer im Kamin, in dem noch die Reste eines am Abend in aller Eile zerhackten Karrens glimmen, fühlt er durch seinen vereisten Bart hindurch noch immer die unablässigen Stiche des Windes auf seinen Wangen, die Kälte, die in seine Handschuhe und seine Stiefel kriecht, die eisige Luft, die mit jedem Atemzug trotz der Schals, die ihn umhüllen, in seine Kehle dringt.

Er erträgt es nicht länger, liegen zu bleiben und grundlos zu zittern, während die Truppe in Zelten im vereisten Park lagert, wo die Wachen auf und ab gehen, um sich aufzuwärmen. Er steigt im Nachthemd aus seinem herrschaftlichen Bett und geht einen Moment lang im Zimmer mit den bereiften Fenstern umher. Trinken? Seinen Generalstab einberufen? Die Depeschen nochmals lesen? An Caroline schreiben, um sie zurechtzuweisen oder sie zu bitten, vorsichtiger zu sein? Er fühlt sich nicht einmal stark genug, ein Tischchen umzuwerfen. Wozu auch ... Seltsamerweise nimmt sein Unwohlsein ohne die wärmenden Decken nicht zu, er fühlt sich nicht starrer vor Kälte. Es fehlt nicht viel, und er weint vor lauter Elend.

Ohne zu überlegen, wickelt er sich in seinen Mantel, befiehlt dem Wachtposten, ihm nicht zu folgen, und geht die große Treppe hinunter. Er zögert, öffnet irgendeine Tür, die zu den Küchenräumen führt, in denen an die zwanzig Husaren Zuflucht gefunden haben und schnarchen. Er geht um die ausgestreckten Körper herum, durchquert einen Vorratsraum mit leeren Regalen und gelangt in den Stall. Die Stallknechte haben hier die schönsten Pferde in den Boxen und im Mittelgang untergebracht, sie selbst verbringen die Nacht auf einem darüberliegenden Heuboden. Er klettert die Leiter hinauf, tastet sich vorwärts und legt sich wie sie auf die Strohballen. Der strenge Geruch der Tiere, der sich mit dem des getrockneten Grases und der erschöpften Menschen mischt, beruhigt ihn und gibt ihm neue Kraft. Die Anonymität dieses behelfsmäßigen Schlafsaals sagt ihm zu. Sind es Neapolitaner oder Franzosen, die hier an seiner Seite im Schlaf aus Russland fliehen? Dank welchen ständig erneuerten Wunders gehorchen sie ihm ohne Murren? Er grübelt vor sich hin, will nicht einschlafen, aber findet zum ersten Mal seit Moskau Ruhe.

Der Kaiser ruft ihn zwei Tage später zu sich, teilt ihm mit, dass er selbst auf dem schnellsten Wege nach Paris zurückkehrt, und vertraut ihm die Große Armee mit dem Auftrag an, sie nach Frankreich zurückzuführen. Murat fügt sich. Er denkt an die Geschehnisse von Ägypten, als Bonaparte Tausende Männer in der Wüste zurückließ – aber damals gehörte er zu den wenigen Vertrauten, die er auf zwei Fregatten mit sich nahm.

Die Sache ist verloren. Nicht nur der Krieg gegen Russland,

sondern auch alles andere. Die Überbleibsel der Armee, die ihm für den langen Rückweg anvertraut sind, werden das Kaiserreich, das dem restlichen Europa allein gegenübersteht, nicht retten. Das Abenteuer, das mit dem ersten Italienfeldzug begann, geht zu Ende. Napoleon kann in einer vierspännigen Berline noch so schnell vorauseilen, die Wirklichkeit wird ihn einholen. Er wird nur einige Wochen, ja Tage an Illusionen gewinnen. Der Brand von Moskau und das Eis der Beresina beschließen, was an der Brücke von Lodi begann.

Bei der Mitteilung seines Entschlusses betont der ansonsten mit Komplimenten geizende Kaiser in müdem Tonfall, dass Murat der einzige König, somit der höchste Titelträger und der höchstrangige Soldat sei. Diese unerwartete Behutsamkeit alarmiert ihn. Die Befehlsgewalt wird ihm in Anwendung einer hierarchischen Regel übertragen, nicht wegen seiner Verdienste oder aus einer einfachen Laune heraus. Diese Entscheidung fällt mit der Nüchternheit eines Artikels des Code civil und wird nicht einmal vom Hauch eines Lächelns oder einem offenen Blick begleitet.

Braucht Napoleon wirklich einen König für ein zum Scheitern verurteiltes Werk? Und im Übrigen, wenn in diesen ungewissen Zeiten der Platz des Kaisers in Paris ist, ist dann der des Königs von Neapel nicht in Neapel?

Anderthalb Monate später, nachdem er einen Großteil Polens durchquert hat, wo er nichts wiedererkennt, übergibt er im verschneiten Rathaus von Posen das Kommando an den brillanten Eugène de Beauharnais, Vizekönig von Italien, und flieht seinerseits, ohne dies jemandem anzukündigen. Im Februar 1813 ist er zurück in seinem Königreich.

Etwas Unwiederbringliches ist in ihm während dieser Tage in Eis und Schnee zerbrochen. Er kann nicht genau sagen, was es ist, aber er spürt, dass er aus dieser Prüfung als ein anderer zurückkehrt.

*

Die Kugel von Mustafa Pascha hat er als eine erste Warnung überlebt. Den Kugeln der Soldaten Ferdinands von Bourbon wird er nicht ausweichen können.

Das Glück hatte Napoleon verlassen, es verließ auch ihn. Er hatte gezweifelt. Er erinnert sich erneut an die Drohungen des Generals Bonaparte in Ägypten: Ein Offizier, der zweifelt, verdient eine Kugel in den Kopf. Jenes Urteil wird am Ende vollstreckt werden.

Sicher, wenn er gehorcht hätte, wenn er die Große Armee durch Deutschland zurückgeführt hätte, hätte er vielleicht einen dieser wütenden, den Feind verblüffenden Gegenangriffe wagen, einige kurzlebige Siege davontragen, den Sturz des Kaiserreichs ein wenig verzögern können.

Aber er tat nur das, wonach ihm der Sinn stand. Aus Stolz und aus Verzweiflung. Um die Sonne wiederzufinden, seine Hauptstadt wiederzusehen, die Bucht, den Vesuv, Caroline. Weil ihm alles verloren schien. Ohne zu sehen, dass der Rückzug in sein Königreich ihm keinerlei Ausweg bot, selbst wenn er dafür einen horrenden Preis bezahlte, den Verlust seiner Ehre.

Jetzt ist es zu spät. Viel zu spät. Als er sich entschied heimzukehren – ja, heim: Seine Familie hat kein anderes Heim als seine neapolitanischen Paläste –, konnte er nicht all die Folgen vorhersehen, die sich daraus ergeben würden, aber was ändert das schon ... Seine Flucht verurteilt ihn.

Was wird Napoleon in seinem strengen Hausarrest denken, wenn er in einigen Monaten von seinem Ende erfährt? Wird er verstehen? Nein, er wird es weder können noch wollen. Mit seiner gewöhnlichen Nüchternheit wird er es bei einer kurzen Grabrede belassen, bei einer letzten Bosheit gegenüber dem seligen König von Neapel.

Warum hatte er ihn in jenem schlecht geheizten Palast eines polnischen Fürsten am äußersten Ende von Weißrussland, auf halbem Weg zwischen Wilna und Minsk, nicht an sich gedrückt, warum hatte er ihm nicht eingestanden, dass er ihn brauchte und keinen anderen, anstatt ihn wie einen Untergebenen zu behandeln, der durch jeden anderen Untergebenen zu ersetzen wäre? Konnten die Erschöpfung, die Enttäuschung, ja Verzweiflung seine Gleichgültigkeit rechtfertigen? Warum hatte er ihm nicht endlich rückhaltlos sein Vertrauen und seine Freundschaft geschenkt?

Seine Kälte in diesem entscheidenden Moment bestätigt nur: Nie hat er ihn geschätzt, nie hat er ihn wirklich ernst genommen. Im Grunde ist es das, was ihn umbringt.

Ja und? In diesem schönen Herbst 1815 ist Napoleon nicht weniger gescheitert als er. Der eine ist Gefangener auf einer englischen Fregatte, die Richtung Süden segelt, der andere in dieser Festung Kalabriens. Die entehrende Verbannung oder das Hinrichtungskommando, was macht das schon für einen Unterschied! Langsam und demütigend oder schnell und ehrenhaft, ihr Ende ist vorausgeplant, ihre Zeit vorbei. Ob der Körper nach und nach im Dunst einer Insel am Ende der Welt dahinsiecht oder bald unter einer Geschossgarbe zusammenbricht, ändert nichts daran. Die Schicksale der beiden Schwager finden schließlich in einer politischen und persönlichen Katastrophe zusammen.

Auf der Landkarte Europas sind ihre Würfel endgültig zum Stillstand gekommen. *Consummatum est.* Es ist vollbracht.

*

Das Porträt, 1813

Abgemagert, erschöpft, entmutigt, unglücklich nimmt er in Neapel ein Leben wieder auf, das er sich normal und möglichst fern der Konflikte der Welt wünschte. Die Routine der Staatsgeschäfte – die ungewissen Steuereinnahmen, die plötzliche Zunahme der Raubüberfälle, die schlechte Gesundheit der zu kleinen und zu mageren Rekruten, die Schwierigkeit, Kredite von den Banken zu bekommen, die skandalumwitterte Flucht einer Nonne aus dem Kloster von Brindisi ... – füllt ihn nicht aus, lässt ihn gähnen. Das also ist Regieren? Warum fühlen sich halbe Erfolge wie Misserfolge an? Die Schmeicheleien der Höflinge und die Gebete der Pfarrer dringen zu ihm herauf, aber begeistern ihn nicht. Vergebens bemüht man sich, ihn mit Ehrungen zu überhäufen, ihn seinen Rang spüren zu lassen. Das anzügliche Lächeln und die eng anliegenden Kleider der Hofdamen bereiten ihm leichte Übelkeit. Sein Blick und seine Aufmerksamkeit schweifen manchmal ab, verlieren sich im Nichts oder in gefrorenen Erinnerungen. Besucher werden nur auf ihre ausdrückliche Bitte hin und zu seinem sichtlichen Leidwesen empfangen. Immer öfter bleibt er allein, eingeschlossen in seine Gemächer, den Blick versunken in einen Bericht, den er nicht zu Ende liest.

Caroline erträgt seine jähen Stimmungsschwankungen und ermuntert ihn, mehr Zeit mit ihren Kindern zu verbringen; sie allein vermögen es noch, ihn aus seiner Melancholie herauszureißen. Eines Morgens im April 1813 schenkt sie ihm ihr Porträt. Sie hat es bei Ingres in Auftrag gegeben, einem jungen französischen Maler, den sie aus Rom kommen ließ und der mit Eifer zwei Monate lang daran gearbeitet hat.

Die Königin erscheint darauf ganz in Schwarz gekleidet, vor einem weit geöffneten Fenster, das auf die Bucht geht und auf den Vesuv, aus dem schwere Rauchwolken aufsteigen. Ihre traurige und verträumte Miene, die Farbe ihres Kleides und ihres Hutes, der drohende Vulkanausbruch scheinen ein Drama anzukündigen, vor dem sie weder die Pracht des Sessels und der Vorhänge noch das leuchtende Meer schützen werden können.

Murat ist lange Zeit fasziniert von diesem Porträt seiner Frau und lässt es in seinem Arbeitszimmer aufhängen, ihm zugewandt, nicht sichtbar für seine Gäste. Er sieht darin seine Gemahlin und zugleich eine Parze mit versteinertem Gesicht, kleinen, zusammengekrallten Händen – ja, eine Sibylle, die die verschlungenen Pfade seines Schicksals kennt und dennoch stumm bleibt.

Welch eine Verwirrung in seinem Kopf, welch eine Verwirrung in Europa! Die Niederlage in Russland hat die französischen Armeen ausgeblutet und bewiesen, dass der Kaiser nicht unbesiegbar ist. Preußen und Schweden treten der englisch-russischen Koalition bei. Spanien ist verloren. Die Vertrauten des Kaisers werden wie alle Franzosen zusehends von Zweifeln heimgesucht: Ist die ununterbrochene Folge von Siegen, an die er sie gewöhnt hat, nun beendet? Muss man sich jetzt eine Welt vorstellen, in der Napoleon keine Rolle mehr spielt?

Wohl wissend, dass er Gefahr läuft, von dem sich ankündigenden vollständigen Zusammenbruch mitgerissen zu werden, und darauf bedacht, seine Position um jeden Preis zu stärken, macht Murat Offerten in Richtung Österreich, das sich, gebunden durch die Heirat von Marie-Louise, noch abwartend verhält. Garantien von Wien zu erhalten, würde bedeuten, dass er Österreichs Inbesitznahme der Poebene anerkennt, dass er darauf verzichtet, zu seinen Gunsten die italienische Einheit herzustellen. Seine beiden Ziele sind unvereinbar, er weiß es und will es nicht sehen. Dennoch streckt er seine Fühler in beide Richtungen aus, er unterhält Gesandte in seiner Sache in Rom, Bologna, Florenz, Mailand und Venedig. Die begeisterten Meldungen, die er von dort empfängt, bestärken ihn in seinen Bestrebungen.

Gleichzeitig wagt er diskrete Annäherungsversuche gegenüber den Engländern, die sich nicht festlegen, nichts ausschließen, aber auch nichts versprechen wollen und ihn glauben lassen, was er hören will. Mit einem Erzfeind Frankreichs Kontakt aufzunehmen, ist das Verrat oder Vorsorge?

Dem Kaiser alles zu verheimlichen, belastet ihn, gekünstelte Briefe der Bewunderung und des Gehorsams an ihn zu richten, widert ihn an. Keiner seiner Minister ist in seine Manöver eingeweiht und niemand kann ihn beraten. Er betrachtet Carolines Porträt und findet keine Antwort darin. Welch schreckliche Einsamkeit ist ihm fortan beschieden!

Seit seiner Rückkehr aus Russland ist die Schlaflosigkeit zurückgekehrt, quält ihn und zermürbt ihn. Seine Ärzte schlagen ihm Arzneien vor, die er ablehnt. Wenn die Last des Lakens und die Qual der schlaflosen Nächte zu unerträglich werden, ruft er seine Leute und reitet einfach los, immer geradeaus, bis zum Morgengrauen, bis zur völligen Erschöpfung.

Als Murat im Juli von Napoleon zum Feldzug gegen Deutschland gerufen wird, während Österreich in einem Akt höchsten Verrats soeben mit Frankreich gebrochen hat und in das Lager der Koalierten übergewechselt ist, worin ihm Bayern und Württemberg alsbald folgen, findet er noch die Kraft, sich Illusionen zu machen. Kein Zaudern mehr, keine Vorbehalte! Noch einmal die Feldlager und die Generalstäbe, die Märsche und Kontermärsche, die Ritte und die Hinterhalte, all das versetzt ihn in die glücklichen Jahre zurück, in die Zeit des Aufstiegs eines jungen korsischen Generals. Mit Ungestüm befehligt er die kaiserliche Kavallerie und zermalmt seine Gegner. Duluc, den er nach der Überquerung der Beresina zum General ernannt hatte, wird bei Dresden von einer Kanonenkugel, die in Wahrheit ihm galt, vor seinen Augen getötet. Quer durch Sachsen folgt ein blutiges Gefecht auf das andere.

Aber man kann Siege erringen und in der Völkerschlacht bei Leipzig den Krieg verlieren.

Ja, alles scheint verloren. Dennoch weigert er sich, diese Gesandten in bestickten Uniformen anzuhören, die ihm zuflüstern, dass es Zeit sei, nein, dass es höchste Zeit sei, sich in seinen Bündnissen umzuorientieren, dass die Ehre ihn nicht mehr an einen Mann noch an eine verlorene Sache binde, nicht einmal an Frankreich. Aber fürchtet er denn nicht, dass er, wenn er zu vorsichtig ist und zu lange zaudert, überhaupt nichts mehr erreicht? Wer kann ihm denn garantieren, dass er selbst in einigen Monaten noch in der Position sein wird zu verhandeln? Und er ist völlig erstaunt, als er erfährt, dass Caroline seit einem Jahr heimlich Nachrichten mit Wien austauscht.

Am 24. Oktober ersucht er in Erfurt den Kaiser um seinen Abschied. Der lässt ihm grausamerweise freie Wahl, hält ihn nicht zurück, stellt ihm nichts in Aussicht, erteilt ihm keinen Befehl. Zählt er also gar nicht? Wie soll er diese Gleichgültigkeit ertragen? Anfang November kehrt er nach Neapel zurück, noch verzweifelter als nach der Rückkehr aus Russland. Außer England waren all die, die heute Frankreich bekämpfen, gestern noch seine Verbündeten. Was bedeuten schon Versprechen und Treueschwüre? Wohin er sich auch wendet, er erkennt keinen Ausweg. Und sein Schwager antwortet nicht mehr auf seine Briefe.

Loyalität? Was ist der Sinn dieses Wortes, das er zu kennen glaubte?

Das Porträt seiner Gemahlin erwartet ihn. Als er es im Spätherbst wiedersieht, scheint ihm, dass die Wolken des Vesuv düsterer geworden sind und dass Carolines Mund eine Art Verachtung ausdrückt.

*

Es regnet über Pizzo.

Kurz vor dem Mittagessen änderte sich das Licht, wurde fahler. Die Temperatur sank mit einem Mal, während Böen aus allen Richtungen die Mauern peitschten. Die ersten vereinzelten Tropfen schlugen mit Gewalt auf den Boden des Hofes, fielen dann zahlreich und regelmäßig.

In seiner Zelle spürt er ein unerwartetes Frösteln. Die Bauern Kalabriens freuen sich über diesen Herbstregen. Nach der langen Trockenheit des Sommers wird er die Gräben füllen, die Quellen weiter kräftig fließen lassen und die Ernten im nächsten Jahr sichern. Gesegnet seien alle Oktober-, November- und Märzregen in diesem ewig dürstenden Land!

Zur Ernte wird er nicht mehr hier sein. Ist das ein hinreichender Grund, um diese Gegenwart zu verschmähen? In den Häusern der Armen leiden die Kinder und die Alten unter dieser plötzlichen Kälte, sie husten und sehnen sich nach der erdrückenden Hitze. Sei's drum, eine Wohltat kann nie von allen geschätzt werden. Ihm ist die Zufriedenheit des Dorfbewohners wichtig, der das vom Himmel gefallene Wasser in viele Mütt Hartweizen verwandelt, die sich in seiner Scheune anhäufen und den Erwerb eines Ackers oder die Mitgift seiner Tochter ermöglichen werden.

Im Staub des Hofes bilden sich Rinnsale, sammeln sich zu Pfützen und fließen weiter in eine Ecke, wo sie aufgefangen werden, um eine unterirdische Zisterne zu speisen. Ein ehernes Gesetz zwingt sie dazu.

Etwa zehn Jahre zuvor war General Dumas in der Festung von Tarent eingesperrt. Der zurückhaltende Bericht, den sein verstorbener Freund ihm damals in einem Palast in Neapel von seiner Gefangenschaft lieferte, kommt ihm wieder in Erinnerung. Worüber könnte er sich beklagen? Er ist nicht geschlagen, ausgehungert, beschimpft, gefesselt worden. Er ist weder Kälte noch Ratten noch Feuchtigkeit ausgesetzt. Kein finsterer Kerker, sondern eine Zelle, in die durch ein vergittertes Fenster helles Licht fällt. Nicht das Zusammengepferchtsein mit anderen Leidensgenossen, sondern stolze Einsamkeit. Nicht die tägliche, von den Launen seiner Kerkermeister abhängige Ungewissheit, sondern das sichere Wissen um sein unmittelbar bevorstehendes Ende.

Sollten diese wenigen Tage in der Festung, nur weil sie die letzten sind, schwerer wiegen als alle anderen? Nein, er wird es nicht zulassen, dass sie sich ihm in dieser Weise aufdrängen oder ihn verzehren, er wird es nicht akzeptieren, dass sie die tausend anderen auslöschen, erfüllte Tage, ob von Trauer oder Triumph, von Galopp oder Verzweiflung, von Rausch oder Demütigung, von Zaudern oder Entschlossenheit, von Verdruss oder Liebe.

Er möchte sie alle aus derselben Distanz betrachten, sie alle mit demselben Gleichmut annehmen. Sie bilden den schillernden Stoff dessen, was sein Leben war und wovon er sich wird trennen müssen.

Diese Zeit der Gefangenschaft wird bei Weitem nicht so lange dauern wie seine Monate als Gehilfe bei einem Kolonialwarenhändler in Saint-Céré oder als Großherzog von Kleve und Berg, sogar weniger lange als seine Tage des Wartens in Sisteron – warum also sollte sie ihn mehr prägen? Seine wahre Freiheit ist hier, trotz der Gefängnismauern. Er weigert sich entschieden, sich in den Grenzen seines gegenwärtigen Horizonts einsperren zu lassen.

Ohne Gram ist er bereit, Ferdinand diese letzten Stunden zu überlassen.

*

Der Verrat, 1814

Er musste eine klare Entscheidung treffen. Österreich hatte ihm ein letztes Mal ein Abkommen vorgeschlagen. Caroline formulierte es in einer der zermürbenden Diskussionen mit ihm so: «Du wirst Napoleon verraten, wie alle. Die Frage ist nicht, ob, sondern wann du es tun wirst.» Die Aufrechterhaltung des Bündnisses mit Frankreich riss ihn unweigerlich in den Abgrund. Mit einem Gefühl des Entsetzens und der Verleugnung setzte er am 11. Januar 1814 seine Unterschrift unter das Dokument, das ihm der Botschafter von Wien strahlend präsentierte, dann komplimentierte er ihn brüsk hinaus.

Denn damit ist sein Leidensweg ja nicht zu Ende: Er muss jetzt seinen Schwager davon in Kenntnis setzen. Mit welchen Beschimpfungen, welchem Wutgeschrei wird er diesen Dolchstoß in den Rücken aufnehmen? Murat fehlen die Kräfte, um sich diesbezüglich zu rechtfertigen, er befiehlt seinem Außenminister, ihm am nächsten Morgen einen Briefentwurf zu bringen.

Nach einer quälenden Nacht voller Gewissensbisse und Zweifel empfängt er ihn mit Caroline in seinem Arbeitszimmer und fordert ihn auf, den Entwurf vorzulesen. Die ganze Abscheulichkeit dessen, was er zu tun gewagt hat, erscheint ihm in diesem großspurigen und schwachen Text – der der Wahrheit seines Herzens so nahe ist. Die letzten Worte hallen in dem großen, mit Stuck in antikem Stil und Porträts aller Mitglieder der Familie Bonaparte geschmückten Raum nach.

«Ich bin erbärmlich», stöhnt er. Aber Caroline erwidert:
«Was willst du lieber sein, ein – wenn auch erbärmlicher –

König oder ein – aus Loyalität – Verbannter? Du verrätst nur deinen Gönner, ich verrate meinen Bruder. Aber was können wir anderes tun?»

«Österreich verlangt, dass ich dreißigtausend Mann aushebe, sie seinen Truppen zur Seite stelle und Frankreich angreife. Dreißigtausend! Jeder weiß, dass nach der Katastrophe von Russland die Jugend unseres Königreichs ausgeblutet ist. Mit dieser unmöglichen Forderung versucht Österreich, mich bloßzustellen.»

«Du selbst stellst dich bloß. Glaubtest du, du würdest durch die Unterzeichnung dieses Abkommens auf dem Mond Zuflucht finden? Wir haben uns für eine Seite entschieden. Das Einzige, was du Napoleon noch schuldest, ist, es ihm persönlich mitzuteilen. Du willst doch nicht, dass er es aus den Gazetten erfährt …»

Er lässt sich auf ein Sofa fallen, zieht seine Jacke aus, öffnet sein Hemd.

«Lesen Sie mir nochmals den Anfang vor.»

Der Minister hüstelt und setzt erneut an:

«‹Vom König Murat an den Kaiser Napoleon, Neapel, am heutigen 14. Januar 1814. Majestät, ich habe soeben ein Abkommen mit Österreich geschlossen. Der so lange an Ihrer Seite kämpfte, hat einen Vertrag unterzeichnet, der ihm eine feindliche Haltung Ihnen gegenüber zuzuweisen scheint …›» «Ja, das ist gut. Man muss ihm schon im ersten Satz das Wesentliche sagen. Ich habe dieses verfluchte Abkommen geschlossen. Soll er danach vor Wut explodieren, doch er soll mich verstehen. Aber es ist nicht herzlich genug. Ich bin kein einfacher General …»

«Du musst schreiben ‹Ihr Schwager›», schlägt Caroline vor.

«Ja, fügen Sie hinzu ‹Ihr Schwager, Ihr Freund›. Ich war, ich bin immer noch sein Freund, auch wenn er mich nicht immer entsprechend behandelt hat, auch wenn die Ereignisse ... Danach ist es etwas lang geraten, all die Ausführungen über das Warten, den Frieden, die Schwäche meiner Armeen, die Zwecklosigkeit des Opfers, dem ich hätte zustimmen können ...»

«Sind Sie sicher, Majestät, dass der Kaiser die Dinge auf Anhieb so sieht wie Sie? Ist es nicht besser, ausgiebig die Motive und die Zwänge zu erläutern, die zu Ihrer Entscheidung geführt haben? Das können allein Sie, nicht Ihre Feinde in Paris.»

«Ja, natürlich. Man muss ihm alles erklären! Er hört ja nie zu ... Ich hatte keine Wahl. Lassen wir das alles mal beiseite. Gehen wir zum Absatz über die Neutralität.»

«‹Wäre Neutralität möglich gewesen, hätte ich sie akzeptiert, aber man hat sie mir nicht vorgeschlagen.›»

«Nein, nein! Sie redigieren ja wie ein Notar! Schreiben Sie besser: ‹Hätte die Möglichkeit zu Neutralität bestanden, hätte ich sie mit Begeisterung angenommen, aber man gestattete mir nicht, nur Zuschauer bei einem Kampf zu sein, an dem alle Mächte Europas aktiv teilnahmen.› Und ein wenig später muss ich trotz allem meine Treue erklären. ‹Nein, ich werde nicht gegen Frankreich und gegen Sie kämpfen.› Formulieren Sie das Ganze etwas geschmeidiger, zeigen Sie, wie sehr mein Herz blutet.»

In diesem Januar ist der Hof vor der ungesunden Feuchtigkeit Neapels in den Palast von Caserta geflüchtet, das Versailles Karls VII. von Bourbon. Durch die hohen Fenster sieht er den Park in seiner ganzen Länge: im Vordergrund eine breite Esplanade, die für Promenaden in Rasenabschnitte unterteilt ist; dahinter eine Reihe schmaler Brunnenbecken, die zum Hügel hin ansteigen, an dessen Hang effektvoll eine Quelle zwischen kunstvoll angeordneten Felsen entspringt. Der gesamte Park ist so angelegt, dass der Blick auf diesen Fluchtpunkt gelenkt wird: in der Höhe die steinerne Grotte mit dem hervorsprudelnden Quell. Der ganz allmählich ansteigende Hang lässt sie in größerer Entfernung und Höhe erscheinen, als es in Wirklichkeit der Fall ist.

«Und warum sollen die Fehler alle auf meiner Seite sein? Habe ich es ihm übel genommen, als er mich daran hinderte, Sizilien zu erobern? Habe ich gegen die öffentliche Demütigung protestiert, die er mir zufügte, als er mein Dekret zerriss? Nein, streichen Sie all das, er sähe darin nur Verbitterung.»

Kaum zu unterscheidende Silhouetten, vermutlich Gärtner, huschen nahe dem Diana-und-Actaeon-Brunnen am Eingang zum Englischen Garten hin und her. Von dem tiefer liegenden Palast aus wirkt der Horizont wie eingerahmt von den beiden langen Baumreihen, die kontinuierlich nach hinten ansteigen. An diesen Wintertagen wirken die schwarzen Baumgruppen mit einem Mal wie unüberwindliche Waldungen und erinnern ihn an die Wälder seiner Kindheit auf dem Kalksteinplateau. Eine Gruppe Soldaten überquert die Hauptallee, um die Wache zu übernehmen. Wie gern ist er an diesen Brunnenbecken entlang und dann in das umliegende Land galoppiert! Und all das soll er verlieren …

«Ein Brief? Warum muss ich denn noch einen schreiben? Nein, ich fahre zu ihm, werfe mich ihm zu Füßen. In acht Tagen kann ich in Paris sein. Er soll mit mir machen, was er für richtig hält: mich in einer Festung unter Arrest stellen; mich sämtlicher Dienstgrade entheben und als namenlosen Unteroffizier in seine Armeen schicken; oder mich umarmen, meine Beweggründe verstehen und akzeptieren, dass ich mit Österreich ein Abkommen treffe.»

«Majestät, bloß nicht!», stößt der Minister beunruhigt hervor. «Sie können Ihre Staaten jetzt nicht alleinlassen!»

Was soll er auf diese Tatsache entgegnen? Wenn er sich auf die Reise macht, kann er dann sicher sein, anzukommen und danach zurückkehren zu können? Wie wird Europa in drei Monaten aussehen, in einem Jahr? Jetzt fortzugehen wäre schlimmer als desertieren: Es wäre Wahnsinn.

Aufrecht in ihrem Sessel, fasst Caroline, die unentwegt ihr Batisttaschentuch knüllt, die Situation in klare Worte:

«Österreich verhandelt mit dir, weil du in Neapel herrschst. An einem Murat, der sich nach Paris geflüchtet hat, hätte es keinerlei Interesse. Ebenso wenig Napoleon. Du hast nur eine Karte, sie ist nicht unbedeutend, verspiele sie nicht. Diese Karte, das bin weder ich, noch ist es deine Armee, es ist deine Krone. Nichts anderes.»

«Ja, du hast recht, wie immer. Selbst aus der Ferne wird der Kaiser mich verstehen, er wird einsehen, dass ich ...»

Traurigkeit übermannt ihn und hindert ihn, seinen Satz zu Ende zu führen. Er hat sich Österreich in die Arme geworfen, weil seine Minister, die Königin und er nach reiflicher Überlegung zu dem Schluss gelangt waren, dass es keine andere Lösung gab. Allein der Beistand Wiens scheint es ihm angesichts der sich abzeichnenden Umwälzungen zu ermöglichen, seinen Thron zu erhalten. Allein dieser Beistand kann ihn gegen eine Rückkehr Ferdinands aus Palermo schützen. Aber welch ein Schmerz! Welch ein Kummer! Was für ein Gefühl von Treuebruch und Schändlichkeit!

Wie kann er Wien beruhigen, ohne mit Paris zu brechen? Er möchte so gern die gleiche Distanz zu beiden wahren ...

«Und der Schluss des Briefes?»

«Am Ende, Majestät, schreiben Sie: ‹Ich kann Ihnen gar nicht sagen, wie sehr diese ganze Überlegung, die sich auf Sie persönlich bezieht, die mich noch mit Eurer Majestät verbindet, gerade jetzt, da ich mich von ihr zu entfernen scheine, meinem Kummer, den ich empfinde, Linderung verschafft. Bisweilen denke ich auch, dass diese Überlegung die erste Regung in Ihrem Herz täuscht, die ...›»

«Wie gewunden das alles klingt! Ich höre keine Aufrichtigkeit, keinen Schmerz heraus. Sehen Sie nicht, wie sehr dieser Brief mich quält? Jeder Satz verletzt mich, stößt mir einen Dolch ins Herz. Ich kann deswegen nicht mehr schlafen, ich bin am Rande des Wahnsinns. Er muss es in jedem Wort spüren. Fügen Sie etwas über die Familienbeziehungen hinzu, die anderen Regeln folgen als die politischen Beziehungen. Diese wirren Zeiten werden zu Ende gehen, und dann werden wir wie früher zu unseren Abenden im Élysée-Palast zusammenkommen. Stünde der Kaiser vor mir, würde ich ihn meiner ewigen Freundschaft versichern. Man muss sich persönlich, vertraulich an ihn wenden. Schreiben Sie ihm, dass ich ihn liebe wie am ersten Tag und dass ich untröstlich bin, keine Antwort von ihm zu erhalten. Wie viele Briefe habe ich ihm geschickt? Weshalb dieses Schweigen? Schreiben Sie: ‹Manchmal bedarf ich der Versicherung, dass Sie mich noch lieben, denn ich werde Sie immer lieben.› Ganz Europa verschwört sich zu seinem Untergang und reißt mich mit ins Verderben. Mich nach ihm. Warum sieht er das nicht? Warum will er es nicht sehen?»

Caroline fühlt einen neuen, sehr ungelegenen Anfall von

Melancholie nahen, setzt sich an seine Seite und nimmt seine Hand.

«Denke an Achille.»

Natürlich ist ihr das Los ihres Ältesten wichtiger als alles andere. Mit welchen Ränken kann sie sicherstellen, dass er nach ihm herrschen kann?

«Fragen Sie noch einmal nach, ob ein Bote aus Paris eingetroffen ist! Oder vielleicht aus Wien.»

Schon dreimal hat er sich nach Depeschen erkundigt. Die nötigen Anweisungen waren ergangen, damit ein Adjutant sie schnellstens unterbräche, falls ein Reiter unvorhergesehen einträfe.

«Und der Telegraf? Nichts per Telegraf?»

Der Minister geht hinaus, um ein weiteres Mal die Befehle zu bekräftigen. Da er sich während dieser Pause im Vorzimmer von den anwesenden Offizieren und Höflingen beobachtet weiß, setzt er ein heiteres Gesicht auf, grüßt hier und da, lässt sich zu einer Tasse Kaffee überreden. Die Spione, die vermutlich am Hof ihr Unwesen treiben, werden nichts von dem erfahren, was sich hinter den doppelten Türen abspielt.

Aber muss man überhaupt spionieren, um die Nervosität in dieser vierten Aufforderung festzustellen?

Nunmehr allein mit der Königin, versucht Murat das nervöse Zittern, das ihn erfasst, zu kontrollieren. Die geschlossenen Fenster nehmen ihm den Atem.

«Ach, warum hab ich nicht schon im Sommer den Tod gefunden, während der letzten Gefechte in Sachsen! Mein Ruf wäre makellos geblieben ...»

«Du faselst, und du bist egoistisch. Wie lange hätte ich als Witwe die Krone wohl bewahren können?»

«Die Zukunft meiner Familie oder die Napoleons ... Das Königreich Neapel oder Frankreich ... Auf der einen Seite kämpfen oder auf der anderen ... Ach, ich sehe wohl, der Ruhm ist überall und das Glück nirgends.»

Die Tränen sind nicht fern. Aber Weinen wird ihm nicht helfen. Geduldig erinnert Caroline ihn zum zehnten Mal an alle Gründe ihres gemeinsamen Entschlusses. Seine Aufmerksamkeit erlangt sie erst wieder durch ihre Schlussfolgerung:

«Ich habe Angst, weißt du. Ich habe wahrscheinlich mehr Angst als du. Wer weiß schon, wie all das am Ende ausgehen wird? Unter so beängstigenden Umständen darfst du mich nicht im Stich lassen. Du musst Kraft haben, damit ich mich an dich anlehnen kann. Du musst stärker als Napoleon sein und listiger als Österreich. Stärker als meine Schwäche. Der Murat, den ich geheiratet habe, ist dessen fähig ...»

Dieser Aufruf, den er als einen erneuerten Liebesschwur versteht, erschüttert ihn zutiefst. Er nimmt sie in die Arme, und das Paar verharrt so eine ganze Weile, umschlungen, schweigend.

Die Rückkehr des Ministers bringt etwas Ablenkung. Er schlägt vor, nach Wien, Moskau, Berlin, München, Stockholm und selbst nach London zu schreiben, um die Wende des Bündnisses offiziell und unwiderruflich zu machen. Murat hört zu, pflichtet ihm bei, er scheint wie gleichgültig gegenüber seinem eigenen Los geworden zu sein.

Inmitten des gewaltigen Umbruchs, den der baldige Sturz Napoleons in Europa auslösen wird, wird er sich nur dann auf seinem Thron in Neapel halten können, wenn der Kaiser Österreichs damit einverstanden ist. Was er auch tun oder sagen mag, was für Träume er oder seine Untertanen auch haben mögen: Er hat sich wieder zum Vasallen gemacht. Er dachte, er würde seine Freiheit erlangen, und stellt fest, dass er nur den Herrn gewechselt hat.

Ein König muss Entscheidungen treffen. Er schüttelt sich, scheint aus einem Traum zu erwachen. Jetzt, da er sich entschieden hat, was kann er tun, um seine Position zu sichern?

«Ich muss auch mein Volk verständigen. Ich muss eine Erklärung abgeben, meinen Entschluss rechtfertigen.»

«Eine Erklärung an das Volk von Neapel und an alle Italiener», ergänzt Caroline.

Murat läutet und verlangt nach dem Innenminister. Und nach dem Kriegsminister. Und nach dem Polizeiminister.

«Wie damals während der Krise anlässlich der Dekrete steht es den Franzosen, die mir dienen, frei, mich zu verlassen. Ich werde es ihnen nicht übel nehmen, sie benötigen viel Mut, um in unser Land zurückzukehren, das ringsum von den Armeen der Koalition umzingelt ist.»

Er steht auf, während ein freudloses Lächeln über sein Gesicht huscht, presst die Stirn an die Fensterscheibe und flüstert Caroline zu:

«Ich fühle mich jetzt ganz und gar als Italiener. Ich habe alle Bande gekappt, die mich mit Frankreich vereinten, und kappe sie auch weiterhin.»

Die Minister, die im Vorzimmer gewartet und die triumphierende Miene des österreichischen Botschafters bemerkt hatten, erscheinen. Er informiert sie über seine Entscheidung und legt mit ihnen einen Aktionsplan für die kommenden Wochen fest.

Eine für ihn neuartige Schlacht beginnt, er gibt sich ihr ganz und gar hin, und fünf Tage in Folge schickt er offizielle oder vertrauliche Nachrichten in sein gesamtes Königreich, durch ganz Italien und ganz Europa. Er beruft die wichtigsten Kaufleute Neapels ein und verkündet ihnen die Rückkehr zu einem völlig freien Seehandel. Seine Truppen und seine Marine werden in Alarmzustand versetzt und bereiten sich auf große Manöver vor. Gesandte suchen ihn im Morgengrauen auf. Bischöfe und Pfarrer erhalten die Aufforderung, Messen für den König und die Königin zu halten.

Caroline ist beruhigt, ihn so voller Tatendrang zu sehen, zeigt sich bei Hofempfängen, besucht Krankenhäuser, verteilt Almosen an bedürftige Familien, verkündet, dass sie aus ihrer eigenen Kasse Ausbauarbeiten für den Königspalast von Portici sowie neue Grabungen in Pompeji finanzieren und damit Hunderte von Arbeitern beschäftigen wird.

Auf der Strandpromenade von Neapel wird eine Militärparade veranstaltet. An der Spitze der Regimenter marschiert Prinz Achille, fast fünfzehnjährig, in Unterleutnantsuniform, mit gezücktem Säbel auf einem Schimmel. Als er vorbeireitet, rufen gedungene Frauen: «*Bellissimo come un angelo!*»

Am Abend wird das königliche Paar, das lächelnd und geeint in seiner Loge im Teatro di San Carlo erscheint, von der Menge mit Jubel begrüßt.

Murat flüstert daraufhin seiner Gemahlin zu: «Hochrufe jetzt, da wir im fauligen Schlamm versinken, in dem die Judasse kriechen ...» Sie tut so, als habe sie es nicht gehört.

Ohne den Göttern, Göttinnen und Nymphen, die auf der Bühne singen, Beachtung zu schenken, stellt er immer wieder die gleiche Berechnung an. Nachdem der Brief an Napoleon neu geschrieben und versiegelt worden war, wurde er einem Hauptmann seiner Leibgarde anvertraut, den eine Brigg vermutlich in drei Tagen nach Marseille gebracht hat. Mit allen möglichen Empfehlungen ausgestattet, wird sein Bote in rasendem Tempo mit nur vier Stunden Schlaf pro Nacht die Landstraße nach Paris genommen haben. Dort müsste er am 23. Januar ankommen.

Folglich wird der Kaiser morgen davon Kenntnis nehmen. Die letzten Nachrichten, die Murat erhalten hat, besagen, dass die koalierten Streitkräfte den Rhein überquert haben und dass Spanien die letzten Franzosen aus dem Land gejagt hat. Die Abspaltung des Königreichs Neapel entlastet Österreich auf seiner Südflanke, die alsbald die Streitkräfte von Eugène de Beauharnais in der Lombardei in Bedrängnis bringen und in Richtung Provence vorrücken sollte.

Der Koloratursopran beendet seine große Verzweiflungsarie unter den Bravorufen des Publikums und grüßt das Paar mit einem anmutigen Hofknicks.

Morgen also ... Die Erde wird sich weiterdrehen, aber Murat wird seinen Dienst bei Napoleon beenden und sich auf die Seite seiner Feinde schlagen. Was zwanzig Jahre zuvor in einer Vendémiairenacht begann, als der General Bonaparte ihm befahl, die Geschütze der Ebene von Sablons zurückzuerobern, wird morgen ein abruptes Ende nehmen. Wie wird das Wetter in Paris sein? Werden, wie in der Oper, Gewitter und Blitze den Verrat eines Prinzen verkünden?

Caroline scheint den Lauf seiner Gedanken zu erraten und legt die behandschuhte Hand auf die seine:

«Im Moment geht alles gut.»

Er schaut sie erstaunt an. Versteht sie denn nicht, was hier gespielt wird? Kann sie mit dieser Lässigkeit ihren eigenen Bruder opfern? Er schluckt mühsam – warum diese bittere Galle in seinem Magen? – und vertraut ihr an:

«Wie kann ich fortan meinen Söhnen oder meinen Soldaten etwas von Ehre erzählen? Ich Unglücklicher! Ich kann nur König bleiben, wenn ich mich zum Verräter mache ...»

Sechster Tag

13. Oktober 1815

Dieses Ende erzählen heißt, dem kommenden Tag die unergründlichen Fenster der Nacht öffnen.

An Bord der *Northumberland* oder bereits am Ort seiner Verbannung gelandet, lauscht Napoleon schläfrig dem Wellenschlag, dem Geschrei der Seevögel. Englische Offiziere und Adjutanten überhäufen ihn mit leeren Phrasen, auf die er trotz seiner Verzweiflung etwas erwidern muss. Oder vielleicht redet er unentwegt, beschwört immer wieder die zwanzig Jahre des Ruhms herauf, um Fragen zu vermeiden.

Gelassener als der ehemalige Kaiser, genießt Murat es, nur mit sich selbst eingesperrt zu sein.

Die Stille, die ihn umgibt, offenbart sich in ihrer ganzen Fülle: nicht die Abwesenheit von Geräuschen oder Worten, sondern eine seidenweiche geschmeidige Materie, in der er badet. Er lauscht ihr, sucht in ihr Motive für Trost oder Hoffnung, versteht dann, dass diese Suche eine Täuschung ist und dass er nur das Echo seiner eigenen Gedanken hört.

Dieses dumpfe Totengeläut, das ertönt, wenn er sich auf dem Bett ausstreckt und die Augen schließt: sein pochendes Herz.

*

Der Vasall, 1814

Am Anfang häufen sich wie durch Zauberkraft die Erfolge. Die Regimenter des Königs von Neapel rücken mit Pauken und Trompeten nach Mittelitalien vor, ohne auf Widerstand zu stoßen, und halten einen triumphalen Einzug in Rom. Einige Tage später nehmen sie Ancona ein, Florenz, von wo die ehemalige Großherzogin Élisa Bonaparte gerade geflüchtet ist, dann Pisa und Bologna. Die Poebene ist in Sicht. Die Engländer schließen einen Waffenstillstand. Die Anhänger der Einheit Italiens frohlocken und glauben, den Verfechter ihrer Sache gefunden zu haben. Von allen Seiten erhält er Unterstützung, Lob, Gedichte. Er möge Mailand erreichen, dann wird er unbesiegbar sein! Murat antwortet ihnen mit flammenden Aufrufen. Wer den Fuß hat, hat den Stiefel ...

Aber die Österreicher können nicht akzeptieren, dass er die aus dem Feuer geholten Kastanien für sich allein beansprucht. Im Anschluss an seine Militärpromenade fordern sie, dass seine Truppen an ihrer Offensive gegen Eugène de Beauharnais in seinem lombardischen Reduit teilnehmen. Sie greifen von Osten her an, er soll also die Franzosen von Süden her unter Druck setzen!

Seine Armee führt das verlangte Manöver aus, aber mit einer Laxheit, einer Langsamkeit, die den Verdacht aufkommen lassen könnte, er betreibe eine Art doppeltes Spiel. Die Begegnung mit dem neuen Feind erfolgt vor den Mauern von Piacenza. Dort, wo er im Jahr 1800 einen siegreichen Angriff geführt und die Stadt unerwartet von den Österreichern zurückerobert hatte, wo er dafür vom Ersten Konsul mit einem Ehrensäbel ausgezeichnet worden war, dort scheitert er jetzt als Verbündeter der Österreicher mit dem Versuch, sie den Franzosen zu entreißen. Wie schmerzlich ist diese Schlacht, in der seine Truppen denen seines Geburtslandes gegenüberstehen!

Aber all das ist jetzt nicht mehr wichtig. Die koalierten Armeen sind in Frankreich eingedrungen, trotz des erbitterten Widerstands der Rekruten der Marie-Louise-Armee und der Grognards der Alten Garde, trotz einiger zweckloser Siege des Kaisers rücken sie auf Paris vor.

Im April, ein Paukenschlag, zwar erwartet, aber von unerhörter Heftigkeit: Napoleon kapituliert und wird auf die Insel Elba verbannt. Für Murat wie für Caroline ist das die Bestätigung, dass ihre Entscheidung richtig war. Gerade noch rechtzeitig! Gerade noch rechtzeitig haben sie das Lager gewechselt. Aber wie sehr von Schande belastet und befleckt ist dieses feige Gefühl der Erleichterung ...

Der Papst wird wieder in seine Staaten eingesetzt, genau wie Ferdinand III., Großherzog von Toskana, in Florenz, Viktor Emanuel I. in Turin und Franz IV. in Modena. Österreich gewinnt die Hoheit über die Lombardei und Venetien zurück. Im Zuge der Rückkehr zu den alten Grenzen der Zeit vor den Revolutionskriegen bleibt als Einziger Ferdinand von Bourbon auf Sizilien beschränkt, von wo aus er wütende Depeschen und Gesuche abfeuert.

Murat kehrt in seinen Palast zurück, beunruhigter als je zuvor. Weder in Paris noch in London noch in Moskau noch in Berlin hat er Freunde. Nur Österreich bleibt standhaft im Bündnis, das sie im Januar geschlossen haben. Solange Neapel unter seiner Schutzherrschaft und Kontrolle bleibt, solange sein Provinzkönig nicht laut von der Einheit Italiens träumt, kommt Österreich der Status quo gelegener als eine vollständige Wiedereinsetzung Ferdinands, der zu sehr Spielball der Engländer ist.

Aber wie lange kann das noch gut gehen?

Den ganzen Sommer hindurch intrigiert er mit Erfolg, damit sein Königreich zur Teilnahme an dem Kongress eingeladen wird, der im Herbst in Wien stattfinden soll. Das Frankreich Ludwigs XVIII. lehnt im verächtlichen Ton Talleyrands seine Teilnahme ab, ebenso wie Ferdinands Sizilien, aber Österreich, der Gastgeber, will seinen Getreuen dort vertreten sehen. Und Metternich erinnert sich vielleicht daran, mit Caroline einen Walzer getanzt zu haben.

Als er im September erfährt, dass die Gemahlin Ferdinands von Bourbon in Wien verstorben ist, verordnet er für den Hof von Neapel eine dreitägige private Trauer. In seinem tiefsten Innern gilt diese Trauer auch Joséphine, von deren Ableben er einige Wochen zuvor erfahren hat: nicht der verstoßenen und einsamen Kaiserin, sondern der ironischen und frivolen Freundin seiner Anfänge. Und sie gilt einer Leichtigkeit, einer Freude am Leben aus einer Zeit, in der alles möglich schien.

Auf! Noch ist nichts verloren! Die österreichische Karte erweist sich als zuverlässig. Er ist der Einzige aus dem Clan Bonaparte, der noch herrscht – er herrscht, aber wie könnte er im Innern seines Herzens diesen Emporkömmling nicht verachten, der schamlos auf einem Möchtegern-Thron am Fuße des Vesuv sitzt …

Denen, die sich wegen der langen Abwesenheiten Murats, wegen seiner stets düsteren Miene, seiner Augenringe, der Traurigkeit, die von jeder kleinsten Geste ausgeht, Sorgen machen, wiederholt Caroline Tag für Tag lächelnd unter immer dicker aufgetragener Schminke: «Die Gesundheit meines Gemahls, des Königs, ist wie immer ausgezeichnet, Gott sei Dank!»

*

Im Gefängnis schläft er ziemlich gut. Die Schlaflosigkeit, die ihn seit der Zeit in Spanien plagte, ist verschwunden. Trotz der Unmöglichkeit, sich in irgendeiner Weise körperlich zu betätigen, übermannt ihn der Schlaf, sobald er sich hinlegt. An Albträume kann er sich nicht erinnern.

Im Morgengrauen sieht er, halbwach vor sich hin träumend, Erinnerungen auftauchen – an Italien natürlich. Nicht aus seiner Amtszeit, sondern aus der Zeit davor, als er ganz am Anfang stand, während des ersten Feldzugs 1796, als er in der Lombardei das Kriegshandwerk erlernte. Flüchtige und friedliche Szenen tauchen auf: jener Kapuzinermönch aus Alexandria, der ihm Elegien von Catull rezitierte; die Ufer des Lago Maggiore und das kleine verlassene Schloss kurz vor der Ankunft der Franzosen; jener schwärmerische Student aus Florenz, der am Tisch einer Taverne in Brescia den Papst und die Fürsten entthronte, um die gesamte Halbinsel zu vereinigen; jenes stille, nebelverhangene Weidenwäldchen auf einer Insel des Po; seine kindliche Begeisterung in einem Dorf bei Genua, als er am Rande eines Feldes einen mit Früchten überladenen Zitronenbaum entdeckte; jene Zypressenallee, die zu einem Friedhof hinter hohen Mauern führte; jene Bäuerin aus einem Dorf bei Vicenza, die ihm ein Glas herben Weins zu trinken gab und die so sehr Jeanne Murat ähnelte, der Frau des Gastwirts von Labastide-Fortunière...

Nie hat er gedacht, dass er einmal in den Genuss des hohen Alters eines Patriarchen kommen würde, der, umgeben von seinen Kindern, Enkeln und Urenkeln, an seinem Lebensabend über seine Erfolge und Niederlagen nachdenkt, sich darauf vorbereitet, vor seinen Schöpfer zu treten.

Er muss sich an diesen seltsamen Gedanken gewöhnen: Die nächsten Stunden werden die letzten sein. Dieses Aufscheinen der Sonne, die auf die obere Ecke des Fensters und den oberen Teil der Tür trifft, dieses subtile Spiel des Staubes, der im Lichtstrahl tanzt, wird er wahrscheinlich morgen nicht mehr sehen. Wie könnte er jetzt noch schlafen?

Und wenn der Tod einfach das wäre: die Abwesenheit neuer Erinnerungen, das abrupte Ende jeder Empfindung, die auf die Empfindungen des vorangegangenen Moments folgt. Die Reglosigkeit, nicht des ausgelöschten Körpers, sondern von allem, was die Außenwelt so reichlich hervorbringt ...

Die Tür öffnet sich, und vier bewaffnete Soldaten betreten seine enge Zelle, in der sie einander eher behindern als schützen.

«Ach, meine Herren, hier wird man immer gestört!», empfängt er sie belustigt.

Ein fünfter kommt hinzu, ein hochgewachsener Obergefreiter mit Schnurrbart. Er hält eine große dampfende Schüssel, ein Handtuch und ein Rasiermesser in den Händen.

«Ein Barbier! Ich hatte versäumt, ihn zu bestellen, ich sehe, dass meine Adjutanten sich darum gekümmert haben.»

Seit seinem ersten Morgen in Pizzo hat er Wert darauf gelegt, Toilette zu machen, so gut er konnte, selbst ohne Seife: Er entkleidet sich vollständig und wäscht sich mit dem wenigen Wasser aus seiner Schüssel. Während der Feldzüge, so hat er festgestellt, trägt eine gute Hygiene zur Gesundheit wie zur Moral des Soldaten bei. Dieses kleine Ritual beizubehalten ist ihm wichtig.

Der Barbier – blass, schwitzend, zitternd – lässt sein Instrument fallen.

«Beruhige dich, mein Freund. Es fehlte bloß noch, dass du mir, ohne es zu wollen, die Kehle durchschneidest.»

Er setzt sich auf den Stuhl und legt den Kopf nach hinten. Das Gefühl des warmen und schäumenden Wassers, das sich über seine Wangen und sein Kinn ergießt, beruhigt ihn.

«Nimm dir Zeit ... Der Bart eines Königs ist nicht anders als der eines Droschkenkutschers.»

Überall, zu jeder Zeit, war er darum bemüht, sich von seiner besten Seite zu zeigen, frisiert, gekämmt, parfümiert. Konnte man wissen, was einem am Tag bevorstand?

Allenfalls auf den Schlachtfeldern und während der Verfolgungsjagden, wenn jede Minute zählte, die Boten dicht aufeinanderfolgten, man in einem fort die eigene Aufstellung anpassen und die des Gegners erahnen musste, wenn Schlaf überhaupt nur noch in flüchtigen Momenten möglich war, vernachlässigte er sein Äußeres. Außer auf dem Höhepunkt eines Feldzugs hätte kein Offizier es je gewagt, sich vor ihm unrasiert zu präsentieren, aus Angst, unverzüglich mit Arrest bestraft zu werden.

Im Hinblick auf das, was folgen wird, ist es ihm wichtig, vorteilhaft zu erscheinen.

«Den Spiegel ... Wie? Du hast keinen Spiegel?»

Zwei Tage vor seinem Aufbruch von Korsika im Salon jenes Hauses in Ajaccio, das ihm als Hauptquartier diente, hatte er sich zufällig in dem Spiegel gesehen, der über dem Kamin hing.

Das Leuchten seiner blauen Augen war verblasst. Unter seine dunkelbraunen Locken, die ihm in Kaskaden bis auf die Schultern fielen, mischten sich hässliche mattgraue Haare. Auf der Stirn und um den Mund hatten sich Falten eingegraben. Die Wangen waren erschlafft. Die offiziellen Porträts, die ihm ein jugendliches Gesicht verpassten, logen vergebens. Und er allein wusste, dass sein Bauch jetzt ein wenig hängt und dass die langen Ritte ihn schneller ermüden als früher. Von all diesen winzigen Nadelstichen der Schmach lieferte der Spiegel ein schonungsloses Bild.

Kein Spiegel in dieser Zelle? Umso besser. Er kann sich sein Aussehen vorstellen, wie es ihm beliebt – so wie er mit dreißig Jahren aussah, als er in Bologna den russischen Botschafter empfing, dessen Name ihm gerade nicht einfällt.

Während er auf seinem Eisenbett liegt und wartet, die Hände hinter dem Genick verschränkt, herrscht Bernadotte weiterhin in seinem Palast in Schweden. Ihre Geschichten ähneln einander, darum denkt er an ihn, an diesem späten Vormittag, als die Sonne vorübergehend die Schatten in den hinteren Teil des Zimmers vertreibt.

Beide einfache Soldaten, Marschälle von Frankreich, haben sie ein jeder Napoleon verraten, um ihren Thron zu retten. Obwohl ihre Geschichte wie auch ihre Pflicht verlangte, bis ans Ende dem außergewöhnlichen Mann treu zu blieben, dem sie alles verdankten, ließen sie ihn nacheinander im Stich, um mit den Koalierten zu paktieren.

Ein Oberleutnant, der einen solchen Treuebruch vertreten hätte, wäre wegen Verschwörung mit dem Feind standrechtlich erschossen worden. Ein Minister, der auch nur andeutungsweise die Möglichkeit einer solchen Tat in Erwägung gezogen hätte, wäre sofort in Ungnade gefallen und verbannt worden. Aber der König von Schweden und danach der König von Neapel wurden für die Weitsicht ihrer Entscheidung und die Weisheit ihrer Politik gelobt.

Vor sich selbst sucht Murat nach einer Entschuldigung für eine weitere Schändlichkeit. Während die kleine schwedische Armee im Oktober 1813 an der schrecklichen Völkerschlacht bei Leipzig und der Niederlage des Kaisers teilhatte, die den Frankreichfeldzug im darauffolgenden Jahr ermöglichte, eröffneten seine neapolitanischen Regimenter nie wirklich das Feuer auf die Franzosen. Darauf gab er damals bei Piacenza acht. Aber er weiß um die Schwäche dieser Begründung. Seine Abtrünnigkeit gab den Österreichern auf der italienischen Flanke Deckung und ermöglichte ihnen, ihre Kräfte auf die Straßen zu konzentrieren, die nach Paris führten. Die Armee, die nicht mehr gegen ihn eingesetzt werden musste, somit nicht mehr an die Toskana gebunden war, konnte den Rhein überqueren und in Metz, in Saint-Dizier oder in Brienne kämpfen. Er will sich nichts vormachen. Militärisch wie moralisch ist die Wirkung dieselbe. Und auch das Urteil.

Bernadotte und dann er hatten das Lager gewechselt. Auf dem Wiener Kongress wurden ihre Botschafter als Vertreter zwar unbedeutender, aber legitimer souveräner Mächte empfangen. In dem neuen Europa, das sich abzuzeichnen begann, und zum Leidwesen Frankreichs, das kaum ein Wort mitzureden hatte, wurden sie von Österreich, dann auch von Russland und womöglich sogar von England toleriert. Nach einigen Jahren ohne Eklat, nach zwei, drei Vermählungen ihrer Nachkommen mit bessergestellten Prinzen und Prinzessinnen, würde sich jeder an diese Könige mit französischen Namen gewöhnt haben, die am Rande des Kontinents regierten.

Um den Fortbestand seiner Dynastie zu sichern, musste er nichts tun, nur sehr alt sterben und ganz selbstverständlich Achille den Thron überlassen. Im Gegensatz zu Bernadotte musste er nicht einmal den Glauben wechseln. Beide haben sie diesen einfachen und anrüchigen Weg gewählt. Es ist so bequem, nicht allzu genau zurückzublicken ... Die errungenen Siege, der Ruhm, selbst die Ehre, sind nur Gepäck, dessen man sich zu entledigen wissen muss. Dieser Preis, so bitter er sein mochte, schien ihm nicht zu hoch, um seinen Rang und die Zukunft seiner Familie zu bewahren.

Fest auf seinem Thron sitzend, glaubte er, genügend Geduld, Umsicht, Bescheidenheit, Demut und Anpassungsfähigkeit zu haben, um sich bis ans Ende in dieser schändlichen Geschicklichkeit zu vergraben. Caroline drängte und begleitete ihn in dieser Neigung, aber auch die Botschafter sowie alle Wankelmütigen am Hofe und alle Besucher. Angesichts so viel säuselnder Einstimmigkeit wurde ihm am Ende übel.

Sein Schwager hatte ihm Neapel geschenkt, und er hat sein Lehen nur behalten, weil er ihn verriet. Für dreißig Silberlinge, *Gioacchino Murat, re di Napoli ...*

Dennoch glaubte er zeitweise aufrichtige Regungen zu erkennen in den Danksagungen und Treuebekundungen, die von den Höflingen, den Provinzadligen, den Kaufleuten, den Hofdamen, dem Klerus zu ihm drangen oder in den Hochrufen mitschwangen, mit denen ihn das Volk in den Gassen oder im Hafen feierte, während es die bei den Paraden unter die Menge geworfenen Münzen aufsammelte.

Bernadotte trug mit seinen dürftigen Truppen zur Endkatastrophe bei. Er kann sich rühmen, seinen neuen Verbündeten treu geblieben zu sein und als Dividende die Angliederung Norwegens an sein eisiges Königreich erhalten zu haben.

Der König Schwedens kann so eine Situation überleben, die diesem Karrieristen keinen großen Kummer bereitet. Murat passt sich nicht so ohne Weiteres an. Die Eiche, die der Sturm am Ende in eine Richtung gebogen hat, darf sich bei einem Sturm aus entgegengesetzter Richtung nicht erneut verbiegen, sondern muss bersten. Wäre sie sonst eine Eiche?

Die Miete für seine Zelle in Pizzo ist nicht geringer als die für den Königspalast in Stockholm und sein Tod nicht weniger wert als das Mehr an Leben Bernadottes. Möge er es lange genießen, der ehemalige «Unteroffizier Belle-Jambe», der Gatte der ersten Verlobten des Generals Bonaparte, der Zauderer des 18. Brumaire, der vom Kaiser vor den Augen seinesgleichen in Wagram gescholtene und gedemütigte Marschall, möge er dieses Mehr an Leben genießen, im Schnee seiner nordischen Residenz! Ein ganzes Jahr im Nebel und Raureif unter diesen Heringe verschlingenden Schweden, die eine Sprache sprechen, die kein Mensch versteht, wird nie auch nur einen Tag in der Sonne Kampaniens aufwiegen können.

Er spuckt auf den Boden.

*

Die Prinzessin von Wales, 1814

Jeden Morgen aufstehen mit diesem bitteren Geschmack im Mund und dennoch – so, als wäre nichts gewesen – den König geben. Außer Caroline ahnt niemand, wie tief diese innere Leere ist, die ihn zermürbt. Bis zum Abend durchhalten, den Zweifeln und den Gefahren der Nacht gegenübertreten, wieder anfangen ...

Denn draußen erwarten sechs Millionen Untertanen seine Anwesenheit und seine Entscheidungen. Nichts setzt seiner Verantwortung für sie Grenzen. Nichts könnte entschuldigen, dass er sich nicht ganz und gar seiner Aufgabe widmet.

Sechs Millionen, während die Insel Elba nur sechstausend zählt ... Welch tragische Ironie hat bewirkt, dass der Stellvertreter des Kaisers, nachdem er Letzteren verleugnet hat, sich in einer tausendmal mächtigeren Position befindet als sein ehemaliger Herr? Dieses Missverhältnis verschlimmert seine Buße. Seine täglich erneuerte Buße.

Beharrlich sucht er alle verfügbaren Informationen über den Verbannten von Portoferraio. Er beauftragt diskrete Emissäre, die Seeleute in den Tavernen und auf den Kais der toskanischen Häfen zu befragen. Er selbst fragt unablässig vornehme Reisende, Kaufleute, Kapitäne von Tartanen aus, die in Bonapartes Nähe gelangt oder ihm begegnet sind. Sie beschreiben ihm die ein Jahrhundert zuvor, zur Zeit des letzten Herrschers der Medici, erbaute gelbe Villa, in der er sich niedergelassen hat; den gepflasterten Hof und die Terrasse unter den Linden, wo er sich nach dem Abendessen aufzuhalten beliebt; seinen näheren Umkreis – drei Adjutanten, eine Haushälterin, zwei

Diener, einen Kutscher. Sie berichten ihm von seinen Spaziergängen auf der Insel, seinen ersten Entschlüssen, von der Unschuldsmiene, die er unter allen Umständen zur Schau trägt. Wer Gelegenheit hatte, sich mit ihm zu unterhalten, war betroffen von seiner Melancholie, dem Wunsch, seinen Sohn wiederzusehen, dem Fehlen von Zielen und Projekten, den langen Momenten des Schweigens.

Von seiner winzigen Hauptstadt aus korrespondiert Napoleon mit seiner Schwester Pauline Borghese in Rom, und dank ihrer Vermittlung kann er indirekt neue Beziehungen zu Caroline knüpfen. Die Anwesenheit seines Schwagers auf der toskanischen Insel bringt Murat in eine schwierige Lage, in der er Österreich unablässig Beweise für seine Loyalität erbringen muss. Auf die Nachrichten, die er ihm unter dem findigen Einsatz sämtlicher Spione des Mittelmeers zukommen lässt, erhält er nie eine Antwort – der Verrat vom Januar 1814 steht wie eine Mauer zwischen ihnen.

In Wien, wo sich Bälle, Empfänge und Konzerte aneinanderreihen, verlangt England die Annektierung Siziliens und schlägt vor, Ferdinand von Bourbon dafür mit Neapel zu entschädigen. Da Österreich keine Lösung akzeptieren kann, die derart unausgewogen ist und keinerlei Vorteile bringt, bleibt Ferdinand folglich in Palermo und Murat in Neapel.

Inmitten so vieler Ungewissheiten scheint ihm die unerwartete Landung der Prinzessin von Wales im Dezember 1814 ein wenig Hoffnung zu bringen. Auch wenn er weiß, dass sie nicht in offizieller Mission reist, beruhigt ihn ihre Anwesenheit. Sie verhehlt nicht ihren Hass auf ihren Ehemann, der infolge des Wahnsinns von König Georg III. als Prinzregent des Vereinigten Königreichs eingesetzt ist. Sie hat sich von ihm bereits bei der Geburt ihrer Tochter getrennt und stellt seit sechs Monaten in ganz Europa ihre Extravaganzen zur Schau, mehr um ihn in Verlegenheit zu bringen, als um sich zu vergnügen. Er seinerseits lässt sie von Emissären verfolgen, auf der Suche nach Beweisen für ihre Untreue, um nach dem Misslingen des ersten Scheidungsprozesses einen zweiten anzustrengen.

Murat kann trotz allem nicht umhin, sich über die Ankunft einer zukünftigen Königin zu freuen. Noch nie hat er in Neapel ein gekröntes Haupt empfangen, noch nie das Mitglied einer königlichen Familie, noch nie den Vertreter einer dieser alten, aus Urzeiten stammenden Dynastien. Der Besuch dieser Prinzessin, so eigenartig dessen Umstände auch sein mögen, stärkt seine Position. Zudem zeigt sie sich mehr als freundlich, ja beflissen. Die Feindschaft ihres Landes gegen ihren Gastgeber amüsiert sie, und ursprünglich beabsichtigt sie, ihr einfach nur zuwiderzuhandeln. Aber nach einer ersten Begegnung zeigt sie Murat gegenüber sogar freundschaftliche Gefühle, die über die Höflichkeit, ja über das Maß des Schicklichen hinausgehen. Ihre verliebten Worte werden von so zärtlichen wie peinlichen Gesten bekräftigt.

Zu Neujahr 1815 gibt er ihr zu Ehren einen großen Maskenball. Königin Caroline erscheint in schottischer Tracht, die Prinzessin, trotz ihrer beträchtlichen Korpulenz und ihres kleinen Wuchses, als Venus, und er, Großadmiral von Frankreich, als englischer Matrose.

Vor Beginn des Karnevals mietet sie einen Raum in der Stadt für eine Aufführung sogenannter Tableaux vivants. Alles, was in der Stadt Rang und Namen hat, strömt herbei, neugierig auf ihr unberechenbares Temperament wie auf dieses noch kaum bekannte Schauspiel. Die erste Szene zeigt die Geburt Christi, bei der sie ganz unbescheiden die Jungfrau Maria verkörpert, in einem blauen, von Sternen übersäten Gewand, in Begleitung eines feschen zwanzigjährigen Joseph und frei erfundener Schäferinnen. Selbst das Lamm mit seinem Band aus grüner Seide scheint sich unwohl zu fühlen. Eine Geige, ein Fagott und eine Klarinette spielen englische Weihnachtslieder.

Die Zuschauer lächeln. Murat möchte glauben, die protestantische Prinzessin habe dieses Motiv aus Taktgefühl gegenüber den Neapolitanern gewählt. Das folgende Tableau ist eine unverständliche orientalische Märchenszene, in der sie einen riesigen chinesischen Hut trägt, verziert mit Glöckchen, die im Rhythmus ihrer improvisierten Tanzschritte bimmeln. Der Hof weiß nicht, ob er lachen oder in Entzückung geraten soll, und versucht, sein Verhalten nach dem des sprachlos dasitzenden Königspaares zu richten.

Nach einer Pause, in der Erfrischungen gereicht werden, öffnet sich der Vorhang auf ein neues Bühnenbild, eine bemalte Leinwand, die einen antiken Tempel zeigt. Einige englische Mädchen in der Sommerfrische, in bunte Tuniken gekleidet, sitzen oder liegen zu Füßen eines Altars, der der Göttin des Ruhms geweiht ist. Auf einer zerbrochenen Säule sind die Namen der wichtigsten Schlachten eingraviert, in denen Murat sich ausgezeichnet hat, vom ersten Italienfeldzug bis Russland und Deutschland. Die Prinzessin von Wales, in einem zu kurzen goldfarbenen Kleid, das ihre dicken Schenkel sehen lässt, mit zwei am Rücken befestigten weißen Flügeln, tritt vor, greift zu einer allegorischen Feder, schreibt ganz oben die fünf Buchstaben ihres Idols, entzündet dann ebenso viele Kerzen und grüßt abschließend charmant.

Bei diesem Anblick kann Caroline selbst hinter ihrem Fächer einen Lachanfall nicht länger verbergen, der ganze Saal mokiert sich und spottet. Murat, bleich, fühlt sich durch dieses Verhalten verunglimpft, zögert aber, diesem Skandal noch einen weiteren hinzuzufügen.

Einige Tage später erregt die Prinzessin auf den Straßen erneut Aufsehen. Sie fährt in einem seltsamen Wagen spazieren, der die Gestalt einer Seemuschel hat, die ganz und gar mit blauem Taft ausgekleidet ist, von vier Zwergpferden gezogen und einem Kind gelenkt wird, das als Amor mit Pfeil und Köcher verkleidet ist. Sie selbst, angetan mit einem rosa Hut mit sieben rosa Federn, einem wenig schicklichen grellrosa Oberteil, einem rosa Paillettenröckchen und wadenhohen rosa Stiefeletten, wirft der lachenden Menge Kusshände zu, während sie ihre rosa Schärpe zurechtrückt. Vor diesem Gefährt paradiert ein hochgewachsener Mann, der eine funkelnde Uniform zur Schau trägt, die die des Königs von Neapel nachäfft, auf einem fünften Zwergpferd.

Nach einem diplomatisch verheißungsvollen Auftakt entwickelt sich der Aufenthalt der Prinzessin zur würdelosen Farce. Murat sieht sich gezwungen, ihr die Abreise nahelegen zu lassen. Sie lehnt ab und beteuert, ihn auf seinen zukünftigen Schlachtfeldern begleiten zu wollen, insbesondere wenn er erneut England gegenübertreten müsste. Ratlos, wie er sich ihrer entledigen soll, bittet er sie, in seinem Namen sein gerade fertiggestelltes Schloss Labastide-Fortunière einzuweihen. Und während eines Abendessens flüstert er ihr ins Ohr, dass sie ihm am Hofe des Königs von Piemont-Sardinien nützlicher sei, um dort seine Sache zu vertreten und für ihn zu spionieren. Ob dieser geheimen Mission überrascht und geschmeichelt, ist sie einverstanden, sich nach Genua einzuschiffen mit dem Ziel Turin.

*

Zur Mittagszeit, soweit er das abzuschätzen vermag, holen ihn acht Soldaten unter dem Befehl eines eleganten, mit Orden dekorierten Artilleriehauptmanns aus seiner Zelle ab und führen ihn in denselben Saal wie am Vortag. Dort hängt jetzt ein großes Kruzifix aus Ebenholz mit einem elfenbeinernen Christus an der Wand.

Hinter einem langen, mit Papieren übersäten Holztisch sitzen fünf Männer, drei mit Orden dekorierte Oberste und zwei ganz in Schwarz gekleidete Zivilisten. In einem Sessel, den man schräg unter eines der schmalen Fenster gerückt hat, sitzt der Gesandte des Königs für Pizzo.

Der Hauptmann mit den rosigen Wangen und dem sorgsam gezwirbelten Schnurrbart weist Murat einen der beiden strohgeflochtenen Stühle in der Mitte des Raumes zu. Er setzt sich auf den anderen und flüstert ihm ins Ohr: «Ich bin Ihr Anwalt.»

Der Greis in Zivil, der in der Mitte sitzt, eröffnet die Verhandlung und verliest monoton fast eine Stunde lang die Anklageschrift. Murat wird dessen schnell überdrüssig, er reagiert verstimmt oder belustigt über diese altbackenen, mit lateinischen Ausdrücken gespickten Formulierungen. Als der Vorsitzende seine Lesung beendet und fragt, ob es dazu Bemerkungen gebe, erhebt sich der Hauptmann und verbeugt sich, ohne zu antworten. Murat bleibt sitzen und ergreift das Wort:

«Monsieur, ich weiß nicht, wer Sie sind, und darum auch

nicht, wie ich Sie anreden soll. Ich möchte keine Unhöflichkeit begehen ...»

«Sie erscheinen vor der königlichen Kommission für Staatssicherheit, die von Seiner Majestät, dem König Ferdinand, einberufen wurde, um Sie zu richten. Ich bin deren Vorsitzender.»

«Ich erkenne die Autorität Ferdinands von Bourbon nicht an. Ich bin Joachim I., König von Neapel.»

Wer ist dieser Mann, den sein Gegner ausgewählt hat, um die Verhandlung zu leiten? Irgendein obskurer und beschränkter Winkeladvokat, der dem Hof von Palermo vermutlich Garantien in Aussicht gestellt hat ... Hätte er nur Sizilien einnehmen können, dann hätte er ... nein, er hätte all diese Verbitterten recht mühelos überredet, sich ihm anzuschließen, indem er ihnen in den leuchtendsten Farben Posten und Ehrungen in Aussicht gestellt hätte. Dieser alte Zausel hätte auf einem Rechtsberaterposten an seinem Hof oder im Staatsrat vor sich hin dösen können ...

«Sie, König von Neapel? Der Titel, mit dem Sie sich schmücken, existiert nicht. Ihre widerrechtliche Aneignung der kontinentalen Provinzen über allzu lange Jahre ändert nichts daran.»

Zum Erstaunen aller beginnt Murat zu lächeln.

«Ich besitze Neapel dank des Eroberungsrechts. Auf dieselbe Weise habe ich es nach der Niederlage von Tolentino verloren. Aber Sie können nicht behaupten, dass ich nicht König gewesen bin. Ist es nicht genau dieses Eroberungsrecht, das die Herrschaft des Königs Karl, des Vaters von Ferdinand, begründete, als er 1734 an der Spitze seiner Truppen den österreichischen Vizekönig vertrieb? Wenn meine Herrschaft illegitim ist, ist es die der Bourbonen ebenso.»

Diese unwiderlegbare Beweisführung verursacht eine gewisse Aufregung unter seinen Richtern. Aber der Vorsitzende lässt sich nicht auf diese Kontroverse ein.

«Das Eroberungsrecht ist Fürsten vorbehalten. Ein Abenteurer kann sich nicht darauf berufen. Andererseits hat Frankreich 1559 in den Friedensverträgen von Cateau-Cambrésis und dann erneut 1598 im Frieden von Vervins auf all seine Ansprüche gegenüber Italien verzichtet, das wussten Sie wohl nicht. Es hat nur einen einzigen König in diesen Staaten gegeben, und seit 1759 hat Gott Ferdinand I. auf den Thron gehoben, sowohl in Palermo als auch in Neapel. Sie sind ... nichts, mein Herr.»

Dieser Sturz, der aus verächtlichen Lippen auf ihn niederfährt, ist eine mutwillige Beleidigung. Er erwidert sie in gleicher Weise:

«Ferdinand ist König dank der Eier seines Vaters, ich bin es durch eigenes Verdienst.»

Diese Provokation bringt den Mann in Schwarz an den Rand eines Schlaganfalls. Der Vorsitzende ignoriert die Beleidigung und lässt sich zu nichts verleiten. Er zeigt sogar die Spur eines Lächelns, dessen Bedeutung Murat sofort erfasst: Indem er sich dieser Soldatensprache bedient und nicht der eleganten Ausdrucksweise bei Hof, bestätigt er ihnen, dass er nicht ihrer Welt angehört. Illegitim für alle Zeiten ...

«Und selbst wenn ... Wer herrscht denn in Neapel? Wo ist Ihre Armee? Was machen Sie im Gefängnis?»

«Wenn ich nicht König bin, bin ich Großadmiral und Marschall von Frankreich. Ich kann nur von einem Kriegsgericht verurteilt werden, das ausschließlich aus hohen Offizieren oder Personen königlichen Geblüts besteht. Vor mir sehe ich aber nur gewöhnliche Offiziere und zwei Zivilisten.»

Ein Zornesblitz flammt kurz in den Augen des Vorsitzenden auf.

«Monsieur, Sie scherzen! Haben Sie nicht am 2. Mai 1808 in Madrid ein Dekret unterzeichnet zur Schaffung einer Militärkommission, die damit beauftragt war, jeden Aufständischen zum Tode zu verurteilen, der mit einer Waffe in der Hand festgenommen wurde? Damals haben Sie sich nicht um so viele Formalitäten geschert, und die Hinrichtungen begannen noch am selben Abend ...»

Murat sieht ihn erstaunt an. Inwieweit hat dieser Greis in so wenigen Tagen alle Einzelheiten seines Lebens erforscht? Oder haben die Schreiber Ferdinands diesem, wie auch seinem Gesandten, eine gewaltige Beweisakte geliefert, die schon vor zwanzig Jahren bei Murats erstem Einzug in Neapel angelegt und dann immer sorgfältig auf dem neuesten Stand gehalten wurde?

Sein Gegner hat die Beherrschung wiedergewonnen und fährt fort:

«Nach dem Willen Seiner Majestät soll das gegenwärtige Gericht über Sie befinden. In diesem Punkt werde ich keinerlei Debatte zulassen.»

«Ihre Namen, meine Herren?»

Die Frage wird so gebieterisch gestellt, dass der jüngste Oberst zusammenfährt, als fürchtete er, seine Identität angeben und mit irgendwelchen Folgen rechnen zu müssen. Der Gesandte des Königs für Pizzo verscheucht eine imaginäre Fliege von seinem Ärmel.

Der Vorsitzende fährt in einem sachlichen Ton fort, der so mutwillig ruhig klingt, dass es schon beleidigend ist:

«Sie haben unsere Namen nicht zu wissen. Und Sie haben

nicht das Wort. Wünscht die Verteidigung zu den Hauptanklagepunkten Rebellion, Plünderung, schwerer Raub, Piraterie, unbefugtes Führen von Titeln und Hochverrat noch etwas zu äußern?»

Murat gähnt demonstrativ. Diese Scheinverhandlung hat keinen Sinn und interessiert ihn nicht mehr. Der Hauptmann erhebt sich, sehr bleich, und murmelt, er habe nichts weiter zu sagen. Murat reagiert mit lauter Stimme:

«Mein Freund, wenn Sie als Artillerist genauso begabt sind wie als Rechtsanwalt, müssen Ihre Kanonenkugeln Ihre eigenen Truppen treffen. Haben Sie jemals woanders Siege errungen als in Salons?»

Dann philosophiert er laut vor sich hin, ohne dass der Vorsitzende es wagt, ihn zu unterbrechen:

«Rebellion, Piraterie, schwerer Raub, Hochverrat, was weiß ich noch alles ... Zu viele Wörter für eine einzige Idee. Murat auslöschen. Ferdinand soll durchgehend über Neapel geherrscht haben, selbst als er sich im hintersten Winkel von Sizilien verbarg? Das soll einer glauben. Wollen Sie auch die Hochzeiten, Geburten, Verkäufe, Testamente, Prozesse auslöschen, die unter meiner Regierung stattfanden? Sie können die Rechtsprechung parodieren, aber nicht die Geschichte umschreiben. Niemand befiehlt ihr, schon gar nicht der König von Palermo. Machen Sie also weiter, meine Herren, amüsieren Sie sich bei dieser Parodie, wen kümmert es.»

Natürlich könnte er aufstehen und gehen, dieses absurde Zeremoniell ohne ihn weiterlaufen lassen. Aber um was zu tun? Um in der Stille seiner Zelle zu warten? Er würde sich dort nur langweilen. Wollen diese tristen Greise Prozess spielen wie Kinder Krieg? Er wird es so machen wie sie, wird so tun, als wüsste er nicht, dass kein Plädoyer, keine Enthüllung das Urteil verhindern wird, das Ferdinand auf die Einflüsterungen der Botschafter hin beschlossen hat.

Diese Verhandlung: sein letzter Angriff. Er kann nicht mehr seine berittenen Husaren mit gezücktem Säbel zur Attacke auf eine Armee ausschicken, sondern nur, in dicht aufeinanderfolgenden Wellen, alle Mittel seiner Redekunst.

Die zahlen- oder stellungsmäßige Überlegenheit des Feindes hat ihn nie entmutigt. Die Offensive ist keine Wissenschaft, sondern eine Lebensauffassung. Den Ruhm kann ihm keiner nehmen. Und was macht es schon, dass keine Außenstehenden oder Chronisten anwesend sind ...

Der älteste Oberst, von schmalem, hagerem Gesicht und gichtgekrümmter Gestalt, beginnt daraufhin, mit unangenehm schriller Stimme Berichte von Ministern oder Beratern Ferdinands zu verlesen, die beschreiben, wie der Franzose sich des Thrones und der Hälfte des Königreichs bemächtigt hat. Trotz ihres bald blumigen, bald scharfen Tons enthalten sie keine falschen Tatsachen. Jeder Satz erinnert ihn an eine Entscheidung, eine Schlacht, eine Verkündung, einen feierlichen Anlass. Vom Feind vorgetragen, wird diese Gedenkrede zu einer gepfefferten Anklage.

«Wünscht die Verteidigung noch Zeugen beizubringen?»

«Nein», murmelt der Hauptmann.

«Und wie sollte das auch gehen?», empört sich Murat und springt auf. «Das Gesicht meines Anwalts habe ich zum ersten Mal vor einer Stunde gesehen und ich konnte mich nicht mit ihm besprechen. Ich denke, auch er hat erst an diesem Morgen von der niederträchtigen Rolle erfahren, die Sie ihm hier aufzwingen. Wo soll ich denn Zeugen herbekommen? Ich rufe den

Kaiser Napoleon und den Kaiser von Österreich in den Zeugenstand; Bernadotte, den Kronprinzen von Schweden; Talleyrand und Fouché; Madame de Staël; den Zaren Alexander und seine Generäle Kutusow und Bagration; Eugène de Beauharnais; Élisa Bonaparte, Großherzogin von Toskana; den Gemahl meiner Nichte, Karl von Hohenzollern-Sigmaringen; die Prinzessin von Wales. Ich verlange die Anwesenheit meiner Minister, des Kardinal-Erzbischofs von Neapel, meines ersten Stallmeisters und der Königin Caroline. Ich möchte, dass Seine Heiligkeit der Papst angehört wird.»

«Diese Anträge werden abgelehnt», antwortet der Vorsitzende milde.

Mit einer Handbewegung gebietet Murat dem unglücklichen Hauptmann, der Entschuldigungen stammeln will, zu schweigen.

«Keine Zeugen? Was soll dann diese Parodie? Lassen wir es, meine Herren. Vorgestern habe ich mit dem hier anwesenden Gesandten des Königs für Pizzo konferiert. Er gab mir deutlich zu verstehen, dass der wahre Autor des Urteils Ferdinand sei. Wozu das Theater? All die Zeit, die Sie mit diesen Kindereien vergeuden, wird Ihre Aufgabe nicht gerechter machen. Diese Karikatur entehrt Sie.»

Er lässt sich zurück auf seinen Stuhl fallen, fest entschlossen, kein Wort mehr zu sagen, egal was passiert. Das Ritual läuft mit der ganzen aufgesetzten Steifheit des vorangegangenen Jahrhunderts ab, vielleicht sogar mit gewollter Langsamkeit. Er entkommt all dem mithilfe von Gedanken, ruft Erinnerungen herbei an Eylau, das Seminar von Toulouse, Achille in seiner Wiege, die Belagerung von Akkon, Caroline und ihre maskierten Damen auf einem Ball im Élysée-Palast... Manchmal, in seinem Palast, wenn die Debatten seiner Regierung oder die Komplimente eines übereifrigen Höflings die Grenzen seiner Geduld überstiegen, entschwand er auf diese Weise für einige Momente. Im Übrigen, ist dieser große Mann mit den dunklen Locken und Koteletten, die bis tief unter die Ohren reichen, bekleidet mit einem gewöhnlichen Gehrock und auf einem strohgeflochtenen Stuhl sitzend, wirklich Murat? Nein, der wahre Murat, allein oder an der Spitze eines Kommandos, galoppiert, galoppiert über eine weite staubige Ebene ...

Im Oktober 1806, nach dem Sieg bei Jena über Preußen, rückten Murat und seine Kavalleristen in einem wahnsinnigen Tempo auf Berlin, Norddeutschland und die Ostsee vor, die sie in weniger als einem Monat erreichten. Eine solche Geschwindigkeit stellte eine wahrhafte Glanzleistung dar, da sie durchgehend von mehreren Regimentern in Marschordnung gehalten wurde, mit allem, was dazugehörte an Meldereitern, Flaggenträgern, Relaisstationen, Reservepferden, Futtervorräten, Biwaks, und das quer durch ein Land im Krieg und feindlich gesinnte Ortschaften. Auch die Eroberungen von Städten auf dem Durchmarsch oder der Widerstand feindlicher Einheiten konnten sie nicht bremsen.

Und als könnte die Müdigkeit ihnen nichts anhaben, stürmten sie am Ende dieses Ritts die Festung Stettin. Deren Verteidiger waren auf das plötzliche Auftauchen dieser Horde Franzosen nicht gefasst, die sie nur für die Vorhut der Großen Armee hielten. Sie wurden mitten in ihren alltäglichen Beschäftigungen überrascht, hatten kaum Zeit, zu den Waffen zu greifen, und waren noch dabei, die schweren eisenbeschlagenen Tore zu schließen, als die Stadt schon besetzt war, praktisch ohne Verluste. Fünftausend Mann wurden an jenem Tag gefangen genommen, und Murat diktierte einige Zeilen, um Napoleon seinen Erfolg mitzuteilen.

Dieser Vormarsch hätte gefährlich werden können, wenn eine feindliche Armee seine Linien abgeschnitten und ihn vom Rest der Truppen isoliert hätte. Aber es existierten keine preußischen Streitkräfte mehr, die in der Lage gewesen wären zu kämpfen. In dieser kühnen Annahme kam Murat den Plänen des Kaisers zuvor. Indem er ins Zentrum Polens vordrang, erhöhte er den Druck auf den Zaren, ohne ihn zu deutlich herauszufordern.

Einige Tage später erhielt er Napoleons Antwort:

Mein Bruder, da Sie mit Ihrer leichten Kavallerie die bestverteidigten Festungen einnehmen, werde ich die Genietruppe entlassen und meine Geschütze einschmelzen lassen müssen!

Dreimal, zehnmal las er diese Zeilen. Er teilte sie mit seinem Generalstab und fertigte eine Abschrift für Caroline an. In Gestalt eines Bonmots drückte Napoleon seine Wertschätzung für ihn aus. Er, der General der Artillerie, wollte seine Geschütze einschmelzen! Kein Hauch von Vorwurf, nichts trübte dieses Kompliment. Nie zuvor hatte er ein so beredtes Zeichen der Zufriedenheit erhalten. Ohne die Absicht seines Verfassers allzu sehr zu verzerren, konnte dieses Billett als eine gewisse Form der Bewunderung für so viel Mut und Kühnheit verstanden werden.

Diese beiden handgeschriebenen Zeilen des Kaisers krönten seinen militärischen Sieg. An diesem Tag war sein Glück so vollkommen, so erhebend, so gewaltig, dass er sich fähig fühlte, bis nach China zu reiten oder den Mond vom Himmel zu holen.

Die folgenden Feldzüge brachten allerlei Überraschungen, halbe Siege, brillant ausgeführte Manöver, mehr oder weniger glückliche Improvisationen. Bei den großen Truppenbewegungen, die ein ganzes Armeekorps dahinrafften, versäumte es Napoleon in seinen Nachrichten nie, den Leichtsinn einer Offensive, die Vernachlässigung logistischer Probleme, die Sinnlosigkeit einer Aktion, den Verzug bei der Ausführung seiner Anweisungen hervorzuheben.

Derartige Stiche, die nie durch die Anerkennung gut ausgeführter Leistungen gemildert wurden, verletzten ihn weniger als zuvor. Ein Talisman schützte ihn davor: ein Billett, das er lange Zeit in seiner Brieftasche mit sich trug.

Mein Bruder, da Sie mit Ihrer leichten Kavallerie die bestverteidigten Festungen einnehmen, werde ich die Genietruppe entlassen und meine Geschütze einschmelzen lassen müssen!

Mit der Zeit weiß er, dass die Verwarnungen Napoleons, ob sie nun militärische oder politische Probleme betreffen, nur dem Genüge tun, was gesagt werden muss. So wie eine Strafe die Möglichkeit bietet, den Fehler nicht zu vergessen, sondern ihn wiedergutzumachen, erzielt ein sogleich ausgesprochener Verweis all seine Wirkung. Die anderen Offiziere werden vermutlich nicht weniger getadelt als er. Aber was bedeuten schon hundert Billetts mit Tadeln, wo er doch jenes eine erhalten hat!

Und dann die Auszeichnung, die ihn noch heute zu Tränen rührt, die ihm nur ein einziges Mal zuteilgeworden ist: mein Bruder ...

Diese Greise und Oberste, die mit viel zu lauter Stimme eine sinnlose Litanei abspulen, können sich so ein Glück nicht vorstellen.

*

Der Untergang, 1815

Am 5. März 1815 wagt er nicht, der verblüffenden Nachricht Glauben zu schenken, die er soeben erfährt: der Landung Napoleons in Golfe-Juan und sein Aufbruch nach Paris. Was? Sollte alles weitergehen wie zuvor? Sollten das Schicksal Europas und Italiens, das des Königreichs Neapel und das seiner Familie sich woanders entscheiden als auf dem Wiener Kongress? Kann denn das Jahr 1814 ganz und gar aus dem Gedächtnis aller getilgt werden und der normale Lauf seines Schicksals sich mit dem des Kaisers vereinen, um nie mehr von ihm getrennt zu werden?

Ein Bote seines Schwagers überbringt ihm ein nicht gerade freundliches Schreiben mit einigen unklaren Worten, die er mit Treuebekundungen erwidert. Alles in ihm ist in Aufruhr, alle Ängste, die er überwunden glaubte, steigen wieder auf und ergreifen Besitz von ihm. Caroline und seine Minister rufen ihn zu höchster Vorsicht auf. Besser man wartet ab, wie sich der Wind dreht, bevor man sich für eine Seite entscheidet. Aber die Nachrichten aus Frankreich berichten von einem rasanten Vorrücken Napoleons auf der Route über die Alpen, während überall Regimenter und Bürgermeister Ludwig XVIII. im Stich lassen und die Departements sich reihenweise ihnen anschließen.

Als könnte er es nicht fassen, liest Murat immer wieder die Depeschen, diese Bruchstücke einer Erzählung, die ihn berauscht und jünger macht. Er schläft kaum noch, nicht aus Melancholie, sondern vor Unruhe, weil es so viel zu tun gäbe ... Der Verdruss und die Scham, die ihn ganz zu verzehren drohten, sind verschwunden. Welch bessere Gelegenheit könnte es geben, noch einmal an sein Schicksal anzuknüpfen, diese Vorwürfe zum Schweigen zu bringen, die er als Einziger zu hören bekam? Den Botschaftern, die ihn auffordern, Stellung zu beziehen, gibt er nur hinhaltende Antworten, deren äußerste Höflichkeit wie eine Beleidigung klingt. Was ist der Vertrag vom Januar 1814 noch wert, der sein Königreich dem Lager der Gegner Napoleons zuordnete? Kann er Metternich zusichern, dass seine Unterzeichnung des Dokuments nicht ihre Gültigkeit verloren hat, muss er es mit Taten beweisen? Und wer kann ihm im Übrigen garantieren, dass Österreich in seiner Nachsicht ihm gegenüber der Rückkehr des Kaisers standhalten wird?

Wenn er sich weiter abwartend verhält, verrät er Napoleon ein zweites Mal, verrät er erneut seine Erinnerungen an den General Bonaparte, an den Italienfeldzug, an Ägypten, verrät er seine Jugend und die Richtschnur seines ganzen Lebens. Einmal hat er dies tatsächlich getan, bei seiner Rückkehr aus Russland und aus Deutschland. Für eine zweite Verleugnung fehlt ihm die Kraft. Nur Petrus hat dreimal hintereinander verleugnen können.

Das Blut beginnt wieder in seinen Adern zu fließen, nach vierzehn Monaten der Mattigkeit, vierzehn Monate, in denen er sich wie tot und in sich selbst begraben gefühlt hatte. Sein Schicksal ist also noch nicht abgeschlossen! Sein Schwager hat ihn nicht ausdrücklich um etwas gebeten, aber er versteht auch ohne viele Worte, dass es an ihm ist, Anweisungen zu erahnen und auszuführen, die er nicht erhalten hat. In den Sattel! In den Sattel! Nachdem er ihm einen langen Brief geschrieben hat, in dem er ihm seine Truppenbewegungen mitteilt und ihm anbietet, sie mit den seinigen zu koordinieren, wagt er es am 18. März, Österreich den Krieg zu erklären.

Am 20. März übernimmt der Kaiser in Paris wieder die Herrschaft.

Die Würfel sind gefallen. Der König von Neapel ergreift in seiner wiedergefundenen Freude die militärische Initiative und überrascht Europa. Seine Armeen marschieren auf Rom, auf Ancona, auf Florenz, auf Bologna, auf Modena, die sie nacheinander einnehmen, ohne auf den geringsten Widerstand zu stoßen, und jedes Mal unter dem Jubel der Bewohner. Man muss sich schon mutwillig blind stellen, um nicht zu begreifen, was sich da in Gang gesetzt hat! Sind die Hurrarufe, die den Trompetensignalen antworten, etwa noch nicht laut genug? Von Rimini aus richtet er am 30. März eine feierliche Erklärung an alle Italiener, wobei er die Truppenstärke, über die er verfügt, überschätzt und als einziges Ziel dieses Feldzugs die Einheit der Halbinsel von den Alpen bis zur Straße von Messina verkündet. Endlich ist es so weit! Alle Tapferen sollen sich scharenweise erheben, sich ihm anschließen, um die ausländischen Armeen zu vertreiben! Er erhält weit mehr Versprechungen, Gelübde und Glückwünsche, als es wehrfähige und kampfbereite Männer gibt.

Anfang April nimmt er teilweise Ferrara ein, scheitert aber an der Zitadelle der Stadt, die vor ihren Mauern den Angriff etlicher Truppen pariert. Seine Spione berichten ihm, dass sich Tausende Veteranen aus den napoleonischen Feldzügen bei Mailand zusammengefunden hätten und sich ihm anschließen wollten. Kein Zaudern! Keine Verzögerungen! Er muss den Po überqueren!

Am Nordufer, fast in Reichweite seines besten Fernrohrs, warten unzählige Erinnerungen an die Siege der Armee Bonapartes aus dem Jahr 1796. Ja, er muss die Orte wiedersehen, an denen der junge Murat, gerade vom Adjutanten zum General befördert, seine eigene Legende schmiedete. Den Fluss überqueren und zu diesen Dörfern galoppieren, die seinen Namen und seinen Ruhm begründet haben und ohne die Caroline nie von ihm reden gehört hätte ...

Ach! Warum kann er nicht wie Moses, der für sein Volk das Rote Meer mit seinem Stab teilte, den Strom mit seinem Säbel spalten und so seinen Truppen ermöglichen, das Hindernis trockenen Fußes zu überwinden ...

Die Lombardei und Venetien erwarten ihn, warten vielleicht schon seit zwanzig Jahren auf ihn, damit er sein Lebenswerk vollendet!

Und falls er auch diese Provinzen erobert, wie wertvoll wird dann die Hilfe sein, die er dem Kaiser leistet! Kein zuverlässigerer Verbündeter als dieses neue Italien. Nicht durch militärische Gewalt unterworfen, sondern frei in seinen Entscheidungen. Loyal aus Überzeugung, und Frankreich ebenbürtig. In dem eroberten Ferrara wähnt sich Murat nahe dem Höhepunkt seiner Laufbahn ...

Die Brücke bei Occhiobello im Norden von Ferrara scheint schlecht verteidigt. Am 8. April, nachdem er in der Kathedrale von Ferrara der Messe beigewohnt hat, gibt er den Befehl zum Angriff. Trotz der zahlenmäßigen Überlegenheit der Neapolitaner verhindert die Schlagkraft der österreichischen Artillerie jegliche Überquerung. Nach zwei Tagen erbitterter Kämpfe und schwerer Verluste in seinen Reihen ist er offenkundig und endgültig gescheitert, er ist gezwungen aufzugeben. Das Nordufer des Po bleibt unerreichbar.

Die sehnlich erwarteten Freiwilligen sind nur eine Handvoll militärisch unerfahrener und nutzloser Schwärmer, mit denen niemand etwas anzufangen weiß. Die Desertionen häufen sich. Die Österreicher, die abgewartet haben, während er seine Linien auseinanderzog, organisieren sorgfältig ihren Gegenschlag. Alle Scharmützel enden zu ihren Gunsten. Die Engländer haben ihm den Krieg erklärt und drohen, irgendwo in Kampanien zu landen. Die Gefahr, dass sein Truppenaufgebot in zwei Teile gespalten wird, zwingt Murat, sich geordnet Richtung Süden zurückzuziehen.

Am 3. Mai kommt es zu einer entscheidenden Auseinandersetzung bei Tolentino, auf halbem Weg zwischen Perugia und Ancona. Die Österreicher, zahlenmäßig unterlegen, lassen den Gegner sich in einer Reihe von Infanterieangriffen erschöpfen. Ihre Artillerie richtet erneut verheerende Schäden an und bringt die feindlichen Angriffe durcheinander. Als sich ihre Kavallerie dann auf die Flanken des linken neapolitanischen Flügels stürzt und diesen zerschlägt, entscheidet sie damit den Ausgang der Schlacht. Murat steht auf der Anhöhe, von der aus er seine Operationen leitet, und sieht bleich mit an, wie unten seine Kolonnen vernichtet werden, ohne dass er etwas dagegen tun kann. Er verfügt über keine Reserve mehr. Vor seinen Augen kippt sein Schicksal. Niemand kann sich von einer Niederlage solchen Ausmaßes erholen. Es ist alles verloren.

Sein Ruhm wird das vielleicht überleben, aber nicht sein politisches Projekt. Das Ziel, das er seit so vielen Jahren verfolgt, erlischt in diesem kleinen, unzugänglichen Tal, in dem die königliche Garde niedergemacht wird. Er würde weinen, wenn er könnte. Welch eine Qual! Man wird sich sicherlich über ihn lustig machen. Man wird über seine maßlosen Ambitionen spotten, über die Lächerlichkeit eines Usurpators aus dem Quercy ... Er hört schon die Schöngeister hämisch lachen, die Spötter, die Mitläufer, die Wankelmütigen, die Sprüchemacher: Dieser angebliche König in seinen lächerlichen Operettenuniformen war nicht von langer Dauer. Kaum wagt er sich raus, schon ist's mit ihm aus! Ach, meine Damen, wie schnell hat sich die Illusion in nichts aufgelöst ... Na und? Ist es wirklich eine Illusion, wenn man für sich und seine Wahlheimat Ziele hat, die einen übersteigen?

Trotz allem eilen noch immer hohe Offiziere hin und her, melden sich weiterhin zu Diensten, als erwarteten sie noch eine plötzliche Eingebung von seiner Seite, als gäbe es noch einen Versuch. Die Offensichtlichkeit der Katastrophe muss ihnen noch zur Gewissheit werden, wie zuvor ihm. Sollte sein Leben, seine ganze Bestimmung nur ein unglücklicher Zufall der Geschichte gewesen sein? Eine originelle, aber nur einstweilige Merkwürdigkeit ohne Sinn? Der Wachtraum eines einfachen Soldaten des berittenen Jägerregiments der Ardennen?

Seine Generäle, je nachdem wie mutig sie sind, erlauben sich, ihm Vorwürfe zu machen, entfernen sich, nehmen Kontakt zu ihren österreichischen Kollegen auf oder erklären sogar offen, sie seien schon immer bourbonisch oder bourbonenfreundlich gewesen. Und wie, mit welchen Versprechen oder welchen Aussichten könnte er sie zurückhalten? Was würde er an ihrer Stelle tun?

Die ihm verbleibenden Truppen fliehen. Seine Armee existiert nicht mehr. Er kann dem feindlichen Vorrücken keinerlei Widerstand entgegensetzen. Weniger als zwei Monate nach seinem Beginn endet der Österreichisch-Neapolitanische Krieg mit diesem blutigen Zusammenbruch.

Nichts hatte ihn zum Überraschungsangriff auf Österreich gezwungen. Mit seinem Entschluss vom 18. März steht er nun allein da, ohne Truppen, ohne einen Verbündeten, ohne Krone, ohne Zukunft. Der italienische Traum, den er zu seinem gemacht hatte, hat sich mit einem Mal zerschlagen. Endgültig.

Am 18. Mai bei seiner Rückkehr nach Neapel stellt er fest, dass ihm nur noch die Flucht bleibt. Nur an der Seite Napoleons, im Herzen der Großen Armee, kann er seine Situation retten. Mit seiner Hilfe scheint eine Rückeroberung Italiens nicht unmöglich. Caroline, stoisch und ohne Hoffnung, macht ihm keinen Vorwurf im Hinblick auf seine riskanten Entscheidungen oder hinsichtlich seines militärischen Missgeschicks. Und dieses Taktgefühl bringt ihn zur Verzweiflung.

Im Nachhinein wird er sich seiner Fehler bewusst. Als sie Königin an seiner Seite oder Regentin während des Russlandfeldzugs war, stellte er sich gern gegen sie, begrenzte ihre Initiativen, minderte ihr Ansehen, zügelte ihre Autorität, kritisierte ihre Ausgaben, demütigte ihre Vertrauten. Nie beklagte sie sich, nie hat sie ihre eigene Sache gegenüber dem Kaiser vertreten. Und denen, die für sie eintreten wollten, befahl sie zu schweigen.

Heute ist ihm klar, dass er damals deshalb so ungerecht gegen sie handelte, weil er sich von der Richtigkeit ihrer Analysen und der Sachkenntnis ihrer Entscheidungen bedroht fühlte. Sie drohte, ihn in den Schatten zu stellen. Er besaß weder ihren Mut noch ihre Beharrlichkeit. Ihr Bruder hatte es mit einem seltsamen Lächeln hervorgehoben: Sie war eine geborene Königin.

Er hätte sie für sein Verhalten um Entschuldigung bitten sollen. Aber dafür war es zu spät, seit Langem zu spät. Und wahrscheinlich hätte sie es nicht gemocht, dass er ihr auf diese Weise seine Schwächen und seine Zweifel gestand.

Anlässlich der letzten privaten Ratssitzung, die er unter Carolines Beisein abhält, erscheinen seine Minister, die ihm doch alles verdanken, entweder gar nicht oder jammern kläglich. Achille, der sein fünfzehntes Lebensjahr vollendet hat, präsentiert sich dort in der Uniform eines Hauptmanns der königlichen Garde und wird zum ersten und letzten Mal bei den Debatten zugelassen. Durch die Fenster erkennt man den Gipfel des Vesuv, der eine Reihe kleiner weißer Wolken ausstößt.

Also dann, es ist keine Zeit zu verlieren! Die österreichische Vorhut hat die Tore von Neapel erreicht, er muss aufbrechen. Er umarmt seine Frau und seine Kinder und schifft sich mit einigen Anhängern am 19. Mai nach Frankreich ein. Seit der Rückkehr aus Ägypten hat er keinen Fuß mehr auf ein Schiff gesetzt, eine solche Prüfung konnte er stets umgehen. Jetzt, in diesem ungewöhnlich kalten und düsteren Frühjahr, macht ihm die Überfahrt nicht allzu sehr zu schaffen, es gelingt ihm, eine gute Figur zu machen, auf einer verschlungenen Route, die vor allem den Zweck verfolgt, außer Sichtweite der englischen Schiffe zu bleiben.

Als er am 28. Mai in Cannes eintrifft, wird er von dem eher vorsichtig als überzeugt wirkenden Bürgermeister mit Ehren empfangen. Am Nachmittag nimmt er mit seinem rund zehn Getreue zählenden Gefolge zu Pferd die Straße nach Paris und gelangt bis nach Grasse, wo er die Nacht verbringt. Als er erwacht, teilt ihm der Unterpräfekt die Anweisungen des Kaisers mit: unverzüglich seine Reise unterbrechen und den Boten abwarten, den er ihm schickt.

Eine Woche lang malt er sich die Direktiven aus, die auf dem Weg zu ihm sind. Vermutlich behält sich Napoleon den Befehl über die neu aufgestellte Große Armee vor und wird auf den Rhein vorrücken, um die Koalition anzugreifen, bevor sie sich organisieren und ihre Streitkräfte verteilen kann. Mit einem kleineren Expeditionskorps wird Murat den Auftrag erhalten, Österreich in die Lombardei zurückzudrängen und, wenn nicht gar die Straße nach Wien zu öffnen, doch zumindest südlich der Alpen genügend Truppen zu binden, um die Ostfront freizuhalten. Eine doppelte französische Offensive wird in diesem Frühjahr 1815 das Gleichgewicht der Kräfte wiederherstellen. Anschließend kann ein dauerhaftes Abkommen ausgehandelt werden, in dem Napoleons Frankreich und Murats Italien, beide endlich anerkannt und akzeptiert, für immer auf weitere Eroberungen verzichten und sich für die Harmonie des Kontinents verbürgen. Ja, er hat noch eine Rolle zu spielen und ist mit der Halbinsel noch nicht fertig!

Gemeinsam mit den drei Offizieren, die ihn begleiten, und mithilfe der schlechten Landkarten, die sie auftreiben, arbeitet er sein Manöver aus: Eine Kolonne soll die Passage von Toulon nach Nizza und Genua erzwingen; der Großteil der Truppen wird die noch ganz neue Straße über den gerade schneefrei gewordenen Mont Cenis nehmen, Turin rechts liegen lassen und sich auf Mailand stürzen. Die totale Überraschung und der Aufstand seiner Anhänger in den wichtigsten italienischen Städten werden die Position der österreichischen Regimenter schnell unhaltbar machen. Um nicht im Rücken angegriffen und von ihrer Basis abgeschnitten zu werden, wird ihnen keine andere

Wahl bleiben, als sich ungeordnet nach Venetien zurückzuziehen. Was ihm allein nicht gelingen konnte, kann er mit der Hilfe des Kaiserreichs erreichen. Ja, es ist sinnlos, sich nach Paris zu begeben, um sofort zurückkehren zu müssen! Die Katastrophe von Tolentino kann wieder wettgemacht werden.

Der Gesandte des Kaisers ist kein General, der gekommen ist, sich Murats Kommando zu unterstellen und seinen Generalstab zu leiten, sondern der ehemalige Erzieher seiner Söhne, ein treuer Diener seines Hofes von Neapel. Und seine Nachricht macht Murat sprachlos.

Napoleon wirft ihm in scharfem Ton seine absurde Offensive vom letzten Monat vor: nicht so sehr, weil sie zum völlig sinnlosen Verlust des Königreichs von Neapel führte, sondern weil sie mit seiner Rückkehr koordiniert zu sein und einen allgemeinen Krieg anzukündigen schien, den er hoffte vermeiden zu können. Murats abenteuerliches Unterfangen hat die Ängste ganz Europas neu entfacht und die Feinde Frankreichs erneut geeint. Es hat Napoleons Friedensbemühungen zunichtegemacht.

Murat kann gegen diese anklagende Analyse nur protestieren: Die auf dem Wiener Kongress versammelten Mächte haben eine solche Angst vor Napoleon, dass ein Krieg unvermeidbar war, egal was der König von Neapel tun oder sagen mochte. Aber der Bote kann nur zuhören, bevor er fortfährt:

Der Kaiser befiehlt Murat, seinen Wohnsitz irgendwo zwischen Gap und Sisteron zu nehmen, sich völlig passiv und still zu verhalten und dort abzuwarten, bis die Situation sich klärt.

Der Verrat vom Januar 1814 ist weder vergessen noch verziehen. Murat erhält Hausarrest wie ein rauflustiger Unterleutnant, und zwar im ärmsten und abgeschiedensten Tal des Kaiserreichs ... Aber was kann er anderes tun als gehorchen? Nachdem er einen langen Brief an Napoleon aufgesetzt hat, in dem er ihn bittet, ihm ein Kommando zu übertragen, irgendeines in den sich ankündigenden Kämpfen – kann er denn in der Haute-Provence eingesperrt bleiben, während all seine noch lebenden Waffengefährten, welchen Ranges auch immer, sich daranmachen, das Land zu verteidigen? –, macht er sich auf den Weg, der ihm befohlen wurde. Ein Trupp von Gendarmen begleitet ihn und überwacht ihn.

Nach dreitägiger schleppender Reise erreicht er Sisteron und langweilt sich drei Wochen lang in einer Poststation im Schatten der Zitadelle. Er lehnt alle Einladungen ab, redet kaum mit seinem Generalstab oder den wenigen davon übrig gebliebenen Offizieren. Noch immer keine Nachrichten aus Neapel, von Caroline, den Kindern. Der Kaiser antwortet nicht auf seine Briefe. Die Presse druckt offizielle, hohl klingende Mitteilungen ab.

Welch eine Demütigung, diese Nutzlosigkeit, während sich das Schicksal Europas in einer letzten Auseinandersetzung entscheidet!

*

Die Tür des kleinen Zimmers, in das ihn die Eskorte für die Zeit der Beratung der Kommission geführt hat, öffnet sich. Sein Hauptmannsanwalt, kreidebleich, kommt herein, schüttelt den Kopf, hüstelt, ohne ein Wort hervorzubringen. Murat erhebt sich und folgt ihm. Durch einen engen, spärlich erhellten Gang kehren sie in den Saal zurück, in dem die Verhandlung stattfindet.

Der Vorsitzende bedeutet ihm, sich zu setzen, kratzt sich das Kinn, räuspert sich und sagt in feierlichem Ton: «An diesem 13. Oktober 1815, im siebenundfünfzigsten Jahr der Regentschaft Ferdinands von Bourbon, erklärt das Gericht: Das Urteil lautet auf Tod. Sie werden noch heute standrechtlich erschossen. Haben Sie dem noch etwas hinzuzufügen?»

Ohne Hoffnung erwidert Murat von seinem Stuhl aus:

«Ich lege Berufung gegen das Urteil ein.»

«Gemäß den Bestimmungen des Artikels 5 des königlichen Dekrets vom 10. Oktober entscheidet die königliche Kommission für Staatssicherheit in erster und letzter Instanz.»

Der Hauptmann dankt dem König für seine Milde mit einer gebräuchlichen Formulierung, die in diesem Moment respektlos erscheint. Murat erhebt sich seinerseits:

«Heute Abend also Champagnermahl und Ball am Hof des Königs Ferdinand? Sie bedauern sicherlich, dass der Staatsdienst Sie fern von Neapel und den Feierlichkeiten festhält... Aber keine Sorge, Ihre Unterwürfigkeit wird bald mit Orden belohnt, die Ihre Brust zieren werden, Orden, die schillern wie Qualster.»

Zorn packt ihn und weicht sogleich der Ermüdung. Warum vergeudet er seine Zeit mit diesen Untergebenen? Die verhängnisvolle Stunde naht. Er muss seine Kräfte für das Wesentliche aufsparen und wendet sich an den Gesandten, der zusammengesunken in seinem Sessel sitzt:

«Über Sie wende ich mich an alle Könige Europas. Sie haben nicht den Mut, Napoleon zu ermorden, denn ein solches Verbrechen würde Sie für immer beflecken. Wie ein Jäger, dessen Schuss den Löwen verfehlt hat, begnügen Sie sich darum mit kleinerem Wild und erschießen seinen Schwager. Ich bin nur indirekt Ihr Ziel in Ermangelung eines besseren. Glauben Sie, jemand wird darauf hereinfallen?»

Der Gesandte sieht ihn verächtlich an und antwortet nicht.

«Diese Bemerkung wird nicht im Protokoll erscheinen», wirft der Vorsitzende der königlichen Kommission ein.

«Eine letzte Sache, meine Herren. In diesem Gefängnis bleibe ich weiterhin Husar. Ich will, dass das Hinrichtungskommando aus Husaren besteht.»

Diese unerwartete Forderung scheint die andere Seite des Tisches in Unruhe zu versetzen. Zwei Oberste tauschen leise ein paar Worte und der ältere antwortet ihm:

«Ich habe für diese Aufgabe die Carabinieri der Garnison von Pizzo vorgesehen.»

«Die armen Burschen. Sie verwickeln sie in dieses Verbrechen …»

Der vorsitzende Greis geht nicht darauf ein und schließt die Verhandlung:

«Der König gewährt Ihnen die nötige Zeit, um den Trost der Kirche zu empfangen. Der Pfarrer von Pizzo erwartet Sie. Wachen, führen Sie den Gefangenen ab!»

*

Rückkehr in den Süden, 1815

In Sisteron erfährt er von den Kämpfen gegen die Siebte Koalition. Warum kann er nicht dabei sein! Was für einen Sinn haben diese Spaziergänge an den Ufern der Durance, die mußevollen Abende mit den letzten ihm verbliebenen engsten Vertrauten, während sich mit großem Getöse so fern von ihm das Schicksal Europas entscheidet …

Hier erfährt er auch von der Niederlage bei Waterloo. Ach, hätte er die kaiserliche Kavallerie in dieser verhängnisvollen Ebene befehligt, mit welcher Freude hätte er dann einen verheerenden Angriff geleitet, der preußischen Verstärkung das Genick gebrochen, ihre Vereinigung mit den englischen Truppen verhindert und so den Verlauf der Schlacht umgekehrt! Und was wäre dabei gewesen, wenn in der Dämmerung ein einfacher Husar seinen von Kugeln durchlöcherten Körper in einem Straßengraben entdeckt hätte, einen Körper inmitten so vieler anderer …

Hier erfährt er das Ende. Der sonderliche Architekt Leconte hatte leider recht: Kein Bauwerk, das er entworfen hatte, ist eingestürzt, doch das Kaiserreich ist schon nicht mehr da. Nach Paris zurückgekehrt, hat Napoleon eine zweite Abdankungsurkunde unterzeichnet, auf dem Tisch des Silbernen Salons, in jenem Élysée-Palast, der so viele gemeinsame glückliche Erinnerungen birgt …

Als sich die Restauration ankündigt, bilden sich bewaffnete Banden und ziehen rachsüchtig durch Südfrankreich. Sie greifen durchweg alle an, die das kaiserliche Regime zu verkörpern scheinen, vom steinreichen Waffenhändler bis zum eben heimgekehrten Grognard.

Zu viele Leute glauben zu wissen, dass Murat Diamanten und wertvolle Dinge bei sich trägt, und kennen den Ort, der ihm als Wohnsitz zugewiesen wurde. Der Befehl, der ihn dort festhielt, ist mit Napoleons Abdankung hinfällig geworden, und die Verriegelung des Durance-Tals kann sich als Mausefalle erweisen. Angesichts des drohenden Chaos beschließt er zu verschwinden.

Am 23. August, nicht weit von Toulon, besteigt Murat in einer mondlosen Nacht ein Boot, das ihn in einer kleinen Bucht aufnimmt und an Bord einer Brigg mit gelöschten Positionslichtern bringt. Nach einer Überfahrt bei spiegelglatter See trifft er am übernächsten Tag bei Bastia ein.

Was soll er jetzt tun? Einige Korsen bekennen sich als begeisterte Bonapartisten, bereit, seine Aktion zu unterstützen, andere sind glühende Royalisten, wieder andere verhalten sich vorsichtig abwartend. Die ganze Insel erobern, wie einige Schwärmer es ihm vorschlagen? Sehr schnell gibt er dieses Hirngespinst auf: Was immer er auch plant, er muss feststellen, dass er weder über genügend Männer noch ausreichend Zeit verfügt. Zudem ist ein größeres Kommando gelandet, das den Auftrag hat, die Autorität des Königs Ludwig XVIII. überall wiederherzustellen und sich nebenbei Murats zu bemächtigen. Weitere Truppen können jeden Morgen eintreffen, um die auf ihn angesetzten Einheiten zu verstärken.

Er, der die größten Kavallerieangriffe der Geschichte befehligt und auf allen Schlachtfeldern Europas gesiegt hat, kann den Gedanken nicht ertragen, wie ein Schmuggler in den korsischen Bergen gejagt und am Ende gefasst zu werden. Mit einem so gewöhnlichen Schicksal wird er sich nicht abspeisen lassen.

Seit seiner Abreise nach Frankreich am 19. Mai hat er keine einzige Nachricht von Caroline erhalten. Er weiß nicht, ob die zahlreichen Briefe, die er ihr geschickt hat, bis zu ihr gelangt sind. Er weiß nicht, ob sie mit den Kindern Zuflucht gefunden hat und, wenn ja, wo.

Murat lässt sich mit seinen Anhängern zunächst in Vescovato, südlich von Bastia, nieder, in dem befestigten Haus des Generals Franceschetti, der den größten Teil seiner Karriere in der Uniform des Königreichs von Neapel durchlaufen hat. Auf die Dauer ist diese Stellung nicht zu halten. Und selbst wenn die Anzahl seiner Anhänger zunimmt und die Gendarmen abschreckt, wird sie nicht ausreichen, seine Sicherheit zu gewährleisten. Während Gerüchte im Umlauf sind, dass ein englisches Schiff unterwegs sei, um ihn zu verhaften, schlägt er sich durch den Buschwald nach Ajaccio durch, wo die Menge ihm zujubelt.

Erneut fliehen, gewiss, um einer Festnahme zu entgehen, der Demütigung einer Festnahme.

Aber wohin? In Frankreich ist ein Kopfgeld auf ihn ausgesetzt. Nach England, gegen das er seit zwanzig Jahren kämpft? Nach Österreich, das er verraten und im Frühjahr angegriffen hat? Es gibt kein Land in Europa, in dem er keinen Krieg geführt hätte, keinen Rückzugsort für ihn, der als hinreichend sicher und endgültig anzusehen wäre. Die mittelgroßen Mächte werden es nicht riskieren, den Siegern zu missfallen. Der Großsultan wird den Ägyptenfeldzug nicht vergessen haben. China ist zu weit weg.

Sein aus Spanien verjagter Schwager, Joseph Bonaparte, gedenkt angeblich, sich in den Vereinigten Staaten von Amerika niederzulassen, im Gepäck, wie es scheint, die Juwelen aus der königlichen Schatzkammer von Madrid. Warum es nicht auch so machen? Den Atlantik überqueren, gleichzeitig der englischen Flotte entkommen und sich in diesem unbedeutenden, geschichtslosen Land niederlassen. Dessen größte Stadt, Boston, hat gerade mal ein Zwanzigstel der Bewohner von Neapel! Die Sprache lernen und mit dem Rest seines Vermögens Kaufmann werden ...

Und selbst wenn ... Selbst wenn er dort ruiniert ankommt, kann er mit seiner Familie immer noch das große Abenteuer wagen: in die Ebenen vordringen, die sich bis an den Mississippi erstrecken und darüber hinaus ... Indianer und Landstreicher bekämpfen, ein fruchtbares Tal finden, mit eigener Hand eine Farm errichten, roden, pflügen, pflanzen, Pferde züchten, seine Kinder verheiraten ... Er könnte seine Einkünfte auch erhöhen, indem er Durchreisende beherbergt ...

Bei diesem Gedanken, nämlich der Rückkehr an seinen Ausgangspunkt, zuckt er zusammen. Dahin treibt ihn ja ganz Europa! Ihn erniedrigen, ihn in das Nichts zurückdrängen, aus dem er sich mühsam herausgewunden hatte! Nein, die Namenlosigkeit wäre die schlimmste aller Niederlagen. Er wird nur er selbst bleiben, wenn er sich der Herausforderung stellt. Nie wird ihm eine Abdankungsurkunde zum Vorwurf gemacht werden können. Tolentino war nichts als ein Zwischenfall. Als König von Neapel muss er sein Reich um jeden Preis zurückerobern, und danach ganz Italien. Komme, was wolle.

Ja, nach Neapel, nur nach Neapel muss er sich begeben!

In Ajaccio stellt er innerhalb weniger fieberhafter und berauschender Tage einen einfachen und waghalsigen Plan auf die Beine: eines Morgens mit einer kleinen Truppe in seiner Hauptstadt landen, vor der gesamten Garnison eine Ansprache halten – haben nicht alle Offiziere unter seinem Befehl gekämpft, tragen nicht alle Soldaten neue Gewehre und grau-amarantfarbene Uniformen, mit denen er sie ausgestattet hat? –, sich als König anerkennen lassen, die Festungen einnehmen, die über der Stadt liegen, Ferdinand entfliehen lassen, die eigene Autorität wiederherstellen. An einem Tag, allenfalls zwei, seinen Thron zurückgewinnen.

Aber nicht nur das. Begnügt er sich damit, bleibt er schwach, anfällig für einen österreichischen Angriff aus dem Norden und einen englischen von der Seeseite aus. Deshalb werden gleichzeitig an seine eingeschleusten Anhänger Manifeste versandt, die zu Revolten zugunsten der Einheit ermutigen sollen. Die leidenschaftlichen Worte seines Appells von Rimini sind noch nicht verklungen! In den wichtigsten Städten Italiens wie in den bescheidensten Dörfern, in den Universitäten wie in den Nachtlokalen und in den Klöstern, überall wird die Menge danach verlangen, dass der König Murat das Land regiert. Nicht nur die kleine neapolitanische Armee wird also seine Rückkehr verteidigen, sondern der Generalaufstand. In Spanien hat er selbst erlebt, wie eine elektrisierte Menge der stärksten Armee seiner Zeit erfolgreich trotzen konnte. Ebendiese Energie wird ihm jetzt zum Sieg verhelfen. Er wird erneut Richtung Alpen ziehen, wird erneut in all diese Städte Einzug halten, deren Namen er wiederholt, wie ein Frömmler seinen Rosenkranz herunterbetet – Rom, Ancona, Florenz, Bologna, Modena, Ferrara und dann, jenseits des Po, Mailand, Verona, Venedig ... Danach, sobald er die österreichischen Truppen vertrieben und seine Herrschaft wieder gefestigt hat, Caroline eine ihres Ranges würdige Rückkehr bieten: vergoldete Karosse, berittene Ehrengarde, Kanonade, jubelnde Menge, *Te Deum*, großer Ball, Feuerwerk ... Das ist er ihr schuldig. Und sie wird ihn bewundern, ohne ihn jemals wieder mit ihrem von den Engländern inhaftierten Bruder zu vergleichen. Endlich wird sie ihn grenzenlos bewundern.

Ist das zu gefährlich? Vermutlich. Und der 13. Vendémiaire und die Schlacht an der Brücke von Lodi und der Staatsstreich vom 18. Brumaire und die Schlachten bei Rivoli, bei den Pyramiden, bei Austerlitz und bei Eylau, hatten denn all diese denkwürdigen Taten ihm einen leichten Sieg garantiert? Wie dem auch sei, ihm bleibt keine andere Wahl.

Tolentino auslöschen? Ja, im Oktober kann ihm mit dreihundert Mann gelingen, was ihm im April mit dreißigtausend misslungen war! Denn jetzt kann ihm niemand mehr vorwerfen, heimlich oder im Auftrag von Frankreich zu handeln. Im April konnte man ihn verdächtigen, unter dem schlauen Vorwand der Einheit die Herrschaft Wiens durch die von Paris ersetzen zu wollen. Jetzt, nach dem Sturz Napoleons, sind sein Plan und dessen Ziele unmissverständlich. Nichts ist ihm wichtiger, als alle ausländischen Mächte aus dem Land zu jagen! Es ist an den Italienern, über ihre Zukunft zu bestimmen, es ist an ihnen, seinen Handstreich in einen Staatsstreich zu verwandeln, es ist an ihnen, endlich deutlich kundzutun, dass sie sämtliche Grenzen beseitigen wollen, die die Halbinsel zerstückeln! Die Volksaufstände werden Österreich davon abbringen einzuschreiten. Die Fürstentümer werden von selbst zusammenbrechen und der Papst wird allein auf seine spirituelle Rolle beschränkt werden. Anschließend kann er alle Abkommen unterzeichnen, die er will, den Grenzverlauf durch die Alpen festlegen, dem Frankreich Ludwigs XVIII. Nizza und Savoyen als Zeichen seines guten Willens anbieten, die Verträge des

Wiener Kongresses abändern und scheinheilig Europa seiner friedlichen Absichten versichern.

Zwei Wochen lang richtet er Briefe an alle Mittler, über die er in den wichtigsten Städten zu verfügen glaubt. Einige Antworten – aus Neapel, Rom, Genua, Bologna, selbst von der Insel Elba ... – bestärken ihn in seiner Strategie. Ein Mailänder Aristokrat versichert ihm, dass seine Mitbürger Murats gütiges Prokonsulat zu Beginn des Jahrhunderts nicht vergessen hätten und dass eine geheimnisvolle Person unter dem Namen Gratianus Bürgermilizen organisiere und Waffen für sich ankündigende Kämpfe sammele. In aller Eile lässt Murat tausend Exemplare einer Proklamation drucken, die seine Rückkehr auf den Thron preist und alle Italiener aufruft, sich unter seiner väterlichen Autorität zu vereinen. Sein letztes Schreiben ist an den Grafen Melzi gerichtet, dem er das Amt des Premierministers in seinem künftigen Königreich verspricht, obwohl sich jener vor gut zehn Jahren von allen öffentlichen Aufgaben zurückgezogen hatte.

Die Franzosen, die ihn auf Korsika in der Falle wähnen, werden als Erste überrascht sein, dass ihre Beute entwischt ist und als Majestät auf die große Bühne der Nationen zurückkehrt ...

Eines Morgens verspürt er so etwas wie eine Erleuchtung. Er hat nichts mehr auf dieser Insel verloren, die ihm in jeder Beziehung fremd ist. Sein Schicksal wird sich auf der anderen Seite des Meeres erschöpfen, in der Apotheose oder in der Vernichtung. Ja, er setzt alles auf eine endgültige Karte. Dorthin, und nur dorthin, hat die Geschichte ihn berufen. Sie wird sein Haupt mit der Krone Neapels zieren oder mit der Palme des

Märtyrers krönen. Wenn er siegt, wird er König sein, wenn er scheitert, Prophet.

Aus einer Husarenuniform fertigt eine Schneiderin ihm die Jacke eines Obersts der königlichen Garde, an der sie seine vergoldeten Epauletten befestigt. Ein korsischer Offizier ist damit betraut, sich um den Transport zu kümmern, und findet schon bald einen etwas zwielichtigen Kapitän namens Barbara, der die sechs Schiffe für die Expedition beschaffen wird. Seine Anhänger, die mit ihm vom Festland gekommen sind oder sich vor Ort gemeldet haben, bilden eine bunte, lärmende und undisziplinierte Truppe. Aber was macht das schon, das Gros seiner Bataillone wird sich an Ort und Stelle erheben, sobald sie von seiner Rückkehr erfahren!

Der für die Abfahrt festgelegte Tag, der 28. September, wird allen Verschwörern auf der Halbinsel mitgeteilt, damit die Aufstände am übernächsten Tag ausbrechen.

Die Flottille verlässt Ajaccio gegen Abend. Die See ist düster, hart, schüttelt die Passagiere. Nach einer Stunde spürt Murat die Symptome, die er nur zu gut kennt: Schweißausbrüche, Übelkeit, Erbrechen ... Der Großadmiral von Frankreich ist nicht mehr in der Lage, zu denken oder was auch immer zu entscheiden, er legt sich hin, stöhnt, bleibt liegen. Am nächsten Tag wird die Straße von Bonifacio mit Mühe durchquert. Bevor die toskanische Küste auftaucht, erhebt sich ein gewaltiger Herbststurm. Barbara sucht ihn auf, um seine Anweisungen entgegenzunehmen, vergebens. Er zuckt die Achseln und erörtert mit den bei ihm an Bord anwesenden Offizieren den Entschluss, den es zu fassen gilt.

Sechs Tage lang wütet der Sturm und gönnt niemandem Ruhe. Vorsichtig hält der Kapitän sein Schiff auf Abstand zum Land und kreuzt vor der Küste. Als das Unwetter nachlässt, ist es beinahe Nacht. Am nächsten Morgen sind die fünf anderen Schiffe der Expedition verschwunden. Sind sie gesunken, haben sie in einem Hafen Zuflucht gefunden, sind sie umgekehrt? Murat hat mit einem derartigen Zwischenfall nicht gerechnet und keinerlei Anweisung für einen solchen Fall erteilt. Für eine bessere Vorbereitung hatte die Zeit gefehlt.

Sie müssen landen, sie müssen herausfinden, wo sie sind. Kurs Ost, Richtung Italien. Nach einer Stunde zeichnet sich ein dunkler Strich am Horizont ab. Wo aber verbirgt sich der Vesuv? Aus Vorsicht werden die Packen mit den gedruckten Proklamationen ins Meer geworfen. Die Wolken brechen ein wenig auf und die Küste wird genauer sichtbar: Eine weißliche und vegetationslose Hochebene überragt das Meer. Eine leichte Einbuchtung ist im Norden zu erahnen und führt zu einem verdeckten Hafen, zwei Kirchtürme, ein viereckiger Turm, eine massive Festung.

Der Toppsgast ruft «Pizzo!».

*

Die Soldaten führen ihn einen langen Gang entlang über eine Treppe durch einen winzigen Hof in die Kapelle. Unter einem hohen Gewölbe, gleich einer Kasematte oder einem Pulvermagazin, der von einem Lichtschacht und einigen Kerzen schwach erleuchtete Raum, ohne jede Verzierung außer, ganz hinten, einem imposanten dreistufigen Altaraufsatz – gedrehte Säulen, Weinreben und -trauben, pausbäckige Putten in Hülle und Fülle, Heiligenfiguren –, wo Gold und Schatten ineinanderfließen. Der Priester, ein kahlköpfiger, hagerer, altersloser Mann, empfängt ihn theatralisch: «Treten Sie ein, mein Sohn!» und bedeutet dann der Wache, draußen zu warten.

Sobald sie allein sind, geht er auf Murat zu und sagt zu ihm mit leiser Stimme:

«Glauben Sie mir, ich bin sehr traurig, Eure Majestät unter diesen Umständen zu empfangen.»

«Eure Majestät? Sie begeben sich in Gefahr, Pater.»

Seit wie vielen Wochen hat sich niemand mehr in dieser Weise an ihn gewandt? Die unerwartete Erinnerung an seinen vergangenen Ruhm lastet auf ihm und erscheint ihm mindestens so schmerzlich wie unnütz. An der Schwelle zum Grab muss er lernen, sich aller Dinge zu entledigen, einschließlich seiner Titel.

«1783, ein Jahr nach meiner Ankunft in dieser Gemeinde, suchte ein heftiges Erdbeben Pizzo heim und zerstörte die Hälfte unserer Stiftskirche San Giorgio. Ich schickte dem König Ferdinand ein Bittschreiben nach dem anderen, um Hilfe für den Wiederaufbau zu erhalten. Unsere Fischer sind so arm! Ich habe nie eine Antwort erhalten, und fünfzehn Jahre lang sah ich beim Lesen der Messe den Himmel durch das notdürftig geflickte Bretterdach. Ich wagte es dann, ein weiteres Gesuch, diesmal an Eure Majestät, zu richten, und 1810 haben Sie aus Ihrer eigenen Kasse zweitausend Dukaten für die Arbeiten bewilligt, die vor Kurzem abgeschlossen wurden. Wie könnte ich die Güte Eurer Majestät vergessen?»

«Danke, Pater. Ich hatte vergessen ...»

Während seiner Regentschaft hat er Capri zurückerobert, die Hälfte der Straßen von Neapel gepflastert, das Teatro di San

Carlo wiederaufgebaut, gegen Korruption und Diebstahl gekämpft, die Seidenmanufakturen gefördert, die Armee neu organisiert, in den Provinzen Schulen und Waisenhäuser gegründet, ein Armenhaus eingerichtet, Bari mit einem modernen Viertel versehen, und nun verblasst sein ganzes Werk angesichts der Ausbesserung eines Kirchendachs.

Der Priester streift eine violette Stola über und schickt sich an, die Beichte entgegenzunehmen.

«Gutes mit Gutem vergelten. Jetzt bitte ich meinerseits Sie um einen Gefallen. Besorgen Sie mir Tinte und Papier, damit ich einen letzten Brief an die Königin Caroline schreiben kann. Man hat es mir verwehrt.»

«Ich kenne die Kapelle der Festung nicht sehr gut … Und wir haben nur eine Viertelstunde … Hier, nehmen Sie meine Feder … und meine Predigt für Sonntag, die Rückseite ist unbeschrieben. Beeilen Sie sich.»

Murat wirft in aller Eile einige Zeilen hin, in denen er Caroline, Achille, Laetitia, Lucien und Louise sagt, dass er sie liebt und bis zum letzten Moment an sie denken wird. Er war so damit beschäftigt gewesen, durch Europa zu galoppieren, dass er kaum mitbekommen hat, wie seine Kinder herangewachsen sind. Der Priester verbirgt das Billett in seiner Soutane.

«Wissen Sie, wie Sie es ihr zukommen lassen?»

«Eure Majestät kann ganz und gar auf mich zählen. Selbst wenn ich meine Schäfchen zurücklassen und mich persönlich auf die Suche begeben müsste.»

«Ferdinands Schergen würde eine solche Reise kaum gefallen.»

«Was könnten sie an einer Wallfahrt auszusetzen haben, nach Rom oder weiter? Und ich verspreche Ihnen, dass ich ihr alles berichten werde. Gestern erschien ein Totengräber und öffnete eine Gruft im Kirchenschiff auf der Höhe der Kanzel. Ich nehme an, dort in dieser Kirche, die Ihnen so viel verdankt, werden ... Die Königin wird alles erfahren. Der Letzte Wille Eurer Majestät wird sorgsam ausgeführt werden.»

An diesem letzten Tag fühlt sich Murat fast zu Tränen gerührt durch den unverhofft gefundenen Verbündeten. Er wartet ein wenig, um sicher zu sein, dass seine Stimme nicht zittert.

«Wie kann ich Ihnen danken, Pater ...»

«Es war nicht allein Ihre Unterstützung der Instandsetzungsarbeiten. Eure Majestät hat auch die Sicherheit auf den Straßen Kalabriens wiederhergestellt, auch wenn dafür einige Wegelagerer gehängt werden mussten. Vor allem aber habe ich während meines Theologiestudiums in Bologna von einem vereinten Italien geträumt. Eure Majestät hat diese Hoffnung wiederaufleben lassen. Leider ist die Einheit noch nicht völlig erlangt. Eines Tages, das weiß ich, das fühle ich, werde ich ohne Passierschein, ohne eine Grenze überqueren zu müssen, bis nach Turin oder Venedig reisen können.»

Mit einer raschen Bewegung reißt Murat den unteren Saum seines Gehrocks auf, fasst mit einem Finger in das Mantelfutter und zieht eine Handvoll Geldscheine hervor, die er auseinanderfaltet und dem Priester überreicht.

«Hier. Es wäre schade, damit begraben zu werden. Geben Sie jedem Soldaten der Garnison, egal welchen Ranges und welcher Gattung, ein Geldstück. Sagen Sie ihnen, dass ich ihnen nicht gram bin. Der Rest ist für Ihre Gemeinde. Helfen Sie den Unglücklichen, geben Sie den Waisenmädchen eine Aussteuer, halten Sie Messen für den Frieden meiner Seele, schmücken Sie Ihre Kirche ... Verfügen Sie frei darüber.»

Aus seiner Rocktasche zieht er die Haarlocke, küsst sie und übergibt sie ihm:

«Für Caroline …»

«Mein Sohn, uns bleibt nicht mehr viel Zeit.»

«Ich habe einige Erinnerungen aus der Seminarzeit, ich weiß, dass nicht die verstrichene Zeit zählt, sondern die Aufrichtigkeit der Reue.»

Er kniet nieder, bereut seinen Hochmut, seine Wutanfälle, seine Gier, seine Eifersucht, seine Treuebrüche, sein wiederholtes Scheitern.

Die Tür öffnet sich, der Hauptmann schiebt den Kopf herein. Der Priester steht auf, hebt anklagend seinen gestreckten Arm und wettert:

«Zurück, welch ein Frevel! Sie verletzen das Beichtgeheimnis!»

Die Tür schließt sich wieder. Murat möchte noch für all diejenigen beten, die, egal welcher Nationalität sie angehörten, durch ihn und seinetwegen ihr Leben auf dem Schlachtfeld verloren haben; und für Italien; und für seine Familie. Er schwört, dass er an der Hinrichtung des Herzogs von Enghien keine Schuld trägt. Er bittet um Entschuldigung für alles Schlechte, das er getan hat, willentlich oder nicht.

Schläge gegen die Tür sind zu vernehmen und mahnen, dass die gewährte Zeit verstrichen ist. Der Priester gibt ihm die Absolution und erteilt ihm den Segen. Dann, in einer plötzlichen Anwandlung, umarmt er ihn.

«Leider hat die Kapelle keinen anderen Ausgang …»

«Sorgen Sie sich nicht, Pater.»

Und als freier Mann geht Murat zur Tür.

Der Priester begleitet ihn. Er stimmt einen gregorianischen Gesang an mit einem für diesen schmächtigen Mann erstaunlich starken Bariton, den die Gewölbe des ehemaligen Pulvermagazin noch verstärken:

«*Requiem aeternam dona eis Domine ...*»

Er drückt den Türgriff hinunter, Sonnenlicht dringt herein, auf dem Hof erwartet ihn die Wache, sie steht spontan stramm.

«*... et lux perpetuat luceat eis.*»

Er dreht sich nicht um und sagt vor dem sprachlosen Hauptmann zu den Soldaten:

«Na los, meine Herren, wir werden erwartet.»

Wie einst, wenn er in einen Hinterhalt geraten war – jede Faser gespannt in dem Verlangen, sich dem feindlichen Kommando entgegenzustellen –, ergreift ihn eine Art Ungeduld. Er wäre jetzt gern vorwegmarschiert, hätte er die Richtung gekannt.

Über eine schmale Treppe führen sie ihn bis zum Ehrenhof der Festung, den er vom Fenster seiner Zelle aus gesehen hatte.

Die fünf Mitglieder der königlichen Kommission für Staatssicherheit stehen mit ernster Miene in einer Reihe vor dem überdachten Portal. Der Pflichtverteidiger und Hauptmann zittert am ganzen Leib, er scheint der Ohnmacht nahe. Etwas unschlüssig sucht er sich seinen Platz und lehnt sich dann an den großen Wehrturm, als benötigte er diese zehn Meter in den Himmel aufragenden rohen Steins, um sich auf den Beinen zu halten. Der die Garnison befehlende Oberleutnant hat sich für den Anlass glatt rasiert und seine Galauniform gebügelt, unter der ein abgetragenes Hemd und eine fadenscheinige Krawatte zu sehen sind.

Niemand scheint es eilig zu haben, überhaupt scheint niemand zu wissen, wie weiter vorzugehen ist. Die Schatten werden länger, und die Sonne ist der Falle der hohen Mauern schon wieder entstiegen.

Auf einem kleinen Holztisch eine durchscheinende Flasche mit Grappa, daneben ein einziges Glas. Für den Verurteilten. Er ist nicht durstig. Alle Blicke sind auf ihn gerichtet. Er nimmt das Glas und trinkt es in einem Zug aus. Der starke Alkohol, den er nie gemocht hat, brennt ihm in der Kehle. Den Gepflogenheiten ist damit Genüge getan.

Er legt seinen Gehrock ab. In Hemdsärmeln spürt er die Frische der Luft, die vorzeitig das Ende eines Herbsttages ankündigt.

... und die Wut, diese grenzenlose Wut, die sich bisweilen seiner bemächtigte und ihn völlig den Verstand verlieren ließ. Diese Wut war seine einzige Antwort auf die ausweglosen Situationen, diese Wut, die ihn aus dem Priesterseminar hatte fliehen und die ungestümsten Kavallerieangriffe hatte wagen lassen, die ihn in Spanien niedergeworfen und in Neapel wiederholt erschüttert hatte, diese Wut, die der russische Winter von ihm ferngehalten und ihn in der Provence und auf Korsika nie verlassen hatte, wo ist sie geblieben?

Von ihr gepackt, sah er keine Hindernisse, hörte weder Einwände noch Ratschläge, überlegte nicht, vergaß die Befehle, brach auf ohne Zaudern in eine – eine einzige Richtung, komme, was wolle, mit Schaum auf den Lippen und wider jede Logik pochendem Herzen. Sie hatte ihm seine unverhofftesten Erfolge und seine bittersten Niederlagen beschert, und in beiden Fällen verärgerte sie Napoleon, der bei seinen Untergebenen keine aus abenteuerlichen Manövern entstandenen Überraschungen duldete.

Wenn sie so in ausweglosen Situationen hervorbrach, schöpfte sie aus seinem Innern eine unkontrollierte Kraft, ein Verlangen nach Leben, das sich über jede Vernunft hinwegsetzte wie ein Sturzbach, der keine Ufer kennt. Die Gegner, die Verschwörer, die feindlichen Armeen konnten sich nicht vorstellen, was er unternehmen würde, und zum Leidwesen der Spione hatte er noch fünf Minuten, bevor er sich dann seinem Instinkt überließ, selber keine Ahnung davon. Danach fegten das Tempo, die Bewegung, die Trunkenheit der Entscheidung alles hinweg, ignorierten alles und eröffneten bis dahin nicht erkennbare Perspektiven. Seine über sich hinauswachsende Kühnheit kannte weder Grenzen noch Vernunft.

Warum ist der Antrieb dieser Wut, die so oft in seinen Adern gekocht hat und jetzt übermächtig hätte hervorbrechen müssen, versiegt? Warum bleibt sein Kopf in diesem Moment kühl und vernünftig? Ist dieser verborgene Teil seiner selbst schon mit der Ankündigung des Todes gestorben?

Unter Ludwig XIV. zog sich mancher Höfling nach einem Leben voller Intrigen auf sein Schloss in der Provinz zurück, um sich über Jahre hinweg auf sein Ableben vorzubereiten. Hat er das in diesen letzten Tagen durchlebt? Während dieser kurzen Zeit ist er der wahre Herr der Festung von Pizzo gewesen, um den sich alle Befehle und Entscheidungen gedreht haben. Diese Soldaten, diese Offiziere, der Gesandte des Königs, die Mitglieder der königlichen Kommission für Staatssicherheit und der Priester sind jeder auf seine Art ganz ihm zu Diensten und begleiten ihn, ohne es zu wissen, auf diesem Weg der Entäußerung.

Für die Wut ist hier kein Platz mehr noch für Hass noch für Rachegelüste. Gleich einem erschöpften Reisenden, der sein zu schweres Bündel auf dem Boden abstellt, will er diese unnützen Leidenschaften nicht länger tragen. In der ihm verbleibenden Zeit, inmitten der letzten Sandkörner der für ihn umgedrehten Uhr, kein Platz für Verbitterung oder Bedauern. Das Ende der Reise ist ganz nah.

Dass ihn nur keiner stört! Er möchte besänftigt auf den Tod zugehen.

Nie mehr wird er die Stiefel seiner Flügeladjutanten durch die langen Flure des Palasts hallen hören.

Der Gesandte des Königs nähert sich ihm und flüstert ihm ins Ohr:

«Alle Vertrauten Seiner Majestät fürchteten, mit dieser Mission betraut zu werden. Ich indessen habe alles getan, um sie zu bekommen.»

«Soll ich Sie dazu beglückwünschen? Bezeugen, wie Sie sie erfüllt haben?»

«Ich wollte Ihrem Ableben persönlich beiwohnen. An diesem Tag, an dem Sie vor Gott erscheinen werden, möchte ich Sie endlich meinen Namen wissen lassen: Baron Alessandro Varezzi-Torre. Er sagt Ihnen vermutlich nichts, es ist der einer alten und unglücklichen Familie. Mein Neffe Lorenzo diente, vom Ehrgeiz seiner Mutter getrieben, in Ihrer Armee. Er fiel in Borodino. Als mein Bruder vom Tod seines einzigen Sohnes erfuhr, erlitt er einen Schlaganfall, seitdem ist er stumm und gelähmt. Unser Name wird folglich erlöschen. Er ist schon erloschen. Wer kann verstehen, wer kann hinnehmen, dass ein junger, in einem Palast in Lecce geborener Adliger sein Leben so fern der Heimat verliert, im hintersten Winkel Russlands, nur um dem eitlen Ruhm eines Flunker-Kaisers und dem seines Lakaien, eines Möchtegern-Königs, zu dienen.»

Murat erbleicht, aber fasst sich wieder:

«Der Schmerz bringt Sie um den Verstand, Herr Baron. Ich verstehe Ihren Hass, ich kann ihn annehmen und damit zurechtkommen. Aber ich erinnere mich an Ihren Neffen, einen mutigen Offizier und glänzenden Kavalleristen. Wenn Sie jetzt dieserart über ihn reden, beflecken Sie sein Andenken und beleidigen den, der er war. Denken Sie wirklich, dass er umsonst gelebt hat? Ich werde ihn bald vor dem Allmächtigen wiedersehen. Soll ich ihm dann von Ihrer Verunglimpfung berichten?»

Die ungehörige Attacke des Barons rechtfertigt seine Antwort. Die Ehre, seine königliche Würde, ja sein Sinn für soldatische Pflicht hat sie ihm diktiert.

Aber diese hehren Gefühle bereinigen nicht alles. Wie viele Männer, angefangen von jenem Lanzenreiter, den er als junger Hauptmann in Flandern zu Beginn der Revolutionskriege mit einem Pistolenschuss niedergestreckt hatte, bis hin zu dem letzten, in der Schlacht bei Tolentino getöteten Carabiniere, haben ihr Leben lassen müssen, sei es unmittelbar durch seine Hand, sei es infolge seiner Entscheidungen? Unmöglich, ihre Zahl zu errechnen, mehrere Hundert, mehrere Tausend jedes Jahr ganz gewiss. Und auf jeden von ihnen kommen eine untröstliche Mutter und Familie. Was kann er ihnen in diesem Augenblick sagen? Sein baldiger Tod wird nichts wiedergutmachen, wird ihnen nicht helfen.

Er allein, nicht dieser Höfling von Baron, kennt den Widerstand des Fleisches unter der Klinge eines niederfahrenden Säbels, das Hervorschießen und den Geruch des Blutes, die Trunkenheit inmitten eines Kavallerieangriffs, den Lärm einer feuernden Pistole, den Blick des Sterbenden. Er hat unzählige Zweikämpfe überlebt, der Todeskampf ist ihm vertraut.

Die Schatten, die das Schlachtfeld an den Abenden der Siege wie an denen der Niederlagen mit Trauer überziehen, lassen ihm keine Ruhe. Diese Liegenden warten auf ihn seit vier Monaten oder seit fünfzehn Jahren, ohne Ungeduld und ohne Groll. Ein buntes Durcheinander, die Uniformen vermischt ohne Rücksicht auf Rang und Grad. Französische, preußische, ägyptische, schwedische, bayerische, neapolitanische, russische, spanische, österreichische … Ihre geschundenen Körper tragen für immer und ewig die Stigmata des Säbels, der Kugel, der Pest, der Kartätsche, der extremen Kälte, der Folgen der Amputation oder des Ertrinkens. Der Lanzenreiter von Flandern, in gewisser Weise ihr Rangältester, hält sich etwas im Vordergrund, um sie zu vertreten und ihn zu empfangen. Der General Duluc wird wieder seine Aufgaben als Flügeladjutant übernehmen.

Schleppend, bunt zusammengewürfelt, ungeeignet für Paraden und Umzüge, auf ewig treu, die unsichtbare Armee des Königs Murat.

Er wird das letzte Opfer seiner eigenen Kriege sein, denn natürlich ist sein Platz in ihrer Mitte. Sein Schicksal und das ihre verschmelzen miteinander am Ende der Reise. In wenigen Augenblicken wird er zu ihnen stoßen und sie fest in seine Arme schließen. Die Stunde des Wiedersehens ist gekommen.

Eine Passage der Totenmesse kommt ihm in den Sinn:
Libera me Domine de morte aeterna …

Was auch immer mit ihm geschieht, er wird weder allein sein noch mit seinen Eltern, sondern inmitten ebendieser zahlreichen Truppe, in der sich sein Leben zusammenfassen lässt. Und einer dieser vielen Toten aus all den von ihm geschlagenen Schlachten, weder weniger brüderlich noch weniger gelassen als die anderen, der Schwadronführer Varezzi-Torre.

Im Hof der Festung ist nunmehr alles bereit. Das Exekutionskommando unter dem Befehl des die Garnison befehlenden Oberleutnants steht entlang der Mauer aufgereiht, mit dem Rücken zum Wehrturm. Der fünfköpfigen königlichen Kommission für Staatssicherheit, seinem erbärmlichen Verteidiger und dem Gesandten des Königs hat sich der Pfarrer von Pizzo angeschlossen. Alle sind vom Ernst des Moments ergriffen. Alle außer ihm, der weiterhin die Leichtigkeit der Luft verspürt und den unmerklichen Geruch nach Meer, der über die Mauern bis zu ihm herandringt.

Was macht Napoleon in ebendiesem Augenblick? Er ist vermutlich gerade auf dieser englischen Insel gelandet, diesem Stecknadelkopf inmitten des Südatlantiks. Wird er dort als Fürst oder als Häftling behandelt?

Der Oberleutnant zieht eine dünne Schnur und eine Binde aus seiner Jackentasche. Er tritt heran:
«Es ist so Brauch ...»
Mit gefesselten Händen und verbundenen Augen in den Tod gehen? Niemals! Murat beherrscht sich und vermag mit Ruhe zu verkünden:
«Meine Herren, Sie werden mich nicht fesseln, Sie werden mir nicht die Augen verbinden. Das gebietet die Würde. Ich werde mich mit all meinen Kräften dagegen wehren, und es wird einer derben Schlägerei bedürfen, sollten Sie dies dennoch

gegen meinen Willen zu erreichen suchen. Sie sehen ja, dass ich weder fliehen will noch kann. Lassen Sie uns Zeit gewinnen und die Sache beenden.»

Die Mitglieder der Kommission blicken sich fragend an, zögern. Dann bedeutet ihnen der greise Vorsitzende, dass dem Ersuchen stattgegeben wird. Murat hat damit die Initiative zurückgewonnen und ist entschlossen, sie weiterzuführen.

«Wo soll ich mich platzieren?»

Der Oberleutnant kommt herbei und weist ihm die Stelle, in der Mitte der Südmauer. Dann kehrt er an die Spitze seines Kommandos zurück. Der Pfarrer von Pizzo beginnt mit leiser Stimme, ein Gebet zu sprechen, und schwenkt dabei ein Kruzifix in Richtung des Verurteilten.

Murat, aufrecht, atmet erneut tief und heftig ein. Die Soldaten ihm gegenüber scheint die Mission, die sie erwartet, in Angst und Schrecken zu versetzen. Er spürt ihr Widerstreben und kommt ihnen zu Hilfe:

«Ich bin der Offizier mit dem höchsten Rang. Es steht mir zu, den Schießbefehl zu erteilen.»

Niemand wagt, etwas gegen diese Bemerkung einzuwenden. Die beiden Oberste blicken betont in eine andere Richtung, und der Greis will sich nicht in eine vorrangig militärische Frage einmischen. Der Oberleutnant gehorcht unverzüglich und tritt einen Schritt zurück.

Die Waffen funkeln im Licht der untergehenden Sonne. In Ägypten hatte der General Bonaparte damit gedroht, ihm eine Kugel in den Kopf zu schießen, wenn er es wagte, den leisesten Zweifel zu äußern. Viele Jahre später hatte er ein weiteres Mal gezweifelt. Und nun all diese auf ihn gerichteten Gewehre ... Er hat die Warnungen in den Wind geschlagen.

Er hat es nicht eilig, aber wozu noch weitere Aufschübe? Ob früher oder später, die Nacht naht heran.

«Kinder, ihr sollt wissen, dass ich es euch nicht übel nehme, wenn ihr jetzt gehorcht. Verschont dieses Gesicht, das die Frauen geliebt haben. Zielt auf das Herz.»

Glauben sie wirklich, diese armen Kerle, dass ihre zehn Schießeisen Murat töten werden? Dass ihnen jetzt gelingt, woran seit über zwanzig Jahren der Großsultan, der Zar, der Kaiser von Österreich und so viele andere Könige und so viele andere Generäle gescheitert sind? Die paar Gramm Blei, die diese Unglückseligen auf ihn abfeuern werden, zählen nicht.

In diesem Moment wahrhaft königlichen Stolzes stirbt Murat nur durch sich selbst.

In Alexandria erklärten ihm mehrere junge Gelehrte, die die Armee begleiteten, die Vorstellungen, die sich die Ägypter der Antike vom Tod machten, ihre Vision von einem ewigen Leben am Ende einer Fahrt über den Nil in der Barke der Isis. In Berlin hatte ihm ein etwas schwärmerischer Professor von den Träumen der Inder erzählt, die an den Ufern des Ganges an einen unendlichen Kreislauf von Wiedergeburten glauben. Diese Seltsamkeiten belustigten ihn, brachten ihn aber nie von dem ab, was er von seiner Mutter gelernt hat. Das Ende des Credo kommt ihm in den Sinn:

Exspecto resurrectionem mortuorum. Et vitam venturi saeculi.

Wahrscheinlich.

Was wird ohne ihn aus Achille, Laetitia, Lucien und Louise werden? Er erinnert sich an seine Kinder mit einer Inbrunst, die ihn überrascht. Ist das Beten?

Sein Körper ganz aufrecht. Sein Atem regelmäßig. Das Blut

pocht in seinen Schläfen. Eine kleine Mücke fliegt an ihm vorbei, schwirrt hin und her und macht sich davon. Der Himmel von arglosem Blau, mit einer schmalen Schärpe aus elfenbeinfarbenen Wolken am Zenit. Das Gesicht des Soldaten ganz außen links, ein bartloser Junge, er schwitzt vor Angst. Der Schatten des Wehrturms erreicht den Sturz der Tür. Im Stall, im Elternhaus, wie er schüchtern einen riesigen Rotfuchs streichelt. Unwillkürlich ballt sich seine Faust.

«Auf mein Kommando! Und auf eine einzige Salve ...»

Das harte Einrasten der Gewehrverschlüsse antwortet ihm, dahinter undeutlich ein lateinisches Gebet im Singsang des Pfarrers.

... Caroline ...

Mit fester Stimme gibt der König von Neapel einen letzten Befehl:

«Feuer!»

Nachleben

Murat wurde am Abend des 13. Oktober 1815 unter dem Schiff der Kirche San Giorgio Martire von Pizzo beigesetzt. Im selben Grab wurden 1837 die Opfer einer Choleraepidemie bestattet. Die auf Ersuchen der Familie Murat und später des Kaisers Napoleon III. eingeleiteten Untersuchungen konnten seine sterblichen Reste nicht identifizieren. Zusammen mit Dutzenden anderen Körpern hat sich Joachim Murat in der italienischen Erde aufgelöst.

Caroline Murat lebte im Exil zunächst in der Nähe von Wien, dann 1824 in Triest und schließlich ab 1831 in Florenz. Dort starb sie 1839 im Alter von siebenundfünfzig Jahren und ruht in der Ognissanti-Kirche.

Achille Murat ging 1821, im Alter von zwanzig Jahren, in die Vereinigten Staaten und ließ sich auf einer Farm nieder, der er den Namen Lipona Plantation gab. 1826 heiratete er eine Großnichte George Washingtons, die Ehe blieb kinderlos. Er starb 1847 und ist in Tallahassee in Florida begraben.

Laetitia und Louise Murat blieben in Italien, wo sie Aristokraten heirateten. Ihre Nachkommen leben noch immer in diesem Land.

Lucien Murat, Joachims und Carolines zweiter Sohn, folgte 1824, im Alter von einundzwanzig Jahren, seinem Bruder in die Vereinigten Staaten. Erst 1848, nach dem Sturz der Monarchie, kehrte er nach Frankreich zurück. Im Zweiten Kaiserreich war er Senator, anerkannter Prinz und wurde zum Großmeister der Freimaurerloge Grand Orient de France gewählt. Der heutige Prinz Murat ist sein Nachkomme.

Die Einheit Italiens wurde 1860 durchgesetzt, mit der entscheidenden Unterstützung Frankreichs, das damals von Napoleon III. regiert wurde – Sohn von Louis Bonaparte, dem Schwager Murats, und Hortense de Beauharnais –, und gegen den Willen Österreichs, wobei die Schlacht von Solferino eine ausschlaggebende Rolle spielte.

Unter den Nachkommen von Antoinette von Hohenzollern-Sigmaringen, der Nichte Murats, finden sich die königlichen Familien von Belgien, Luxemburg und Rumänien.

Mit Ausnahme des Paters oder Grafen Graziani, des Adjutanten Duluc, der Familie Varezzi-Torre und des Pfarrers von Pizzo haben alle Figuren dieses Buches wirklich existiert.

Alle zitierten Briefe sind erfunden, mit Ausnahme des letzten Satzes von Napoleons Billett nach der Einnahme von Stettin und der Auszüge des Plädoyers, das Murat im Januar 1814 an Napoleon sandte. Ebenfalls authentisch ist das Zitat aus dem Vertrag von Bayonne bezüglich Carolines Status.

Der Murat zugeschriebene Satz «Der Ruhm ist überall, das Glück nirgends» stammt aus der Grabrede, die der Pater Frayssinous am 26. Mai 1818 für den Fürsten von Condé hielt. Der Ausdruck «Geradeaus, vorwärts! Richtung Arschloch meines Pferdes!» wird ihm von der Überlieferung nachgesagt.

Die Anekdoten über Auguste de Chabot und über die Prinzessin von Wales sind den Memoiren der Gräfin von Boigne entnommen.

Per Dekret des Prinz-Präsidenten Louis Napoleon vom 15. April 1852 wurde die Gemeinde Labastide-Fortunière in Labastide-Murat umbenannt.

Murat wird in den meisten Büchern erwähnt, die der napoleonischen Ära gewidmet sind. Insbesondere sind zwei fundierte Biografien anzuführen: die von Jean Tulard, *Murat ou l'éveil des nations* (Fayard, 1983) und die von Vincent Haegele, *Murat: la solitude du cavalier* (Perrin, 2015).

Murats Schatten schwebt noch immer über dem Élysée-Palast: Schiffsbuge und Blitze zieren in regelmäßigen Abständen die Gartenfassade in Würdigung seiner Ämter als Großadmiral und Marschall von Frankreich; die Handläufe der großen Treppe ruhen auf Palmwedeln in Erinnerung an den Ägyptenfeldzug; im Salon Murat, in dem sich jeden Mittwoch der Ministerrat versammelt, hängen zwei große Gemälde, das eine zeigt die Eroberung Roms durch die Husaren seines Gefolges, das andere sein Schlösschen Benrath bei Düsseldorf.

Auf Anordnung des Präfekten vom 30. Oktober 2015 wurde die Gemeinde Labastide-Murat mit vier Nachbargemeinden zu der neuen Gemeinde Cœur-de-Causse zusammengelegt. Damit ist der Name Murat genau zweihundert Jahre nach seinem Tod von den Landkarten verschwunden.

Erster Tag	8. Oktober 1815	7
Zweiter Tag	9. Oktober 1815	23
Dritter Tag	10. Oktober 1815	75
Vierter Tag	11. Oktober 1815	133
Fünfter Tag	12. Oktober 1815	209
Sechster Tag	13. Oktober 1815	267
Nachleben	. . . .	331